JUSTIÇA sem LIMITES

JUSTIÇA
SEM LIMITES

F R A N C I S C O G O M E S

Copyright © 2022 de Francisco Gomes
Todos os direitos desta edição reservados à Editora Labrador.

Coordenação editorial
Pamela Oliveira

Preparação de texto
Marcia Men

Assistência editorial
Larissa Robbi Ribeiro

Revisão
Maurício Katayama

Projeto gráfico, diagramação e capa
Amanda Chagas

Imagens de capa
Kaleb Kkendall (Unsplash)

Edição de texto
Histórias Bem Contadas

Dados Internacionais de Catalogação na Publicação (CIP)
Jéssica de Oliveira Molinari - CRB-8/9852

Gomes, Francisco
  Justiça sem limites / Francisco Gomes. — São Paulo : Labrador, 2022.
  336 p.

ISBN 978-65-5625-223-0

1. Ficção brasileira 2. Nazismo - Ficção 3. Sequestro - Crianças - Ficção I. Título

22-1058   CDD B869.3

Índices para catálogo sistemático: 1ª reimpressão - 2022
1. Ficção brasileira

Editora Labrador
Diretor editorial: Daniel Pinsky
Rua Dr. José Elias, 520 — Alto da Lapa
São Paulo/SP — 05083-030
Telefone: +55 (11) 3641-7446
contato@editoralabrador.com.br
www.editoralabrador.com.br
facebook.com/editoralabrador
instagram.com/editoralabrador

A reprodução de qualquer parte desta obra é ilegal e configura uma apropriação indevida dos direitos intelectuais e patrimoniais do autor. A editora não é responsável pelo conteúdo deste livro. Esta é uma obra de ficção. Qualquer semelhança com nomes, pessoas, fatos ou situações da vida real será mera coincidência.

Para a família, meu mundo.

PARTE UM

"Vegetissombras flutuavam silentes na paz matinal desde o topo da escada ao mar que ele contemplava. Da borda para fora o espelho do mar branquejava; esporeado por precípites pés lucífugos. Colo branco do mar pardo. Ictos gêmeos dois a dois. Mão dedilhando harpicordas, fundindo-lhes, os acordes geminados. Undialvas palavras acopladas; tremeluzindo sobre a maré sombria."

Ulisses, **James Joyce**
Tradução: Antônio Houaiss[1]

"Nunca fui capaz de entender a grandiosidade de Ulisses, talvez pela intraduzibilidade, pela tradução rebuscada de Houaiss, ou por ignorância mesmo. Sigo sem saber se uma das grandes obras literárias do século XX é uma obra-prima ou um embuste e fico feliz que não exista essa dificuldade com minha obra."

Vitorino Constantino
Tradução: Francisco Gomes

---

1 JOYCE, James. *Ulisses*. Rio de Janeiro, Editora Civilização Brasileira, 2020.

1

Todos os dias o mesmo ritual. Mais do que rotina, uma válvula de escape para as agruras do dia a dia, fundamental para o equilíbrio emocional, para não enlouquecer. Todo mundo tem algo assim. Uns chegam em casa e tomam uma cerveja, ou um uísque, enquanto assistem ao noticiário, à novela ou qualquer outra coisa na TV. Outros curtem a família, brincam com os filhos, gastam tempo nas redes sociais, enfim, todos têm algo que traz satisfação e alivia a pressão do trabalho.

Vito — Vitorino Constantino — também é assim. Nasceu em São Paulo, mas sempre se orgulhou de ter uma origem greco-romana. O *Vitorino* veio do lado materno, já que a família da mãe tem origem na Sicília, e o *Constantino* foi uma homenagem ao rei da Grécia do início do século XX: Constantino I — embora, comumente, as pessoas pensem que o nome tenha origem italiana. O nome de Vito une Roma e Atenas, homenageia um dos maiores impérios da história.

A mãe de Vito foi Martina, uma italiana típica, de personalidade forte, extremamente carinhosa, superprotetora e, muitas vezes, explosiva. Como boa matriarca, liderava a casa com mão de ferro e ternura, a típica *mamma*.

Boa parte do caráter de Vito teve *mamma* Martina como modelo de conduta. Das muitas lições que a matriarca ensinou, algumas são inesquecíveis. Verdadeiros mantras contidos em frases como "nunca abaixe a cabeça para ninguém, lute". "*È il mio cavallo di battaglia*", não dependa de ninguém e nunca espere nada de governos. "*Sei il più felice*", seja feliz.

Mamma cultivou em Vito um pensamento liberal, o de se responsabilizar por seus atos, sem depender dos governos que, em geral, não prestam. Trabalham para si e não para o povo. Mesmo assim, ele acredita que é só na democracia que o povo participa. Talvez por isso, Vito tenha se tornado um liberal social que defende um Estado não intervencionista e que respeite as leis do mercado, mas que cuide das necessidades públicas de todos, como a saúde e a educação. Rotuladores dirão que se trata de um social-democrata.

O termo "liberal", no Brasil, tem esse significado, o de respeito às leis do mercado. Nos Estados Unidos o sujeito liberal é um progressista, daqueles que querem programas sociais de inclusão, políticas públicas sociais, um socialista.

Por tradição, algumas profissões são classificadas como liberais. O advogado, por exemplo, é um profissional liberal, pois ele é registrado e fiscalizado pelo seu órgão de classe (a Ordem dos Advogados) e tem a liberdade para atuar como empregado ou dono de escritório.

Vito é liberal nas ideias e na profissão. Adora depender de si mesmo, da ação e do empreendedorismo. Assim como na canção de Vandré, ele prefere agir: "quem sabe faz a hora, não espera acontecer". Ele faz o próprio sucesso, tem empatia e preocupação com o próximo.

Seu Nicolas, o falecido pai, era o oposto da mãe: calmo, racional e sempre conciliador. A extrema diferença no jeito dos pais garantiu um improvisado equilíbrio à formação de Vito, um lar harmonioso que lhe deu muita paz na infância e adolescência. O advogado cresceu sem ter com o que se preocupar.

O pai tinha um papel definido em casa, não buscava demover *mamma* das suas firmes opiniões, sabia que ela era a liderança (em um tempo de pouco — ou nenhum — empoderamento feminino). Evitava as brigas, o que não era sempre fácil, já que qualquer conversa acalorada com *mamma* poderia tornar-se uma contenda. Quando esquentava a cabeça, ele tomava doses de *metaxa* (bebida típica grega, uma mistura de *brandy*, especiarias e vinho) e calava-se feliz. A voz italiana cantada de *mamma* dominava a casa e o hábito que ela tinha de falar mexendo as mãos, dando ênfase ao que era dito, inibia ainda mais qualquer discussão.

Nicolas e Vito confiavam cegamente na *mamma*. Martina garantia um lar alegre, disciplinado, e a Vito cabia se dedicar exclusivamente aos estudos, sem a preocupação de trabalhar ou ajudar em casa. Sem percalços, a paz o fez evoluir nos estudos sem muito esforço, sempre com facilidade para passar de ano e com boas notas.

Após completar todo o ciclo de estudos sem dificuldades, Vito formou-se advogado. No entanto, logo no início da profissão, precisou encarar sua primeira adversidade: a morte dos pais. *Mamma* morreu de um ataque cardíaco fulminante, em janeiro, após a entrada do novo milênio e Nicolas, entristecido, adoeceu em seguida, falecendo em maio do mesmo ano. Os pais construíram uma vida com muito amor e partiram juntos, como casais inseparáveis costumam fazer.

Com a orfandade e a herança, Vito vendeu a casa em que cresceu, na Mooca, e foi morar na Vila Mariana, bairro na zona sul de São Paulo, que fica nas proximidades do Parque Ibirapuera. O Ibirapuera é conhecido como um oásis de ar puro pela sua grande quantidade de árvores, apesar de ser cercado de prédios. Em sua entrada principal há um grande monumento de Victor Brecheret — famoso escultor do modernismo brasileiro —, conhecido como estátua do "empurra-empurra", com homens amontoados que parecem empurrar-se em uma fila. A escultura é o *Monumento às Bandeiras*, uma homenagem aos bandeirantes, desbravadores que, no período colonial, partiram para o interior do país em busca de ouro ou prata.

Vito imagina que o "empurra-empurra", mais cedo ou mais tarde, será retirado. Há um revisionismo global que propõe que as obras dedicadas a personagens históricos questionáveis, envolvidos em condutas racistas, fascistas ou politicamente incorretas devem ser condenadas e transferidas ou destruídas. No Brasil não é diferente, e, hoje em dia, não se admitem homenagens a personagens como os bandeirantes, antes vistos como desbravadores da selva, pois suas conquistas, ainda que em séculos passados, ocorriam com a exploração e matança dos povos nativos.

Da varanda no vigésimo sexto andar, Vito vê os lagos do parque, rodeados de árvores e com muita gente caminhando. Alguns patos ou gansos desavisados insistem em nadar nas águas turvas, quase barrentas, com uma alegria e uma fome que os levam a interagir com as pessoas. Não se pode bobear com alimentos em mãos sem correr o risco de um ataque sorrateiro das aves para roubá-los.

O apartamento é amplo, tem a sala unificada com a varanda para aumentar o espaço social. A sala tem janelas grandes que permitem a vista de boa parte da cidade, a decoração é *clean*, com a predominância do branco (nas paredes, sofás e móveis). Quadros e esculturas, de artistas plásticos em evidência, habitam paredes e aparadores. Livros de artistas reproduzindo quadros de Van Gogh, Hieronymus Bosch, Da Vinci e Monet estão dispostos sobre duas mesas laterais aos sofás. Vasos com plantas ornamentais completam o *design* de uma casa funcional, adequada para quem mora sozinho e, de vez em quando, recebe amigos.

No final dos dias acontece o esperado ritual. Por volta das oito da noite, com um copo de vodca nas mãos, Vito entra na sala de TV contígua à sala de estar, liga os equipamentos eletrônicos e, de imediato, surge em um telão o menu de *League of Titans*, com letras imponentes e cores lampejantes em laranja e roxo neon. Segundos depois, o menu passa a exibir uma sequência de lutas medievais com música pulsante, mescla de canto gregoriano e *hard rock* — trilha sonora usual nos videogames atuais.

League of Titans (ou LoT, como é conhecido em todo o planeta) é, há muitos anos, o jogo on-line mais popular do mundo, com milhões de jogadores e fãs. Seus torneios mundiais são transmitidos por todas as mídias, principalmente pela internet, e distribuem grandes prêmios em dólares, transformando os vencedores em ricas celebridades instantâneas.

Vito é fanático pelo jogo em que povos de diferentes reinos, cada um com características próprias e marcantes, enfrentam batalhas para conquistar novos territórios, aniquilando um exército inimigo. Tecnicamente, LoT representa o ápice do realismo em videogames e provoca uma imersão absoluta do jogador, que assume o avatar de um guerreiro do reino o qual representa ou se torna o comandante de todo o exército de seu povo. É um jogo em metaverso, a união do real e virtual que promove sensações únicas.

Na era jurássica dos *games*, seria inimaginável supor que a realidade virtual dominaria os jogos. O primeiro videogame de Vito foi um Atari, com um *joystick* rudimentar (uma alavanca) e jogos lentos. De lá para cá, ele jogou em todos os consoles que surgiram: Megadrives, Nintendos e acompanhou a evolução, por décadas, até chegarmos ao metaverso de LoT.

Jogos e *gamers* desenvolveram-se com a evolução do mundo analógico para o digital, a chegada do *big data*, da internet das coisas e do *blockchain*. Com a natureza de exploradores, *gamers* tornaram-se grandes conhecedores de robótica e programação de *games*, tornaram-se até mesmo *hackers* ao testar a segurança dos jogos e demos.

No início, poucos perceberam que o ambiente *gamer* se tornou on-line e que não é dos mais recomendáveis para crianças. É um mundo com riscos em que *gamers* mal-intencionados colaboraram para a formação da *deep web*, a face não conhecida da internet onde, em nome da liberdade absoluta de expressão, tudo é permitido e exposto. Obviamente, *gamers* não são pedófilos, nem traficantes, mas muitos têm o interesse de apontar em blogs na *deep web* as falhas dos jogos e disseminar teorias sobre significados ocultos neles colocados.

A comunidade *gamer* na *deep web* tem milhões de usuários em todo mundo. Até mesmo estrategistas políticos radicais, como o direitista Steve Bannon, mergulharam nesse universo, estudando comportamentos, criando grupos com interesses semelhantes e que atuam organizadamente. Esses grupos foram o embrião para o surgimento das primeiras milícias digitais.

As batalhas são sanguinolentas, selvagens e cruéis. Com duas horas em média de duração, aceleram o coração, exigem grande esforço físico e perfeita coordenação motora e um excepcional controle mental, mas, apesar do sacrifício, ao final Vito sente-se leve, como se suas tensões físicas tivessem sido eliminadas. É extasiante, gratificante.

Em LoT, Vito usa o *nickname* Bitterman. É o capitão da equipe BMK (*Brazilian Master Kings*), responsável pelas estratégias nas batalhas e por organizar a ação coordenada de ataque e defesa, ou até mesmo por simular falsos movimentos massivos (deslocamentos do exército) para iludir o adversário. A BMK é a atual campeã brasileira de LoT e representa o país no campeonato mundial, uma espécie de copa do mundo do *game*, o passo certo para a fama.

Os torneios mundiais mostram que cada equipe tem características predominantes na forma de jogar, um reflexo dos traços culturais e comportamentais de seu país.

A escolha do nome BMK, *Brazilian Master Kings*, não foi sem motivo: traz referência ao país da equipe (*Brazilian*), explicita a grande experiência dos jogadores (*Master*) e a condição de reis em seu país (*Kings*). Nomes de equipes possuem a função de apresentá-las e gerar respeito e até temor nos adversários.

Os brasileiros têm excelente entrosamento, conquistado com treinos e muito tempo jogando juntos. Na vida real, o time pouco se conhece; comunica-se através das mídias sociais. Além do *nick* de Vito, o Bitterman, temos o Mitomaster, Krakatoa, Dragon Legend e Killer PewPie Brazuca. Por trás de cada *nick*, em cada equipe ao redor do mundo, pode estar um empresário bem-sucedido ou um garoto prodígio dos games.

No mundial de LoT são disputadas batalhas entre quase uma centena de países durante dois meses. As equipes se enfrentam em jogo único e quem perde é eliminado. Eliminações vão ocorrendo até restarem apenas dois times que farão a grande final, o *SUPERLoT*, um espetáculo gigantesco com shows de abertura de artistas conhecidos mundialmente (o último show de abertura foi do Kiss), inspirado no *Superbowl*, a grande final anual do futebol americano, da NFL.

Disputado todos os anos entre dezembro e fevereiro, o mundial usa o período das férias escolares em muitos países para que os fãs possam acompanhá-lo com tranquilidade.

Na BMK, o comando de Bitterman é inquestionável, fruto de muito trabalho, estudo e prática. E, com o comando, vêm as responsabilidades. Depois de cada jogo, Vito executa tarefas para a próxima batalha, recompondo forças do exército, trocando habilidades de soldados e escondendo armadilhas, o que mantém a adrenalina alta por mais de uma hora após o final da partida. Depois desse ritual movimentado, Vito sempre tem dificuldade para dormir.

Sexta-feira, dezessete de dezembro. Depois do último treino para o mundial, Vito assiste na madrugada uma série no streaming sem prestar muita atenção. É mais uma daquelas séries retratando um crime com investigações para descobrir o assassino, em uma investigação que se arrasta por muitos episódios, formando uma temporada.

Na cama gigante que ocupa metade do quarto, Vito desliga a TV e fica olhando para as paredes com os olhos arregalados até que a persiana denuncia a claridade do novo dia.

Levanta-se com uma sensação de ressaca e com bafo de cabo de guarda-chuva molhado.

» » « «

Sempre que pensa por que é tão fissurado em jogar LoT, Vito chega à conclusão de que o sangue guerreiro greco-romano é determinante. A obsessão por batalhas deve ser herança de seus antepassados, que ele sempre imaginou como guerreiros imperiais romanos. Quando não há jogo, Vito treina e estuda os possíveis adversários, assistindo a muitas partidas. LoT sempre está presente. O espírito guerreiro e competidor não o deixa descansar.

Aos sábados, um descanso; sem o ritual LoT, Vito recebe os amigos de sempre em casa. Não tem muitos amigos, mas Luiz e Reinaldo são inseparáveis, todas as semanas os três estão juntos. O roteiro dessas reuniões é fazer um esquenta em casa, jogar conversa fora e depois ir para alguma boate completar a bebedeira e azarar a mulherada. A noite acaba frequentemente sem que se despeçam, depois que cada um descola seu par e some. Voltam a se encontrar no próximo fim de semana.

Luiz é um velho amigo de infância, foram vizinhos na Mooca e convivem desde os sete anos, até Vito se mudar depois da morte dos pais. Conhece toda a família de Vito (vivos e mortos) e, mais do que amigos, são praticamente irmãos. Reinaldo é uma amizade mais recente: foi colega de Vito na faculdade, onde se conheceram e criaram afinidade nos botecos em que iam para matar aula. Vito estava no primeiro ano do curso de Direito e Reinaldo no de Medicina, mas sempre compartilharam de um humor refinado e ácido.

Os três têm uma amizade sincera, são aqueles amigos que se sacaneiam o tempo todo, mas não se largam. Luiz e Reinaldo divertem-se muito fazendo *bullying* com o pretenso DNA guerreiro que Vito diz trazer em seu sangue:

— Verdade seja dita, a herança italiana de Vito não tem origem nos soldados romanos, veio da máfia siciliana — fala Luiz com um sorriso de satisfação no rosto. — Não tem nada de DNA guerreiro! Nem na culinária ele mantém a tradição italiana, não sabe fazer um espaguete, massa para ele é miojo.

— Ah — completou Reinaldo. — Agora entendi. E eu que achava que a Carminha, a ex dele, o chamava de homem miojo porque ele resolvia tudo em três minutos e dormia.

— Da cultura grega ele herdou o hábito de quebrar as louças, principalmente quando as lava, o que não acontece com muita frequência. Não quebra os pratos por tradição, é por falta de coordenação mesmo. Ainda bem a OAB não exige teste psicotécnico, senão ele não seria advogado — zombava Luís.

Entre eles, esse tipo de brincadeira é frequente. Adoram anedotas sobre advogados e as repetem sempre que possível. "Por que a cobra não pica advogado? Por ética profissional" ou "Quando dois advogados se encontram e um convida o outro para tomar alguma coisa, o outro logo responde: de quem?".

Não cansam de repetir que advogados e juízes têm dois meses de férias todos os anos, um hábito imperial e elitista. "Advogado adora dizer que trabalha o dia todo, principalmente quando estão cobrando por hora". Para sacanear um pouco mais, enfatizam como advogados e juízes são cafonas, usam capas como Batman (que chamam de becas e togas), prendedores de gravata, suspensórios, gravatas de crochê e até camisas de cores como vinho, verde ou marrom.

Vito reconhece essa cafonice. Só diz que ela não é exclusiva dos advogados. Médicos também mantêm hábitos cafonas. Um exemplo:

com raras exceções, nunca atendem no horário marcado, adoram deixar clientes fuçando revistas ou celulares na sala de espera. Qual o problema de atender o paciente na hora marcada? Que tradição é essa?

Outra cafonice, a letra ininteligível em receitas médicas. Mas, justiça seja feita, há médicos que atendem na hora, assim como há médicos que digitam e imprimem receitas.

Luiz e Reinaldo dizem que advogados são enroladores, quando não sabem uma resposta sempre respondem que o tema comporta mais de uma interpretação, que a matéria é controversa. Vito contra-ataca dizendo que médicos, quando não têm um diagnóstico preciso para uma doença, dizem tratar-se sempre de uma virose.

Faltando uma semana para o Natal, as brincadeiras entre *los tres amigos* dão lugar a uma certa nostalgia. Luiz e Vito relembram eventos da infância, quando os pais eram vivos. Recordam as árvores de Natal montadas nas salas com aquelas bolas coloridas, dos pais que se vestiam de Papai Noel e da expectativa aguardando a hora de abrir os presentes.

O Natal aproximava as pessoas, distantes durante o ano. Mesmo quem não se encontrava ligava para os outros para desejar boas festas, as pessoas mandavam cartões de Natal pelos correios e visitavam parentes distantes na véspera. Isso se perdeu, os cartões foram substituídos por cartões virtuais enviados por e-mail e depois por mensagens padronizadas enviadas para toda a lista de contatos. A falsa saudação, cafonice de uma época em que chamamos de amigos pessoas que sequer sabemos quem são nas redes sociais.

— Vito — diz Luiz. — Lembra-se quando fomos brincar de acampamento na sala da tua casa e quase botamos fogo no tapete e no piano?

— Claro que lembro. Íamos fazer uma fogueira para combater o frio bem em cima do carpete, aquele verde que parecia um campo de futebol. Daquelas molecagens, a que mais me marcou foi quando fomos brincar de Tarzan: nos penduramos nas cortinas e colocamos tudo abaixo, até os trilhos caíram. Outra esquisitice: comíamos pipoca com vinagre.

— Vocês estão ficando velhos mesmo. Ficam vivendo de passado, revivendo coisas de outro século — sacaneia Reinaldo. — Eu não entro nesses papinhos, estou meninão ainda, a mulherada não para de dar em cima do galã aqui. Vamos melhorar esse astral, põe um som aí pra dar uma agitada, mas algo alegre, não vai botar bossa-nova, hein...

— Nessa casa não se toca bossa-nova, esqueceu? Aqui é *rock and roll*...

E as sacanagens varam a noite; é a forma de os amigos demonstrarem o afeto mútuo que os une.

Na madrugada, Vito comenta que em dois dias começará o Mundial LoT, evento transmitido de Londres para o mundo inteiro.

As primeiras rodadas da Copa do Mundo serão disputadas on-line, com cada equipe jogando no seu país, mas as finais serão jogadas ao vivo na Arena O2 em Londres, com vinte mil pessoas na plateia e milhões assistindo pelo mundo.

» » « «

Segunda-feira. A BMK está preparada para enfrentar a temida equipe chinesa Shangai Gaming, time muito paciente, com disciplina oriental na execução de movimentos e um contra-ataque perigoso. O jogo durará muitas horas e qualquer distração poderá ser fatal. Os chineses ganharam vários campeonatos na Ásia e terminaram em terceiro lugar no último mundial de LoT, não se trata de um time qualquer.

Vito e equipe estão concentrados e on-line. Faltam poucas horas para o início da partida quando uma mensagem da organização do mundial chega no celular informando que os chineses não comparecerão. A BMK é declarada vencedora por W. O.

Pelo site do evento, o comunicado oficial do time chinês informa que não participarão do mundial, pois estão impedidos de sair de casa por ordem do governo. Foi detectado um vírus mortal e que se alastra com rapidez na cidade de Wuhan, onde vivem dois jogadores da equipe que foram infectados e estão internados.

Embora uma vitória sempre seja uma vitória, ainda mais em um campeonato mundial de alto nível, ganhar sem batalhar não gera uma satisfação plena, deixa no ar uma certa frustração. Jogadores querem jogar, competir, vivem de adrenalina e do suor que uma partida provoca. Sem jogo, sentem uma espécie de crise de abstinência. Por outro lado, o Brasil está classificado para a segunda rodada; dos cem times que disputam o mundial, depois da primeira partida sobrarão cinquenta. A BMK já está entre as cinquenta melhores equipes do planeta.

Sem jogar e extravasar a energia represada, Vito tem mais uma noite longa e insone. Toma algumas vodcas e continua a ver aquela série sobre assassinato cheia de reviravoltas e um final que certamente deixará em aberto a possibilidade de novas temporadas. Dorme quando quase amanhece.

Às oito da manhã, a Alexa na cômoda ao lado da cama começa a tocar músicas para despertar, mas Vito demora para perceber onde está, como se alguém tivesse jogado gás de pimenta em seus olhos. Fica uns minutos sentado na cama, inerte, antes de ir ao banheiro.

Liga o chuveiro a gás e escova os dentes enquanto a água esquenta. O banho é demorado, quase em água fervente. Vito se barbeia com um pequeno espelho antiembaçante grudado dentro do box, daqueles comprados na Brookstone, a loja americana que os brasileiros que vão a Miami adoram, com poltronas massageadoras na porta. Ao sair do banho, usa o pós-barba líquido azul da Bozzano, outro dos hábitos que cultiva desde a adolescência, quando cortava o cabelo e fazia a barba nas barbearias da Mooca.

Veste uma camisa branca com iniciais no bolso, fecha as abotoaduras, checa o nó na gravata azul-marinho com pequenos detalhes em branco e está pronto para mais um dia. Antes, o café da manhã. Será um dos últimos dias de trabalho antes do Natal e da pausa de fim de ano.

Damaris é a governanta que cuida de Vito, das roupas, da limpeza da casa e da alimentação. Trabalha há vinte anos com ele e conhece todos os seus hábitos e manias.

Sabe que para Vito as camisas sociais têm que ser impecavelmente passadas, especialmente nas mangas; sabe que as calças não podem ter vincos, tanto as sociais quanto as esportivas; nunca deixa os travesseiros mais largos por cima dos mais estreitos e assim por diante. É indispensável para a organização da vida dele.

Damaris trabalhou com *mamma* Martina em seus últimos anos de vida. Com ela aprendeu a cozinhar, por isso Vito ainda se sente comendo a comida que a mãe preparava, com aquele tempero inconfundível de nossas infâncias. Com os pratos de Damaris, tem a mesma sensação do crítico gastronômico quando prova o prato de sua infância na animação *Ratatouille*, a do ratinho cozinheiro.

A faz-tudo da casa não dorme no trabalho, chega todos os dias antes de Vito acordar com pãezinhos franceses para o desjejum. E a cada dia faz um café da manhã diferente, na esperança de que Vito se alimente saudavelmente ao menos uma vez por dia, pois sabe que o almoço será uma coxinha ou outra fritura na rua e o jantar terá possivelmente algumas fatias de pizza de calabresa.

Nesta manhã, Damaris preparou um suco de abacaxi com hortelã, um sanduíche tostado de queijo minas e peito de peru, e pedaços de melão cortados em quadradinhos. Como Vito não toma leite ou café pela manhã, a governanta, ainda que a contragosto, deixa uma Coca Zero na mesa, caso ele não tome o suco ou não goste.

Só que Vito demora tanto no banho que fica sem tempo para o desjejum que Damaris preparou. Desculpa-se pela desfeita, diz que não é necessário deixar almoço ou jantar prontos, pois o dia será corrido e comerá qualquer coisa na rua (as besteiras que ela tanto tenta evitar que ele coma). Abre a geladeira, pega um energético para compensar o café da manhã que não tomou e ver se ganha asas.

Nessa hora o celular toca, com a ligação que mudará para sempre sua vida.

2

Marlon salta da cama assustado, em pânico. Mesmo sonado, olhos pesados e remelentos, lembra perfeitamente do pesadelo, um atentado terrorista no aeroporto de Brasília que mata sua esposa e os dois filhos. Os detalhes ainda vivem em sua cabeça e o impressionam, uma sensação de susto em um filme de terror, mas um terror com a própria família.

Explosão gigantesca, como uma bomba atômica, o gigante cogumelo de fumaça tomando conta do céu e o aeroporto vindo abaixo em poucos segundos, sua família sob os escombros e ele observando tudo de cima, como se estivesse em um helicóptero. Um cenário de guerra, um onze de setembro no Brasil, perturbador.

No meio do caos, pessoas tentando se salvar, pisoteando-se. Tentando se levantar, Marlon sente algo como uma geleia sob seus pés, como se pisasse em uma poça gelatinosa, grudenta. Abaixo da sola do sapato jaz a cabeça da esposa Maria, a massa encefálica continua jorrando do cérebro esmagado, um líquido aquoso que se espalha e mistura rapidamente com os detritos. O olhar de Maria é apavorante, parece culpá-lo pelo ocorrido, condenando-o para a eternidade, sem chance de perdão.

Sempre deu importância aos sonhos e pesadelos, faz parte de uma geração influenciada por Freud e Jung, autores que leu quando jovem e que nunca mais o abandonaram. Entende que sonhos são a porta de entrada para o inconsciente, sempre têm algum significado e podem até ser uma premonição.

Acordado, fica atônito por uns minutos, ainda ouve a explosão que espalhou a nuvem infinita de fumaça preta e vê seus filhos voando pelos ares e depois soterrados. Os restos de Maria espalhados a seus pés, com a grudenta massa nos sapatos, como quando pisamos em um chiclete.

Com taquicardia e muito medo de sofrer um infarto, cambaleia até o banheiro e coloca o Captopril sob a língua. Baixa a tampa e senta-se no vaso sanitário, esperando o remédio fazer efeito e os batimentos cardíacos voltarem ao normal. Ainda está muito assustado, o pesadelo foi muito real, muito mais do que seus sonhos costumam ser.

Marlon não se considera, mas é hipocondríaco, daqueles que ao menor sintoma, qualquer que seja, tomam vários remédios. Tem uma minifarmácia nas gavetas do banheiro, onde guarda remédios para todo tipo de doença, dor ou mal-estar.

Separa os remédios diários em porta-comprimidos, deixa os medicamentos emergenciais sempre à mão na primeira gaveta e divide os demais por especialidade: estomacais, hepáticos, hipertensivos, renais, alergênicos e até neurológicos. Em uma caixa trancada à chave ficam as drogas tarja preta, os ansiolíticos e antidepressivos, remédios controlados e de maior periculosidade.

Marlon é um sujeito de rosto comum, daqueles que não chamam a atenção na multidão, cerca de 1,68 metro de altura, cabelos brancos e cada vez mais escassos, olhos castanho-claros, pele oleosa com falhas de relevo causadas pelas espinhas da juventude e dentes bem amarelados, típicos de quem passou anos fumando. Aparenta ter bem mais do que cinquenta e poucos anos, parece um idoso com as costas curvadas. Por outro lado, se a aparência não ajuda, a inteligência mantém elevada a autoestima.

Considera-se um gênio incompreendido, um ser com inteligência superior à grande maioria das pessoas, alguém que enxerga além do que os outros veem, capaz de conhecer a necessidade de todos e melhorar a vida da sociedade. Sempre acreditou que tinha uma visão além do seu tempo, que seu raciocínio era digital em uma época analógica.

Marlon é casado com Maria do Céu, nascida no Ceará, na cidade de Mombaça. O município entrou para a história do país por ter sido capital federal por um dia, por iniciativa do então presidente interino da República, Paes de Andrade, em 1989.

Depois de viver a infância em Mombaça, Maria foi para Brasília trabalhar como recepcionista na clínica médica de uma prima. Quando mais jovem, Maria era o que se chamava de morena jambo, com traços indígenas, cabelos lisos compridos, olhos castanhos, cintura fina e quadril largo. Tem olhar triste e sofrido, justamente por ter deixado pais e irmãos para trás no sertão para tentar melhorar de vida em Brasília. Tem quarenta anos, passou muita necessidade na vida e a fome que os sertanejos enfrentam, até que encontrou em Marlon o companheiro ideal, uma pessoa com muita confiança em si mesmo, característica que ela perdeu pelas cicatrizes que a vida deixou.

Como megalomaníaco, as pretensões de Marlon sempre foram gigantes e Maria propiciou o alicerce de organizar o lar para ele canalizar a energia em pesquisas científicas. Sim, ele se considera um inventor brasileiro, o maior deles, com vocação e sem reconhecimento, um nacionalista que quer ser, ainda em vida, motivo de orgulho para o país.

Conservador e cultivador de tradições, a proximidade do Natal o anima, data sagrada para reunir a família ao redor da árvore iluminada montada no meio da sala para festejar o nascimento de Jesus Cristo em uma ceia com os parentes próximos. Marlon cultiva valores cristãos rígidos por toda vida, faz questão de manter a tradição e preservar costumes dos antepassados, transmitindo-os para as novas gerações, para os filhos e netos.

Em novembro do ano anterior, Marlon animou-se com a eleição de um presidente conservador, com valores tradicionais como os seus e que prometeu combater a corrupção e a elite "esquerdista" brasileira. "Finalmente o futuro do Brasil voltou para as mãos dos patriotas, que muitos chamam de radicais de direita. Agora todos poderão se armar para defender o patrimônio e a família, um povo armado é um povo que não será subjugado. Chegou a hora de eliminar a influência comunista da China, Cuba e Venezuela e acabar com a roubalheira dos últimos governos petistas. Vamos retomar a disciplina e honestidade que foram colocados de lado desde o fim do regime militar no Brasil!", pensou.

Com tais valores tradicionais, um discurso anticorrupção e incentivando uma polarização e tensão constante com a esquerda, que para ele controla a mídia e o judiciário do país, o novo presidente representa uma grande esperança para Marlon. Há uma divisão entre o "nós" (pessoas de bem) e "eles" (pessoas que venderam os interesses do país).

Como fez Donald Trump, o presidente eleito no Brasil usa uma política de ocupação de espaços, dá declarações polêmicas diariamente, vive em confronto com os demais poderes da república, mantém-se como um candidato mesmo ocupando o cargo maior do país. Assume o cargo já pensando na reeleição.

É definido como um populista com tendências autoritárias que busca semear o caos para tentar um golpe de Estado e permanecer no poder indefinidamente, mas, para Marlon, isso é conversa dessa "oposição vermelha com influência chinesa que quer dominar o mundo". Ele não admitirá jamais que nossa bandeira seja pintada de vermelho.

» » « «

Pode-se dizer que o patriotismo levou Marlon a Brasília. Quando deixou Israelândia, em Goiás, cidade onde nasceu, pensou em ir para São Paulo ou Rio de Janeiro, mas acabou optando pela capital do país, o local onde as grandes decisões são tomadas.

Para ele, Brasília é a representação do talento nacional, planejada com um "plano piloto" concebido pelos maiores arquitetos brasileiros, Lucio Costa e Oscar Niemeyer, que projetaram um espaço urbano organizado para a cidade não crescer desorganizadamente e se tornar um amontoado caótico de casas e pessoas, como outras metrópoles.

Marlon nasceu em Israelândia, embora se apresente a todos como brasiliense. Não assume ter nascido em Goiás, diz a Maria que se tivesse espírito goiano montaria uma dupla sertaneja, em vez de ser inventor.

Mora em uma casa de classe média no Lago Norte, perto do lago Paranoá, bairro que nas últimas décadas valorizou-se com o crescimento do comércio e a abertura de um grande shopping center. Em 2012, foi inaugurada no bairro a Torre de TV Digital conhecida como "Flor do Cerrado" e idealizada por Oscar Niemeyer para servir como estação de transmissão televisiva, com uma imponente estrutura metálica com 170 metros de altura.

Marlon comprou o terreno no Lago Norte logo após se formar e arrumar emprego. Pagou barato, pois a área era praticamente deserta e sem infraestrutura. Se fosse hoje, não conseguiria comprar nada naquela região. Construiu a casa e fez na entrada uma garagem com chão em terra e pedras, cercada por dois ipês amarelos, que não teve coragem de cortar. No fundo do terreno, em uma área gramada, fez uma churrasqueira de tijolos e uma piscina retangular com azulejos azuis. Uma casa típica da classe média brasiliense.

O interior da casa é rústico, com fogão a lenha e panelas de ferro; um sofá aveludado bege e marrom na sala dá um ar de anos 1970 à decoração, junto com o chão em pedra fria. Os quartos têm móveis antigos de madeira no estilo fazenda e pouca decoração. Pode-se dizer que Marlon cercou-se em um ambiente com inspiração interiorana de Goiás para sentir-se em um lar.

Homem de família, sempre foi exemplo de pessoa. Batalhador, amigo fiel, pai protetor que nunca deixou faltar nada para o conforto e educação dos filhos, mesmo nos momentos em que a situação financeira era difícil. Toda a família acompanhou a luta diária para os filhos estudarem em boas escolas e estarem sempre asseados, com sapatos e roupas bem cuidadas. Naquela casa nunca se passou fome e nunca faltou amor.

A vizinhança sempre se dividiu: uns o consideram genial, um inventor que dá orgulho ao país, outros o veem como um charlatão, que se utiliza de um discurso de injustiçado e se vitimiza, mas na realidade não passa de um malandro que arranca dinheiro das pessoas, vendendo projetos que nunca termina.

Finalmente recomposto do mal-estar do pesadelo, Marlon vai tomar café com Maria. Aquele café tradicional feito no coador, o pão com manteiga e um queijo minas estão na mesa. Ele frequentemente fica em silêncio pela manhã, e sempre é Maria quem puxa conversa:

— Marlon, querido, você está bem? Demorou quase uma hora no banheiro. Olha, cortei melancia para você e metade de um abacate. Ah! E naquele potinho coloquei um patê de atum que fiz ontem para você colocar no pãozinho. Esse queijo também está uma delícia...

— Tá bom — limitou-se a murmurar.

— Aconteceu algo, querido? Por que está tão calado?

— Não aconteceu nada — respondeu, sem disfarçar a irritação. — Por que tenho que ficar falante logo pela manhã? Me deixa quieto.

— Aconteceu algo, sim, te conheço. E você não quer me falar. O que houve com meu queridinho? Fala, benzinho — Maria faz uma voz infantil, o que irrita Marlon mais ainda.

— Maria, nem acordei direito. E você sabe que não gosto de falar pela manhã. Não aconteceu nada, te garanto. Respeita meu silêncio.

— Não é isso, não. Ultimamente você nunca quer falar. Eu falo sozinha pela casa que nem uma louca. Acordo, faço o café, preparo o almoço, cuido das roupas e você acha que nem falar comigo precisa mais. Virei sua empregada, por acaso? Essa situação está muito ruim, estou avisando.

Mergulhado nos próprios pensamentos, Marlon não responde. Estão juntos há tempo suficiente para Maria saber que pela manhã prevalece o silêncio.

Ele não consegue se desligar do pesadelo assustador. Esses sonhos de horror se tornaram frequentes nas últimas semanas. Marlon desconfia que os pesadelos podem ser um reflexo do importante passo dado no último mês e que mudará o futuro, para melhor ou para pior. Será que os pesadelos são reflexo do medo íntimo? Será que por saber que seus atos o colocam em risco, junto com a família, o pesadelo veio com uma explosão destrutiva?

Maria não estranha a "ogrice" de Marlon pela manhã. Acha que o mau humor decorre das noites mal dormidas. Ele tem insônia e passa as noites virando de um lado para o outro na cama, vai várias vezes ao banheiro, sempre atrapalhou o sono dela. Mas, desde que Ritinha (a vizinha) arrumou uns comprimidos para ela, quando Marlon se agita, ela toma o remédio e dorme como um bebê.

O remédio mágico é o Clonazepam, droga conhecida como Rivotril, que muitos definem como a pílula da felicidade por diminuir a ansiedade e propiciar um relaxamento corporal e mental. É um medicamento tarja preta (que deveria ser controlado com receita especial), mas que é vendido indiscriminadamente, criando muitos dependentes. Marlon nunca soube que Maria faz uso da droga, sempre admirou o sono disciplinado da esposa e como ela acorda descansada, disposta e falante.

Maria não se enganou quando percebeu Marlon mais calado nas últimas semanas. Ele anda avoado, em um mundo paralelo, permanece na mesa do café olhando para o nada, imaginando sabe-se lá o quê. Só volta à realidade com o alto grito de Maria na sala. Corre para ver se está tudo bem e encontra Maria em frente à TV, espantada com a notícia:

> *A polícia investiga o desaparecimento da menina Helena, em São Paulo, de apenas um ano e oito meses. Ela sumiu do berço quando estava em casa com a babá. A mãe, dona Silvia, foi ao aeroporto buscar o marido, Wanderley, um grande empresário paulista que retornava de viagem internacional de negócios. A babá Elaine conta que Helena ficou dormindo no berço e ela foi passar a roupinha dela na área de serviço, onde permaneceu por cerca de quinze minutos. Ao voltar para o quarto, a menina havia sumido e não foi mais encontrada nem na casa nem nas redondezas. Helena é uma criança de necessidades especiais, com síndrome de Down e não sabe andar ainda, apenas engatinhar, o que dá certeza de que alguém a retirou do berço e com ela desapareceu. Os pais estão desesperados e oferecem recompensa por qualquer informação útil. Repare bem na foto que estamos exibindo. Caso você saiba de algo, ligue para o Disque-Denúncia e passe informações. O anonimato da ligação é garantido. Vamos ajudar esses pais desesperados a encontrar sua filha. E agora vamos falar de economia...*

Maria fica muito tocada. Por mais que crimes aconteçam todos os dias, o sumiço de uma criança, quase um bebê, a perturba muito. Com a voz embargada, olha para Marlon:

— Nossa, que crueldade, uma criança que não tem nem dois anos e com necessidades especiais. Como existe gente má no mundo — diz com lágrimas nos olhos.

— O que mais tem é gente ruim no mundo — assentiu Marlon. — Esse caso é só mais um no meio de tantos, Maria. Nada que surpreenda mais a nossa sociedade, acostumada a essas barbaridades diárias. Os bandidos tomaram conta de tudo. A justiça é muito branda para os criminosos. Pegam uma menina retardada e somem com ela.

— Marlon, nunca mais fale assim de uma criança. Seja humano, tenha empatia com os pais e uma criança com menos de dois anos. Não dá para achar normal fazer mal a uma criança... quem será que a pegou? Será que é sequestro e querem dinheiro? Eu fico aflita pelos pais dela. Me coloco no lugar deles.

— Não sou vidente, Maria, como vou saber o que aconteceu? E você para com essa mania de que tem jeito certo de falar, essa coisa de politicamente correto já encheu! — A impaciência de Marlon continua se manifestando.

— Nossa, que grosseria. Só estou tentando conversar. Olha como você está, até diante de um crime desse tamanho e crueldade você responde friamente. Você não se emociona, não? Não tem sentimentos? Onde está aquele Marlon que eu conheci?

— Maria, me desculpe, não quis te ofender, mas para que fazer pergunta que ninguém sabe responder? Crimes cruéis acontecem toda hora. Lembra do casal que matou a própria filha, jogando-a da janela?

— Acontecem, mas não podemos banalizar a violência, não podemos aceitar, deixar de sentir a dor do outro, ter empatia e nos colocarmos no lugar dos pais dessa criança. Coitados. Imagina o sofrimento da mãe.

— Por isso o presidente está certo quando diz que todo cidadão de bem deve ter ao menos uma arma. A população armada se defende melhor, não vai dar essa moleza para os bandidos. Bom, vou escovar os dentes — disse Marlon, indo para o banheiro.

Só que, antes de chegar ao banheiro, no meio do corredor ele ouve Maria aos berros de novo. Sempre se irrita com a mania dela de gritar pela casa, vira e mexe ele se assusta.

— Marlon, querido, corre de volta aqui pra sala! Vem logo! Corre, lerdeza!

O corpo curvado e trôpego caminha o mais rápido que consegue para a sala. Chega em menos de um minuto, mas completamente esbaforido.

— O que foi agora, Maria? Qual a pressa? — Mal respirava, mas já estava pronto pra brigar com ela por causa da histeria.

— Marlon, você está na televisão! Estão falando de você! Ai, meu Deus! O apresentador te chamou de inventor brasileiro.

— Aumenta o volume e cala a boca senão não ouço, Maria.

O mesmo noticiário que contou o desaparecimento da menina Helena agora falava de Marlon. Ele segura a emoção ao ouvir sua história na TV, sabe que a notícia terá repercussão em todas as outras emissoras. O inventor brasileiro não reconhecido em seu próprio país agora será conhecido de todos. Marlon mal pode acreditar que esse momento chegou.

Não tem dúvida de que a história foi plantada no telejornal de maior audiência das manhãs por conta do prestígio de seu advogado, dr. Hildebrando Fortes, causídico com muitos anos de experiência e prestígio junto a juízes, desembargadores, ministros e com muito acesso a jornalistas conceituados. Apesar de ser uma cidade grande, em Brasília toda a alta sociedade se conhece e Hildebrando conhece todo mundo.

— Maria, me perdoa pela grosseria. Não devia ter falado desse jeito, mas fiquei nervoso com os berros. Você pode me contar a parte que perdi? — O pedido de desculpas não era sincero, mas sim pra Maria não ficar brava e contar o outro pedaço da reportagem.

— Falaram que você entrou na justiça buscando o reconhecimento de um invento que fez e foi roubado, acho que foi isso. — Apesar do esforço dele, Maria estava chateada com a grosseria.

— O que mais falaram? Só isso?

— Foi isso. Que você inventou algo valioso e que a invenção foi roubada por uma empresa e você tem direito a ser indenizado. E que, somados todos os anos em que usaram a invenção, você teria direito a uma fortuna.

— Mas eles falaram "roubo" para se referir à atitude da empresa comigo?

— Acho que não, não lembro exatamente o que foi dito, mas o significado era esse, que roubaram sua invenção e que você tem muito dinheiro para receber. Apareceu até uma foto sua, acho que aquela que você tirou no laboratório o ano passado, aquela com o terno cinza.

— Maria, minha querida, acho que chegou a nossa hora, vamos receber a justiça que merecemos. Em breve, quem sabe já na ceia de Natal, eu conte a história a todos. E peço desculpa por minha estupidez, ando nervoso porque estou lutando pelo nosso futuro. Amo você, minha querida.

— Também não exagera, Marlon. Romantismo e gentileza não combinam muito com você, mas já me acostumei e gosto de você mesmo assim. Meu traste querido.

Marlon deixa a sala e minutos depois surge com roupa de ginástica, o que espanta Maria. Usa o velho moletom cinza, que cheira a bolor, o tênis branco amarelado e uma camiseta regata que deixa os pelos do sovaco à mostra.

Vai caminhar pelo bairro, algo que não faz há anos. A aparição na TV trouxe de volta uma energia represada que elnem sabia mais que ainda existia. Sente-se uma nova pessoa, rejuvenescido para lutar com todas as forças por seus direitos. Como se tivesse tomado um potente energético, está saltitante, louco para derrotar o adversário.

Em LoT, seria o momento em que o guerreiro abatido e derrotado se reconstrói para uma nova batalha. Ou como a lagartixa que, depois de ter o rabo cortado, se regenera, recuperada por inteiro.

Pela primeira vez depois de muito tempo, há um sorriso no rosto envelhecido.

3

No celular surge a chamada de Calabar, ou seja, assunto chato, conversa chata, mas certamente bem remunerada. Calabar Nobre é o diretor jurídico da TOTEM, grande empresa de telecomunicações de origem italiana e com mais usuários de celulares no Brasil do que em todos os outros países onde atua.

A TOTEM é uma gigante que atua em muitos negócios, desde planos para celulares, internet, transmissão de dados até produção de conteúdo de mídia, produtos digitais e *cloud*. Surgiu há cinquenta anos na Itália, após a Segunda Guerra Mundial, quando a derrota deixou o país destruído e foi necessária a criação de uma empresa para reconstruir as linhas de comunicação.

Na década de 1970, a TOTEM deixa de pertencer ao Estado, é privatizada e, até hoje, tem entre seus principais acionistas grandes bancos europeus e fundos de investimento asiáticos. Chegou ao Brasil há cerca de 25 anos e Calabar é da primeira leva de funcionários.

Calabar é um dos grandes clientes de Vito, é daqueles executivos arrogantes que tentam cultivar uma imagem humilde. Um perfil bastante comum em grandes corporações, onde se deve demonstrar empatia com os funcionários de todas as áreas, tanto faz se essa empatia é real ou treinada.

Vito conhece Calabar há vários anos e sabe como lidar com ele. Dedica-lhe toda a atenção e tratamento preferencial, sempre pronto a atendê-lo em qualquer hora e lugar. Não deixa de elogiá-lo sempre que possível e de ressaltar sua liderança.

A ligação para Vito era do próprio Calabar, ou seja, o assunto é importante. Para questões corriqueiras, as ligações são feitas pela secretária, que depois transfere a chamada. Vito atende mostrando entusiasmo:

— Olá, Calabar, como vai? Faz algum tempo que não falamos, como está a família? E as coisas na empresa? — É necessário manter um tom formal, mesmo depois de tantos anos de convivência.

— Olá, Dr. Vitorino, pode falar? — Calabar sempre inicia assim as ligações e a pergunta é retórica.

— Claro, estou sempre pronto e à disposição — Essas frases do verso de saquinhos de padaria do tipo "servimos bem para servir sempre" caem bem com clientes egocêntricos.

— Ótimo, meu caro. Mas o doutor sabe que prefiro conversar pessoalmente, você tem condições de vir aqui na empresa para uma reunião? — Outra pergunta retórica que não admite recusa.

— Claro que posso, a que horas?

— O mais rápido que puder. Pode ser agora?

— Claro que pode, Calabar, você manda. Estou de saída de casa, vou transferir uma reunião e em meia hora estarei aí — *Lá se vai minha programação às vésperas do Natal*, pensou Vito.

— Obrigado, meu caro. Estou aguardando.

— Por nada, Calabar. Falamos daqui a pouco. Abraço — E Vito sorriu calado, torcendo para que a expressão "meu caro" se aplique aos honorários que o novo assunto poderá gerar.

Natal próximo, noite insone, abstinência de jogar LoT e logo cedo reunião com Calabar, o dia promete. Vito toma um gole do energético para acelerar o metabolismo, dá tchau para Damaris e entra no elevador, onde, diante do espelho, faz a última checagem: terno, gravata, caneta tinteiro, abotoaduras, Rolex, cartões de visita, óculos de sol, tudo certo.

Vaidoso, só veste ternos bem cortados azuis ou pretos, camisas brancas com iniciais no bolso e abotoaduras de ouro branco. Usa sapatos oxford pretos brilhantes e gravatas com design atemporal e temas discretos.

Quem o vê durante o dia não o imagina como capitão de uma equipe de LoT, jamais pensaria que ele é o Bitterman.

Entra no carro, trava as portas e coloca o cinto de segurança. A maioria das pessoas que mora em São Paulo têm vidros escuros no carro e a minoria que pode faz blindagem para ter alguma sensação de segurança. Quase todos os motoristas já tiveram o trauma de sofrer um assalto à mão armada no trânsito. A blindagem diminui a tensão e aumenta a proteção, mas não impede que se assista a outros roubos ao seu redor.

Se não fosse advogado, Vito seria músico ou escritor. É um leitor contumaz e um cinéfilo. No carro, a caminho de qualquer lugar automaticamente coloca as *playlists* que cuidadosamente cria para cada estado de espírito. Tem gosto musical eclético, ouve todo tipo de música — menos pagode moderno. Embora não goste tanto, respeita os sambas da velha guarda, clássicos que expressam sentimentos do morro e das periferias. Feitas essas ressalvas, ouve de tudo.

Para reunir-se com Calabar, um som pesado, para gerar adrenalina e acordá-lo um pouco mais. O caminho para a TOTEM começa contornando o Parque do Ibirapuera, onde ele dá aquela rápida conferida no empurra-empurra, antes de entrar na avenida República do Líbano, uma via quase bucólica, toda arborizada. Os alto-falantes ecoam Led Zeppelin, AC/DC e Deep Purple até o destino na Nova Faria Lima, onde empresas de muito capital e *yuppies* endinheirados circulam em um pequeno perímetro conhecido como "condado", área exclusiva de *traders*, operadores financeiros e executivos metidos em geral.

A ampliação da Faria Lima, apesar do roubo na obra, foi um acerto. A avenida tornou-se rapidamente o novo centro empresarial de São Paulo, sediando grandes empresas, bancos e escritórios de advocacia. Exibe prédios modernos e envidraçados, com pé-direito alto e entradas imponentes que consagram a arquitetura funcional e impessoal, apropriada para o mundo corporativo.

O novo centro fez com que empresas que estavam na avenida Paulista migrassem para a Faria Lima. Vito permaneceu na Paulista; tem uma relação afetiva com a avenida que faz parte da sua vida. Lá está o colégio onde estudou, os bares que frequentou e os cinemas onde assistiu às mostras internacionais. A avenida pode ser a representação da beleza concreta das esquinas (como diz Caetano Veloso), é bem localizada e tem acesso às demais vias importantes da cidade.

Vito não gosta de modismos, como esse que dita que de tempos em tempos deve-se mudar o centro empresarial. O primeiro centro ficava na tradicional região que se estendia da Praça da Sé até a avenida São João, depois todos migraram para a avenida Paulista e depois para a Faria Lima.

A TOTEM fica na área mais cara da Faria Lima, em um prédio que tem uma fachada imponente, com minijardim na entrada e mastros com as bandeiras do Brasil, de São Paulo, da Itália e da União Europeia ao lado de uma escultura que representa a marca, um totem indígena.

Entrando no prédio há um imenso telão exibindo filmes comerciais da empresa e vídeos promocionais de suas ações sociais. Na realidade, são imagens aleatórias para entreter as pessoas enquanto aguardam atendimento e autorização de entrada.

O atendimento na recepção é demorado e dessa vez não foi diferente: quinze minutos para ser identificado, fotografado, pegar o crachá de visitante e ser autorizado a subir ao trigésimo sétimo andar, onde fica Calabar.

O elevador é moderno, sem botões. Sobe em alta velocidade e tem uma tela que exibe notícias atualizadas. Na chegada ao andar, Vito é recebido por Micaela, secretária de Calabar, e colocado para aguardar na sala, servido de café e água. Micaela o conhece há anos, mas, como é da escola de Calabar, não é de muita conversa.

A sala de Calabar tem uma ampla mesa retangular de trabalho e outra circular para reuniões. Ao fundo, uma bela vista da cidade em uma ampla janela com persianas que sobem e descem ao comando do controle remoto.

Vito senta-se na mesa de reunião, checa as mensagens no celular e depois olha para a estante a sua frente, que parece um pequeno museu da TOTEM com referências a vários momentos da empresa. São troféus, fotos de Calabar com diferentes presidentes e muitos certificados.

Fica espantado com o grande número de programas de gestão. Displays mostram a participação de Calabar em treinamentos de Foco no Cliente, Excelência de Atendimento, Estratégia Seis Sigma, *Design Thinking*, além de prêmios da empresa como *Best Place To Work*, Empresa do Ano no Setor, e participação em ações sociais como Voluntários do Bem, aquele voluntariado obrigatório para executivos demonstrarem empatia com o próximo.

Na sala não há livros de Direito ou porta-retratos com fotos da família, como se poderia esperar da sala de um advogado; tudo é muito impessoal. Se houver a necessidade de mudar o executivo de sala ou mesmo demiti-lo, a mudança será rápida. Após quinze minutos, Calabar chega.

— Como vai, dr. Vitorino? Prazer em revê-lo. Agradeço sua pronta disponibilidade. — Calabar sempre é formal.

— Estou bem, Calabar e contigo? Imagina, qualquer pedido seu tem prioridade e não me chame de doutor, por favor, nem médico sou — graceja Vito para descontrair, usando outra piada pronta.

— Para não tomar muito de seu precioso tempo, já falo o motivo pelo qual o chamei. Estou um pouco impactado, mas o fato é que recebemos esta intimação de um processo judicial — diz Calabar, entregando os papéis para Vito examinar.

— Deixe-me ver isso. — Vito começa a ler atentamente.

A intimação é para a TOTEM defender-se em um processo que cobra indenização de três bilhões de reais pelo uso ilegal, por mais de dez anos, de uma invenção sem autorização do seu criador.

Anexa à intimação está a petição do processo, dizendo que a TOTEM cometeu várias fraudes ao usar de forma comercial o invento de outra pessoa, uma acusação bastante séria e que, se comprovada, atingirá a reputação da TOTEM no mercado. As empresas devem buscar o lucro, mas prestando um serviço justo e seguindo um código de ética; ter um roubo atribuído a si é muito danoso para a imagem de qualquer companhia, podendo até ser fatal.

A petição tem tom acusatório, afirmando que a TOTEM lucrou pelo uso do produto e deve pagar ao inventor pelo uso passado, presente e futuro. Ao notar o valor bilionário da demanda, Vito se anima; certamente os valores dos honorários nesse caso serão altos. E logo percebe que o processo será disputado por vários escritórios.

Não se sabe bem como, mas, na área jurídica, um processo de alto valor rapidamente vira conhecimento geral e desencadeia uma corrida à mina de ouro. Escritórios de renome procurarão Calabar colocando-se à disposição para atuar na causa, cada um deles gabando-se de sua expertise, seu diferencial.

Vito sabe que não está contratado, apenas sendo consultado, o que Calabar deve fazer também com outros escritórios. Uma concorrência discreta e velada que envolve não somente o melhor preço, mas a habilidade em transmitir ao cliente a confiança de um resultado positivo.

O diferencial inicial para estar entre os possíveis contratados começa por uma avaliação coincidente com a de Calabar sobre a intimação. Vito levanta os olhos após a leitura, franze a testa e, manifestando indignação, diz:

— Calabar, este processo é um absurdo, uma aventura jurídica sem nenhum fundamento. Nós sabemos dos cuidados que a empresa tem para lançar os produtos, dos cuidados desde o processo de criação e da obediência às rigorosas regras de *compliance*.

— Exatamente, dr. Vitorino. Me pareceu absurdo também. Fico feliz que tenha tido a mesma percepção.

— O que está dito aqui não vai vingar, não tem como. O caso é complexo e interessante e já começo a pensar em estratégias de defesa que podem destruir totalmente o que se diz na ação. Vejo um cenário bastante bom para a TOTEM, isto se você quiser que eu atue. Fico indignado com um processo irresponsável como esse! — Vito fala como se estivesse realmente contrariado.

— Tive esta mesma percepção, dr. Vitorino. Não tenho conhecimento de nenhum ato irregular da empresa e, pelo que me recordo, não há nenhuma violação que possa gerar uma indenização absurda. Mas agora temos que recuperar todo o histórico do lançamento do produto e, paralelamente, vou definir o escritório que defenderá a empresa. Isto é apenas uma primeira conversa, você entende minha posição? — Calabar mantinha o distanciamento formal de sempre.

— Claro que entendo. Eu atuo na defesa dos processos da TOTEM há vários anos, Calabar, participo de inúmeras reuniões internas e falo com muitas áreas nesta empresa. Conheço os procedimentos e repito, não acredito na utilização de um produto ou serviço sem a devida autorização ou o registro da patente.

— Também acho, dr. Vitorino. Não me parece factível. Mas temos que nos cercar de todos os cuidados e peço para não comentar deste processo com outros colegas, quero manter discrição por ora.

— Fique tranquilo. E, se meu testemunho vale algo, tenho certeza de que as áreas da empresa são cuidadosas e éticas e não fariam algo tão grave como roubar uma invenção. Estamos falando de uma grande empresa, reconhecida por sua qualidade, e não de uma lojinha de fundo de quintal para ele nos acusar assim, e, veja, estou falando tudo isso sem conhecer os detalhes do caso, apenas com base no que sempre vivenciei aqui. — Vito utilizava a linguagem formal e levemente bajuladora que a situação exigia.

— Claro, claro. Bom, agora tenho a missão de comunicar aos acionistas o processo, dado o alto valor envolvido. Voltaremos a nos falar, doutor. Sobre uma eventual contratação, necessito que me mande uma avaliação do risco que o processo representa e a proposta de honorários. Por ora, agradeço a presença e a primeira avaliação — encerra Calabar com a fala protocolar.

— Calabar, conte conosco. E, se eu souber de algo que possa ajudar, vou te passar, independentemente de qualquer contratação. Quanto à análise do processo e proposta de honorários, envio ainda hoje.

— Obrigado pela consideração. — Calabar foi levantando-se da mesa, indicando o encerramento da conversa.

Despediram-se e Vito corre para o escritório para descobrir algo que o ajude a ganhar a concorrência. Nos casos em que o cliente consulta vários escritórios, o segredo para ficar com a causa está na agilidade em conseguir informações exclusivas, de "bastidor" — por exemplo, alguma impressão do cartório de como a demanda foi recebida pelo juiz, alguém que tenha um relacionamento próximo e conheça o modo de pensar dele etc.

A caminho do escritório, envia dados para adiantar a pesquisa e mobiliza a equipe, pedindo prioridade absoluta. Parem de fazer o que estão fazendo, larguem tudo e dediquem-se a esta demanda imediatamente, mobilizem-se.

A equipe do escritório atua sob seu comando há vários anos e, como a equipe do LoT, tem um grande entrosamento. Cada um sabe o que fazer nessas urgências, a quem procurar, onde buscar informações e sem bater cabeça, sem retrabalho. Agem em sincronia de movimentos, o que representa ganho de tempo, pois a velocidade de resposta pode ser determinante para o sucesso ou insucesso.

Pensativo, Vito percebe que o nome do inventor não lhe é estranho: Marlon Pereira. Procura na internet e lê uma matéria de um jornal de Brasília que diz: "A luta do grande inventor brasileiro pelo reconhecimento". E, depois da manchete, conta-se a história de injustiça que lhe tirou sua mais valiosa invenção.

Marlon Pereira quer o crédito por uma invenção que fez no seu laboratório e que está devidamente patenteada. Um link em uma das reportagens leva a um vídeo disponível no YouTube contando o martírio do inventor ignorado e surrupiado, uma produção bem-feita para passar a impressão de que se trata de algo indiscutível, que houve um roubo da invenção.

Olhando para as fotos de Marlon, Vito lembra-se que leu sobre a luta pelo reconhecimento da invenção, mas há uns dez anos. Não é possível que seja a mesma invenção ainda e que Marlon tenha demorado tantos anos para buscar a justiça.

A insegurança jurídica e social faz com que muitos desistam de buscar a justiça e explica por que Marlon viveu em dilema tantos anos, antes de ter coragem para promover um processo cível extremamente demorado e desgastante.

Marlon é um inventor reconhecido, tem um laboratório bem montado, não tem sequer o direito de pedir justiça gratuita. Pagará seu advogado, as custas judiciais, perícias etc.

E se perder um processo dessa magnitude, além de ter que arcar com um grande prejuízo financeiro, perderá a reputação que levou tantos anos para construir. Há muita coisa em jogo.

Demandar é um ato de resistência. É correr antes que as saídas se fechem, é batalhar para manter-se em pé, é remar contra a maré. Para Marlon, resistir é continuar vivendo, ainda que os ventos soprem fortes contra si; ele sabe que, como no ditado antigo, deve ser o bambu que se dobra, mas nunca quebra e segue em pé.

Vito, em seu íntimo, admira a coragem que Marlon tem para desafiar uma empresa do tamanho da TOTEM, ao mesmo tempo que convive com uma dúvida: será possível que alguém entre com um processo desse porte, disposto a encarar uma briga que pode gerar a própria destruição, se não tiver o mínimo de razão?

4

A VCA (Vitorino Constantino Advogados) é uma firma de médio porte, com quinze advogados, estagiários, assistentes e secretárias, uma equipe de trinta pessoas no total. Escritórios de médio porte com especialidades específicas são conhecidos como butiques ou ateliês e atuam em processos complexos de modo artesanal, com advogados dedicando-se integral e exclusivamente a casos especiais do início ao fim.

Quase todos os advogados da VCA estão com Vito há muitos anos, compartilham do mesmo objetivo de não perder processos importantes e usam os resultados como credencial para conquistar novos clientes. A mensagem que a VCA transmite ao mercado é a de que "enxergamos além do que outros enxergam".

A exaltação dos próprios resultados pode soar como pretensiosa em outras áreas, mas é usada com normalidade pelos advogados. No meio jurídico, certa empáfia é até vista como virtude, pois transmite segurança aos contratantes. Clientes querem advogados que não sejam apenas bons tecnicamente, mas sobretudo vitoriosos. Se uma boa técnica é o alicerce de qualquer firma, não basta discorrer de forma abstrata sobre teses sem conseguir convencer os julgadores de que você está com a razão. O mundo corporativo funciona com resultados imediatos.

Escritórios vencedores transformam o reconhecimento dos clientes e do mercado corporativo em ganho de imagem, solidificam-se como bancas respeitadas tanto por juízes como por promotores e outros advogados.

No meio jurídico, o reconhecimento se formaliza através de pesquisas que os clientes são solicitados a responder. Anualmente, diversas entidades avaliam os melhores profissionais, e escritórios avaliados positivamente pelo maior número de clientes são premiados pela mídia especializada, gerando um excelente marketing.

Vito não trabalha visando a condecorações, porém não nega sua importância. Certificados, premiações e displays estão expostos na recepção do escritório, em expositores na entrada. O visitante se depara com um respeitável número de prêmios, expondo o quão vitorioso é o escritório, transmitindo prestígio, reconhecimento e respeitabilidade.

Pródiga em condecorações, a área jurídica tem cerca de duzentas cerimônias anuais com farta distribuição de prêmios aos escritórios e advogados, além de comendas do judiciário, medalhas de mérito, homenagens de associações de classe e outros títulos. Existem distinções estranhas, como "moções de aplauso", e condecorações com títulos honoríficos.

Algumas premiações se materializam através de publicações em revistas especializadas ou mesmo através da entrega dos prêmios em eventos anuais. Já a designação para algum posto específico ou mesmo um título honorífico se dá através de certificados e pins de lapela.

Luiz e Reinaldo não perdem a oportunidade de zoar Vito, dizendo que o advogado é o ser que mais ama a si próprio, é um ser bíblico representado no livro de Eclesiastes, a "vaidade das vaidades". Tudo é vaidade no advogado.

Tradicionalmente, essa vaidade é exposta por advogados nos diplomas na parede atrás de sua mesa. Sobretudo os que entendem que cursaram as melhores faculdades fazem questão de exibi-los. Pós-graduações, mestrados, doutorados, cursos de extensão no exterior completam a tela de fundo da mesa do advogado.

A pandemia trouxe uma nova moda que substituiu a parede de premiações. Como muito se trabalha virtualmente, através de videoconferências, popularizou-se o vocabulário do "vamos fazer um Teams, Zoom ou Skype". E surgiu uma nova tela de fundo, a estante com livros. Os mais tradicionais mostram estantes com livros de capa dura, coleções arrumadas decorativamente, e os mais inovadores, com quaisquer livros e uma estante mais despojada, até bagunçada.

Inegável a importância dos símbolos. Diplomas na parede, telas de fundo, pins na lapela e, para alguns, até o anel de rubi de formatura — de gosto duvidoso.

Símbolos não são prioridades na VCA. Os advogados de Vito têm a mentalidade voltada para resultados, pois ganhar processos significa ter honorários cada vez melhores. E para Vito, mais do que simbologia, advogado feliz é advogado com o bolso cheio. Ganhando dinheiro, cada um alimenta a própria vaidade como preferir, ostentando em carros caros, viagens exóticas em hotéis exclusivos e assim por diante.

Teresa Cristina é a advogada mais antiga da VCA, com quinze anos de casa. Conhece detalhadamente as estratégias de Vito, é a segunda em comando, o cão fiel que entrega tudo que é pedido (missão dada, missão cumprida). Desempenha as atividades com maestria, muito suor e espírito de equipe.

Solteira convicta, é daquelas que, depois de várias decepções, resolveu não construir novas relações amorosas. Homem é tudo igual mesmo, nenhum presta. Ela prefere passar quatorze ou quinze horas por dia no escritório sem que isso seja sacrifício. Muito melhor que um namorado ou marido enchendo o saco.

Em muitos dias, Vito acaba de jogar LoT e, perto da meia-noite, liga no escritório só para mandar Teresa ir para casa, para que ela não passe noite e dia trabalhando. E no dia seguinte, quando Vito chega na VCA, Teresa está novamente trabalhando intensamente e com um sorriso de felicidade.

A dedicação não poupa nem os finais de semana. Fios de cabelos brancos brotam entregando a maturidade, justamente porque ela, por vezes, deixa de ir ao cabeleireiro para se dedicar a projetos em andamento. O trabalho vem antes de tudo, até da manicure e de outros cuidados. Mesmo sem a ajuda cosmética frequente, Teresa é uma mulher elegante, de traços finos, charme na postura e uma educação refinada.

Sempre foi dedicada em tudo que diga respeito a Vito. Pode-se dizer que foi obcecada por Vito antes de trabalhar com ele na VCA.

» » « «

Acionada por Vito, Teresa e equipe agiram imediatamente. Reviraram tudo que podiam sobre Marlon, a invenção, o juiz e a mídia. Quando Vito chega na VCA, o dossiê sobre tudo que diga respeito a Marlon e à TOTEM está pronto.

São muitas informações sobre o juiz do processo, um magistrado antigo e com um perfil complicado. Tem fama de ser muito rude com os funcionários de sua vara, já destratou o chefe de gabinete na frente de visitas e profere muitas decisões polêmicas. Além disso, sempre teve a ambição de ser promovido para desembargador do Tribunal de Justiça de Brasília, mas, por conta da personalidade complicada, nunca foi cotado.

As informações sobre Marlon incluem toda sua trajetória profissional, desde o primeiro emprego, quando ainda frequentava a UnB. Há fotos do laboratório extraídas da internet, fotos dos funcionários que com ele trabalham e fotos da família.

Vito lê tudo rapidamente, entretanto, o que mais o impressiona é o relato da conversa de Teresa com empregados da TOTEM. Ao entrevistar várias pessoas pelo telefone em um bate-papo informal, ela obtém informações não oficiais, aquilo que se fala nos corredores da empresa. Contam os funcionários antigos o que não está escrito em nenhum documento, versões que podem mudar uma história.

Está pensativo com o que leu e o que Teresa apurou quando é interrompido por um grito e leva um susto. Irrompe em sua sala sem ser anunciado um cliente seu de muitos anos, Wanderley:

— Pelo amor de Deus, Vito! Pela nossa amizade, me ajuda, não sei mais o que fazer... — e desaba a chorar.

— Nossa, o que houve? Wanderley, me conta o que aconteceu.

Vito acena para Teresa indicando a saída da sala. Falarão da TOTEM em seguida, não há como dispensar Wanderley depois da invasão.

Wanderley Batista é um homem simples e quase bilionário. Dono de uma gigantesca produção de laranjas em Barretos com milhares de hectares, rivaliza com a Cutrale, a outra grande indústria produtora e exportadora da fruta. Sua marca, WBS, exporta para o mundo e tem as iniciais de seu nome (Wanderley Batista) e o da esposa (Silvia).

É casado com Silvia Felipe, mulher bem-nascida da alta sociedade barretense. O casal é presença frequente nas colunas sociais da região e a WBS é um dos grandes patrocinadores do Festival de Barretos, a maior festa anual de rodeio da América Latina, com shows de artistas consagrados e farta distribuição de prêmios. Simpáticos, Wanderley e Silvia são queridos e populares em programas de TV regionais, onde falam sobre o sucesso como empreendedores e dão dicas para motivar pessoas, tudo sem perder a simplicidade no jeito de falar, o que gera uma identificação grande com o público em geral.

Wanderley é um homem rural, veste-se com grifes famosas, mas preserva a simplicidade interiorana, é acessível a todos. Como diz o lema de Barretos, Wanderley está sempre pronto para um dedo de prosa e pra molhar as palavras numa boa cerveja gelada. Adora música sertaneja, desde os clássicos Tonico e Tinoco até os artistas mais atuais, como Gusttavo Lima, Leonardo e Eduardo Costa.

Mas parece completamente fora de si, descabelado, barba por fazer, roupa amarrotada e olheiras profundas. A feição do terror em um ser humano.

— O que houve, Wanderley? Você está péssimo, o que aconteceu? Você e Silvia brigaram...?

— Vito, sequestraram minha filhinha, a Helena. Estou desesperado, não sei o que fazer! — Ele mal conseguia falar.

— Nossa... como assim? A Helena? Não acredito, me conte tudo.

— Eu estava em Portugal inspecionando uma das novas fábricas e retornei ontem pela manhã. Silvia foi me buscar no aeroporto e enquanto isso Helena ficou em casa com Elaine, a babá. Ao chegarmos, a babá estava chorando e Helena havia sumido do berço...

— Como assim? A babá não estava com ela? O que ela diz?

— Helena estava dormindo e Elaine aproveitou para passar a roupinha dela. Foi até a área de serviço e deixou a babá eletrônica ligada, ou seja, se Helena acordasse, ela ouviria. Ficou cerca de dez ou quinze minutos ausente e quando voltou não encontrou Helena. Alguém a levou sem nenhum barulho e sem choro.

— Mas a casa foi invadida? Você não tem sistema de segurança, as câmeras não filmam tudo?

— Não há sinais de invasão e nenhuma porta arrombada. As câmeras internas não filmaram nada além do movimento normal. E as câmeras da área externa estão parcialmente desligadas, sendo trocadas por novas câmeras. Não sei mais o que fazer, não consigo parar de imaginar o sofrimento da minha filha.... — As mãos de Wanderley tremiam sem parar, ele poderia ter um ataque cardíaco a qualquer momento.

— Wanderley, essa babá, Elaine, é de confiança? Vocês já falaram seriamente com ela? A polícia já falou com ela? Acho que quem pegou Helena conhece a rotina da casa e certamente sabia das câmeras desligadas. Ela é uma forte suspeita, até mesmo porque, se só ela estava em casa...

— Falamos longamente com ela e a polícia também tomou o depoimento nos mínimos detalhes. Ela trabalha conosco desde o nascimento de Helena, antes trabalhou na casa de amigos e tem referências ótimas, sempre foi excelente. Está inconsolável como nós e se culpando pelo que aconteceu. Estou convicto de que não foi ela que fez essa atrocidade e parece que o delegado pensa o mesmo.

— E quem comunicou o desaparecimento para a polícia?

— Foi a primeira coisa que fiz. Chegamos em casa e Elaine chorava. Contou-nos o ocorrido e liguei na mesma hora para a polícia. Em dez minutos duas viaturas chegaram e o delegado Pascoal chegou em seguida, todos foram bem rápidos. Estão atuando fortemente e investigando, mas estamos desesperados. Como você sabe, Helena é uma criança especial, com síndrome de Down. Me ajude, meu amigo, não sei o que fazer, por favor....

— Claro que ajudo. Conheço Helena desde a maternidade, uma graça de criança. Wanderley, não há como não se desesperar nessa situação, mas ficar assim não ajudará. Temos que ser práticos. Preciso que você vá para casa e fique por lá, por mais difícil e angustiante que isso seja. Se foi um sequestro, vão entrar em contato, e você precisa estar lá para atender.

— Mas o que faço? Fico esperando o contato? Não faço nada? Não dá pra ficar só esperando, vou ficar louco. Você não tem ideia do sentimento quando te tiram o que é mais valioso na sua vida.

— Sei que minhas palavras podem parecer frias, mas meu papel é ser racional e te orientar. Ficar desesperado não vai adiantar nada.

— Não consigo ficar sem fazer nada para encontrá-la... Ai, meu Deus!

— Wanderley, confie em mim. Mandarei um investigador particular que trabalha comigo e tem minha total confiança para a tua casa. O nome dele é Mauro e ele vai te orientar e conduzir uma investigação paralela. Ele é dos melhores que existem, eu garanto. Agora vá para casa, não há nada que possamos fazer daqui.

— Está bem, Vito. Nem sei como agradecer a ajuda, não esquecerei esse gesto. Estou sem rumo e não sei mais a quem recorrer. E quero encontrar minha filha logo.

— Imagino o que você está sentindo... Vá para casa, Wanderley. Mauro irá até lá e em seguida também irei para ver o andamento das investigações, falar com a babá e tudo o que for necessário. Você está com o motorista aguardando? — Vito viu que Wanderley não tinha condições de dirigir.

— Sim, ele está lá embaixo. Então vou para casa. Quero minha filha de volta...

Wanderley saiu aturdido e enxugando as lágrimas. Vito ficou tocado com o desaparecimento da criança. Conhecia Helena desde que nasceu. Não parava de se perguntar: quem poderia fazer mal a uma criança com menos de dois anos? Quem sequestraria uma criança especial que requer cuidados adicionais?

Ligou para Mauro, contou o ocorrido e passou os dados de Wanderley, Silvia e Helena, além de dados sobre a WBS Exportadora de Laranjas S/A. Pediu prioridade total na investigação. De posse das primeiras informações, Mauro coloca o seu melhor grupo de investigadores para trabalhar, enquanto vai ao encontro de Wanderley.

Após a saída desesperada, Teresa Cristina entra na sala obrigando-o a retomar o foco na TOTEM. Vito sabe que, apesar do acontecimento terrível, não pode se dar ao luxo de qualquer distração. Deixar a condução do caso Marlon para outro escritório é inadmissível. Uma vez procurado, não aceita perder a concorrência; quer mostrar as melhores condições técnicas para ser contratado.

Teresa resume: Marlon diz ser o inventor do identificador da origem de chamadas telefônicas, o que na época acabou com o anonimato e os trotes. O invento é a CIDA (abreviatura de cidadão).

Segundo Marlon, a TOTEM não possuía a capacidade de identificar dados de ligações e por isso se apropriou da CIDA, que atualmente é usada por todos os usuários como parte dos serviços das operadoras de celular. Todos que recebem ligações nos celulares olham o número de quem está ligando, e isso foi invenção de Marlon.

O juiz que atuará no processo é Jobson Jones, sujeito envolvido constantemente em polêmicas. Com décadas de carreira, tem fama de temperamental. Mora com a esposa em uma mansão no Lago Sul da cidade, imóvel luxuoso e de valor incompatível com o padrão de vida de um juiz de primeira instância. A esposa de Jobson é daquelas madames antigas, não trabalha e sempre é vista em compras nas lojas mais luxuosas de Brasília. Realizou muitas cirurgias plásticas e acaba de fazer uma harmonização facial que deixou seu rosto disforme.

Casos judiciais como o de Marlon, em que se discute a propriedade intelectual e quebra de patente de uma invenção, se resolvem por uma prova técnica, uma perícia que verifique se a TOTEM utiliza a tecnologia dele ou não. Certamente um perito irá, através de normas técnicas, estabelecer se o serviço prestado pela empresa utiliza as especificações do invento de Marlon. Por mais que seja um caso que envolva orgulho e emoção, a solução deverá ser técnica.

Teresa conta que as primeiras apurações com funcionários dão indícios de que as alegações de Marlon não são tão levianas como se imagina.

— Vito, as coisas não são tão bonitinhas para a TOTEM como parecem. Há muito mais coisa entre o céu e a terra do que pensa nossa vã filosofia... — Teresa adora frases de botequim.

— Desconfiei. O que descobriu?

— Coisas suspeitas. Pelo telefone, o pessoal me contou detalhes de algumas antigas negociações. E olha esse documento... Se bobear, roubaram a invenção do cara mesmo. Esse Calabar se faz de sonso, mas deve saber disso; enfim, a hipocrisia.

— Óbvio que, se há algo errado, ele sabe. Mas tem que fazer o papel dele e defender a empresa. Se regras foram violadas, provavelmente foi quando Calabar já estava na empresa e ele vai dizer que nunca soube de nada. Nosso papel é fingir que acreditamos nisso. Afinal, você quer ser feliz ou ter razão?

— Ai, Vito. Hipocrisia demais pro meu gosto. Que mundo sujo, que pessoas desprezíveis. Certa está aquela frase, quanto mais conheço os homens, mais gosto dos cachorros.

— Chega de frase de biscoitinho chinês, Teresa. Vou ligar para Calabar e falar sobre as conversas e este documento. Obrigado pela agilidade, o time está afiado. Agora pode sair...

— Nossa, educado como sempre. Estava até estranhando o agradecimento, mas com a patada tudo voltou ao normal. Tchau.

As conversas de Teresa e o documento dizem mais sobre a CIDA do que o dossiê montado. Para o direito de defender a TOTEM, a primeira coisa é mostrar algo surpreendente, inédito, e ele acredita ter conseguido isso. Liga para Calabar antes que algum outro escritório o faça:

— Meu caro Calabar, tudo bem? Desculpe interrompê-lo, imagino que esteja com a agenda bastante complicada, mas creio que já possuo uma informação relevante sobre o processo de Marlon. — O tom formal sempre é necessário.

— Ótimo, dr. Vitorino, muito bom. Se quiser, passe novamente por aqui e conversamos. — A mesma resposta que Calabar dá na maioria dos telefonemas.

— Não quer que eu adiante ao menos do que se trata? Tenho algumas informações que acho que poderão te interessar muito. — Vito sabe que luta contra o tempo e quer adiantar algo para marcar posição.

— Prefiro falar pessoalmente, caso você não se importe. — Calabar nunca renuncia à precaução, acha as conversas telefônicas vulneráveis a grampos.

— De forma alguma. Entendo, Calabar. Estou saindo do escritório e daqui a pouco estarei aí. Estou cada vez mais animado com este caso.

— Combinado, doutor. Lhe aguardo. Obrigado pelo pronto atendimento e retorno.

— Por nada, Calabar — encerra Vitorino. *Quem dá retorno é estrada, seu filho da puta. E essa mania de usar "lhe" pra tudo... brega*, pensa Vito.

O contato de Vito e Calabar só demonstra que o telefone é cada vez menos telefone. Quase não é mais usado, ninguém fala muito. As pessoas se habituaram com aplicativos como WhatsApp ou Telegram, que são práticos e possuem criptografia de ponta a ponta, garantindo a privacidade de quem conversa.

Calabar é radical em relação a telefones: não gosta de nenhuma comunicação que não seja pessoal, nem mesmo pelos aplicativos. Teme que suas mensagens sejam arquivadas pelo seu interlocutor.

No mundo corporativo, temas profissionais merecem cuidados extra mesmo quando são tratados pessoalmente. Cuidados como falar baixo, escrever coisas sensíveis em papel (em vez de falar), tudo para evitar escutas. Vive-se uma paranoia em que se desconfia de todos o tempo todo.

Exatamente uma hora depois da ligação, Vito chega à TOTEM, percorre a burocracia da fila na recepção, pega o crachá, cruza a catraca, toma o elevador e é recebido por Micaela. É encaminhado para a sala e, ao entrar, Calabar o está aguardando.

— Calabar, obrigado por me receber novamente. Sei que sua agenda é muito complicada, ainda mais nesse período natalino. Bom, para não tomar seu tempo, adianto que as primeiras informações que trago não são agradáveis, mas são importantes e, pela lealdade que devo a você, não posso deixar de rapidamente contar o que encontramos.

— Caro dr. Vitorino, na defesa dos interesses da empresa, muitas vezes lidamos com informações que não gostaríamos de ter, mas temos que lidar com isso, sempre com a máxima ética. — Calabar adora frases repletas de moral, que transmitem um inabalável cumprimento do dever.

— Estou certo disso. Meu papel como parceiro da empresa é fazer sempre o melhor para a TOTEM, em qualquer situação. E contigo, tenho um respeito e consideração que não me permitiriam agir de outra maneira. — Uma frase lugar-comum, levemente bajuladora.

— Sim, dr. Vitorino, admiro sua lealdade, mas estou curioso, me diga o que foi encontrado...

— Bom, Calabar, obtivemos informações relevantes. Desde que falamos sobre a intimação, eu e a equipe do escritório mergulhamos no assunto e montamos este dossiê com aspectos importantes como o perfil dos envolvidos e outras questões. Te deixo todo o material para sua leitura quando tiver tempo.

— Muito obrigado. Estou realmente impressionado com a agilidade de vocês, muito eficientes.

— Tudo que temos ainda é superficial, mas, além do dossiê, conseguimos um documento, um memorando interno bastante antigo, de quando a empresa sequer se chamava TOTEM. É bem provável que a empresa não tenha se utilizado indevidamente da invenção de Marlon, mas realizou testes para verificar o invento dele.

— Surpreendente, nunca tive conhecimento disso nem ouvi nada parecido, mas o que diz exatamente o documento? Menciona algum teste específico ou os nomes das pessoas envolvidas? — Calabar começa a morder a isca, fica curioso e incomodado com a informação. E por que ele fala em nomes dos envolvidos? Como sabe que foram várias pessoas?

— O memorando de vinte anos atrás é uma solicitação de uma área para outra, solicitando uma central telefônica específica para testar o invento de Marlon. Tenho uma cópia aqui, veja... — E mostra no celular a foto do memorando.

— Certo, eu não tinha essa informação e agradeço. De fato, parece que houve contato com Marlon; por outro lado, essa informação isolada não prova nada, concorda?

— Concordo plenamente. Só leve em consideração que este documento foi fruto de uma busca realizada em poucos minutos, sem sequer falar com ninguém. Com mais tempo, caso sejamos escolhidos pela empresa, estou certo de que obteremos o que for necessário para desvendar toda a história. Temos bons acessos — justificou Vito.

— Pelo tempo que vocês tiveram, foi uma descoberta muito boa, parabéns. — Calabar dificilmente elogia e isso é um excelente sinal.

— Ainda não quer dizer muita coisa, Calabar, mas não podemos desprezar o que diz o documento, chamando simplesmente de levianas as alegações de Marlon. Podem ser levianas, mas precisamos provar isso, concorda? — Além da surpresa, Vito lança uma dúvida sútil sobre a idoneidade da TOTEM.

— Nesse aspecto, sim; por outro lado, várias pessoas que conviveram e que conhecem Marlon ainda estão na TOTEM e me dizem que ele não inventou o que diz ter inventado. Ele se aproveitava de projetos desenvolvidos por outras pessoas para finalizá-los e registrá-los. De qualquer maneira, agradeço a agilidade. Vou digerir a informação e definir os próximos passos. Qualquer novidade, entro em contato — encerra Calabar com a formalidade de sempre.

— Claro, Calabar, e nesse ínterim conte comigo se precisar de algo mais. Agora vou tratar de outro tema urgente. Essa nossa vida de advogado é uma loucura, não é mesmo? — Vito sabe da importância de colocar Calabar no mesmo barco, como sendo um advogado atuante.

— Nem me diga, meu caro dr. Vitorino. Até logo e saiba que assim que tiver algum posicionamento lhe aviso.

— Aguardo seu contato, Calabar. Mas, independentemente de pegarmos ou não este caso, me disponho a ajudar. Achei muito interessante a discussão. E continuo com a minha convicção de que Marlon não tem razão, mas soube montar a narrativa e quem for conduzir o processo terá que saber desmontar essas armadilhas.

— Novamente obrigado, dr. Vitorino. Vocês sempre me atendem com muita rapidez e qualidade. Continuaremos trabalhando juntos, seja neste caso ou em outros. Lhe agradeço.

Ao sair Vito tem a convicção de que será contratado. Sente que Calabar ficou impressionado com a obtenção de um documento de vinte anos atrás, não conseguiu disfarçar a surpresa, o que mostra que a VGA transita com facilidade por várias áreas da empresa.

É muito comum o advogado ser surpreendido num processo. Às vezes por alguma testemunha que fala o que não se espera. Ou por fatos e documentos perdidos no tempo, como esse evento da negociação entre Marlon e a empresa que foi encontrado. Não existe estratégia que sobreviva a documentos perdidos comprometedores e, quanto antes eles forem encontrados, melhores condições existem para elaborar o plano de ação.

Vito acertou em cheio. Como imaginou, Calabar indica aos acionistas que o melhor escritório para enfrentar Marlon é a VCA. E mais, foi o escritório que apresentou o melhor preço.

Foi uma proposta de honorários ousada, típica de quem confia no próprio taco, que sabe que conseguirá um grande resultado. Vito propôs conduzir o processo sem cobrar honorários (que os advogados chamam de *pro-labore*), recebendo apenas no resultado da demanda e somente em caso de êxito, ou seja, de resultado favorável para a empresa.

Vários escritórios fazem proposta para conduzir o processo de Marlon, mas Calabar, após avaliar as informações prévias que cada um deles foi capaz de obter, opta por trabalhar com a VCA.

É um caso envolvendo valores bilionários, em que Calabar prefere trabalhar com quem já conhece há vários anos e sabe que joga em seu time.

As informações a serem procuradas nos arquivos da empresa podem conter aspectos desfavoráveis e Calabar precisa contar com alguém disposto a prestar as informações que ele determinar e silenciar sobre o que não seja adequado.

Para Vito, não há problemas em receber apenas no final. Sabe que, em caso de vitória, qualquer percentual estabelecido sobre bilhões representará dezenas de milhões. Além disso, o caso terá grande espaço na mídia, o que propiciará publicidade gratuita para o escritório.

O que ninguém imagina a esta altura, nem Calabar, nem os acionistas e muito menos Vito é que, além de representar a discussão sobre a invenção da CIDA, o caso revelará verdades ocultas da História dos homens e das guerras. História com "H" maiúsculo.

5

Com grande popularidade e altos índices de audiência, a maioria das emissoras de TV mantém atrações policiais onde exibem os crimes cometidos diariamente, além de histórias escabrosas e chocantes de violência.

Quanto mais chocante o crime, maior a repercussão e a audiência, infelizmente é assim. Imagens de cadáveres de mulheres vítimas de crimes passionais se juntam a sequestros, brigas com agressões e o que mais acontecer de trágico naquele dia.

Tais programas policiais começaram a dar grande destaque ao desaparecimento de Helena, o que torna o caso conhecido pelo grande público. Não há nada mais impactante que o sumiço de uma criança de necessidades especiais em condições misteriosas A história é contada várias vezes e a repetição gera grande repercussão e uma crescente comoção nacional. O caso de Helena extrapola os programas policiais e ganha as manchetes de todos os noticiários.

Forma-se um plantão de repórteres na porta da casa de Wanderley e Silvia. Algo que lembra um piquenique, com câmeras montadas pela calçada em seus tripés e jornalistas tomando café, fumando e conversando durante todo o dia.

Os jornalistas fazem uma investigação paralela: entrevistam vizinhos, reviram o lixo da casa de Helena, falam com os porteiros das guaritas e ouvem seguranças que percorrem o bairro em carros blindados e armados.

Só que o resultado, como o da polícia, não gera avanços; ninguém viu ou sabe de nada. O mistério aumenta a cada dia e serve de atrativo adicional para o caso. O desaparecimento da menina Helena vira pauta diária dos programas e noticiários.

Com a proximidade do Natal, as pessoas estão mais sensíveis e empáticas. O caso de Helena cai como uma bomba, trazendo sofrimento a todos os telespectadores. Todos colocam-se no lugar dos pais, especialmente da mãe, que pode passar o Natal longe da filha e sem saber se a menina está viva e saudável.

Silvia, mesmo desesperada e sob efeito de sedativos, fala diariamente com os jornalistas, faz apelos dramáticos para que a filha seja devolvida e implora para quem souber de algo que avise a polícia. Promete uma boa recompensa financeira também; trazer sua filha de volta não tem preço.

Imagens aéreas de helicópteros dos programas televisivos são exibidas todos os dias e mostram a luxuosa residência e a vizinhança. O delegado Pascoal, responsável por coordenar as investigações, diariamente atualiza os repórteres sobre o que está sendo feito, mas até agora sem muitas novidades. Links ao vivo na frente da mansão, entrevistas com transeuntes ou curiosos querendo saber a opinião, tudo vira assunto para esticar o caso que dá audiência.

Para a maioria das pessoas e para a polícia, como a família é abastada, a primeira hipótese é de que se trata de um sequestro com pedido de resgate. Em breve o telefone tocará com um pedido de muito dinheiro.

Vito acha válido que os programas façam suas próprias investigações. Toda ajuda é bem-vinda. A solução de um crime muitas vezes pode surgir de onde menos se espera. Não há por que não contar com todos os esforços e até quem sabe com a sorte para trazer Helena de volta aos braços dos pais.

A casa de Silvia e Wanderley na capital de São Paulo fica em um bairro nobre, o jardim Europa, próximo da Faria Lima. É um bairro com muitas mansões, com ruas arborizadas e vigiadas por guardas em guaritas. A cada dez minutos, carros de segurança privada armada passam em frente à residência. Um bairro de ricos, da elite paulistana, e com casas de grandes dimensões, distantes umas das outras. Não há parede com parede.

A mansão tem muros altos e eletrificados que impedem a visão por quem está na rua da área interna do imóvel. De fora, não dá para ter dimensão do tamanho e luxo da casa.

Ao atravessar o imenso portão preto surge uma enorme área de jardim. A casa fica cerca de 500 metros recuada em relação à rua.

O imóvel tem entrada com pé-direito bem alto, hall todo marmorizado, esculturas em bronze e quadros de artistas como Volpi, Portinari e Tarsila do Amaral, todos adquiridos em leilões de renomadas galerias. O toque pessoal de Wanderley fica por conta de um aparador repleto de imagens de São Francisco de Assis, de diversos tamanhos e formas, em madeira, cerâmica, argila, todas de artistas populares.

Mesmo com a decoração duvidosa, com cores ousadas e mistura de estilos, a casa é bonita e confortável. Há espaço para se ficar à vontade no meio de tantos adornos, nos inúmeros cômodos e no jardim de inverno. Vito vai ao escritório, onde Wanderley e Mauro aguardam.

A biblioteca usada como escritório exibe milhares de livros, provavelmente nunca lidos, em uma combinação harmônica de cores nas diferentes estantes. Vito nota que o desespero de Wanderley permanece mesmo com a presença de Mauro:

— Vito, pelo amor de Deus, o que temos que fazer agora?

— Calma, Wanderley. Mauro não passou as primeiras orientações?

— Ele me orientou, mas nenhum contato até agora, as horas passam e nada acontece. Meu nenê pode precisar de medicamentos, pode ter febre... — O tom da voz é de dor.

— Tudo que tínhamos que fazer já foi feito, Wanderley. Temos equipes em campo, a polícia está trabalhando a pleno vapor, cobrimos tudo. Sei que é difícil, mas temos que esperar o contato.

— Mas não há nada efetivo para fazer? Só esperar?

— Wanderley, conversei bastante com o delegado Pascoal, que se dedica ao máximo para solucionar o desaparecimento. Mauro está aqui, conectado com o time. São profissionais qualificados e treinados que trabalhariam em qualquer agência de espionagem do mundo. Você está nas melhores mãos.

— Mauro me contou que checou novamente as câmeras da rua e confirmou que elas não filmaram nenhum movimento anormal — Wanderley diz, desolado.

— A primeira conclusão — fala Mauro — é a de que Helena foi retirada da casa sem nada que chamasse a atenção, trabalho de profissionais.

— Mas então vocês já sabem do envolvimento de alguma quadrilha profissional? Estão escondendo algo de mim? — A paranoia de Wanderley cresce.

— Não sabemos o que aconteceu e não adianta especular. Temos que aguardar. Não esconderei nada de você, Wanderley, te dou minha palavra.

— Se ninguém entrou ou saiu, como Helena pode ter desaparecido? — pergunta Wanderley, pela milésima vez.

— Wanderley, me ouça. Se for um sequestro, temos que ter preparo emocional e paciência para lidar com a situação. Bandidos usam a tática de prolongar o intervalo até entrar em contato. Sabem que, agindo assim, os pais se desesperam e cedem, pagam o que eles pedirem.

— Sei disso, Vito, mas falar é fácil. Eu realmente pago qualquer valor para ter Helena de volta. Por mais que vocês imaginem, é impossível saber o tamanho do meu sofrimento, da dor de um pai e o vazio que estou sentindo.

— Wanderley, vá descansar, tome algo para dormir um pouco. Eu e Mauro ficaremos de plantão, atentos ao telefone e em contato com a polícia. Se algo acontecer, avisamos. Mas descanse, você precisa ter o mínimo de energia para quando o contato acontecer.

— Tá bom. Não sei se consigo dormir, mas vou tentar descansar um pouco. Qualquer coisa me chame, estou no quarto. — Apesar de relutante, Wanderley está muito cansado, não dormiu desde que voltou de viagem.

Assim que Wanderley deixa o escritório, Mauro chama Vito para caminharem pelo jardim de inverno da casa. O jardim é paradisíaco, projetado como um minijardim botânico, com plantas lindas e raras. Vito já esteve naquele jardim antes, lugar que transmite paz. Mauro não dá tempo para a contemplação e começa:

— Vito, o que vou te contar é grave, muito grave — diz Mauro, com expressão tensa.

— Não sei o que pode ser mais grave que o sumiço de uma criança com menos de dois anos sem deixar pistas...

— Meu pessoal avançou nas investigações e atuamos em várias frentes. Analisamos o imóvel, sua planta e os pontos cegos de câmeras. Não houve arrombamento de portas ou janelas e não há impressão digital na casa que não seja da família e da babá.

— Isso é um indicativo de que o invasor deve ter usado luvas? Há alguma pegada? — Vito questionou.

— Não há nenhuma pegada. Mas consegui algo que chamou a atenção...

— Desembucha logo, Mauro.

— Encontrei com o uso do luminox uma minúscula gotícula de sangue no berço de Helena, algo que não se percebe a olho nu. Esse sangue não é recente, portanto, não está ligado ao desaparecimento.

— Se não tem a ver com o sumiço, qual a relevância disso?

— De posse da amostra de sangue, eu fiz o básico. Extraí o DNA de Helena comparando com exames recentes que o bebê fez.

— Como você conseguiu acesso aos exames da menina? Pediu aos pais?

— A menina tem necessidade especiais, faz exames a cada seis meses para checar a evolução. Pessoas de grande poder aquisitivo utilizam um dos dois laboratórios mais bem equipados para essas crianças. Não foi difícil descobrir o laboratório e ter acesso aos exames.

— Mas não entendi a importância disso. — Vito não enxerga onde Mauro quer chegar.

— A partir dos exames, consegui extrair o código genético completo da menina. Tenho o DNA de Helena completamente mapeado.

— Certo, e o que fez com isso? Encontrou Helena? — Vito gritou impaciente com Mauro.

— Bom, comparei o DNA de Helena com o de Wanderley e de Silvia. Recolhi material de copos de bebida deles. O objetivo era ter um banco de dados com o DNA de todos da família.

— Entendo, já vi você fazer isso em outros casos. Só isso? — Vito queria encerrar a conversa.

— Só que daí veio a surpresa. Helena é filha de Silvia, mas o DNA não mostra compatibilidade com Wanderley. Ele não é pai de Helena. Entende a gravidade?

— Como assim, Mauro? Enlouqueceu? Acompanhei a gravidez do casal, vi o nascimento. Visitei os dois na maternidade. Fora de cogitação essa hipótese que você está levantando.

— Com todo respeito, você está parecendo um negacionista, Vito. Tenho o resultado do exame que pode ser refeito quantas vezes você quiser. A criança não é filha de Wanderley. Uma explicação para isso eu ainda não tenho, mas posso afirmar que essa é a verdade. Você terá que averiguar isso.

— Não acredito nisso. Como assim? Não estou acompanhando o raciocínio.

— Bom, a informação é essa. E se Helena não é filha de Wanderley, de quem será? Silvia teve algum relacionamento extraconjugal? Quem é o pai biológico? Como você é amigo da família, tem que apurar tudo isso. Pode ser uma pista importante.

— Isso é loucura. — Vito está confuso e raivoso com as revelações.

— Vito, preciso que você converse com o casal e consiga as respostas. A história completa da concepção de Helena, do início ao final da gravidez. E se houve alguma traição ou explicação para que o filho seja de outro pai?

— Calma, Mauro. Estou digerindo a história.

— Entendo o choque, Vito. Mas o que existe, existe. Agora temos que saber o que está por trás dessa história estranha.

— Mauro, ainda que tudo que você diz seja verdadeiro, como abordar um assunto delicado como esse com Wanderley ou Silvia neste momento? E falar em traição é impensável, não posso ofender Silvia dessa maneira.

— Sei que não é uma situação fácil. Mas, até agora, o DNA não compatível com Wanderley foi o fato mais estranho que apareceu. Desvendar essa incongruência pode nos levar a alguma pista. Não podemos descartar nada.

— Tem razão, vou pensar em como abordar o assunto. Agora fiquei enjoado. Esse papo me cansou, sugou minha energia. Que conversa ruim, hein, Mauro?

— Desculpe, Vito, é desagradável, mas relevante. Temos que achar Helena. Vamos tentar de tudo.

— Não se desculpe. Você fez bem. Temos que olhar tudo mesmo. Me irritei no início, mas depois entendi a relevância do fato.

— Vito, em todo crime, descobertas surpreendentes acontecem, você sabe disso tanto quanto eu. E, nesse caso, apareceu logo de cara.

— Bom, preciso ir, vou pensar na melhor forma para falar com Wanderley ou Silvia, tudo pela menina Helena. Puta que o pariu, que merda!

Quando Vito vai embora, Wanderley ainda dorme. Entra no carro e põe um jazz para relaxar. Não consegue imaginar traição em um casal tão feliz, que demonstra amor nos mínimos gestos de um com o outro. Até a hipocrisia tem limites e um casal que se ama tanto não pode ter um lado tão obscuro.

Com um dia tão desgastante e uma preocupação crescente por não haver nenhum contato sobre Helena, nesta noite Vito precisa do LoT mais do que nunca. Quer descarregar a energia negativa, esquecer as especulações bizarras. O jogo no campeonato mundial será uma dádiva. A partida do mundial de LoT será contra a Nipon Wizards, a equipe campeã japonesa que venceu com folga as eliminatórias asiáticas. A perspectiva é de um jogo de muita paciência, um jogo extenuante pela frente, ótimo para suar e manter a adrenalina alta por horas, para manter distantes os pensamentos dos casos do dia.

» » « «

Com folga até a hora do jogo, Vito faz uma parada no bar ao lado de casa. É um grande bebedor de vodca, consome a bebida como se fosse um russo (que em média bebe 14,5 litros por ano). Gosta da bebida pura, sem gelo e sem qualquer mistura. Das marcas expostas na prateleira de vidro do bar, a preferida é a canadense Crystal Head, com a garrafa em forma de cabeça de caveira.

Está bebendo sozinho, mas Vito tem o hábito de, ao saborear qualquer vodca, contar a história da bebida aos amigos. Sobre a Crystal Head, repetiu diversas vezes que ela foi inspirada na lenda dos "treze crânios de cristal", um mistério arqueológico sobre treze cabeças de cristal que foram encontradas nos EUA e no Tibete. A garrafa da vodca reproduz essa história. A "caveira" não contém açúcar nem aditivos, tem o líquido triplamente filtrado em cristais de quartzo conhecidos como diamantes de Herkimer.

A explicação sobre cada vodca na boca de Vito é uma narrativa apaixonada. Ele planeja escrever a história da bebida; nas livrarias, sempre achou muitos livros sobre vinhos, cervejas, uísques e outros coquetéis, mas praticamente não há textos sobre a vodca.

Está sentado no balcão do bar tomando a terceira dose e pensando na maluquice que Mauro falou, de que Helena não seria filha de Wanderley. Está tenso, matutando como abordar um assunto tão desagradável com o casal.

A profissão o levou a conhecer seres humanos desprezíveis, criminosos capazes de sequestrar uma criança, agredir mulheres, deixar de pagar pensão alimentícia para os filhos ou roubar inventos de outra pessoa.

O advogado não julga clientes, mas se perturba intimamente. Há sempre o princípio de que o direito de defesa é fundamental, mesmo para quem cometeu o mais repugnante dos crimes. O advogado efetiva a defesa, mas é inevitável que ao defender certos acusados (de pedofilia ou estupro, por exemplo) sinta náuseas, repugnância pelo ato cometido.

Além da delicada situação com Silvia e Wanderley, há certo incômodo em Vito, uma desconfiança sobre a TOTEM ter se apropriado da invenção de Marlon. Teresa encontrou indícios que alimentam esse sentimento.

Assim que deixa o bar, uma mensagem surge no celular: "Por favor, me ligue neste número. É urgente. Anderson Villas".

Depois de um dia desgastante e com urgências, dá tempo de encarar mais uma antes do jogo. Anderson é um colega antigo de Vito, que ele não vê há muito tempo. Não faz ideia do que possa ser. E mais uma história estranha o espera.

» » « «

Vito liga para Anderson, curioso para saber por que, depois de tanto tempo, o colega de faculdade resolveu procurá-lo e de uma forma tão dramática.

Ambos estudaram Direito na Universidade Católica em São Paulo, uma faculdade tradicional, tida entre as melhores do Brasil. Anderson era bom aluno, aplicado e disciplinado, o chamado "CDF". Assistia às aulas e ia bem nas provas. Vito encarou a faculdade como uma grande diversão, não levava muito a sério o Direito, a universidade era o lugar de encontrar os amigos e ir para os bares beber e "filosofar".

Por ironia do destino, o excelente aluno Anderson formou-se, casou e deixou a advocacia para ser comerciante. Hoje é proprietário de lojas de sapatos em vários shoppings em São Paulo e no Rio de Janeiro e tem uma vida tranquila. Tem casa em Angra do Reis para o verão e um sítio em Campos do Jordão para o inverno. Praia no verão e montanha no inverno, o costume tradicional da classe média alta do país.

Anderson sempre foi um cara de boa índole, mas bastante ansioso. Na época dos estudos, sempre ficava nervoso antes das provas, com dificuldade em lidar com a pressão, o que muitas vezes comprometia suas notas.

A ansiedade o afastou da advocacia, onde é necessário algum tempo até que o advogado se firme no meio jurídico e adquira prestígio. Os primeiros anos da advocacia são de muita batalha e pouco dinheiro; o comércio traz resultados imediatos. Anderson tornou-se um empresário bem-sucedido e, pelo visto, continua ansioso, pois logo no primeiro toque atende o celular:

— Obrigado por me ligar, Vito, não sabia mais a quem recorrer a não ser você. Preciso de ajuda. — A voz de Anderson está trêmula, transmitindo nervosismo.

— Faz tempo, hein, Anderson! Como conseguiu meu celular? E continua ansioso, falando em urgência; em que posso te ajudar?

— Graças a Deus que Teresa Cristina ainda trabalha contigo, ela me passou seu celular e consegui te encontrar. Se não fosse por ela, eu não teria como te achar.

— Ah, tá. Bom, o que manda?

— Me meti em um grande problema e não sei como lidar com isso, preciso muito de ajuda — Anderson fala quase atropelando palavras e comendo letras.

— O que aconteceu de tão grave que precisa falar tão urgente? Por que não me procura durante o dia no escritório? — Vito queria agilizar a conversa, LoT começará dali a pouco.

— Porque tudo aconteceu agora, ainda estou impactado. Acabo de receber uma ligação com uma ameaça pesada que envolve minha família. Você tem noção disso? Estou apavorado, minhas filhas foram mencionadas na ligação...

— Não estou entendendo nada. Tente ser mais claro. Quem te ameaçou e por qual motivo?

— Ligaram no celular, de um número que deve ser frio. Eu não reconheci o número, mas atendi. Uma voz começou a me ameaçar...

— E por que você não desligou de imediato? Aliás, você atende números desconhecidos?

— Continuo imprudente e por curiosidade sempre atendo. Não consigo ignorar as ligações.

— Então acaba se sujeitando a isso...

— Na ligação, a voz misteriosa começou a perguntar se eu não tinha vergonha na cara, se tinha orgulho em me relacionar com uma menina de vinte e poucos anos, com a idade das minhas filhas... fiquei sem ação...

— Mas por que continuar a ouvir? Devia ter desligado assim que a voz começou a falar esses absurdos.

— Só que eu travei porque ele falou das minhas filhas.

— Bom, Anderson, não tenho muito tempo, resuma o que aconteceu, estou indo para um compromisso.

— A voz distorcida masculina, após dizer que eu transava com uma menina de vinte anos chamada Eliana, disse que era casado com a tal menina. Me disse que, da mesma forma que eu estava destruindo vidas alheias, minha família também poderia ser destruída. O que mais me dói é alguém ameaçar minha família, que nada tem a ver com isso.

— Nossa, que coisa pesada. Bom, mas então a ligação não era anônima, era o marido dessa tal Eliana. O corno acha que ela sai contigo ou quer te dar um golpe. Isso pode ser coisa de bandido, uma ameaça para você se apavorar e entregar algum dinheiro. Tem algum motivo pra preocupação? Você conhece essa mulher? — Vito constatou que, depois de anos, Anderson permanecia desesperado à toa. Quem não deve não teme.

— Vito, tenho que te confessar, estou até com vergonha, mas a história é verdadeira — Anderson falou baixo e com a voz falhando.

— Puta que o pariu, Anderson! Como assim, verdadeira? Você está tendo um caso extraconjugal com uma menina de vinte anos? O que você tem na cabeça? E a menina ainda é casada?

— Estou ou estava, agora não sei mais. Conheci Eliana em uma boate, comecei a sair com ela e me envolvi. Foi se tornando um relacionamento sério, quase um namoro. Ela nunca me falou que era casada.

— Peraí, se entendi bem, você a conheceu em uma balada, em uma boate. Boate de putaria?

— Pior que foi. Ela fazia programa quando a conheci, mas ela era diferente das outras garotas. Estava na boate há menos de uma semana, era novata e superatenciosa. Estava ali por falta de opção, para pagar a faculdade.

— Daí vamos ver se adivinho, você se apaixonou pela garota e a levou para trabalhar com você?

— Pior que foi isso mesmo, sou muito trouxa. Mas não sabia que ela era casada... e agora não sei o que fazer, estou desesperado, não quero colocar minhas filhas em risco. Imagina se esse cara faz algo contra elas...

— Então a ameaça foi feita pelo marido traído e tem fundamento. Caralho, Anderson, que merda você foi fazer! E agora?

— Agora estou apavorado, sem saber o que fazer. Se eu vou até a polícia para denunciar, todos saberão que eu aprontei e minhas filhas não me perdoarão. O que faço?

— Bom, a esta hora da noite o corno não vai fazer nada, mas nunca se deve ignorar uma ameaça. Vá para casa, tome um calmante e durma. Amanhã esteja no meu escritório às 10 horas. Pode pegar o endereço com Teresa Cristina ou no site da VCA, ok?

— Obrigado, Vito. Estou sem rumo, assustado e não sabia a quem procurar. Lembrei de você, que poderia me ajudar.

— Tá bom, Anderson, não precisa explicar. Vamos trabalhar. Me envie agora mesmo por WhatsApp o número que te ligou, o nome completo, se tiver, da Eliana e a boate onde a conheceu e o que mais achar que pode ajudar a apurar a ameaça. E se acalme. Vou acionar um investigador que iniciará os trabalhos imediatamente e amanhã continuamos a conversa.

— Ok, Vito, obrigado. Obrigado mesmo, meu amigo.

Enfim, para ajudar mais esse amigo, Vito liga para Mauro e pede ajuda. Para facilitar a comunicação entre ambos, todos os casos em que trabalham ganham um codinome. O desaparecimento de Helena é a Operação Infância e o imbróglio de Anderson será o Livro de Eli, por conta de Eliana.

O dia agitado começou com o imbróglio envolvendo a TOTEM, passou pela descoberta do DNA não compatível com Wanderley no caso Helena e finalizou com a ligação afobada de Anderson. Um problema pior que o outro, ambição empresarial, roubo de invenção, sequestro de criança, ameaças à família...

O mundo está doente, com uma energia muito negativa que gera a cólera coletiva de todos contra todos. LoT neste momento é mais do que necessário para ajudar no equilíbrio emocional. Vito é totalmente racional, mas sente as "energias" ruins que estão por toda parte, é um sujeito intuitivo. Algo não está bem no planeta e isso não é uma conclusão esotérica ou espiritual.

E a intuição de que as coisas não estão bem se confirma. Aquecendo-se para o início do jogo contra os orientais, é surpreendido com a mensagem na tela:

> *O time Brazilian Master Kings (BMK) é declarado vencedor por W.O. A equipe japonesa não comparecerá à batalha pelo título mundial de LoT. A alegação é de que o vírus altamente infeccioso que surgiu na China agora atinge o Japão. Nos desculpamos pelo aviso quase no horário da partida, mas fomos informados do não comparecimento neste momento.*

Todos no time brasileiro ficam espantados com o cancelamento da partida pelo mesmo motivo da equipe chinesa. Uma porra de vírus eliminou o time chinês da competição e agora faz o mesmo com os japoneses.

Pesquisando na internet, Vito descobre que o vírus atinge naquele momento vários países da Ásia, a ponto de paralisar atividades básicas como aulas e comércio. A população da cidade chinesa de Wuhan, onde o vírus surgiu, está em quarentena e assim deve permanecer, trancados em casa por duas ou três semanas. Ninguém nas ruas, exceto serviços emergenciais.

Como o vírus surge na China, as informações são truncadas e não confiáveis, provavelmente manipuladas. Não dá para confiar em uma palavra do que diz o governo, que tranquiliza a população dizendo que a epidemia está sob controle.

Inegável que a China evoluiu economicamente nas últimas décadas e agora é um polo de tecnologia, inteligência artificial e aplicativos digitais. Tornou-se um país capitalista, mas sem liberdades fundamentais, um capitalismo de monitoramento, uma ditadura estatal. O que não mudou é que as informações oficiais continuam não sendo confiáveis.

Com a chegada do vírus ao Japão, fica evidente que ele se alastra rapidamente e sem ser contido, mas ao menos haverá mais transparência nas notícias e saberemos os detalhes científicos desse mal.

Para a BMK, a sensação de ganhar outro jogo por W.O. gera um anticlímax, outra vitória sem batalha, sem gasto de energia. Uma vitória sem sabor de vitória. Os brasileiros, sem jogar, já estão entre os vinte e cinco melhores times no Mundial.

Pelo menos, pensou Vito, *parei no bar e tomei umas vodcas, aliás, devia ter tomado mais*. No dia tenso que finaliza com a frustração de não jogar LoT, beber um pouco foi o único momento relaxante e prazeroso.

A frustração de não jogar não é totalmente superada por uns copos de vodca; beber não é suficiente para relaxar Vito. Os problemas do dia ainda estão muito vivos e pulsantes.

Sabendo que dormir será uma batalha, deita-se para mais uma noite em que ficará olhando para o teto, esperando as horas passarem.

6

Dia ensolarado em São Paulo. Mesmo com proximidade da chegada do Papai Noel, Vito não tem ideia de como o dia passará. Os terrores de ontem continuarão hoje e muita coisa pode acontecer. Na dúvida, melhor usar terno e gravata novamente, apesar do calor abafado. Provavelmente terá alguma reunião com Calabar e a formalidade é necessária.

O clima do Natal chega às ruas. Muita gente lotando os principais shoppings e o comércio popular. No centro da cidade, a rua 25 de Março, famosa por vender produtos baratos, está apinhada de gente, todos aglomerados e espremidos nas lojas. Como muita gente recebe o décimo terceiro salário nas proximidades do Natal, as compras acontecem nesses dias.

Vito ainda não fez suas compras, costuma deixar tudo para a última hora. Chega ao escritório e Anderson o aguarda. Teresa Cristina está contrariada com mais esse atropelo de agenda, com a inclusão de última hora desse sujeito, Anderson. Vito quer ser rápido:

— Olá, Anderson, dormiu bem? Faz tempo que não falamos, mas fico contente que em um momento de desespero eu seja lembrado — Vito inicia, cutucando Anderson.

— Faz tempo mesmo, Vito, e peço desculpas se volto a te procurar só agora, em uma situação extrema. A gente vai levando a vida na correria, trabalhando muito, cuidando da família e se afasta dos amigos. Sabe como que é, né?

— É verdade, compreendo. Mas fiquei surpreso com o que me contou no telefone, estou aqui para ajudá-lo no que puder. Você aprontou, né?

— Queria dizer que, apesar da distância, sempre confiei e confio muito em você e seu trabalho. Não contaria minha história para qualquer um. Você é o melhor advogado que conheço, vira e mexe te vejo em alguma mídia. Além disso, sei de sua discrição desde a época da faculdade. Não posso confessar meus segredos a quem não confio.

— Obrigado, Anderson, mas vamos ser objetivos. Como começou e se desenvolveu o relacionamento com a moça da boate? Você agora se envolve com garotas de programa? Nada contra, mas, para quem é casado e tem filhas, é bem arriscado. Alguma vez ela mencionou que era casada?

— Vito, não estranhe minha fala lenta e adormecida. Estou à base de sedativos por conta dessas ameaças, mas vou te contar tudo, ponto a ponto.

— Esse hábito de tomar calmante você já tinha na faculdade, se não me engano. Depois de tantos anos, esses remédios ainda fazem efeito pra você?

— Tomo Rivotril desde aquela época, sempre me ajudou a lidar com grandes tensões. Continuo tomando, só que, obviamente, com o tempo, a dosagem aumentou. Agora são dezenas de gotas.

— Bom, não sou eu que vou te falar para não fazer isso, você mesmo sabe a dependência que a droga causa. Mas, enfim, me conte o que interessa, vamos à ameaça que sofreu.

— Tá bom. Conheci Eliana na boate Splendida, ali na região da avenida Rebouças. Eu frequento o lugar com gerentes e funcionários de minhas lojas, é uma forma de integração, um agrado para eles. O lugar tem boa bebida, boa comida, boa música e garotas para todos os gostos.

— Conheço a boate. Já estive com clientes por lá, só que nunca me apaixonei por ninguém. — Vito não resiste a zoar Anderson.

— Em uma das noites, estava lá bebendo e conversando com meus funcionários quando avistei Eliana. Ela estava em um canto próximo ao balcão, isolada e pensativa. Não conversava com os clientes nem com as outras garotas, parecia um peixe fora d'água, não estava ambientada. Resolvi falar com ela.

— Continua garanhão, hein, Anderson? Não pode ver uma mulher sozinha que já vai puxar conversa. — Vito continua irônico mesmo diante da situação constrangedora.

— Eliana foi simpática comigo, conversou com educação. Não bebia nada, o que não é muito comum entre as garotas da boate. Contou que era de Rio Preto e sentia saudades da família.

— Só uma observação, as garotas não bebem livremente, né, Anderson. Só pedem a bebida para você pagar. Ganham comissão sobre o consumo. Mas continua a história...

— Bom, Eliana me contou que estava deslocada no ambiente, não conhecia as garotas nem foi bem recebida. Era sua primeira semana na Splendida e nunca havia trabalhado como acompanhante. E, de fato, eu frequento a boate faz tempo e nunca vi Eliana antes.

— Acompanhante? Quem tem acompanhante é idoso ou doente, não use esse eufemismo, ela tem outra profissão, né? Mas continue...

— Eliana me contou que a necessidade a obrigou a ir para essa vida, a frequentar a noite. Ela estava prestes a ser impedida de assistir às aulas na faculdade de enfermagem pelo atraso no pagamento das mensalidades. Também tinha contas de luz e de internet vencidas. O jeito foi ir para a boate. Precisava pagar as contas para concluir os estudos e tornar-se enfermeira, realizar o sonho de trabalhar ajudando a curar as pessoas.

— Ela fez o discurso clássico da falta de oportunidade na vida. A postura vitimizada para te sensibilizar e tomar o seu dinheiro. Você acreditou nesse papinho de coitadinha, Anderson? Não sabe que essas garotas são experientes, sabem interpretar suas reações e falam o que você quer ouvir?

— Não sei se foi bem assim...

— Ela te achou um sujeito emotivo, de perfil carente e carinhoso e usou a estratégia de coitadinha. Se o cliente tivesse outro perfil a conversa seria diferente. Não tenho nada contra a profissão, mas não precisa tratá-la com glamour: é uma profissão como qualquer outra. E você imagina se todo mundo que tivesse dificuldades na vida virasse garota de programa? Não faço juízo moral, mas na vida cada um faz suas escolhas.

— Bom, o fato é que gostei dela. Fui por dias seguidos na boate e sempre conversando e saindo com ela. O relacionamento foi crescendo até que a convidei para jantar. Desde o começo da relação, gostei muito da companhia dela. Vivo um casamento de fachada, só brigo com minha mulher; Eliana me tratava com muito carinho, me conquistou.

— Se o casamento está falido, por que não se separou? Bom, deixa pra lá, continua a história.

— Vito, ainda não me separei por causa das minhas filhas, espero que elas fiquem maiores para fazer isso. Mas, voltando, me envolvi com Eliana cada vez mais, a paquera virou um namoro adolescente. Íamos ao cinema de mãos dadas, viajávamos aos finais de semana, enfim, levávamos uma vida de um casal normal. Ela largou a boate e veio trabalhar comigo, virou gerente em uma de minhas lojas. E tudo ia maravilhosamente bem até a maldita ligação.

A história de Anderson era consistente, tinha riqueza de detalhes e, apesar de dramática, não era incomum. Clientes que se apaixonam por garotas de programa existem aos montes, por mais que isso pareça roteiro cinematográfico da Boca do Lixo, aquela região da cidade que foi o reduto do cinema independente e *trash* na década de 1970.

Isso sem falar da canção clássica de Odair José que dizia: "eu vou tirar você desse lugar, eu vou levar você para viver comigo e não me interessa o que os outros vão falar". O amor pode acontecer em todos os lugares e condições.

Depois de quase uma hora ouvindo detalhes, Vito conclui que as ameaças só podem ser motivadas pelo ciúme de marido traído ou por uma extorsão, um golpe combinado entre Eliana e o marido. Hora de ver o que Mauro apurou.

— Alô. Oi, Vito. Tudo bem? — Mauro não atende nenhuma ligação sem antes olhar quem está ligando, graças à CIDA.

— Tudo bem, Mauro. Estou com o Anderson aqui no escritório e vou colocá-lo no viva-voz, ele detalhou melhor tudo que aconteceu entre ele e Eliana e acho que agora precisamos de alguns elementos para ver a melhor forma de resolver o problema.

— Bom, passamos a noite revirando e pesquisando com base nos dados que você passou. Eliana de fato é casada, com certidão registrada em cartório, ou seja, casada oficialmente. Além disso, conseguimos através de um hacker de confiança acesso ao celular dela, que tem muitas fotos e vídeos dela fazendo sexo com o marido.

— Filha da puta, nunca me disse nada sobre o casamento. — Anderson não disfarçou a decepção, agia como um namorado traído.

— Ela realmente saiu da boate, mas continua fazendo programas com vários clientes durante o dia. Interceptamos mensagens combinando encontros, locais e valores — continuou Mauro.

— Não é possível! — lamentou Anderson. — Mas isso é recente? De quando ela já estava comigo?

— Anderson, sinto decepcionar, mas é recente, sim. Da mesma forma que o marido, você também foi enganado. E mais, o marido de Eliana é carcereiro na penitenciária de Tremembé, aquela cadeia famosa que fica no interior, a cerca de uma hora e pouco daqui.

— Muito bem — disse Vito, agilizando a conversa. — Então ela continua trabalhando como garota de programa, ou seja, o que te falei, Anderson. Usa o papinho clássico do "me apaixonei por você" e continua atendendo os clientes normalmente. Mas me diga uma coisa, Mauro. Se ela continua fazendo programas, as ameaças do marido foram feitas para todos os clientes?

— Não. Ao que parece, as únicas mensagens que estavam no celular e que o marido viu, inclusive com fotos e juras de amor, foram as que ela trocou com Anderson. Ao que tudo indica, o marido não sabe que ela faz programa. Para ele, trata-se apenas da traição da mulher com um amante rico. Mas ainda não podemos descartar a hipótese de que a ameaça seja uma jogada do casal visando arrancar dinheiro de Anderson.

— Imaginei que seria assim mesmo. Só você foi romântico com ela, Anderson, a ponto de mandar mensagens. E, em relação às ameaças, tenho a mesma opinião de Mauro, ou é reação passional à traição descoberta ou extorsão. — Vito saboreava a tragédia alheia.

— Talvez — continuou Mauro — o marido não saiba realmente que ela faz programa, pois ela sai com os clientes durante o horário em que ele está no trabalho em Tremembé. Os dias que ele faz plantão na cadeia e passa vinte e quatro horas por lá são os dias em que ela mais sai.

Observando as reações de Anderson, Vito nota um amor não correspondido, que agora se mistura com o medo pelas consequências que esse relacionamento maluco pode trazer para ele e para as filhas.

— Anderson, você está bem? Veja, por mais doloroso que seja descobrir que alguém com quem você está envolvido não presta, o lado que não é de todo negativo é que objetivamente ela não tem envolvimento emocional contigo. Você é apenas um cliente, mais um. E, se for isso, melhor para resolver.

— Vito, eu não acredito que ela ainda faça programa, ela combinou comigo que não faria mais se tivesse uma mesada razoável. Como sou trouxa! Ela disse que eu seria o único na vida dela.

— Peraí, caralho, você está bancando ela? Tá apaixonado a ponto de pagar aluguel, despesas, comprar presentes? Virou *sugar daddy*? Não acredito, Anderson...

— Eu ajudo, ou ajudava, ela com uma mesada. Achava que ela não tinha como se manter depois que saiu da boate e o salário de gerente em minha loja não é muito bom, então me senti na obrigação de ajudar.

— Você realmente tem um bom coração, Anderson. Só que pra resolver o problema e evitar qualquer respingo pra tua família, preciso que você encare a Eliana como ela realmente é: uma vagabunda. Pode ser que ela esteja envolvida em uma extorsão. Quanto você dava pra ela por mês? — Vito estava com essa curiosidade.

— Eu te peço que não fale assim dela. Fui um joguete na mão dela, quero me livrar de tudo e preservar minha família, mas não vejo necessidade de ficar ofendendo a garota. Acho que, no fundo, ela gosta de mim.

— Ok, deixemos de lado esses comentários. Apenas me diga, quanto você dava para ela por mês?

— Acho que uns cinquenta mil reais.

— Uma bela remuneração. — Vito estava espantado em como Anderson jogava dinheiro fora.

— Se me permitem — interrompeu Mauro —, como vocês mesmos já concluíram, ou é extorsão, ou uma reação passional. Temos, portanto, hipóteses restritas.

— E como vamos confirmar do que se trata? Eu não posso viver com esse medo, estou sem dormir, apavorado. Estou com sentimento de culpa por ter colocado a segurança das minhas filhas em risco. — Anderson não parava de se martirizar por ter envolvido suas filhas.

— Bom — interrompeu Vito —, não é sentimento de culpa, é culpa mesmo. Você colocou a família em risco, desculpe minha sinceridade, mas não é hora de dourar a pílula. Temos que ver a realidade para saber como lidar com o perigo que você trouxe pra dentro de casa.

— Em qualquer uma das duas situações, seja extorsão ou ciúmes, existe risco — disse Mauro. — Se for extorsão, o risco é financeiro, pois vão te pedir dinheiro; mas, se for ciúmes de traição, você está sujeito a alguma bobagem passional do marido. Pela minha experiência, para descobrir do que se trata, o jeito é abordar o sujeito e falar com ele, pra ver qual é a real. Se me autorizarem, faço isso.

— Mas isso resolve? — Anderson fica mais apavorado em saber da intenção de falar com o marido.

— É o primeiro passo. Sabendo do que se trata, veremos a melhor forma de dar um cala-boca no sujeito. E, até sabermos, você tem que contratar um segurança pra te acompanhar e outro para as tuas filhas. Tenho pessoas para indicar, caso queira.

— Acho ótima a sugestão do Mauro. Com certeza você ficará mais tranquilo com segurança para todos enquanto Mauro vai resolver essa confusão. Melhor gastar um pouco e viver em segurança. Estamos de acordo?

— Acho que sim... sim — balbuciou Anderson, ainda meio impactado.

— Ótimo, então vamos seguir a vida e o Mauro vai agir com a competência de sempre, pode ficar tranquilo. Assim que ele tiver novidades, nos encontramos. Me desculpe, Anderson, mas tenho uma urgência e não consigo esticar mais a conversa.

Anderson agradeceu e relutantemente deixou o escritório. Teria que aguardar o resultado da conversa de Mauro com o marido de Eliana.

— Resolva rápido esse caso e sem economizar nos gastos. Pague o que for preciso para não esticarmos muito. Vamos eliminar esse negócio logo — disse Vito para Mauro.

— Entendido, chefe! Deixa comigo.

» » « «

Trancado em sua sala, Vito finalmente arruma tempo para ler as correspondências atrasadas. A correria dos últimos dias fez acumular uma pilha de documentos. Começa a leitura quando o celular vibra:

— Meu caro dr. Vitorino, estou ligando para transmitir uma ótima notícia. O Papai Noel chegou mais cedo para a VCA — Calabar tenta ser engraçado. — Comunico a escolha do seu escritório para defender os interesses da TOTEM na ação judicial do Marlon Pereira.

— Que ótimo, Calabar, fico muito contente com a confiança que nos é depositada e esteja certo de que batalharemos muito para o melhor resultado para a empresa. — Frases entusiasmadas não podem faltar nesse momento.

— Estou certo disso, meu caro. Agora precisamos começar a trabalhar na estratégia. Preciso que você venha novamente até aqui para conversar sobre a defesa e a formalização da proposta de honorários. Pode vir agora? — Calabar não para de trabalhar nem nas proximidades do Natal.

— Com o maior prazer. Em meia hora estarei aí. Grande abraço, Calabar, e mais uma vez obrigado pela confiança. Tenho certeza de que venceremos mais uma batalha juntos.

— Obrigado, doutor, estou aguardando.

Vito vai até o salão onde se concentram os advogados e comunica o sucesso na empreitada junto à TOTEM: o processo ficará com a VCA, o que é efusivamente comemorado com muitas palmas e gritos. A equipe adora casos complexos e sabe que processos como o de Marlon geram uma generosa distribuição de honorários.

Após a comunicação e um brinde, Vito delega as primeiras tarefas a serem tomadas no processo e vai com Teresa Cristina para a TOTEM. Chegam rápido e, depois da rotineira burocracia para entrar no prédio, são recebidos por Calabar.

— Meu caro dr. Vitorino, saudações! Dra. Teresa Cristina, prazer em revê-la, já faz alguns anos que não a via, continua elegante como sempre. — Calabar sempre formal, porém educado.

— Obrigada, Calabar, são seus olhos. Os anos passam para todos. — Por mais que seja apenas um ato educado, um elogio sempre é muito bem recebido por Teresa.

Após os cumprimentos e as protocolares conversas de temas aleatórios como o tempo quente e chuvoso, as reuniões familiares de Natal e a política errática do presidente, Calabar formalmente declara:

— Comunico a vocês que, após muita reflexão, optei pelo vosso escritório para proceder à defesa da TOTEM. Espero que o resultado seja uma vitória retumbante, pois tenho convicção da capacidade de vocês, bem como da correção das atitudes da empresa.

— Não tenho palavras para te agradecer, Calabar — iniciou Vito. — Também temos a convicção de que a TOTEM está correta e agora iremos atrás de elementos que forneçam as provas para desmontar o que Marlon diz. Esteja certo de que entregaremos um grande resultado. Estávamos ansiosos para atuar.

— Fico satisfeito com o entusiasmo. Pela sensibilidade do tema e pelo valor abordado, estarei envolvido pessoalmente, discutindo com vocês a estratégia a cada momento, tudo com o objetivo de ajudar.

— Calabar, contamos com isso. Sua colaboração é muito importante, não somente pelo conhecimento técnico, mas por sua perspicácia e conhecimento da empresa. Fazemos questão de tê-lo conosco em todos os atos. — Vito sabia que essa fala era fundamental, pois Calabar não desistiria de estar em todos os momentos processuais.

— Muita bondade sua. Mas meu objetivo é não atrapalhar e ajudar no que for possível. O grande trabalho jurídico será de vocês.

— Se me permite, Calabar, tenho uma sugestão. Podemos continuar nós dois aqui para discutir as primeiras medidas a tomar e liberamos Teresa para que inicie os trabalhos imediatamente, conversando com algumas pessoas nas áreas envolvidas e colhendo os primeiros subsídios para a defesa.

— Estou totalmente de acordo, mãos à obra. E dra. Teresa, fale em meu nome na empresa e peça tudo que achar necessário. Se houver alguma dificuldade, não deixe de me acionar. Não pode haver obstáculos nem informações truncadas. Queremos a verdade.

— Obrigada, Calabar. Deixa comigo. Conheço bem a empresa e sei que todos colaborarão.

Teresa se despede e Calabar e Vito acertam os detalhes finais dos honorários.

Vito acha importante definir um plano de mídia. Sabe que o advogado de Marlon construirá a imagem do brasileiro humilde lutando contra uma empresa gigantesca e bilionária, colocando Marlon como vítima. E isso precisaria ser neutralizado.

Como ponto de partida, Vito dará uma entrevista para transmitir o posicionamento da TOTEM e dirá que a empresa quer a verdade. Ao final, Calabar faz a última consideração:

— Dr. Vito, temos uma pressão do acionista controlador para encerrar rapidamente este caso. Os italianos veem esse processo como uma piada, coisa de maluco. Querem encerrar o assunto e evitar danos à nossa imagem.

— Entendo perfeitamente, Calabar. Na defesa, alegaremos que Marlon quer enriquecer às custas da empresa e solicitaremos a extinção do processo. Vamos atender ao pedido do acionista, mas não há certeza de que o juiz aceitará.

— Excelente, doutor. O fato de buscarmos a extinção logo de cara é o necessário para que eu os tranquilize, para demonstrar que estamos seguindo a linha de atuação que eles querem. Eles não encaram este caso com seriedade.

— Me parece um pouco precipitada a avaliação deles. Todo processo deve ser tratado com seriedade, concorda?

— Claro que concordo, doutor, mas confesso que sinto uma certa arrogância, um ar de superioridade europeia que não quer ser desafiada por um cidadão desequilibrado.

— Está mais do que entendido, Calabar. Um desqualificado da colônia atacando a empresa da metrópole é algo impensável — Vito falou em tom de piada, mas a mensagem do acionista era essa.

— Não exatamente isso, mas um pouco disso. Você sabe como é o eurocentrismo. De toda maneira temos que atendê-los, pagam minha remuneração e seus honorários.

— Claro, vamos fazer isso e colocar o que mais você ache interessante na defesa. Você sabe que conosco não tem frescura, a gente joga junto e no mesmo time.

— Ótimo, dr. Vito. Sabia que podia contar com a sua colaboração e esse foi um dos motivos para optar por vocês para a condução da causa. Vamos nos falando e me mantenha a par de qualquer novidade que a dra. Teresa obtiver ou de qualquer dificuldade que ela encontrar.

— Pode deixar. Mais uma vez, obrigado, Calabar. E vamos com tudo para ganhar esse processo!

Nada na vida vem de graça. Grandes honorários exigem suor. A começar por tolerar as reuniões sociais, com as formalidades exageradas. Há de se pesar cada palavra proferida e bajular sutilmente Calabar.

O tratamento é recheado de termos como "dr.", "meu caro", "senhor". Tal formalidade e distanciamento, pensa Vito, disfarçam a insegurança jurídica de Calabar. Mamma Martina sempre ensinou que "onde falta conhecimento, sobra autoridade".

E, além de Calabar, há a visão dos acionistas europeus de que não podem ser perturbados por processos desse tipo. A empresa se mostra como quase brasileira, usa músicas regionais em suas campanhas publicitárias e o logotipo é um TOTEM indígena, mas não admite ser questionada por um inventor tupiniquim pretensioso.

O dia promete ser agitado, mas começa feliz pela conquista da VCA. Agora Vito irá para a casa de Silvia e Wanderley, onde o clima é de sofrimento. E a missão de Vito no meio do turbilhão emocional pelo desaparecimento de Helena será descobrir como se deram a gravidez e o nascimento da menina.

Mauro espera o resultado da conversa para agir. Não há outras pistas ainda.

7

A ansiedade de Marlon se manifesta em palpitações e tontura. A batalha judicial levará anos, ele vai ter que aprender a lidar com a tensão e pressão psicológica durante esse período. Ele aumenta a dose dos remédios anti-hipertensivos já que, por vezes, a crise de ansiedade se confunde com um ataque cardíaco e Marlon teme, ao não saber diferenciar uma coisa da outra, que algum dia seja mesmo algo do coração.

Desde que apareceu em várias emissoras de televisão sendo chamado de inventor brasileiro, passou a ser reconhecido nas ruas, a receber muitas mensagens de apoio nas redes sociais e até a ser abordado para pedidos de fotos. Para quem estava no anonimato, essa "fama" repentina mexe com os nervos. Ele é agora o queridinho das redes sociais, o bom velhinho que foi vítima da ganância de pessoas inescrupulosas. Tornam-se populares as hashtags #SomosTodosMarlon, #InventorBrasileiro e #BrasileiroComoNos.

As mídias sociais criam heróis e vilões instantâneos. Em reality shows, por exemplo, se um competidor pratica um ato reprovável, o tribunal das redes rapidamente o condena e cancela. Ele passa a ser *persona non grata* em todo o país. E terá que fazer um trabalho de recuperação de sua pessoa e carreira, um longo percurso. Quem não se lembra de Karol Conká, Nego Di ou Theo Becker, dentre tantos outros?

As redes julgam todos. Postagens de pessoas que ocupam cargos públicos, além de gerar curtidas ou reprovação, ainda têm o poder de provocar outros efeitos. Se o presidente da República dá uma declaração considerada desastrada pelo mercado, a bolsa de valores despenca no mesmo momento. Se há a notícia de recorde de desmatamento na Amazônia, organizações estrangeiras deixam de aportar valores para combater tal mal. E assim por diante.

As redes também representam uma intromissão na vida privada. Sabemos tudo das celebridades, por exemplo, se uma celebridade termina o relacionamento com brigas do casal, o caso viraliza imediatamente. O mesmo acontece se há um casamento de famoso ou uma viagem paradisíaca para as ilhas Seicheles ou Dubai. Mas, sejamos justos, não há só intromissão; temos o exibicionismo puro, com muitas selfies diárias, muitos stories contando todas as atividades, além de fotos de ostentação ao lado de carros, barcos e jatinhos.

No caso de Marlon, as redes o transformaram velozmente em celebridade. Virou um patrimônio nacional, um exemplo de cidadão injustiçado.

O astuto advogado de Marlon, dr. Hildebrando, articula todo esse movimento: cria perfis nas redes sociais para Marlon e para sua causa, conseguindo em poucos dias quinhentos mil seguidores.

Com a repercussão midiática, Marlon recebe convites para participar de vários programas e dar entrevistas a canais no YouTube e Instagram, mas Hildebrando diz que ainda não é o momento de aparecer. Ele, por ordem do advogado, não aceita nenhum convite.

— Marlon, a batalha apenas começou — diz Hildebrando. — Não é hora de gastar energia nem adiantar armas para o adversário. Vou te preservar.

— Doutor Hildebrando, fique tranquilo. Não dou nenhum passo sem sua orientação, não falo com ninguém, mas confesso que tenho vontade de contar quem eu sou e quem é a TOTEM.

— Veja, Marlon, tudo tem a sua hora. Colocamos a notícia na TV para tirá-lo do anonimato e resgatar algumas reportagens antigas a seu respeito. Agora você é conhecido por todo o país e sua história também. Como estamos no período das festas de fim de ano e férias, a prioridade da mídia é tratar de outros assuntos. Por isso, vamos esperar passar esses dias e te expor mais adiante.

— Compreendo perfeitamente, doutor, ficarei calado. Sou um cliente disciplinado.

— Como eu disse, voltaremos a divulgar seu caso no início do próximo ano. Qualquer declaração agora será esquecida rapidamente. A exposição inicial foi um sucesso, suficiente para quando o assunto retornar haver o *recall*.

— Combinado. Mas o que é *recall*, doutor?

— *Recall* é fazer com que as pessoas, quando ouvirem seu nome, se lembrem imediatamente da sua história. Quero que daqui a um mês se lembrem de você e do assunto. Daí tudo será retomado de onde paramos, não precisamos começar tudo de novo.

— Dr. Hildebrando, sinto que não poderia estar em melhores mãos. Obrigado pelas orientações. Seguirei todas as suas ordens, embora confesse que tem sido difícil lidar com a ansiedade.

— Aproveite as festas de fim de ano, meu querido, mas em silêncio, sem falar com nenhum jornalista. Feliz Natal a você e família!

》 》 《 《

No Natal, toda a família vai para a casa de Marlon para a tradicional ceia natalina. Na passagem do dia vinte e quatro para o dia vinte e cinco, à meia-noite, a família comemora o nascimento de Jesus Cristo. Mas antes disso bebem e ceiam com o mesmo menu todos os anos.

Na ceia dos últimos anos, com Marlon demonstrando tristeza, seus filhos o papariavam, buscando elevar o moral, contando para os netos as qualidades do pai que tanto se sacrificou pela família. Marlon nunca deixou faltar nada em casa e, mais do que isso, lutou para ser um inventor em um país que não reconhece esses abnegados que conduzem o progresso da humanidade.

Maria sempre inicia as compras para a ceia com dias de antecedência. Separa peixes a serem utilizados e faz o pré-preparo de pratos como o bacalhau, colocado de molho em uma bacia de água e leite para que o sal seja retirado. Tempera também o leitão, para que ao longo dos dias o tempero pegue cada vez mais na carne e a torne mais macia e saborosa. A ceia sempre tem vários tipos de carne e pratos com ingredientes doces. Arroz com passa, maionese com pedaços de maçã e assim por diante.

Marlon se encarrega das bebidas. Escolhe os vinhos e o champanhe, coloca-os para gelar e separa e limpa os copos em que cada bebida será servida.

Na família tradicional brasiliense, ainda cabe à mulher cozinhar para a ceia natalina. Maria prepara tudo com prazer, sempre acompanhada do rádio e da pequena televisão na cozinha.

Ela adora ouvir rádio AM, daquele tipo que quase não existe mais, onde muito mais se fala do que se toca música. O locutor conversa, conta histórias e faz companhia para o ouvinte durante seus afazeres ao longo do dia. E é ouvindo um de seus programas preferidos, o do José Betis, um dos radialistas mais famosos do interior do país, que Maria se depara novamente com o mistério de Helena:

> *Agora uma nota triste, ouvinte amigo e ouvinte amiga. São duas da tarde, repito, duas da tarde, quase hora de passar aquele cafezinho, mas temos de falar do sumiço da criança Helena. Você que me acompanha sabe que eu falo desse suplício todos os dias e vou falar até resolvermos esse caso.*
>
> *A menina Helena, que sumiu de casa retirada do berço, ainda não foi encontrada. O delegado Pascoal, muito experiente, já interrogou os empregados da casa, os vizinhos, os guardas da rua, falou com Deus e o mundo, mas o mistério continua e ninguém sabe o que aconteceu com Helena e onde ela está.*
>
> *A polícia olhou as imagens de câmeras de segurança na vizinhança e também não encontrou nada suspeito. Alô, polícia! Vamos trabalhar mais ainda, vocês conseguem resolver isso logo, contem com meu apoio e do programa, queremos Helena de volta antes do Natal.*
>
> *E vocês, seus bandidos, vocês vão pagar pelo que fizeram com a criança. Melhor vocês devolverem a menina e logo. Não pensem*

que escaparão do castigo dos homens nem do castigo de Deus. Vocês serão descobertos, encontrados e apodrecerão na cadeia. Que Deus proteja essa criança, ela está em minhas orações todos os dias e sei que de vocês também, queridos ouvintes. E seu amigo, Zé Betis, se souber de alguma novidade conta na hora procêis. Agora uma importante mensagem de nosso patrocinador.

» » « «

Vito faz plantão na casa de Wanderley esperando por um telefonema, uma notícia. Mauro atualiza as checagens que vem fazendo, cada vez mais revirando a vida do casal, dos empregados e dos guardas que fazem a segurança na rua. Não encontrou nada desabonador até agora.

A investigação oficial é dedicada, mas não anda na mesma velocidade que a de Mauro, já que a polícia não dispõe dos mesmos recursos econômicos que permitem todo tipo de diligência, seja uma rápida viagem, uma visita a órgãos públicos e o pagamento de propinas para obter informações. Não se trata de uma competição para ver quem consegue desvendar o enigma; o mais importante é encontrar Helena o mais rápido possível, independente de quem o faça.

Chegou o difícil momento de tentar obter de Wanderley informações íntimas sobre a gravidez e o nascimento de Helena.

— Wanderley, podemos conversar? Vamos dar uma volta no jardim?

— Pode ser, Vito, mas não quero demorar. Algum motivo específico? Aconteceu algo grave? Descobriu algo? — Wanderley mostra-se aflito e imagina o pior.

— Não, Wanderley, fique tranquilo. Não há novidades sobre Helena.

Caminham pelo jardim, uma área de oitocentos metros quadrados criada para proporcionar momentos de desconexão com a casa e com o mundo. Há um lago artificial central de cerca de cem metros quadrados e em seu entorno exemplares de tostões, bulbines, moreias, cicas e palmeiras-fênix híbridas. No jardim, não há o barulho da cidade, parece que se está no meio da natureza, com sons de folhagens e alguns pássaros que visitam ou habitam o local.

Bastante nervoso, Vito não faz os floreios habituais e vai direto ao assunto:

— Wanderley, preciso que você me conte detalhes sobre o nascimento de Helena. Qualquer fato pode ser importante para a investigação. — Vito gaguejava sem saber como continuar.

— Você me deu um susto me chamando para passear no jardim. Qualquer pessoa que fale comigo ultimamente eu acho que é para dar uma notícia ruim. O que você quer saber sobre o nascimento de Helena?

— Sem ser indelicado, quero que você me conte tudo sobre o nascimento dela, desde o momento que descobriram estar grávidos. Creia em mim, não perguntaria se não fosse importante; sei que é invasivo, mas necessário.

— Não entendo o que isso possa ter de relevante pra investigação e concordo que é uma pergunta indiscreta. — Wanderley sentiu-se invadido em sua intimidade.

— Wanderley, confie em mim. É importante saber detalhes do nascimento. Não tenho nenhum interesse em invadir sua intimidade, mas preciso que me conte como Helena nasceu.

— Contar toda a história levaria muito tempo, Vito, e estou em um nível de aflição que me deixa indisposto pra falar tanto. Temos que manter o foco em apresentá-la e não perder tempo com fatos secundários. Daqui a pouco tenho que encontrar com o delegado Pascoal para saber se há novidades. Me pergunte logo o que você quer saber...

— Bom, serei direto e indelicado: Helena é fruto de inseminação artificial?

— Nossa, como você descobriu isso? Esse assunto é segredo meu e de Silvia, ela que contou? Temos um pacto para não falar sobre isso a ninguém.

— Não falei com Silvia. Ninguém me contou, nós investigamos, vasculhamos e chegamos a essa conclusão. Não vejo nada demais ter sido inseminação.

— Sim, a inseminação em si nunca foi problema, só não saímos falando por aí por uma questão de privacidade. Isso faz parte de nossa intimidade, algo que diz respeito somente ao casal.

— Sei disso, Wanderley, mas preciso de alguns detalhes sobre a inseminação. Por que optaram por ela?

— Tentamos engravidar por dois anos sem sucesso, daí optamos pela inseminação artificial e estamos muito felizes com essa escolha que gerou a joia mais preciosa de nossas vidas.

— E, a partir do momento da escolha pela inseminação, como foi o procedimento? Foram a várias clínicas ou já havia indicação de alguma específica? E, abusando da intromissão, a inseminação deu certo na primeira tentativa?

— Não, só deu certo na terceira tentativa, inseminação dificilmente dá certo na primeira vez, é comum os casais tentarem até conseguir. Mas ainda não entendi a importância desses fatos. Pode me explicar?

— Calma, Wanderley, vamos chegar lá. Helena foi diagnosticada com síndrome de Down desde a formação do embrião? Durante toda a gravidez vocês já sabiam que teriam uma criança especial? — Vito estava inibido, mas, por Helena, tinha que seguir com as perguntas.

— Não, Vito, a clínica não detectou nada nos exames mesmo após a confirmação da gravidez. Não que isso fosse mudar nossa forma de pensar: queríamos um filho, ainda que fosse especial, o amor não muda.

— Louvável a forma de pensar, vocês estão de parabéns, mas é que geralmente os primeiros exames indicam se a criança será especial. O material para a inseminação foi colhido na própria clínica?

— Sim, claro que foi. Estou intrigado com as perguntas. Aonde quer chegar?

— Tá bom, Wanderley, já te enchi bastante. Uma última pergunta pra não te perturbar e paro. Qual foi a clínica onde fizeram a inseminação?

— Fizemos na clínica do dr. Ricardo Abdias, um dos papas da reprodução assistida no Brasil, você já deve ter ouvido falar. Fomos muito bem atendidos e o resultado foi o esperado. Nos deu Helena.

— Wanderley, novamente peço desculpas por tantas perguntas de cunho íntimo, mas, com essas respostas, aprofundaremos a investigação e chegaremos a algo mais concreto. Assim que isso acontecer, te aviso.

— Era só isso? Todo esse interrogatório foi só pra coletar dados para poder especular? Você sabe que estou bem abalado e quase sem forças, mas continuo lutando e não desistirei até encontrar minha filha. Não me tire o foco novamente com perguntas sem sentido.

— Todos os esforços são para encontrar Helena. Não estamos fugindo de nosso foco, de maneira alguma. Acredite em mim. E me desculpe novamente.

Após a conversa, Wanderley chama o motorista e o carro arranca em alta velocidade ao encontro do delegado Pascoal. Enquanto isso, Vito volta para a biblioteca onde Mauro está tirando um cochilo e relata o que descobriu sobre a concepção de Helena.

Como Mauro previa, houve a inseminação artificial. Chama a atenção que a clínica onde Helena foi concebida tenha sido a do dr. Ricardo Abdias. Isso não é um bom sinal.

Falando baixo, Mauro conta que há uma investigação policial sigilosa envolvendo a clínica e o próprio médico. A polícia está apurando várias denúncias de crimes que teriam sido cometidos pelo dr. Ricardo na clínica.

A primeira denúncia foi feita por um casal que estranhou as possibilidades oferecidas para escolher na inseminação artificial o sexo do embrião e outras características genéticas. Esse tipo de procedimento, um certo tipo de eugenismo, contraria a ética médica de concepções assistidas.

Aprofundando a investigação sobre práticas ilegais de seleção de embriões na clínica, surgiu outra denúncia, dessa vez de abuso sexual cometido pelo médico. E o vazamento dessa denúncia para a mídia fez com que dezenas de mulheres tomassem coragem para acusar o médico de assédio sexual, dopagem e estupro.

Segundo as fontes de Mauro na polícia, com o avanço das investigações, a tendência é que a clínica seja interditada e impedida de funcionar nos próximos dias. A defesa do médico busca esfriar as denúncias, protelando ao máximo para prestar informações e desqualificar as denúncias. Tentam salvar o negócio.

O médico Ricardo Abdias é dos mais conceituados no país na área de reprodução artificial. Frequenta a alta sociedade, sempre está em festas e fotos de colunas sociais e tem como seus clientes famosas estrelas da televisão e do cinema. É uma troca: o médico fornece seus serviços de graça para várias celebridades, que divulgam cada vez mais seu trabalho.

Quem olha o dr. Ricardo vê um sujeito insuspeito, um senhor de idade que mais lembra um bom avô, daqueles carinhosos, alguém que pela aparência parece incapaz de cometer as atrocidades de que está sendo acusado. É baixinho, gordinho e tem cabelos curtos brancos, exala um ar de sujeito respeitável, extremamente comunicativo e simpático.

A ele são aplicáveis ditados como "quem vê cara não vê coração" ou "o hábito não faz o monge". Sob a persona de cidadão acima de qualquer suspeita, esconde-se um perigoso e bárbaro criminoso com uma lista infindável de delitos que abusam da crueldade e da tortura contra as vítimas.

O médico é um contumaz estuprador que se aproveita de momentos em que as pacientes estão vulneráveis para dopá-las, beijá-las e manter relações sexuais sem que a vítima tenha capacidade de reagir. Dr. Ricardo droga as mulheres para que fiquem sem chance de defesa e para que não lembrem das atrocidades a que são submetidas.

Criminosos sexuais são dissimulados, escondem o monstro que são através de uma planejada imagem de cidadãos de bem. Como animais sorrateiros, esperam a vítima estar fragilizada para atacá-la e subjugá-la. Quando atacam, a máscara cai e aparece a besta que estava presa, um ser que se satisfaz através de uma demonstração de poder com o sofrimento da vítima.

Dr. Ricardo cultivou por décadas a figura de médico abnegado, apaixonado pela medicina e um grande conhecedor das melhores técnicas de reprodução assistida no país. Dizia ter nascido com a missão de ajudar casais que não conseguiam ter filhos, que era o enviado de Deus para realizar esse grandioso sonho.

Com grande tino comercial, sempre se valeu da simpatia e dos resultados expressivos da clínica para atrair cada vez mais clientes. Agora, com as investigações da polícia em andamento, inúmeras denúncias se sucedem e complicam cada vez mais a situação do médico.

— Mauro, conheço parte dessas acusações — disse Vito. — Mas, que eu saiba, ainda não há provas contra o médico. Pode ser que isso ainda leve um tempo.

— Vito, minhas fontes são de primeira linha. Tudo está para estourar a qualquer momento. São muitas acusações contra a clínica; cerca de cinquenta mulheres denunciaram os abusos de Ricardo. As provas aumentam a cada dia, com testemunhos de vítimas e funcionários da clínica e até com algumas filmagens que mulheres, mesmo dopadas, conseguiram fazer. Não há mais dúvida de que ele é abusador, um criminoso perigoso.

— Tomara que ele que pague pela monstruosidade e fique na cadeia o resto da vida. Esse tipo de psicopata não tem conserto, se for solto continuará a cometer crimes. — Monstros como o dr. Ricardo fazem Vito desejar a pena de morte.

— Esse tipo de criminoso é cruel e sem sentimento, jamais se arrepende dos crimes, não tem nenhum remorso. Só que todos esses crimes acabam corroborando minha tese, a de que pode haver relação entre a conduta do médico criminoso com Wanderley, Silvia e Helena.

— Como assim, Mauro? Que relação pode haver? Eles foram pacientes da clínica. Você acha que Ricardo pode ter abusado de Silvia? Algum indício? Wanderley me disse que foram bem atendidos na clínica.

— Vito, nunca esqueça que a maldade de um psicopata não tem limites. Quando você imagina que ele pare em algum momento, podem surgir novas condutas delituosas. No caso de Silvia, acredito que não houve abuso sexual físico, mas acho que ela não saiu ilesa...

— Como assim? Não sei onde quer chegar, desembucha logo... O que você descobriu?

— O Ricardo usa na clínica uma série de práticas proibidas. O Conselho de Medicina apurou que ele fez seleção de embriões para escolher traços genéticos e muitas outras práticas proibidas. Por exemplo, ele inseminava a mulher com um número excessivo de embriões para que algum deles vingasse e depois eliminava os demais.

— Eliminava? Ele matava embriões vivos? Realmente repugnante, isso é assassinato. Mas não entendi qual a relação de tudo isso com o caso de Helena. Me explica.

— Tenho uma grande desconfiança com base nas informações que você obteve com Wanderley. Uma das monstruosidades de Ricardo ainda em apuração pela polícia é a de que ele usou os próprios espermatozoides em muitas inseminações artificiais sem o conhecimento dos pacientes.

— Oi, como assim? Não estou entendendo... Repete, por favor.

— É isso mesmo que você ouviu. Um médico normal faz a colheita dos óvulos da esposa e os fecunda com o espermatozoide do marido. Só que Ricardo, no momento da fecundação, não usava o espermatozoide do marido, usava o seu próprio espermatozoide!

— Você está dizendo que ele inseminava os óvulos das pacientes com os próprios espermatozoides?

— Isso mesmo. Diante de dificuldades com o espermatozoide do marido da mulher a ser inseminada, para que a clínica não tivesse queda em seus índices de sucesso, ele usava os próprios espermatozoides para fazer a inseminação.

— Você está querendo dizer que....

— Sim, que pode haver um número ainda indefinido de filhos biológicos do dr. Ricardo espalhados por aí. Sabe-se lá quantas vezes ele fez isso.

— Não é possível, ninguém é capaz de fazer uma coisa dessas...

— Ele fez. E raciocine comigo: fizemos o exame de DNA que concluiu que Wanderley não é o pai biológico de Helena. Diante desse fato, temos que fazer o teste de compatibilidade para verificar se a menina desaparecida não é, na verdade, mais uma das filhas do dr. Ricardo.

— Puta que o pariu. Impossível acreditar num negócio desse. Como podemos fazer esse teste? Você consegue acessar o material genético do médico?

— Consigo. Posso?

— Bom, faça o teste e vamos torcer para que o criminoso não seja pai de Helena — Vito não conseguiu dizer mais do que isso.

» » « «

Enquanto isso, no mundial de LoT, a *Brazilian Master Kings* segue sem jogar. Foi declarada vencedora em duas partidas, sobre a China e o Japão. A inatividade traz a preocupação de que a performance possa ser prejudicada nas próximas disputas por falta de ritmo de jogo.

Jogar é manter-se em atividade, afinar o entrosamento e aperfeiçoar as estratégias ensaiadas. Por isso a BMK sabe que o próximo jogo, o último antes do Natal, é importante demais. Voltando a jogar, serão testados para saber se o ritmo dos treinos está sendo suficiente. E, na próxima rodada, o jogo será contra a escola europeia, a campeã italiana e vice-campeã do continente: *Imperatori furiosi*.

Mamma Martina tem parentes distantes vivos na Itália e Vito sempre se considerou metade italiano, quando não mais. Resolve entrar em contato com esses parentes, afinal o Natal está chegando, hora de lembrar de todos.

Os parentes sicilianos estão assustados. Contam que o vírus asiático chegou. Milhares de italianos foram infectados pelo coronavírus, um vírus muito transmissível e que, com as viagens globais, deve espalhar-se pelo mundo. As pessoas não sabem se ficam em casa ou se saem, o governo não fornece informações seguras, os hospitais começam a lotar e as primeiras mortes já aconteceram. Vito desliga e diz que vai orar para que o Natal de todos traga paz e cura.

Mesmo nesse cenário complicado, a equipe italiana confirma para os organizadores do Mundial que jogará, uma vez que a Itália ainda não paralisou oficialmente nenhuma atividade e inclusive as competições esportivas estão mantidas.

No *League of Titans*, como dito, o objetivo de cada equipe é conquistar e dominar o reino inimigo. Para atingir esse objetivo é necessário tomar o castelo do adversário, optando por uma das rotas possíveis. O inimigo estará espalhado ao longo das rotas, aguardando para atacar o exército invasor. Fundamental, portanto, ir por uma rota inesperada pelo inimigo e, para isso, deve-se despistá-lo sobre as reais intenções de ataque.

É comum simular que o ataque se dará por uma rota e posicionar a maior concentração de forças do exército em outro caminho. Vale tudo para iludir o adversário e pegá-lo desprevenido e cabe ao comandante da equipe, o capitão, estudar as características do adversário e escolher a melhor rota para chegar até o castelo inimigo.

Como são muitas rotas, várias batalhas ocorrem simultaneamente e cada membro da equipe deve desempenhar a função que lhe foi designada pelo capitão. A ele cabe determinar avanços e recuos, a partir de uma ágil observação dos movimentos do oponente e da leitura dos movimentos inimigos.

Os italianos, latinos como nós, são impulsivos. Jogar contra eles é um indicativo de batalha sangrenta, disputada palmo a palmo com muita garra. A guerra com eles sempre é decidida por pequenos detalhes, por alguma variável específica como o clima, a arma dos soldados ou mesmo a densidade da floresta. São guerreiros como seus antecessores romanos e lutam heroicamente pela vitória.

E, como prometido, os italianos disputam a partida. Só que de forma surpreendente, principalmente por ser um jogo de Copa do Mundo, cometem um erro primário, um erro de iniciante, que lhes custará a partida. O público que assiste ao jogo em mais de uma centena de países não acredita no que está vendo: os italianos entregam a partida em um claro sinal de desequilíbrio emocional.

São possíveis muitas rotas para atacar o inimigo e avançar sobre seu território e chegar ao castelo onde a vitória se concretiza. Normalmente, o capitão de cada time distribui o exército por diversas rotas, já que não sabe quais serão os trajetos ocupados pelo adversário. Os italianos fazem diferente e, mal orientados por seu capitão, não dividem o exército pelas rotas, concentrando-o em um único caminho.

Bitterman (Vito) nota logo de início um acúmulo incomum de forças italianas na rota da floresta negra de Avalon e dá voz de comando para que suas forças de defesa aguardem na saída da mata densa, em um descampado. Os italianos previsivelmente seguem pela rota até chegarem ao descampado, onde são exterminados aos montes e derrotados. De forma errônea, quase desesperada, partiram para um ataque de tudo ou nada contra a BMK, uma das melhores equipes do mundo.

A precipitação dos italianos, uma decisão amadora incompatível com um time de alto nível jogando um campeonato mundial, deixa claro que os jogadores estão desestabilizados. Coincidência ou não, nesse momento a Itália torna-se o epicentro mundial do vírus vindo da China.

A falta de concentração dos italianos pode ter sido fruto da preocupação dos jogadores pelo momento que o país vem passando. Não há como se isolar dos problemas reais com o vírus. Sem concentração, a derrota veio de forma catastrófica.

Antes de dormir, depois de despir-se da persona de Bitterman, Vito traça um paralelo entre os jogadores italianos de LoT e os acionistas da TOTEM. Não se pode ignorar o adversário, uma atitude assim pode ser muito custosa.

8

Mauro é um "araponga" profissional. Detetive há muito tempo, começou no Sistema Nacional de Informações (SNI), agência que espionava os opositores do governo durante o regime militar, a época em que os direitos individuais foram suprimidos e em que o Brasil não tinha eleições diretas para a escolha de presidente. Em nome da segurança nacional e contra a ameaça comunista para o país, vidas eram vasculhadas, pessoas interrogadas e torturadas.

Foram vinte anos de regime militar, até que o presidente general Figueiredo realizou uma abertura política, restaurando direitos e revogando atos do período de exceção. Políticos e militantes que estavam em outros países, acusados de crimes contra a segurança nacional, foram anistiados e puderam retornar ao Brasil.

Na transição para o regime democrático o SNI foi extinto, criando-se em substituição a ABIN (Agência Brasileira de Inteligência), que existe até hoje. Mauro, como boa parte dos funcionários, migrou do SNI para a ABIN e lá permaneceu por alguns anos. Desiludiu-se aos poucos ao perceber que, mesmo em um regime democrático, o preenchimento dos cargos ocorria por influência de políticos sobre a agência.

Órgãos públicos são loteados por governos em troca de apoio político e isso atingiu também as agências de inteligência. Como sempre foi muito técnico nas investigações, Mauro se incomodou em conviver com iniciantes que viam a agência somente como um emprego qualquer.

Nunca quis que seu trabalho fosse determinado por leituras ideológicas ou interesses partidários, não quis ser um espião de governo, mas sim de Estado. Preferiu sair e montar a própria agência.

Espião do mais alto nível, Mauro pertence a uma elite profissional treinada com as melhores técnicas de investigação do mundo, com intercâmbio na agência de inteligência de Israel (Mossad) e domínio da maioria das tecnologias existentes. Mesmo quando estava em uma agência pública, pagava do próprio bolso para dominar as melhores técnicas de investigação, sem ficar na zona de conforto de funcionário público.

Ao sair da ABIN e montar a própria empresa de investigações, percebeu que na iniciativa privada havia maior liberdade de procedimentos. Em poucos anos, começou a se destacar no mercado, sendo reconhecido como um dos melhores investigadores por dar conta de tarefas "impossíveis" ou de difícil execução. Total presença e resultado garantido têm seu preço; os serviços são caros.

A *SEGURACORP* de Mauro tem como clientes empresas de grande porte, como bancos, seguradoras e firmas de advocacia. As pessoas físicas que o procuram são em menor número, geralmente personagens da alta sociedade dispostas a pagar uma pequena fortuna para obter uma prova sobre possível traição conjugal, seja uma foto ou uma mera troca de mensagens por aplicativo.

Diferente das investigações de caráter pessoal, os casos corporativos, sobretudo para empresas multinacionais, são para apurar fatos específicos sobre autoria de delitos empresariais, infrações éticas, roubo e vazamento de informações sensíveis ou violações de dados. Geralmente servem de subsídio para que a companhia tome decisões em relação aos funcionários flagrados, punindo-os e preservando a instituição.

Nos últimos anos, houve um significativo aumento no número de investigações corporativas, pois as regras de integridade e transparência nas companhias foram aprimoradas. Possíveis condutas inadequadas de executivos ou funcionários devem ser sempre apuradas.

Via de regra, quanto maior o grau de dificuldade de uma investigação, maior a probabilidade de que o investigador atue no limite da legalidade, por vezes resvalando em condutas impróprias (obtenção de dados fiscais, bancários e telefônicos) que se caracterizam como quebras de sigilo e violação de privacidade.

Aquele tipo de detetive das antigas, dos seriados americanos dos anos 1960 e 1970, como Columbo ou mesmo o Agente 86, que se valia de intuição e ficava de campana tomando café no carro e fumando sem parar, não existe mais. Foi substituído por um profissional que une *feeling* com tecnologia, e muitas investigações são feitas sem sair do escritório, apenas com computadores capazes de acessar sistemas e, telefones celulares através de hackeamento e outras ações similares.

Valendo-se da experiência acumulada, Mauro se vê acuado diante do caso Helena, no qual não há pistas. Até agora, a única coisa estranha na história nada tem a ver com o desaparecimento em si, diz respeito à possível fraude cometida pelo médico dr. Ricardo na inseminação.

Sabendo que Wanderley não é pai biológico da criança, Mauro consegue acesso aos inquéritos policiais do médico para buscar material do DNA do "tarado do avental branco". Acusações de crimes de estupro sempre são investigadas mediante a colheita de material genético do suposto autor.

Através de Benito, um de seus amigos investigadores que lhe deve alguns favores e tem acesso ao prontuário médico do médico monstro, consegue saber o laboratório onde está sendo feita a análise clínica do material do dr. Ricardo. Resolve ir até lá e ver o que consegue.

Chegando ao laboratório, procura o gerente-geral e resolve ser sincero, explicando por que precisa dos exames do médico. Conta sobre o caso que investiga e do sofrimento da família. Como a conversa parece não evoluir, Mauro mostra um envelope com dez mil reais e convence o gerente a lhe dar acesso ao material genético.

Extrai uma pequena amostra do sangue do criminoso, suficiente para a comparação com o material do DNA de Helena. De imediato, aciona sua equipe para que consiga o mais rapidamente possível o resultado clínico para a comparação das amostras. Em pouco tempo a desconfiança sobre a paternidade de Helena será solucionada.

» » « «

Novamente na casa de Silvia e Wanderley, Vito pensa em como continuar a conversa sobre a gravidez de Helena. Ouviu as confissões de Wanderley sobre a inseminação artificial na clínica do Dr. Ricardo e agora precisa aprofundar essa história e entrar em um campo muito mais sensível. De alguma forma, que ainda não sabe como, precisa dar o primeiro alerta de que Helena talvez não seja filha biológica dos dois.

Como dizer a um pai que sofre a cada dia mais pelo desaparecimento da filha única e amada que, na realidade, a menina pode não ser sua filha? Como ser o portador de uma notícia tão ruim no meio de tanto sofrimento a que Wanderley está submetido?

E, mais do que isso, como preparar o pai para a hipótese muito provável de que Helena talvez seja filha de um médico psicopata que pode ter inseminado Silvia com o próprio esperma?

O que preocupa Vito não é uma descontrolada reação física com Wanderley partindo para cima dele para dar umas porradas; o que o preocupa é ferir mais ainda alguém esgotado emocionalmente. É causar mais um trauma psicológico em alguém tão fragilizado e destruído.

Só que não há outra maneira, mais cedo ou mais tarde Wanderley terá que saber a verdade. A apuração sobre a paternidade de Helena estará finalizada em poucas horas, só depende do resultado do exame de compatibilidade entre os DNAs.

Não é o momento de dizer quem é o pai biológico de Helena; melhor aguardar a confirmação do exame, mas é necessário ir preparando o terreno. Vito prometeu não esconder nada de Wanderley e ele terá, mais cedo ou mais tarde, que lidar com a tragédia de não ser o verdadeiro pai biológico da filha que tanto ama. Vito aproveita quando está com ele na biblioteca e começa a rodear:

— Wanderley, imagino que o sofrimento aumente a cada dia, a cada hora, eu mesmo me sinto cada vez mais angustiado com a falta de notícias sobre Helena. Quero te dizer que não desanimamos, que continuamos trabalhando com muita força para solucionarmos tudo.

— Por que essa conversa, Vito? Aconteceu algo com Helena?

— Não aconteceu, não se assuste. Mas me comprometi contigo a informar todos os passos da investigação, a nunca te esconder nada por mais duro ou desagradável que possa ser.

— Você está me assustando, Vito.

— Já disse que não temos novidades, só um assunto que quero comentar e que pode significar algo ou nada. Você se lembra da conversa que te irritou sobre a inseminação artificial de Helena?

— Sim, claro que lembro. Você quer retomar esse assunto invasivo?

— Longe de mim, mas acho que chegou a hora de você saber por que fiz tantas perguntas.

— Não faça suspense, vá direto ao assunto.

— Está bem. Você deve se lembrar que Mauro encontrou uma amostra do sangue de Helena no lençol do berço e conseguiu extrair dele todo o material genético.

— Sim, lembro que você comentou.

— Mauro fez a comparação do material genético de Helena com o seu material e o de Silvia.

— Nossa, para que isso?

— Foi uma intuição de Mauro. Pois bem, Wanderley, não sei como te contar...

— Contar o quê? Fala logo.

— De acordo com o comparativo dos DNAs, você não é o pai biológico de Helena.

— Como é que é? Você tá maluco. Claro que sou o pai dela. Colhi o material no consultório, todo o material usado na inseminação.

— Wanderley — continuou Vito —, estamos investigando quem é o pai, de quem é o material utilizado na inseminação, mas o fato é que você não é o pai. Estou com os exames aqui na pasta, deixe eu te mostrar.

Depois de examinar incrédulo os exames de DNA que Vito exibiu, Wanderley fica mudo, sem reação. Não consegue processar a informação, está em choque. Após alguns minutos, mesmo com muita dor no coração e sem entender o que pode ter acontecido, Wanderley diz a Vito que nada diminuirá seu amor por Helena. Não importa o que os exames tenham diagnosticado, Helena será sempre a filha querida e amada, a maior alegria de sua vida. O resto é bobagem.

» » « «

Teresa Cristina passa dias inteiros dentro da empresa, buscando documentos e conversando. Entrevista mais de uma dezena de funcionários antigos da TOTEM, vasculha arquivos empoeirados em papel, armazenados em caixas imundas de papelão e largados em depósitos cheios de teia de aranha e baratas, os tais arquivos mortos.

De tempos em tempos, os arquivos mais antigos são incinerados, ou seja, muita informação pode ter sido eliminada; mesmo assim, Teresa não desanima. Sempre detalhista, examina centenas de caixas, documento a documento, faz uma verdadeira garimpagem em todo aquele lixo do passado.

Tanto esforço é recompensado e, mesmo espirrando sem parar por ser alérgica a pó, Teresa encontra importantes documentos sobre a criação da CIDA e o papel de Marlon.

Os papéis estão em estado de conservação lamentável, muitos já carcomidos parcialmente pelas pragas. Dentre tais restos documentais, Teresa encontra memorandos internos de quando a empresa era estatal nem se chamava TOTEM ainda que revelam detalhes de tratativas da área de pesquisa e desenvolvimento com Marlon para testar a viabilidade comercial da invenção.

São correspondências trocadas entre Marlon e a empresa em que se solicitam detalhes técnicos sobre a CIDA e a cópia da patente registrada junto ao INPI (Instituto Nacional de Propriedade Intelectual).

Esses documentos, analisados individualmente, não permitem uma conclusão taxativa, mas indicam ao menos que a empresa, em algum momento no passado, teve interesse em analisar a viabilidade econômica da CIDA.

Não são encontrados documentos que demonstrem a continuidade das tratativas. Aparentemente, a empresa pode ter tido contato com as especificações técnicas da patente de Marlon, mas não manifestou interesse em adquiri-la. A história toda se complica pois, ainda que não tenha negociado com Marlon, aparentemente a empresa teve acesso à patente da invenção e, coincidentemente, cerca de um ano após tal acesso, a empresa lança um identificador similar à CIDA, só que com outro nome.

Teresa fica cada vez mais convicta de que, diferente da visão dos acionistas italianos de que o processo é mera aventura, Marlon não seria tão leviano e se disporia a gastar o que resta de suas finanças para sustentar um processo tão dispendioso se não tivesse razão. Se de fato a TOTEM obteve a técnica da patente de Marlon, quem garante que não se utilizou dessa invenção para desenvolver seu próprio sistema de identificação de chamadas?

É fundamental que Vito seja capaz de transmitir essas percepções para Calabar e por isso Teresa mostra os documentos, faz uma linha do tempo para mostrar as tratativas e repassa com ele os principais detalhes.

Por sua vez, Calabar terá que relatar aos italianos o que foi encontrado, para que eles levem mais a sério as alegações da demanda. O advogado de Marlon, dr. Hildebrando, é macaco velho e pode ter guardado mais provas para apresentar mais adiante. Embora as provas devam ser apresentadas de início, é comum que advogados soneguem documentos e depois aleguem que são provas novas encontradas a posteriori.

Se o que foi obtido por Teresa traz preocupação com o que de fato ocorreu nas tratativas entre Marlon e empresa, ela deve ser redobrada por não se saber se Hildebrando guarda alguma carta na manga para apresentá-la no melhor momento.

O processo é complexo e, com a lentidão do judiciário brasileiro, poderá demorar até dez anos. Mas há um risco imediato.

Há uma grande preocupação de Teresa e Vito com relação a um pedido urgente feito por Marlon que, se for acatado pelo juiz, terá um impacto econômico imediato e um dano para a imagem da TOTEM.

O advogado de Marlon pede uma decisão urgente, uma liminar com efeito imediato. Nesses casos, o juiz analisa o pedido, verifica se há probabilidade de veracidade no que se alega e se há urgência e a demora poderá trazer prejuízos de difícil reparação para quem solicita.

Marlon alega ser prejudicado há muitos anos, pois nunca recebeu nada pelo invento e enfrenta muitas dificuldades financeiras em função disso. Segundo Marlon, as provas apresentadas no início do processo (registro da patente, projeto e desenvolvimento da CIDA) fornecem todos os elementos que o juiz precisa para conceder a liminar para que valores sejam adiantados pela TOTEM, sem a necessidade de aguardar-se o final do processo. Se ao final a empresa tiver razão, o valor é devolvido.

Vito e Teresa avaliam que o pedido tecnicamente tem poucas chances. Juízes bloqueiam valores quando a empresa devedora apresenta riscos de se tornar inadimplente ou não possui patrimônio suficiente para honrar o pagamento devido.

No caso da TOTEM, além de não haver dívida ainda, pois o processo está no início e a empresa é gigantesca, não há risco de futuro calote, já que há patrimônio suficiente para arcar com qualquer indenização.

Mesmo com poucas chances, como o advogado de Marlon é Hildebrando, um profissional perspicaz que historicamente consegue decisões surpreendentes, Teresa e Vito preocupam-se com o pedido de liminar.

E os documentos internos encontrados por Teresa aumentam a preocupação. A empresa, de certa forma, comprometeu-se ao examinar a invenção de Marlon, teve acesso a detalhes técnicos e pode ter feito experiências internas. Quem garante que a empresa, ainda estatal, não tenha desenvolvido seu produto depois de esmiuçar a patente, o projeto técnico e copiar a CIDA?

Teresa recordou-se de um caso famoso ocorrido há uns vinte anos que a marcou profundamente justamente por tratar-se de um roubo de invenção.

Na época, a empresa holandesa Endemol criou um reality show, o Big Brother, que foi exibido em uma feira internacional de novos produtos para televisão e vendido através de licenciamento para vários países.

No Brasil, duas emissoras mostraram interesse e quiseram conhecer melhor o produto, custos de produção, equipamentos necessários, localização de câmeras, entre tantos aspectos. Assinaram termos de confidencialidade para acesso a detalhes técnicos e avaliação da possibilidade de aquisição.

Ao final, a Rede Globo adquiriu o direito exclusivo de produzir o Big Brother e começou a produzi-lo, mas, para surpresa geral no meio televisivo, a emissora concorrente que também teve acesso ao formato original estreou um pouco antes um reality similar mudando apenas o nome. Houve uma grande briga judicial por conta do roubo do formato, que se arrastou por muitos anos.

A emissora que não comprou os direitos usou a artimanha de entrar com inúmeros recursos para beneficiar-se da lentidão judicial. E deu certo: a emissora "pirata" se apropriou do formato sem o pagamento de direitos autorais e conseguiu exibir várias edições de seu reality show, o Big Brother genérico, que deu boa audiência e encheu o baú da emissora de dinheiro.

O caso Big Brother, para Teresa, tinha pontos em comuns com o de Marlon. A TOTEM diz que o seu produto não é derivado do invento de Marlon, só que os documentos encontrados por Teresa mostram o interesse da empresa em conhecer detalhes técnicos da CIDA e, pouco tempo depois, há o lançamento de produto semelhante pela companhia. Parece CIDA, cheira como CIDA, funciona como CIDA, mas não é CIDA.

» » « «

Teresa e Vito contam a Calabar todas as descobertas da investigação na TOTEM e mostram os documentos antigos que comprovam as conversações com Marlon. Além dos fatos apurados, comentam sobre a preocupação com o pedido de liminar para bloqueio de valores da empresa. Está na hora de os italianos encararem o processo com a seriedade que ele requer.

Com todos os detalhes em mãos, Calabar tem uma longa e tensa reunião por teleconferência com os italianos. Os acionistas têm muita dificuldade em entender como poderia ser concedida uma medida para bloqueio de valores sem que nenhuma prova tenha sido produzida. Calabar explica os procedimentos jurídicos brasileiros que permitem esse tipo de pedido e, com certa ironia, ressalta que o nosso Direito imita em muito o romano.

Os italianos reagem mal. Irritam-se por Calabar não ter contado sobre a liminar logo de início e dão uma dura reprimenda para que esse tipo de omissão de informações não se repita. Em ligação para Vito, Calabar conta da má recepção das atualizações pelos acionistas.

— Calabar, continuo acreditando que não houve a utilização da CIDA — inicia Vito. — As negociações foram interrompidas, e ainda que não saibamos os motivos, a CIDA não foi utilizada pela TOTEM.

— Também acredito nisso, doutor, mas agora nossa responsabilidade deve ser redobrada, os italianos vão acompanhar de perto tudo que acontece. E estão nos culpando por omitir informações.

— Bom, é importante que eles percebam a complexidade do processo. Acho que sua conversa expôs de forma brilhante a eles todo o cenário. Contextualizou tudo.

Apesar da tentativa otimista de Vito, Calabar sabe que a segurança inicial transmitida aos italianos foi abalada. E, com o que foi encontrado na investigação de Teresa, incertezas pairam no ar. Sabe-se lá o que mais pode surgir em uma busca pormenorizada nos arquivos.

Ainda que o fogo não tenha sido provocado por um palito de fósforo, o fato é que houve incêndio na floresta. Não se sabe bem por que, mas Vito lembrou-se de Morgana, mais um de seus amores esquisitos. E fez cara de nojo.

» » « «

Vito ainda morava na Mooca, nessa época perto da avenida Paes de Barros. Em frente à sua casa havia uma mercearia, a Mercearia Humaitá. Antigamente se falava mercearia e não mercadinho ou minimercado.

Na porta da mercearia, ficavam vários sacos de cânhamo em pé, com feijão, arroz, ervilha e outros grãos que eram vendidos a granel, no peso que o freguês pedisse. Muitas coisas eram vendidas dessa maneira: pedaços de linguiça, bacon, gordura animal, tudo era escolhido e pesado. O dono da mercearia, o senhor Pachelle, era quem pesava tudo, embrulhava e amarrava o pacote com um barbante fino e branco.

Além dessa parte, que todos carinhosamente chamavam de vendinha, havia um cantinho com um balcão onde se vendiam doses de cachaça e cerveja. Não havia na época tantas cachaças como agora, muito menos as *gourmets*. Serviam-se as populares Caninha Rio-Pedrense e Cavalinho. As cervejas eram somente Antarctica e Brahma.

A balança onde tudo que se vendia era pesado tinha estampada a marca Filizola, muito conhecida e que dominava o mercado de balanças quase como um monopólio. Em qualquer pequena mercearia de bairro se encontrava uma balança dessas.

Nicolas, o pai de Vito, tinha uma mente empresarial e, sempre acompanhado por dois amigos (o Zé Espanhol e seu Stefano), vivia tendo ideias para ganhar dinheiro, cada hora com uma coisa diferente. Uma época resolveu produzir vinho em casa: compraram uvas, improvisaram um local para pisar e fermentar a uva, engarrafaram e armazenaram na esperança de vender toda a produção. Não venderam nenhuma garrafa, mas beberam todas.

Depois, quiseram montar uma pequena fábrica de balanças para concorrer com a Filizola. E montaram.

A balança "Mondego" não tinha a mesma qualidade, mas era vendida pela metade do preço da Filizola, e assim começaram a vender para várias mercearias nas redondezas. Vito, sempre que podia, acompanhava o pai nas visitas às outras mercearias para tentar convencer os donos a comprar a balança de Nicolas e amigos.

A visita pessoal e a amizade pesavam muito como fatores de venda. O pai Nicolas e seus amigos eram conhecidos no bairro e redondezas; ficava chato para os outros comerciantes não os prestigiarem.

As visitas às mercearias sempre acabavam em conversas de horas, com vendedor e comprador falando das amizades comuns e de lembranças de quando o bairro era diferente.

A conversa acabava de pé no balcão com todos tomando umas cachaças. E, por tradição, esse balcão tinha logo abaixo do apoio uma vitrine, onde ficavam expostas as porcarias que se vendia na época: ovo cozido com casca rosa, sardinha dobrada e espetada no palito com óleo no fundo, picles e torresmo.

Vito e o pai visitavam umas dez mercearias por semana, duas por dia. Em cada uma delas, uma ou duas cervejas e uma cachaça para não fazer desfeita ao dono.

O que mais incomodava nessas mercearias era o banheiro. Quase sempre uma portinha nos fundos, muito sujo e com um cheiro insuportável de urina. Sempre com uma porta de madeira quase podre, toda rabiscada com frases chulas e desenhos pornográficos. Se já existia a vigilância sanitária, ela não estava fazendo bem o seu trabalho.

Vito se segurava ao máximo para não ter que ir aos banheiros nas mercearias, mas, tomando cerveja, uma hora não tinha mais como segurar. Entrava nos mictórios, segurava a respiração e urinava rapidamente. Soltava a respiração só depois que saísse do fedido ambiente.

Até que um dia se deparou com um banheiro limpo, um milagre. Azulejos brancos, pia com sabonete e chão sem odor. Além disso, a porta não tinha nenhum rabisco. Uma limpeza impecável, ondnem o molhado dos pingos de urina ao redor do vaso havia. Ficou muito impressionado.

Era a venda do seu Rodrigues, e Vito perguntou a ele como fazia pra manter o banheiro tão limpo, apesar da falta de higiene dos frequentadores. O segredo era Morgana, a ajudante responsável pela limpeza.

A atração foi imediata. Morgana tinha seus vinte e poucos anos, era morena de cabelos lisos até a cintura. Na época se definia o tipo de corpo de Morgana como violão. Ela tinha mania de limpeza (na época não se falava em TOC) e limpava o banheiro da mercearia do seu Manoel muitas vezes por dia. Depois de cada um dos clientes sair do banheiro, ela entrava com seus produtos para limpar.

Sem a timidez habitual por ter tomado duas cachaças, Vito convidou Morgana para jantar. Ficou para sábado, dois dias pra frente.

Durante esses dois dias, ficou matutando onde levar Morgana. Se ela tinha mania de limpeza, teria que ser um restaurante impecavelmente limpo, não poderia ser a comida chinesa que Vito tanto gostava. Ao final, ele optou por uma cozinha mediterrânea contemporânea. O jantar foi um sucesso e regado a um bom vinho italiano, deu a ele coragem para convidar Morgana para passar a noite em sua casa. E ela topou.

Chegaram, se despiram e tropeçaram até a cama. Os pais dele dormiam.

A atração física era muito forte e, após alguns beijos, tiveram uma transa bem forte, incluindo sexo anal, o que não era muito comum de se conseguir em um primeiro encontro. E ela era incrivelmente limpa. Morgana era um sonho para qualquer homem.

Daí veio a grande surpresa: Morgana pediu a Vito que urinasse em seu rosto. Ela queria beber urina, queria ficar com o cheiro do mijo. Meio chocado e sentindo-se antiquado, ele explicou que não gostava dessas coisas.

Com a recusa, a noite terminou ali mesmo. E nunca mais se encontraram. Vito ficou com nojo dela e ela provavelmente o achou um babaca careta.

Mas ao menos ele descobriu o motivo de o banheiro da venda do seu Rodrigues estar sempre limpo. Morgana adorava cheiro de urina, tinha fixação pelo odor do mijo e por isso passava horas no banheiro da mercearia; chegava a lamber o chão.

Sempre que alguém usava o banheiro, Morgana entrava em seguida, torcendo para que a descarga não tivesse sido acionada e a urina ainda estivesse no vaso. Se inebriava com isso e passava o máximo de tempo que podia por lá, limpando e esfregando lentamente.

A obsessão de Morgana não era por limpeza, era pelo mijo. Vito aprendeu que o mundo recompensa com mais frequência as aparências do que o próprio mérito.

9

As investigações de Mauro sempre são ágeis, resolvidas em curto espaço de tempo. Ele tem como lema que "uma investigação demorada é uma investigação morta".

Pistas somem rapidamente, tudo se apaga num piscar de olhos. Aquilo que acontece nos filmes policiais, pistas que depois de anos são encontradas, não se repete na vida real. Vestígios são difíceis de localizar e são enxergados por um olhar treinado, capaz de ver o que ninguém mais vê. Somem com o passar do tempo e tornam-se invisíveis.

Analisando a solução de crimes no país, vê-se que a percepção de Mauro é correta. O nível de resolução é muito baixo, menos de trinta por cento para delitos patrimoniais e a solução de crimes com mortes tem índice menor ainda, inferior a dez por cento. Desanimador saber que, de cada cem crimes contra a vida, menos de dez são solucionados e a maioria esmagadora fica sem solução para sempre.

Dados oficiais mostram ainda que, dos crimes solucionados, cerca de setenta por cento são resolvidos nas primeiras setenta e duas horas. Pode-se dizer que, em geral, ou se resolve um crime quando o cadáver ainda está fresco ou a solução fica quase impossível.

Por isso, nas ameaças feitas a Anderson e as filhas, Mauro sabe que é essencial resolver a situação antes de um novo telefonema ameaçador. Ameaças são como bolas de neve que não se pode deixar crescer. Se for um caso de extorsão, alguém atrás de dinheiro, não se pode permitir que novas ameaças ocorram; quando a situação se repete e cresce, o preço aumenta e até o bandido fica impaciente.

E se não for um caso de extorsão, e sim uma ameaça de marido traído, não se pode deixar que a passionalidade fuja do controle e a ameaça se transforme em perseguição, em obsessão.

Para matar a ameaça na raiz e saber logo do que se trata, Mauro vai até o presídio encontrar o marido de Eliana. A conversa deve ser pessoal, olho no olho, para que se possa avaliar a real intenção do marido traído. Corno ou bandido?

O presídio de Tremembé fica na cidade de mesmo nome, interior de São Paulo, a cerca de cem quilômetros da capital. É lá que trabalha Denílson, o marido de Eliana, namoradinha de Anderson.

A cadeia de Tremembé é conhecida como o presídio das "celebridades do crime". Estão presos lá os criminosos mais famosos do país, que cometeram crimes de grande repercussão pública e tornaram-se uma espécie de celebridades do mal, como, por exemplo, os irmãos Cravinhos, Suzane Richthofen e Alexandre Nardoni.

Como eles, outras "celebridades" do crime estão cumprindo pena em Tremembé. Não é um presídio dos mais violentos e Denílson nunca teve problemas em seu tenso trabalho de carcereiro. Nunca sofreu ameaças ou qualquer outro constrangimento e tem bom relacionamento com os presos e outros carcereiros.

Mauro considera a surpresa como a melhor estratégia nos interrogatórios. Chega ao presídio de Denílson e se anuncia na triagem de visitantes na entrada como investigador. Não está lá para visitar nenhum preso. Solicita a presença de Denílson na recepção do presídio para prestar esclarecimentos sobre fatos que está investigando. Sem maiores questionamentos, os guardas chamam Denílson pelo sistema de som.

Espera por Denílson em uma sala lateral pequena com apenas uma cadeira velha de madeira e um cabide plástico preto na parede. O local é usado em dias de visitas para revistar quem entrará no presídio. Não é incomum tentativas de entrar na cadeia com drogas, armas ou celulares escondidos em bolos e outros alimentos e mesmo nas partes íntimas.

Depois de quinze minutos de espera, Denílson aparece sem entender o que está acontecendo. É um rapaz de uns 30 anos, moreno, com quase 2 metros de altura, magro a ponto de os ossos do rosto ficarem saltados, tem cabelo bem curto e raspado a máquina, penteado obrigatório no presídio. A aparência é sofrida. Trabalhar em um ambiente perigoso requer uma constante atenção e provoca tensão diária, envelhece rapidamente qualquer um. Mauro se apresenta e começa em tom intimidante:

— Olá, Denílson. Meu nome é Mauro e o motivo de minha vinda aqui é evitar problemas para você. Espero que você colabore.

— Do que o senhor está falando? É comigo mesmo a conversa? Não o conheço.

— Não se faça de mané, Denílson! Você ameaçou um cliente meu, ligou falando que ele saía com sua mulher...

— Que cliente? Ah, o senhor tá falando do velhote que peguei saindo com minha esposa. Doutor, eu não procuro encrenca com ninguém, mas esse sujeito desvirtuou Eliana com presentes e uma vida de luxo. Ela nunca me traiu antes, mas se viu seduzida por ele.

— Não seja trouxa, Denílson! Eliana não é santa. Ela é garota de programa, sai com vários homens por dinheiro. Esse "cara" provavelmente foi o melhor com quem ela saiu, tratou ela com respeito e educação. Ela é puta, Denílson, nada contra, mas é a profissão dela.

— Como assim? Nem sei quem é o senhor. Veio até aqui só para xingar minha mulher?

— Denílson, não conheço tua mulher e não tenho nada contra ela. E sinto te informar que ela é puta profissional. Trabalha na boate Splendida, sai com clientes durante o dia para transar e ganhar dinheiro, tudo pelas suas costas. Tenho provas de tudo isso.

— Não é possível. Ela não faria isso. Será que é minha Eliana mesmo? Porque eu briguei, mas ela me jurou que só saiu com esse velho, que foi uma recaída. Ele a encheu de presentes e ela cedeu. — Denílson colocou as mãos no rosto, estava chocado e quase a ponto de desabar.

Se o amor deixa as pessoas cegas, Denílson tinha uma cegueira avançada. Difícil acreditar que o marido de uma garota de programa não soubesse o que ela faz. Mas ele realmente não sabia, foi surpreendido. E fica revoltado; enfrenta cem quilômetros por dia até Tremembé, vive cercado de bandidos e sem acesso a celular e se esforça para cuidar do futuro dele e de Eliana. Planeja ter filhos. Só que, para Eliana, o que Denílson consegue com tanto esforço não é suficiente. Se sente um palhaço.

— Veja bem — disse Mauro com um pouco de pena —, não tenho nada contra você ou Eliana, mas que papo é esse de você ameaçar os outros? Isso é crime!

— Doutor, eu não quis fazer nada contra o velhote, só estava muito nervoso, fora de controle, eu vi as mensagens dele no celular. Esse cara faz juras de amor pra minha mulher e enche ela de presentes, como o senhor reagiria?

— Não tenho nada a ver com isso, Denílson. O velhote pode ser um babaca, mas você cometeu o crime de ameaçá-lo e deixou sua assinatura. Está muito claro que a ameaça é sua, do marido da Eliana. Isso te coloca em encrenca; mesmo assim, vou te dar uma sugestão, ou mais do que isso, uma última chance.

— Como assim, doutor?

— Você mexeu com quem não devia, rapaz, o velhote é meu cliente e não pode ser perturbado. É gente de dinheiro e influência. Mas vou solucionar o problema. Te dou cinquenta mil reais, você pega a Eliana e se manda de São Paulo, vão recomeçar a vida em outro lugar. Compre uma casinha e, se você gosta dela mesmo, tente arrumar esse relacionamento. Morando em uma cidade pequena você corre menos risco de ela te trair. Você ainda gosta dela, pense bem, é uma boa proposta. Aceite ou pode piorar pra você...

— Eu vou matar essa filha da puta! Vaca do caralho! Como ela pôde fazer isso? A gente planejando ter um filho.

— Não! — interrompeu Mauro. — Você não vai matar ninguém, porque isso não resolve e você acaba na cadeia. Converse com Eliana e mude para outra cidade, recomece a vida do zero. Estou te dando essa oportunidade porque vejo que você ama essa mulher, apesar de tudo que ela fez.

— Eu amo, sim, dr. Mauro. Não sei como ela fez isso comigo. Eu enfrento todo tipo de dificuldade por ela e sou traído dessa maneira. Sou um trabalhador e o senhor não sabe o que é esse presídio...

— Imagino. Então faça o que estou falando. A melhor solução é se mandar. Caso não queira aceitar, não tem problema. Farei uma queixa pela ameaça que você fez a meu cliente e você irá para um presídio bem pior que este aqui. Daí perde a mulher, o emprego e tudo que ainda tiver na vida.

— Não tenho muita coisa na vida nem muita alternativa, doutor. Fiz a besteira de ameaçar aquele velhote infame. Mas não sou uma má pessoa. Tudo bem.

— Tudo bem, o quê?

— Eu aceito a proposta. E, digo mais uma vez, eu não ia causar mal a ninguém, não sou desse tipo, só fiquei puto na hora que descobri a mensagem do velhote pra ela, esse cara é um cuzão...

— Bom, estamos resolvidos. Você é um sujeito trabalhador, recomece a vida e tire Eliana daqui. Mas te dou um conselho: pau que nasce torto nunca se endireita, entendeu?

— Sim. Vou mudar daqui e conversar com ela. E desculpa qualquer coisa, doutor.

Mauro entrega o envelope com o dinheiro para Denílson e acerta um prazo de dez dias para que ele e Eliana se mudem para outro lugar, sumam para sempre.

Ao sair do presídio, liga e conta o resultado para Vito: assunto resolvido. Deixa claro que Denílson não é criminoso, é simplesmente um corno humilhado pela mulher que amava, mais um na multidão.

Vito comunica a Anderson o desfecho do problema, exagerando um pouco tudo o que foi feito até a solução, valorizando bastante o trabalho realizado por Mauro. Depois de ouvir tudo, Anderson agradece e não reclama quando Vito cobra cem mil reais pelos serviços, além dos cinquenta mil de custos para Denílson.

Dos cem mil recebidos, Vito entrega trinta para Mauro e fica com setenta. Anderson paga sem reclamar e fica satisfeito em economizar com a dispensa da segurança pessoal e voltar a viver em paz, com a certeza de que as filhas estão em segurança.

A satisfação é tanta que Anderson pede um novo horário para falar sobre outro problema grave que precisa resolver. Não é um caso tão urgente quanto o da ameaça, mas precisa de uma solução rápida.

Natal chegando, mas, às vésperas das festas natalinas, as notícias são preocupantes. Noticiários sobre a covid relatam a evolução da doença por toda a Europa, com risco de que as fronteiras de muitos países sejam fechadas nos próximos dias. Com esse cenário, Vito cancela a viagem que faria para a Itália em alguns meses. Se o desaparecimento de Helena já ameaçava os planos de ausentar-se do país, a expansão do vírus sepultou de vez qualquer plano. Ficará em São Paulo mesmo.

» » « «

O mundo se tranca. Artigos científicos apontam que o coronavírus é de fácil transmissão, de pessoa para pessoa, a Organização Mundial de Saúde declara oficialmente tratar-se de uma pandemia global. A imprensa começa a falar em gripe espanhola do século XXI.

A covid ocupa os noticiários e o medo de contágio toma conta das pessoas, pois há um alto índice de transmissão e mortalidade.

Chega o Natal. E na véspera do nascimento de Jesus, quando Vito ainda está sonolento, lá pelas dez da manhã, duas mensagens chegam no celular:

> *Comunicamos que, em função da pandemia de covid-19, o campeonato mundial de LoT está suspenso por tempo indeterminado. Atualizaremos as informações em breve. Assinado, League of Titans International Federation.*
>
> *Como vai? Sou seu colega de profissão. Preciso conversar contigo o quanto antes sobre o caso TOTEM, podemos falar no dia 27 ou 28 próximo? Vou a seu encontro. Tenho a solução e aguardo sua resposta por aqui mesmo. Eurico.*

A primeira mensagem era de certa forma previsível pela disseminação mundial do vírus. Vito, como todas as equipes do mundo, está privado do ritual LoT, não terá a adrenalina de um campeonato superdisputado e que ocupa os dias de festas natalinas. Chegou a hora de sobreviver e não de se divertir.

A BMK lamenta muito. A suspensão do mundial pega a equipe brasileira em seu melhor momento. Apesar de ter jogado apenas a partida com os italianos, já que as duas rodadas iniciais foram ganhas por W.O., a equipe está entrosada, em grande fase. Os brasileiros despontavam como um dos times favoritos ao título. A paralisação será prejudicial, já que quando os jogos retornarem não se sabe como cada equipe estará e a própria BMK não tem ideia de qual será seu ritmo.

A segunda mensagem no celular é enigmática. Vito fica curioso e na mesma hora pede a Mauro uma pesquisa sobre o número que enviou a mensagem e sobre a pessoa que a assina, para verificar a veracidade. Será que o nome é verdadeiro e pertence ao dono da linha? Ou é apenas uma brincadeira de péssimo gosto?

Hoje em dia é fácil obter um celular no mercado paralelo e colocar um chip com dados falsos. Assim surge uma linha celular não rastreável, que pode criar contas nas redes sociais com dados fraudulentos em nome de terceiros. A checagem em caso de mensagens como a recebida por Vito era mais do que necessária.

Como consequência das pessoas de quarentena em casa, temos o aumento dos golpes virtuais. Como mais pessoas estão usando computador, as fraudes são tentadas on-line. Surgem desde golpes que, valendo-se do momento em que as pessoas estão sensibilizadas pela doença, pedem doações para falsos institutos, até golpes de vendas falsas on-line, sites dublês de sites originais, entre tantos outros.

A checagem da mensagem de autoria duvidosa é feita rapidamente pela equipe de investigadores de Mauro e o resultado não poderia ser mais surpreendente.

10

O vírus está se espalhando por todo o planeta. Mas, como ainda não se propaga pela América do Sul, as festas natalinas transcorrem normalmente no Brasil, com grande movimento no comércio para as compras dos presentes, muita gente nos mercados comprando frutas e peixes para a ceia e o especial de Roberto Carlos exibido na televisão.

Mantendo a tradição, as famílias se reúnem para confraternizar, trocam presentes, ceiam e celebram o nascimento do menino Jesus, um renascimento da fé e esperança para os povos cristãos.

Apesar do apelo comercial da data, que muitos acham que subverte o espírito natalino de paz e fraternidade, a economia agradece. A data eleva o consumo e provoca um grande movimento nas lojas, mas a tradição não se perde. É uma data de reflexão e alegria para a maioria das pessoas e o marketing natalino transmite a mensagem de que presentear é um ato de amor e não um ato consumista.

O Natal da família de Marlon é mais feliz que o habitual. Com o início do processo contra a TOTEM, ele esbanja bom humor. Há muitos anos não era tão falante, otimista com o futuro do país, com o próprio futuro e com a autoestima elevada. Neste ano não há a necessidade de que filhos e netos tragam palavras de incentivo: ele está com a confiança no teto.

Sentados todos em uma grande mesa retangular onde foram postadas quinze cadeiras, os Pereira fazem uma oração agradecendo por mais um ano de saúde para todos.

Na mesa da ceia, depois do salpicão de frango e da maionese de batata, Maria serve um bacalhau ao forno com batatas ao murro, tudo harmonizado com um bom vinho branco alemão escolhido por Marlon, daquelas escolhas de quem não entende muito, um vinho adocicado, licoroso.

Um pouco antes da meia-noite, Marlon liga para o dr. Hildebrando e agradece tudo que foi feito até agora. Com a propositura da demanda e a exposição na mídia, é o primeiro Natal em que ele se vê como um inventor. Formalmente, deseja ao advogado um Natal de paz e luz, extensivo a toda sua família.

Vito, como todos os anos, passa o Natal com o lado italiano da família, na casa do tio Genaro, na Mooca, nas proximidades da casa onde cresceu. A família tem um relacionamento distante, só se vê uma vez por ano, justamente no Natal, a não ser que alguém fique gravemente doente e seja internado ou que ocorra algum falecimento.

A Mooca é o bairro com mais bairristas na cidade. Quem é da Mooca defende a Mooca por toda a vida, carrega consigo o bairro como se fosse sua nação. O povo da Mooca é uma comunidade unida no sangue ou, como se diz: "só quem é da Mooca entende".

Os mooquenses veneram os símbolos do bairro, como o clube Juventus, próximo da Paes de Barros, que tem uma grande sede social com piscinas, salões de festas, quadras esportivas e um time de futebol. O uniforme grená do Juventus é um dos mais icônicos da história do futebol brasileiro e a equipe até hoje é chamada de "moleque travesso", pois o pequeno time do Juventus sempre aprontava quando enfrentava um time grande.

Além do clube, há a casa de esfihas Juventus, a pizzaria São Pedro, o doce *cannoli* vendido nos jogos de futebol na rua Javari (o pequeno e aconchegante estádio do time, onde dizem que Pelé fez seu gol mais bonito), a festa de San Genaro e a de São Vito. Tudo que é da Mooca é motivo de muito orgulho para os nascidos na "República Federativa da Mooca".

Na infância de Vito a família se via mais, as antigas gerações valorizavam as reuniões familiares, o convívio próximo. Os aniversários dos primos e tios eram comemorados sempre na casa de cada um, não havia o hábito de festas em buffets, a não ser as de casamento. O "Parabéns pra você" era cantado ao lado de um bolo feito em casa, com o número correspondente à idade na vela em cima, que era assoprada ao final da música.

O desafio da criançada era "roubar" antes da hora de cantar parabéns os docinhos que ficavam na mesa expostos ao lado do bolo. Brigadeiros, cajuzinhos e quindins. As crianças sopravam a língua de sogra (um brinquedo que vinha enrolado, desenrolava e crescia com o sopro) e ganhavam um saquinho de doces antes de ir embora, com um pirulito que virava chiclete, uma caixinha de cigarrinho de chocolate, drops Dulcora e muitas balas toffee, daquelas que grudavam no céu da boca e nos dentes.

Todos tinham cachorros. Na época, o fox paulistinha era uma raça bem popular, junto com o pequinês, que hoje quase não se vê mais. Os cães da família tinham nomes estrangeiros como Bob, Jeff, Angel ou Bubba. Enlouqueciam nas festas e ficavam aguardando que a criançada jogasse salgadinhos ou doces para comerem. Na época, cães não se alimentavam com rações; eles comiam a mesma comida da família, mais os ossos das sobras de frango ou da costelinha de porco.

Além das festas de aniversário, a família tinha o hábito de se visitar. De uns irem nas casas dos outros apenas para ver como as coisas estavam e jogar conversa fora. As pessoas tinham mais tempo livre ou dedicavam mais tempo para outros hábitos. Agora, grande parte das famílias só se encontram uma vez por ano, no Natal.

Só que família tem aquela coisa, fica um tempão sem ver, mas quando se encontra parece que está retomando a conversa de ontem, há realmente uma conexão difícil de explicar. Uma sensação de bem-estar simplesmente pelo fato de estar próximo.

Na casa do tio Genaro, a ceia vem com muita comida, bebida e aquela conhecida gritaria italiana, com todos falando ao mesmo tempo. A troca dos presentes acontece depois da meia-noite e até lá eles ficam embaixo da árvore de Natal, geralmente um pinheiro natural com enfeites pendurados e luzes coloridas piscantes.

Por tradição, a árvore de Natal fica montada toda ornamentada até o dia seis de janeiro, o dia de Reis, quando é então desfeita e o pinheiro doado para uma empresa de jardinagem de um conhecido do tio Genaro.

Teresa Cristina comprou os presentes para Vito entregar no Natal, para que ele não passasse vergonha. A ceia do tio Genaro tem pratos como peru, tender e leitão e como acompanhamento arroz com passas, a famosa lasanha da tia Concheta e *bruschettas*. De sobremesa, pudim de leite condensado, *cannoli* e *tiramisù*. Tudo isso com muito vinho tinto italiano e a habitual soneca no sofá depois da meia-noite, antes de ir embora. Vito se empanturra como todos os anos e come de tudo, menos o tal arroz com passas, um prato que ressurge a cada Natal e que ele não entende como um ser humano é capaz de gostar.

No final da noite, beijos, abraços e despedidas com a promessa de que no próximo ano todos se encontrarão mais vezes, o que nunca acontece.

» » « «

O dia seguinte à ceia é sempre para ficar em casa de ressaca, esperando a barriga murchar um pouco e o fígado se recuperar. Muitas famílias continuam a ceia com um almoço no dia seguinte, mas Vito, apesar de convidado para voltar à casa de tio Genaro, prefere não sair de casa; não se sente em condições físicas.

Nesse *day after*, Vito, depois de rever toda a família, acorda e se lembra dos pais. *Mamma* Martina sempre montava a árvore de Natal na sala de estar ao lado da TV com aquelas bolinhas frágeis que quando caíam quebravam e deixavam estilhaços por todos os lados. Seu Nicolas se vestia de Papai Noel toda noite de Natal e assim foi até os sete anos, quando Vito descobriu que Noel não existia, ao receber uma ligação telefônica do Papai Noel com o sotaque inconfundível do pai.

Envolto nessas boas lembranças, passa o dia jogado no sofá entre um cochilo e outro. Acorda no fim da tarde com a mensagem de Mauro que pede contato imediato. Quando Mauro não liga, mas manda mensagem, Vito sabe que deve ligar para ele de outro telefone, um segundo celular, pois há algo sensível a tratar.

— Pois não, alguma novidade? — Não se falam nomes nessas ligações.

— Sim, consegui confirmar que a pessoa que mandou a mensagem sobre o caso da empresa tem procedência.

— O número não é *fake*? A pessoa não é *fake*?

— Não. Tudo regular. Um assessor de longa data que trabalha diretamente com a autoridade, entendeu?

— Sim, e o nome completo da pessoa, conseguiu? Me mande por mensagem cifrada, por favor.

— Acabei de mandar, se houver dúvidas me avise.

— Algo mais?

— Aconselho recebê-lo e ver do que se trata. É pessoa que transita pela região decisória...

— Ok, entendido. Obrigado pela informação.

Com a confirmação de que a mensagem recebida tinha origem comprovada, Vito questiona-se por qual motivo o assessor do juiz iria procurá-lo. Óbvio que essa conduta indica má perspectiva, um gesto incomum com provável intenção ilícita, mas não há como ignorar o representante do magistrado. Em nome da boa política com o juiz da causa, recomenda-se encontrar esse possível emissário.

Eurico Costa Carmo trabalha com o juiz Jobson há dez anos. Frequentam os mesmos restaurantes e têm amigos em comum, ou seja, se relacionam profissional e pessoalmente. Mesmo farejando problemas, Vito responde à mensagem de Eurico:

Boa tarde, sugestão de reunião para o dia 28/12 às 9h no escritório em SP. Me confirme, por favor.

Poucos minutos depois chega a resposta:

Boa tarde, confirmo a reunião. Até lá. Abraços

» » « «

Vinte e oito de dezembro. Os dias entre o Natal e o Ano Novo transcorrem meio sem sentido neste ano, uma montanha-russa. Há um anticlímax depois da reunião natalina, mas nos dias seguintes a *vibe* começa a subir novamente, pois a passagem do ano se aproxima, um novo evento.

Nesse interregno, as pessoas vão às lojas trocar os presentes que ganharam no Natal, enquanto outros iniciam os preparativos de viagem para passar o Réveillon na praia ou no interior. Depois de encontrar a família no Natal, Vito tem os dias vazios. Sem o mundial do LoT, resolve preencher a agenda recebendo Eurico e Anderson no mesmo dia, 28 de dezembro.

Levanta-se cedo, corre meia hora na esteira, toma banho, pega uma Coca Zero na geladeira e sai para o escritório. Damares está de folga nesta semana. No carro ouve Elvis: "Suspicious Minds", "Always on My Mind" e "The Wonder of You". A voz de Elvis, "The King", o fortalece com boa energia, o que será necessário no dia. Elvis é sempre bom, como diz uma canção: "Elvis na fase decadente é bem melhor que muita gente".

Às nove em ponto, ao chegar na VCA, Eurico já o aguarda. É um sujeito de cara redonda, quase totalmente careca não fosse por alguns cabelos nas laterais acima da orelha, com uma barriga saliente e suando muito. Tenta parecer elegante com um terno bem cortado, mas a camisa escapa das calças, tem pizza de suor no sovaco e parte da barriga à mostra. Vito antipatiza com ele logo de cara.

Nas apresentações protocolares, naquele lenga-lenga que inicia qualquer conversa, Eurico já faz o primeiro pedido:

— Doutor Vitorino, agradeço muito arrumar tempo para me receber. Sei que nesse período os escritórios geralmente estão fechados e o senhor fez a deferência de atender meu pedido, muito obrigado. E, caso não se importe, queria lhe pedir um favor, gostaria de conversar fora do escritório. Vi que há uma padaria na esquina e podemos tomar um café lá, pode ser?

Vito estranha o pedido, conclui que Eurico tem medo de ser grampeado no escritório, é um desses paranoicos que a tudo temem, justamente por ter algo a esconder. A conversa não será agradável, mas é necessária; não há como fugir.

— Sem problemas — respondeu Vito. — Costumo tomar café na padaria, tem um pão com manteiga excelente e a melhor média, como falamos aqui em São Paulo.

A média nas padarias de São Paulo é uma mistura em proporções iguais de café, leite e uma fina camada de espuma de leite. Diferente do café com leite, onde a proporção é meio a meio, metade café e metade leite. E há ainda o pingado, que é uma proporção maior de leite com um pingo de café. Caminharam até a padaria falando sobre a pandemia da covid-19 e o que os espera no próximo ano.

Eurico chegou para a reunião com Vito com antecedência de algumas horas para pesquisar locais próximos e seguros para a conversa e optou pela padaria, um local movimentado, barulhento e com grande circulação de pessoas.

A escolha também faz sentido pela silhueta de Eurico, sobretudo a barriga saliente. Quem não é de São Paulo adora as padarias daqui, onde se toma café da manhã, faz-se um excelente lanche a qualquer momento do dia, serve-se almoço e vende-se uma infinidade de pães e doces. Em Brasília, cidade projetada e organizada, as padarias ficam dispostas simetricamente pela cidade, sempre nas mesmas quadras comerciais, e seguem um padrão que as tornam parecidas. Esse planejamento é tedioso para forasteiros, mas enche de orgulho os brasilienses.

Eurico dá uma olhada panorâmica no recinto e logo escolhe uma mesa isolada no fundo, onde se sentam. Após pedir um misto quente e um café com leite, começa o diálogo:

— Dr. Vitorino, como escrevi na mensagem, sou Eurico e trabalho em Brasília — ele fala com as mãos na frente da boca, como que para impedir qualquer tipo de leitura labial e com a voz baixa, quase um sussurro.

— Muito prazer, em que posso ajudá-lo, Eurico?

— Sou advogado, fui diretor jurídico de várias empresas. Tomei a liberdade de pesquisar sobre sua pessoa e verifiquei que se trata de um advogado muito experiente, que certamente conhece os meandros do poder judiciário e por isso resolvi procurá-lo.

— Muito obrigado pelos elogios, mas ainda não entendo o motivo de nossa conversa.

— Doutor, de início, peço sigilo para nossa conversa e que veja o que vou falar apenas como uma troca despretensiosa de ideias, ok?

— Sem problemas, Eurico. Assim será.

— Dr. Vitorino, como ambos somos experientes e conhecemos os meandros do judiciário, vou direto ao assunto. Depois da carreira empresarial, fui convidado para assessorar o dr. Jobson, responsável por julgar o processo entre Marlon Pereira e a TOTEM, processo em que o doutor atua como defensor da empresa, confere?

— Eurico, você é muito bem informado. A TOTEM nem apresentou defesa ainda, não há nada no processo com meu nome. Me espanta que já saiba que eu serei o advogado dela no processo.

— As notícias correm, doutor. Esse processo envolve cifras bilionárias, pode causar forte impacto econômico para a empresa. Como processos assim são confiados aos melhores escritórios e a TOTEM tradicionalmente tem relação com meia dúzia dessas firmas, não foi difícil pesquisar e descobrir que seu escritório foi o escolhido. Por isso o procurei, até porque conversando é que a gente se entende, não é?

— Acredito que seja esse o objetivo de qualquer empresa. — Vito dá respostas evasivas, não gosta do rumo da conversa.

— Doutor, indo direto ao assunto, quero me colocar à disposição para colaborar contigo, ajudar para que o resultado para a TOTEM seja o melhor possível. Creio que possamos encontrar uma solução que fique de bom tamanho para todos.

— Agradeço muito a preocupação. De que maneira o colega pensa em colaborar?

— Eu e o dr. Jobson somos muito amigos. Durante o dia o assessoro; na realidade, escrevo todas as decisões que ele assina. Contamos tudo um ao outro sobre todo tipo de assunto. Estamos sempre alinhados. — Eurico encaminha a conversa aos poucos, observando as reações de Vito.

— Certamente o dr. Jobson tem muita sorte em contar com uma pessoa de confiança do nível do colega, que vejo que tem mesmo muita experiência. — Vito já sabe onde Eurico quer chegar, mas mantém-se cortês.

— O senhor é muito gentil, doutor Vitorino. Muito obrigado. Sua fama também o precede, sabemos do sucesso nos processos em que atua, um brilhante advogado. Fico feliz em tê-lo como interlocutor. Acho que poderemos ter uma boa parceria.

— Não há de quê. Mas veja, colega, sem querer parecer indelicado, preciso saber qual é a sua proposta de colaboração. Por favor, pode ser mais específico?

— Claro. Como o doutor sabe, temos um pedido de liminar feito pelo Marlon para analisar. Se o juiz atender a esse pedido, haverá um impacto imediato sobre o faturamento da empresa. Marlon pede que a empresa comece a desembolsar ou depositar valores pelo uso passado da invenção.

— Eurico, cá entre nós, esse pedido é absurdo. Como pretender que se pague algo sem sequer haver prova de que o invento é realmente dele?

— Veja, doutor, absurdo ou não, caberá ao juiz decidir. Talvez ele não ache o pedido tão despropositado quanto o senhor. Mas, com boa aproximação, podemos fazer ele enxergar da mesma forma que a empresa e negar o pedido de liminar. Com isso o processo seguirá sem nenhum prejuízo para vocês, podendo arrastar-se por um bom tempo.

— E a proposta é...?

— A proposta, como eu disse, é conseguir a negativa do pedido liminar pelo dr. Jobson e depois uma sentença favorável, uma vitória para o escritório e para a TOTEM. — Eurico anima-se com o avanço da conversa.

— Isso seria ótimo, mas...

— Veja, doutor Vitorino, meus honorários serão pagos somente após a decisão favorável à TOTEM. E, para que o senhor não tenha dúvidas de que falo sério, podemos celebrar esta contratação em um jantar na casa do dr. Jobson nos próximos dias.

— E, para que eu possa apresentar a proposta ao meu cliente, temos algo mais concreto em termos de valor dos seus honorários?

Nesse momento Eurico para de falar e pega um pedaço de guardanapo. Nele escreve o valor de vinte milhões para negar a liminar e cinquenta milhões para dar uma sentença favorável. Exibe os números e em segundos rasga o guardanapo em muitos pedacinhos, guardando-os no bolso do paletó.

Ficam em silêncio por um momento, quando Eurico pede ao garçom mais um misto quente e um suco de laranja. Pelo visto o apetite do sujeito é gigantesco, animalesco.

— Sabe, doutor, adoro os sanduíches das padarias daqui. Esse pãozinho de vocês, que chamam de francês, não tem igual em nenhum lugar. E aqui os sanduíches são muito bem recheados, não tem aquela miséria de botar só uma fatia de queijo e uma de presunto. Em nenhum lugar se come tão bem como em São Paulo. — Eurico tentava quebrar o gelo e ser agradável.

— Sou obrigado a concordar, Eurico. Em compensação, e desculpe minha sinceridade, acho Brasília um dos lugares em que pior se come. Até os restaurantes de outros lugares que têm filiais por lá não conseguem manter a qualidade. — Vito faz questão de ser desagradável.

— Voltando a nosso tema, doutor, quero também deixar claro que temos a garantia de que, qualquer que seja a decisão do dr. Jobson, ela não será modificada pelo Tribunal de Justiça. Temos essa segurança. A comunidade está unida, entende?

— Entendido, Eurico. Como o colega sabe, nenhuma decisão depende diretamente de mim. Vou levar a proposta ao cliente, com o sigilo devido, e volto a te contatar para dar um retorno. E não me julgue mal-educado, mas peço desculpas por ter que sair agora. Apesar de ser final de ano, tenho uma agenda bem corrida hoje.

— Imagine, doutor, fique à vontade, acho que ainda vou comer uns doces antes de sair. Não resisto a todos esses doces expostos nessa vitrine bem na minha frente.

— Obrigado, Eurico. Voltaremos a nos falar. Ah, prove a bomba de chocolate, é ótima — despede-se Vito.

Pela experiência profissional, esse tipo de abordagem não deveria mais causar espanto em Vito, mas ele estava abismado com a desfaçatez de o assessor direto do juiz o procurar. A defesa da empresa ainda nem foi apresentada e o juiz envia um emissário com uma proposta de corrupção para negar a concessão de uma liminar. Tristes tempos.

» » « «

Vito volta da padaria para o escritório e dá de cara com Anderson, com quem havia combinado uma reunião para o tal novo assunto urgente que ele diz ter. Hora de ouvir o colega de faculdade, que de uma hora para outra voltou a ser um grande amigo.

— Olá, Vito, como foi de Natal? Tudo bem com a família? E obrigado por me receber hoje. — Anderson está recomposto após a resolução da ameaça do marido de Eliana.

— Bom dia, Anderson. Graças a Deus foi tudo bem no Natal, e contigo? Sofrendo muito pela perda de Eliana? Ou está mais tranquilo por voltar a sentir-se em segurança?

— Estou mais tranquilo, embora confesse que sinto muitas saudades dela. Sou um trouxa, né?

— Foi uma tremenda burrada se envolver com uma garota nova demais e ainda casada. Veja, Anderson, antes de você me contar o que precisa, peço sua compreensão porque tenho um dia cheio e em seguida à nossa conversa terei que sair correndo. Se puder ser breve em contar o novo problema, agradeço.

— Claro. Puxa, Vito, achei que hoje poderíamos falar com calma sobre alguns assuntos e quem sabe almoçarmos, mas percebo sua correria. Estou aos poucos esquecendo Eliana, gostava dela.

— Anderson, prometo que após a passagem do ano marcaremos um almoço e conversaremos com calma, pode ser? Hoje, infelizmente, não consigo. Me conte qual é o problema agora. Outra puta?

— Não precisa ser sarcástico. Bom, para não tomar muito seu tempo vou direto ao assunto. Estou me separando da Mariana, depois de 25 anos de casado, e preciso da sua ajuda.

— Sério? Me lembro dela. Você se casou ainda na faculdade ou foi logo depois? De qualquer maneira, não atuo em casos de separação. Direito de família nunca foi minha especialidade, mas posso indicar ótimos advogados para cuidar do caso, conheço os melhores. Já ouviu falar da dra. Patrícia? A separação é consensual ou litigiosa?

— Infelizmente é superlitigiosa. Uma grande briga pelo patrimônio e ainda com algumas atitudes extremas. O "meu bem" se transformou nos "meus bens". Sei que não é sua especialidade, mas preciso que alguém que seja capaz de forçar um acordo com a Mariana. Você sabe que não aguento um processo que se arraste vários anos, minha ansiedade não permite.

— Conheço sua ansiedade, mas realmente não atuo em separações, sinto muito. Posso te indicar um bom profissional? Sem dúvida você será mais bem assessorado.

— Vito, te peço mais essa ajuda, abra essa exceção. Sou desconfiado por natureza, mas confio em você e a situação está feia. Para que você tenha uma ideia de onde chegamos, a Mariana arrombou um cofre em casa, que tenho escondido no quarto, e o esvaziou. Sumiu com tudo, dinheiro, documentos e joias, e agora está me chantageando para não vazar documentos que poderiam me prejudicar. São segredos comerciais.

— Nossa, mas como a relação chegou a esse ponto? Não sobrou nenhum respeito? Incrível como os casais não conseguem se separar de forma civilizada.

— Sim, e eu poderia te contar dezenas de fatos absurdos como o arrombamento do cofre, mas, pra resumir, quero que você seja meu advogado. Por favor, aceite mais esse caso... me ajude. Pode não ser sua especialidade, só que você é o melhor advogado que conheço e o que melhor negocia.

— Fico lisonjeado que me considere um bom negociador, embora você não tenha contato comigo há tempos nem saiba muito de minhas habilidades. Enfim, comentei que questões de família não são minha especialidade e sua esposa certamente terá um advogado especialista e de bom nível. Pode ser uma grande desvantagem para você, correria esse risco?

— Sim, eu sei, mas quero ter um advogado em quem eu confie e que saiba tudo, inclusive os meus podres. Não quero arrastar uma briga dessas pra sempre e por outro lado não quero simplesmente dar tudo que ela pede. Ela quer levar a maior parte do meu patrimônio, quer me ver na miséria.

— Que triste. Me lembro que vocês tiveram duas filhas, certo? Foram elas inclusive que foram ameaçadas pelo marido da Eliana, não é?

— Temos duas meninas que são a minha vida, as minhas crianças. Não me separei antes porque não queria correr o risco de me distanciar delas.

— Mas qual a idade das crianças?

— A mais velha tem vinte anos e a mais nova acabou de completar dezoito anos. Martha e Rúbia, meus amores.

— Daqui a pouco elas estão te dando netos e você ainda as chama de crianças? Elas estão na idade de sair de casa.

— Sempre chamo de crianças e às vezes até de meus bebês. Sempre serão meus bebês. O pai sempre vê os filhos assim, a vida toda. Olho para elas como olhei pela primeira vez logo que nasceram. Mas, então, você cuida da minha separação? Faz isso por mim? — Anderson contrai a voz e praticamente implora, inclusive com o olhar gatinho de botas.

— Como disse, não atuo em divórcios, mas você insiste tanto que vou abrir uma exceção. Mas você está mais do que ciente de que não é minha especialidade. Só te peço um favor: como já disse, tenho que sair agora para um compromisso urgente e solicitarei para a Teresa Cristina continuar a conversa contigo. Depois ela me passa as informações e organizamos as providências. Pode ser?

— Claro, Vito. E te agradeço pela consideração e por mais essa ajuda. E não se esqueça: quando puder me avise e vamos almoçar.

— Pode deixar, aviso, sim. Até mais, Anderson, Teresa vem em seguida.

Vito aceitou atuar no divórcio de Anderson apenas para se livrar rapidamente dele, sentiu que a conversa iria se prolongar se negasse. Não atuará diretamente; colocará Teresa para conduzir o imbróglio nem perderá tempo com isso. Detesta brigas familiares, e mesmo os mais aquinhoados fazem barraco na hora da desavença.

Ainda com a tentativa de extorsão de Eurico fresca na memória, não vê a hora de encontrar Calabar e colocá-lo a par da abordagem descarada. Misturando pensamentos no caminho para a TOTEM, veio à sua cabeça que nunca conheceu um Eurico que não fosse trambiqueiro, triste coincidência.

Calabar nunca tira férias; não se sabe se por medo de perder o lugar na empresa ou por algum problema conjugal, está sempre no trabalho. Existem pessoas que ficam mais tempo no trabalho do que em casa; dizem que se permanecessem mais tempo com a mulher se separariam. A pandemia confirmará que essa tese tem lá sua dose de verdade: o período de casais juntos em casas aumentará o número de divórcios.

Com a empresa vazia nos dias pós-Natal, Vito é recebido de imediato e passa pela blitz da recepção com um tempo recorde de seis minutos e doze segundos. Um feito digno de nota, dos dias atípicos em que até a burocracia afrouxa um pouco.

Para Calabar conta em detalhes tudo que aconteceu na ida à padaria com o soturno Eurico. Ressalta o desconforto de tomar café com um sujeito asqueroso em todos os sentidos, que comia sem parar e falava com migalhas saltando da boca e tinha a testa mais oleosa que uma coxinha de frango das lanchonetes de beira de estrada.

Durante o café com o troglodita, aconteceu uma coisa engraçada com ele mesmo. Em um dos momentos em que falava empolgado, Eurico deu uma decidida mordida no misto quente e um dente frontal caiu. Isso mesmo, o dente despencou após a mordida no pão. Ele tentou disfarçar, resgatou o dente caído dentro do prato rapidamente e o guardou no bolso da camisa. A partir daí, tentou falar sem abrir muito a boca, parecendo um ventríloquo. Uma cena ridícula, mas engraçada.

Vito não segura o sorriso sarcástico ao contar a história. Aliás, o fato foi tão engraçado que até Calabar, em um momento raro, deu um leve sorriso. Um momento de descontração no meio de uma proposta indecorosa, criminosa.

Não há outra reação possível senão a de repulsa. O assessor do juiz propõe vender decisões judiciais sem a menor cerimônia, como se fosse a coisa mais comum do mundo. Ainda que no meio judicial ninguém seja anjo, tamanha desfaçatez de um membro do judiciário mostra que as instituições estão infectadas interiormente. E, quando o judiciário se corrói, a democracia começa a correr risco, o que vem ocorrendo em vários países.

Calabar ouve o estarrecedor relato e permanece em silêncio por alguns instantes, depois, respira fundo e faz um comentário claro:

— Meu caro dr. Vitorino. Sem fazer juízo moral ou de valor, entendo que seja impossível qualquer acerto com esse cidadão. Não há como ceder a essa tentativa de extorsão. Como você sabe, temos dificuldades para os representantes do acionista controlador darem a devida importância ao processo. Imagina levar a eles um pedido de propina...

— Eu não esperava outro posicionamento, Calabar, conheço os teus valores e os da empresa. Só que por dever de lealdade trouxe o assunto até você. Tudo que acontecer, seja para o bem ou para o mal, relatarei de imediato.

— Claro, é isso mesmo. Agradeço e reforço que todas as novidades que surgirem me sejam trazidas. Mas neste caso não levarei ao acionista um pedido criminoso desse porte. Como brasileiro, tenho vergonha em reportar uma tentativa de corrupção judicial com essa desfaçatez...

— Pensamos exatamente da mesma forma. Fiquei impressionado com a ousadia, imagine um investidor estrangeiro que pretenda ingressar no país e depara-se com uma bandidagem dessas.

— É o famoso custo Brasil. Não basta a alta carga fiscal, os custos trabalhistas e dos insumos, ainda se tem o custo da corrupção... — Calabar está indignado com a ousadia de Eurico.

— Bom, Calabar, estamos entendidos. Nossa posição está clara. Darei o retorno a esse meliante de terno e gravata.

— Dr. Vitorino, estou pensando aqui, não vai mudar nada responder agora ou depois, entendo que não devemos dar uma resposta imediata. Podemos ganhar algum tempo, você pode ir dando uma enrolada no Eurico, dizendo que está falando com a empresa etc. Não quero que eles fiquem bronqueados conosco agora.

— Deixa comigo, farei isso.

— Então estamos acertados. E de resto, como vão as coisas? O doutor está trabalhando nesta época do ano? Não costuma viajar?

— Estou trabalhando, Calabar. Acabei não viajando, você também resolveu ficar?

— Fiquei, doutor. Esse período sempre é crítico na empresa, decisões administrativas e judiciais acontecem durante o plantão do judiciário e não posso me ausentar. A empresa não pode ser surpreendida. Deixo minhas férias para o meio do ano.

Na realidade, Calabar deixa suas férias para a posteridade, nunca as goza. Como raramente conseguem falar sem a pressão do tempo, aproveitam a ocasião para atualizar outras demandas da TOTEM. A VCA cuida de vinte e dois processos relevantes da empresa e Vito faz um breve reporte da situação de cada um. Calabar fica bastante satisfeito com o conhecimento de Vito sobre cada caso; tudo está sob controle.

Trocam mais algumas amabilidades e sinceros votos de feliz ano-novo.

11

Véspera de réveillon, cidade vazia. Milhões de pessoas foram para o litoral ver a queima de fogos nas praias, pular as sete ondas para ter sorte, descansar uns dias e retornar com a vermelhidão na pele de quem não usa ou descuida do protetor solar.

Outros aproveitam as férias escolares para viajar ao exterior onde conseguem passear e fazer compras com uma sensação de segurança ausente por aqui. Boa parte dos brasileiros parte para a Flórida, onde o clima é parecido com o nosso, com calor, belas praias e muitos *outlets* gigantes.

Miami, com as praias e a agitada vida noturna, atrai muitos jovens e Orlando, com os parques da Disney, atrai muitas famílias. A Europa, principalmente Portugal, também é destino das viagens dos brazucas.

Vito ficou e está cada vez mais envolvido no processo da TOTEM. Depois do encontro com Eurico, quer vencer a causa sem ceder, quer provar de forma irrefutável que Marlon não tem razão e que a boa justiça ainda prevalece.

Helena continua uma preocupação diária, mas o passar dos dias vai gerando uma desesperança e o medo de que algo de ruim tenha acontecido. Wanderley está um trapo, o sofrimento o envelheceu anos em poucos dias e os remédios que toma para depressão parecem não fazer efeito; permanece a constante tristeza, um estado letárgico. Os pensamentos negativos sobre o destino da filha fazem com que ele praticamente pare de se alimentar e de falar.

Para todos que acompanham, o sumiço é crescentemente cruel e, dia após dia, as perspectivas de encontrar Helena viva diminuem. Delegado, investigadores, todos que atuam no caso não obtêm pistas capazes de levá-los a desvendar o desaparecimento. A polícia continua nas ruas, mas até esse momento nada obteve de concreto e, para piorar, perde tempo com denúncias anônimas falsas. Existem pessoas capazes de, nesse momento extremo, sacanear a polícia e os pais em sofrimento.

Mas, graças ao *feeling* de Mauro, que colheu a gota de sangue no berço, a primeira pista surge.

O exame de DNA de Helena confirma que a menina não é mesmo filha de Wanderley. Pior, após comparar o DNA dos envolvidos, verifica-se que há compatibilidade entre os componentes genéticos de Helena e do dr. Ricardo! Helena é filha do médico psicopata!

Embora esperado por conta das práticas macabras da clínica, o resultado abala Vito. Parece que o sofrimento da família não tem fim; não basta ter que conviver com o desaparecimento, com o pavor a cada vez que o telefone toca, agora o casal saberá que Helena é filha de um monstro, que foram vítimas de outro crime bárbaro.

E novamente cabe a Vito, pela proximidade com o casal, ter que dar a notícia para Silvia e Wanderley. Quando o fato é muito ruim, o melhor é não demorar. Em uma situação dessas não há como contemporizar; a verdade dolorida deve ser dada em dose única e não aos poucos. Chega na mansão e, assim que desce do carro, o casal nota a feição tensa de Vito e se desespera.

— Pelo amor de Deus, Vito, não nos diga que aconteceu o pior. Que cara é essa?

— Calma, gente. Não há novidades do desaparecimento, não pensem sempre o pior. Desculpe se minha cara assustou vocês, não era a intenção.

— Mas sua expressão é de muita tensão. Certamente algo foi descoberto, estou certa? — Silvia está apavorada e certa de que sua intuição não se engana.

— Silvia e Wanderley, o que me faz vir aqui agora é algo que nem sei como começar a contar... — Vito titubeia, chega a gaguejar.

— Ai, meu Deus... — Silvia começa a chorar copiosamente.

— Meus amigos, repito que não há novidades sobre o paradeiro de Helena ainda. A polícia e Mauro estão buscando vestígios e devem descobrir algo logo.

— Então o que houve? Qual o motivo da tensão? — pergunta Wanderley diante do rosto franzido de Vito.

— Bom, minha missão é desagradável, mas como amigo tenho que contar um fato terrível. Após o desaparecimento de Helena, Mauro encontrou uma mancha de sangue, quase invisível a olho nu, no berço de Helena. Aparentemente era uma gota de sangue já de algum tempo, nada relacionado ao desaparecimento.

— E o que isso significa? — Silvia não entende o rumo da conversa.

— Mauro recolheu a amostra de sangue e fez o mapeamento genético de Helena, traçou seu DNA. E recolheu material de vocês também.

— E como ele fez isso sem nos pedir?

— Ele recolheu material dos copos sujos na casa. Não quis assustá-los sem necessidade. Mauro é discreto, trabalha em silêncio.

— Mas pra que nosso material? Nós já conversamos, Vito, e te expliquei que Helena foi fruto de uma inseminação artificial, eu te expliquei tudo. Para que aprofundar a história além disso?

— Eu sei, Wanderley, mas o *feeling* de Mauro fez com que ele checasse. Por algum motivo ele achou importante, coisa de detetive. Só que, no caso de vocês, a checagem trouxe um resultado inesperado.

— Como inesperado? Fala logo...

— O resultado é que obviamente Helena foi concebida com os óvulos de Silvia, mas não com material de Wanderley, não com os seus espermatozoides.

— O quê? Como é? Você tá maluco... — Wanderley ameaça partir para cima de Vito, sentindo-se ofendido.

— O material que Wanderley cedeu não foi utilizado. A inseminação ocorreu utilizando espermatozoides de outra pessoa. Vocês foram vítimas de mais um terrível crime, uma barbaridade.

— Isso é loucura. Trocaram o material recolhido? Helena não nasceu da junção de meu material com o de Silvia? Houve erro médico?

— Não houve erro, foi proposital, um ato de má-fé. Foi um crime que a clínica cometeu com várias pessoas para garantir os altos índices de inseminação, os melhores do país. No caso de vocês, as duas primeiras tentativas não deram resultado; então, na terceira tentativa, utilizaram material de outra pessoa.

— Como assim? Não nos pediram autorização nem nos comunicaram de nada. De quem é o material utilizado? Usaram material de um doador anônimo?

— Infelizmente não é material de doador anônimo, o que já seria horrível por enganar vocês; é muito pior. Preparem-se para o que vou contar e me desculpem, mas alguém tem que dar a informação a vocês.

— Como assim, pior ainda? Conte logo, por favor — suplica Silvia.

— Foi utilizado material do próprio médico, o dr. Ricardo Abdias. Ele arquitetou tudo para que o resultado fosse positivo. É um criminoso em série, fez isso com vários casais, além outras coisas bizarras. É um monstro de jaleco.

— Não é possível — Wanderley desaba. — Eu vou matar esse cara. Como ele pode fazer isso com as pessoas? Eu vou matar esse filho da puta.

— Como assim? — murmura Silvia. — Helena é filha desse médico maluco? O esperma utilizado foi dele? Que maluquice é essa?

— Calma — disse Vito. — Meus amigos, sei que é difícil aceitar, mas o fato é que ele usou o esperma dele na inseminação. Nem posso imaginar o que vocês estão sentindo. Esse bandido vai pagar por tudo que fez, mas temos que ser fortes e voltar a ter foco em encontrar Helena. O filho da puta teve prisão decretada, já foi detido e de lá não sairá tão cedo.

— Olha — falou Wanderley —, Helena é e sempre será minha filha, nossa filha. O que esse monstro fez é inconcebível, machuca muito. Mas não muda o amor que sinto por Helena desde sempre e ela sempre será nossa filha, ninguém vai roubar isso de nós. Essa história morre aqui, ok? Não quero que ninguém fique sabendo disso.

— Eu sinto o mesmo — disse Silvia. — É doloroso, mas não muda nosso amor. Eu amo Helena, nós amamos nossa filha. Eu sou a mãe de Helena e Wanderley, o pai. Um pai maravilhoso.

— Tenho certeza do sentimento puro de vocês, o amor por ela não muda e vamos usar nossa energia para encontrá-la. Depois teremos tempo para ir atrás do médico, auxiliando o Ministério Público a conseguir a maior condenação possível pra esse imbecil.

Vito confirma com Mauro. Ninguém sabe do resultado do exame de DNA, não há nada registrado em sistema. Combinam de jamais voltar a esse assunto; Helena será para sempre a filha deles. Pactuam um voto de silêncio. A pista será usada, mas a história jamais revelada.

» » « «

A passagem de ano é tranquila, São Paulo está vazia. Pessoas andam descontraidamente pelas ruas e parques, vemos skatistas, corredores, famílias passeando, até o céu fica mais azul com menos poluição.

Após o réveillon o movimento da cidade vai voltando aos poucos, à medida que as pessoas retornam de suas férias. A cidade parece despertar pra valer só na segunda quinzena de janeiro.

Mas para Wanderley e Silvia não houve réveillon; o desespero aumenta a cada dia. Uma criança com necessidades especiais resistirá sem sua medicação e sem o carinho dos pais? A saudade de Helena se mistura a um pensamento ruim, que leva a imaginar um final apavorante. A esperança diminui por mais que se tenha fé.

Os dias de calmaria na cidade passam rapidamente. No dia vinte de janeiro, Vito apresenta a defesa da TOTEM. E, nesse mesmo dia, recebe uma mensagem de Eurico querendo saber se há um posicionamento da empresa sobre a proposta dele e do juiz Jobson. Pela primeira vez, Eurico se mostra impaciente e pressiona por uma posição clara. Vito tenta contornar e não dar nenhuma resposta definitiva.

De forma educada, transmite a impossibilidade de a TOTEM aceitar o proposto neste momento. Com o período de festas e passagem de ano, ressalta ele, não houve como contatar os acionistas da empresa e, portanto, ainda não há condições de dar uma resposta positiva. Eurico agradece a resposta de forma seca e nada mais diz. O sujeito falador e agradável que o convidou para tomar café desaparece.

A defesa que a TOTEM apresenta ao juiz afirma que não houve roubo da CIDA, que a empresa utiliza como identificador de chamadas um outro produto, com patente devidamente registrada. A TOTEM nada deve a Marlon e não há nenhuma prova em sentido contrário.

Após a defesa, Vito foca exclusivamente Helena. Haverá tempo razoável para que a defesa seja lida e analisada pelo juiz, talvez meses até que o próximo andamento do processo aconteça. Esse é o ritmo normal.

Reúne-se com Mauro praticamente um dia inteiro, repassando minuto a minuto do desaparecimento de Helena, tentando encontrar algo que tenha passado despercebido. Não encontram nada. O único fato escabroso é mesmo a inseminação criminosa feita pelo dr. Ricardo, o pai biológico de Helena.

Só que Vito não tem tempo de permanecer com foco em Helena. Três dias após a defesa, no dia vinte e três de janeiro, Vito recebe uma intimação eletrônica. O juiz Jobson dá uma decisão pesada contra a TOTEM, atende o pedido de Marlon e concede a liminar.

Na decisão sem fundamento, o juiz determina o pagamento pelo uso não autorizado da CIDA com a retenção de 2% do faturamento líquido mensal da empresa, um valor de dezenas de milhões de reais, que ficarão indisponíveis e serão movimentados somente por ordem judicial do próprio Jobson.

O mais pessimista dos pessimistas não poderia imaginar um cenário tão ruim para a TOTEM. Pelo visto, o juiz picareta ficou chateado com a recusa em negociar com Eurico e retaliou de forma pesada, implacável. A decisão exagera e mais parece uma acusação; tem um tom quase passional.

Ao saber da decisão, Vito pede a Teresa Cristina que vá imediatamente para Brasília. Deve buscar informações entre os assessores do juiz para entender os detalhes que levaram à decisão, afinal é provável que ela tenha sido escrita por algum deles. Além disso, deve observar se há alguma outra movimentação de bastidores que indique o que mais pretende o juiz Jobson.

Eficaz como sempre, Teresa vai a Brasília e chega próximo do meio-dia.

12

A decisão judicial caiu como uma bomba na TOTEM. Vito é convocado imediatamente para prestar contas para Calabar e diretores da área financeira e de auditoria. Uma reunião tensa e com todos de mau humor por ter que lidar com uma crise gigante como essa em janeiro. Muitos interrompem as férias por conta disso.

Vito explica em detalhes o que decidiu o juiz, explica por que é absurda uma liminar dessas sem prova neste momento e deixa claro que o juiz foi tendencioso demais. Entrará imediatamente com recurso no Tribunal de Justiça de Brasília para anular a decisão. De forma sutil, comenta um pouco da tumultuada trajetória do juiz, sempre envolvido em questões polêmicas e com causas que envolvem altas quantias financeiras, um juiz que não tem boa fama.

O CFO (diretor financeiro) da empresa comenta que já teve experiências desagradáveis também no Tribunal de Brasília, ou seja, não há nenhuma segurança jurídica por lá e os acionistas têm que ser alertados disso. Está bem emputecido por não ter sido prevenido sobre este caso, pois, enquanto o jurídico defende teses, quem paga a conta é ele.

Depois de três cansativas horas de reunião, com todos sabendo em detalhes a estratégia de ação da TOTEM, todos ficam um pouco mais tranquilos, sentem confiança no trabalho do escritório. Vito alerta sobre os perigos de um processo não ser tratado com a devida importância e pede um esforço para que todos busquem provas de que a empresa desenvolveu seu próprio sistema de identificação de chamadas, que não se utiliza ou se utilizou da CIDA.

Ao término da reunião, Calabar pede que Vito permaneça na sala para continuarem a conversar:

— Então, meu caro dr. Vitorino, o camarada de toga cumpriu a "ameaça" e deu uma decisão para nos ferrar — desabafou Calabar.

— Sim, Calabar. Não achei que ele fosse capaz de um ato dessa magnitude, algo que beira a aberração e acaba o expondo. A decisão chama muito a atenção, é escandalosa. Se for exposta na mídia, notarão que o juiz está sendo tendencioso.

— Claro, mas a exposição na mídia só aconteceria se nós divulgássemos a decisão. Marlon certamente ficará em silêncio esperando que a decisão seja cumprida. Só que divulgá-la não me parece boa ideia, concorda?

— Concordo, a exposição incentivará a opinião de que há uma luta de Davi contra Golias e colocaria a opinião pública mais a favor ainda do inventor brasileiro, a vítima de uma poderosa organização multinacional que só visa o lucro.

— Verdade. Então, doutor, o que fazemos agora?

— Calabar, como eu disse, entrarei com recurso ainda hoje. Teresa já foi para Brasília sondar o ambiente e eu estou indo agora à noite. Amanhã, assim que o Tribunal abrir, saberei quem será o responsável por analisar nosso recurso para conversar e explicar o absurdo da decisão do Jobson. Pode ser assim?

— Claro, claro. Está em suas mãos, meu caro...

Essas últimas palavras de Calabar eram sutis: colocavam nos ombros de Vito o ônus da estratégia e a responsabilidade do resultado, sobretudo em casos de decisão desfavorável. Esse é um dos grandes pontos favoráveis da terceirização dos serviços jurídicos: o sucesso é sempre interno, e o fracasso, atribuído ao escritório que conduz o processo.

No final do dia, Vito vai para Brasília. Encontra com Teresa, que está retornando ao aeroporto. Ela passou o dia falando com assessores e com funcionários dos cartórios e traz uma primeira avaliação.

— Vito, este caso é bastante complicado. Aparentemente, tudo foi muito bem arquitetado pelo próprio juiz.

— Disso não tenho dúvidas, Teresa. Ninguém concede uma liminar dessas por acaso, foi tudo planejado. Apurou algo?

— Sim, o ambiente está estranho até mesmo para os funcionários. A decisão estava pronta há uma semana, ou seja, estava pronta antes de a gente apresentar a defesa, e seria dada de qualquer maneira. E o cartório estranhou a velocidade da publicação — Teresa falava rapidamente, emendando as palavras.

— Bom, tudo como a gente imaginou, agora temos que lutar. Algo a mais, Teresa?

— Eu acho que devemos meter a boca e contar para o mundo que tem sacanagem aí. Quando os justos se calam, os ímpios fazem a festa. Ah! E, quando estava de saída, encontrei com o assessor do juiz, o tal dr. Eurico, que te mandou um abraço. Tem caroço nesse angu, né?

— Não vamos divulgar a decisão. Vamos inicialmente tentar derrubá-la. Enquanto isso, silêncio. E para de imaginar coisa, Teresa, mal conheço esse Eurico. Algo mais? Meu voo já está iniciando o embarque.

— Desnecessário dizer que esse processo é o bibelô do Jobson, ele passa muito tempo analisando-o. Se bobear, pode vir mais coisa por aí, mas ninguém sabe, ele não fala nada. Sabe aquele clima de que todo mundo sabe que tem coisa errada, mas ninguém fala nada?

— Bom, Teresa, tenho que embarcar. Por favor, vá ao escritório, revise o que a equipe escreveu e faça o protocolo do recurso. Vou despachar pessoalmente com o desembargador responsável no Tribunal amanhã. Tchau. Tudo que você me disse eu já sabia.

— Boa viagem, seu grosso. Vamos ver se fazemos desse limão uma limonada. E, Vito, no avião não abaixe a máscara por nenhum segundo. Cuide-se! Lembre-se da pandemia.

— Obrigado — respondeu Vito, irritado com mais um clichê de Teresa.

"Fazer do limão uma limonada"; "fazer mais com menos"; "está em nosso DNA"; "pensar fora da caixa"; "quem não é visto não é lembrado"; todas estas frases são ditados ou clichês corporativos que Teresa vomita todos os dias nos ouvidos de Vito.

Com mais esse clichê de Teresa ainda fresco na memória, Vito embarca pensativo: *As citações e metáforas corporativas deveriam ser banidas por mau gosto. Imagino que a cada vez que se constrói uma lição utilizando A Arte da Guerra, Sun Tzu se remexe no túmulo.*

» » « «

Vito fica sempre no mesmo flat em Brasília, no setor hoteleiro próximo ao Tribunal de Justiça. Não costuma se sentir à vontade na cidade que respira política e parece viver uma realidade paralela em relação ao resto do país.

Defende que a capital do país deveria voltar ao Rio de Janeiro ou mesmo ser transferida para São Paulo, assim os governantes ficariam em uma metrópole populosa, sentiriam a pressão e ouviriam a voz das ruas. Por mais que Brasília tenha crescido desde sua fundação, é uma cidade distante dos grandes centros e os governantes ficam encastelados, cercados por bajuladores, e se distanciam do povo.

Vito não curte a cidade e sempre que lá vai prefere ficar no quarto do hotel a sair. Passa horas lendo e relendo o recurso da TOTEM ao qual Teresa deu entrada, enquanto assiste a noticiários na TV para ver se algo será falado sobre Marlon. Nada por enquanto.

Em Brasília há um fato sutilmente não comentado e que acontece nos hotéis e flats com hóspedes desacompanhados. Logo no *check-in* o gerente pergunta se você está só e se quer companhia. Se a resposta for positiva, um book com fotos de acompanhantes e modelos é encaminhado ao quarto para que o hóspede escolha uma companhia. Acompanhantes são oferecidas como se fossem pratos de um menu, inclusive com diferentes faixas de preço.

Noite no hotel em Brasília é sinônimo de mais uma noite mal dormida. Em janeiro, em pleno verão, o cerrado é muito quente e o ar seco. É comum, inclusive, que pessoas coloquem bacias com água ao lado da cama, para que a água evapore e se tenha um pouco de umidade no ar. A capital traz uma secura que causa dificuldade respiratória para quem não está habituado. Se fosse um clichê de Teresa, diríamos que na capital temos vidas secas.

Depois de tirar apenas breves cochilos, chega o dia seguinte e às oito da manhã Vito vai tomar café, servido em um amplo salão de festas no térreo do flat. Quer comer algo leve, tomar um energético, sair para o Tribunal que abre às nove horas e marcar logo a conversa com o desembargador que apreciará o recurso.

No Brasil, sempre que uma decisão é tomada por um juiz (a primeira instância do judiciário), o recurso é feito para o Tribunal de Justiça e julgado por três desembargadores, o que se chama de Turma (a segunda instância).

Dentro dessa Turma de três, um dos desembargadores será sorteado como relator, aquele que fará uma primeira análise do recurso e que decidirá de imediato pedidos urgentes, como o de suspensão da decisão do juiz. Vito quer falar com o relator, argumentar e tentar convencê-lo a acatar seu pedido.

Enquanto toma seu café olhando para o nada e mastigando algumas frutas passadas, a TV suspensa na parede à sua frente dá a notícia:

> *Exclusivo. Uma notícia bombástica! O Juiz da 3ª Vara Cível de Brasília, o conhecido dr. Jobson, concedeu liminar a favor do inventor brasiliense Marlon Pereira, o inventor da CIDA, o aparelho que permite identificar quem faz uma chamada telefônica antes de atendê-la. A briga por esse invento é antiga e bem conhecida. A decisão do juiz, tomada em um processo movido contra a empresa TOTEM, determina o bloqueio de valores a favor de Marlon por uso indevido da invenção. Tomada logo no início do processo, a decisão surpreendeu a todos. Segundo o advogado de Marlon, dr. Hildebrando Fortes, a dívida da empresa com o inventor é bilionária, pois a TOTEM usa há muitos anos o invento sem nenhum pagamento ao seu inventor, Marlon. Vamos para o link externo onde está a repórter Lucrécia Dias:*

— Bom dia, Lucrécia!

— Bom dia, Chico! Estou aqui ao lado do dr. Hildebrando Fortes, que você mencionou, o advogado de Marlon Pereira. Dr. Hildebrando, pode nos explicar a decisão do juiz?

— Bom dia a todos! — começa Hildebrando. — Sim, é uma decisão que busca dar o mínimo de justiça a alguém que aguarda faz tempo. Marlon, um cidadão de Brasília, um cientista e inventor de nosso povo, criou a CIDA, que todos conhecem e usam para identificar o autor de uma chamada. Essa invenção foi roubada pela empresa TOTEM, uma empresa bilionária, multinacional, com grande lucro em todos os países da América do Sul e na Europa. A empresa achou que sairia impune e de fato por muitos anos assim foi, mas agora a situação começa a mudar. Começamos a fazer justiça!

— Mas, dr. Hildebrando, há provas de que a invenção seja de Marlon?

— Sim, o fato é inquestionável e assim foi visto pelo juiz. Existem provas numerosas de que houve a utilização da invenção de Marlon pela TOTEM. Não há dúvida disso e a decisão determinando o bloqueio de receitas da empresa foi a mais acertada. Nós, brasileiros, não podemos mais ser surrupiados por empresas estrangeiras sem nenhum escrúpulo.

— Mas, doutor — continua Lucrécia —, a empresa usa a invenção de Marlon e nunca pagou por esse uso?

— Exatamente isso. A empresa usa e nunca pagou. Tiveram muito lucro esses anos todos, enviaram dinheiro para a matriz na Itália, mas não pagaram o que era direito de Marlon. A decisão é o início da correção dessa injustiça e de certa forma uma devolução ao brasileiro de um dinheiro que foi enviado para fora do país. Vamos resgatar nosso orgulho de ser brasileiro. Somos capazes de inventar algo de utilização mundial, Marlon inventou.

— Ok, doutor, não temos mais tempo, muito obrigada.

> *Informamos que a empresa recorreu contra a decisão no Tribunal de Justiça e aguarda decisão. Lucrécia Dias para o Bom Dia, Distrito Federal. Voltamos ao estúdio com Chico Oliveira.*

Pasmo com o que acaba de ver, Vito fica paralisado por alguns segundos, sem reação. Acaba de levar um golpe que pode ser fatal. O assunto Marlon volta para a mídia com a divulgação da decisão. A notícia se propaga rapidamente, junto com a ideia de que a justiça deve escolher se vai reconhecer os direitos do inventor brasileiro que luta contra os poderosos interesses econômicos mundiais ou se irá curvar-se aos mesquinhos europeus que querem extrair nossas riquezas.

Hildebrando Fortes prova ser um grande advogado, pois, de forma extremamente habilidosa e com completo domínio de *timing*, levou o tema para a mídia momentos antes de o Tribunal analisar o recurso da TOTEM. Tudo calculado para repercutir e criar uma pressão pública sobre o Tribunal. Julgar contra Marlon será, aos olhos da opinião pública, julgar contra o povo.

Ainda atordoado, Vito segue o planejado e vai ao Tribunal às nove horas, logo que começa a funcionar. Por conta do mês de férias, não há movimento no prédio e ele consegue verificar rapidamente que o desembargador Cruz e Souza será o relator que analisará o pedido de cassação da decisão do juiz.

O desembargador Cruz e Souza é um magistrado que tem fama de sério, um juiz de carreira que está há quase dez anos no Tribunal de Brasília. Suas decisões são técnicas e ele é muito respeitado no meio jurídico, autor de vários livros sobre processo civil. Vito fica satisfeito, pois o recurso estará nas mãos de alguém que certamente não se relaciona com Jobson nem faz conluios com ele. Consegue agendar uma conversa com Cruz e Souza para as duas da tarde, horário em que ele chegará ao Tribunal.

Só que o tempo corre contra a TOTEM. A cada hora que passa, a situação fica mais delicada. Ao longo da manhã, Marlon e Hildebrando aparecem em vários programas de TV e repetem o discurso nacionalista emocionado. Além das aparições, a estrutura montada por Hildebrando invade as redes sociais e reproduz vídeos de Marlon e sua família que imediatamente viralizam.

Hildebrando transforma em pouco tempo o processo em uma luta entre o brasileiro simples contra o capital especulativo estrangeiro. Durante toda a manhã o assunto fica em destaque nas mídias sociais: a luta de Marlon é a luta de todos os brasileiros.

E, para coroar a campanha midiática com chave de ouro, Marlon dá entrevista a um noticiário do meio-dia de alcance nacional e audiência gigantesca. Concedem-lhe espaço para contar como perdeu boa parte da vida em busca da justiça, e ele declara aos prantos que mesmo velho e doente quer provar ao Brasil que não mentiu, que inventou a CIDA e que sua vida não foi em vão.

Marlon ressalta as frases escritas pelo advogado: "o mais importante é o reconhecimento como inventor"; "é importante ser um patriota e colocar o Brasil como celeiro de grandes cientistas e pesquisadores"; e "nosso povo brasileiro tem que ser reconhecido por seu esforço e talento".

O cálculo de Hildebrando é perfeito. Ele sabia que a TOTEM entraria com recurso e falaria com o desembargador. E sabia também que os desembargadores não chegam no Tribunal antes da uma da tarde. Com isso, arquitetou para que o plano de mídia ocorresse pela manhã. Antes das duas da tarde, milhares de ligações telefônicas e mensagens foram feitas para o gabinete do dr. Cruz, todas pedindo que seja mantida a decisão favorável a Marlon, a decisão a favor do Brasil.

Quando chega a hora de Vito conversar com o desembargador, uma multidão de repórteres está na entrada do prédio, filmando todos que entram, e uma multidão de curiosos grita *slogan*s de apoio a Marlon. Vito fica em dúvida se o movimento é espontâneo ou se a claque é mais uma das artimanhas de Hildebrando.

No horário do despacho, é recebido formal e friamente pelo desembargador. Consegue explicar calmamente os argumentos da TOTEM e ressaltar a importância de suspender a liminar que causa um grande prejuízo econômico para a empresa, o que pode assustar os acionistas e afugentar futuros investimentos no país.

Para reforçar seus argumentos, apresenta laudo feito por uma renomada consultoria dizendo que a CIDA nunca foi utilizada pela TOTEM, o identificador de chamadas que a empresa usa foi desenvolvido na Europa e adquirido de forma correta pela TOTEM.

O desembargador ouve tudo em silêncio. Tem a postura correta de magistrado que deve julgar e não emitir opiniões para uma das partes. Compromete-se com Vito a analisar o recurso rapidamente e a proferir em breve sua decisão; não quer que a espera das partes se prolongue, quer rapidamente dar a resposta jurídica adequada para todos. A fala deixa Vito preocupado com a influência que a opinião pública possa ter sobre a decisão; por outro lado, como o desembargador é uma pessoa séria, a análise deverá justa, o que aumenta a chance de a decisão do juiz Jobson ser anulada.

Depois de despedir-se do dr. Cruz, vai direto ao aeroporto. Ao desembarcar, já é noite; mesmo assim, Calabar o espera na TOTEM para avaliarem o resultado da conversa com o desembargador e os próximos passos no processo.

— Caro dr. Vitorino, agradeço sua presteza novamente. Imagino que esteja cansado pela viagem. Como foi a conversa no Tribunal? Quais são as percepções? Temos boas chances de reverter a absurda decisão?

— Calabar, acredito que a conversa tenha sido boa, dentro do possível. Obviamente o magistrado não deixou transparecer nenhuma tendência, mas ao menos prometeu uma rápida decisão. Como é um magistrado técnico, temos boas chances, mas há um ponto em que estamos perdendo a batalha.

— Ótimo, vamos aguardar. Qual é nossa fragilidade?

— O Hildebrando está movimentando a mídia e reproduzindo à exaustão a narrativa favorável ao Marlon. Para que você tenha uma ideia da pressão que ele gera, quando fui falar com o desembargador havia uma forte presença da mídia na porta do Tribunal e uma grande quantidade de populares gritando palavras de ordem a favor de Marlon. Não podemos ficar sem fazer nada. Temos que contra-atacar.

— Você está certo. O que podemos fazer? Porque temos maior poder de fogo na mídia do que eles, patrocinamos programas em várias emissoras de TV, rádio e jornais. Todos esses veículos terão boa vontade conosco.

— Temos que ser sutis e ter muito cuidado. Vamos aguardar a decisão do desembargador e, caso a decisão não seja boa para nós, teremos que ser mais ativos na mídia, dar entrevistas e explicar nosso posicionamento de maneira simpática. Teremos que mostrar o quanto a empresa investiu no Brasil e sutilmente questionar quem fez mais pelo país, se nós ou Marlon.

— Sim, aguardemos a decisão e depois faremos o que você determinar. Seu escritório é quem lidera a questão toda. — Novamente, uma fala que deixa clara a responsabilidade em caso de insucesso.

— Temos que aliar a estratégia jurídica com um plano de mídia. Se nosso recurso não for aceito, recorreremos ao Superior Tribunal de Justiça e teremos um tempo até julgarem esse novo recurso. Nesse tempo, devemos transmitir para a sociedade os valores éticos da TOTEM e desconstruir a imagem de bom samaritano de Marlon. Temos que estar presentes em programas com credibilidade.

— Estou de acordo, doutor. Vamos aguardar a decisão e se nos for desfavorável vamos para todas as mídias.

— Se me permite — continuou Vito —, acho que é interessante envolver a área de relações institucionais da empresa e termos uma pessoa responsável para interagir com minha equipe para adiantar ações futuras.

— Claro, vamos fazer isso. Deixe comigo, falarei internamente e ainda hoje você terá o nome de quem trabalhará com seu time. Posso aproveitar esta ocasião para comentar um outro fato? — Calabar falou suavemente pela primeira vez desde o início da conversa.

— Claro, Calabar. Algo que eu possa ajudar?

— Veja, doutor, é um caso particular. Algo sigiloso e que comento em confiança. Recebi uma intimação em um processo de investigação de paternidade...

— Calabar, comigo o sigilo sempre é garantido. Me conte um pouco mais sobre a intimação. — Vito disfarçou bem o espanto por Calabar envolver-se em algo assim; ele parece assexuado.

— Bom, uma ex-secretária da empresa afirma que o filho dela de três anos é meu. Pede a realização de exame de DNA. Veja, doutor, esse tipo de processo é muito complicado para alguém na minha posição e pode acabar com meu casamento se minha esposa descobrir. Gostaria de conduzir e resolver essa questão sem exposição.

— Entendido, Calabar. Vamos fazer o seguinte, me passe a intimação que verei o andamento do processo e voltamos a falar, mas fique tranquilo que ninguém saberá desse caso, fica somente entre nós dois. Nem no escritório será comentado.

— Combinado, dr. Vitorino. Agradeço muito a discrição, depois me fale dos seus honorários.

— Ora, Calabar, não se preocupe com isso. Quando se tem um amigo com problema, primeiro o resolvemos e depois olhamos para o resto. O mais importante é sua tranquilidade. Tenha certeza de que darei prioridade total ao seu processo.

— Muito obrigado pela consideração.

— Tenha em mente, Calabar, que em investigações de paternidade a melhor estratégia é não ter pressa. O andamento é lento, o DNA pode levar anos. Sei que a situação é incômoda, mas não adianta ter pressa.

— Doutor, você determina a melhor estratégia. Só peço o cuidado de nenhuma informação vazar.

— Pode ficar tranquilo quanto a isso. A partir de agora, assumo sua defesa, e se algo for acontecer na ação, te aviso antes.

Estavam se despedindo quando a secretária entra na sala e entrega um bilhete a Calabar: "O sr. Marlon Pereira, que se apresentou como inventor, ligou e pede um encontro pessoal com o representante da TOTEM".

Debatem o assunto e tanto Calabar quanto Vito não veem prejuízo em ouvir o que Marlon tem a dizer, mas obviamente sem exposição da empresa. Definem que a melhor atitude é recebê-lo no escritório de Vito, fora da TOTEM.

Combinam de receber Marlon depois que o desembargador decidir se anula ou não a decisão do dr. Jobson.

» » « «

Depois da conversa com Calabar, Vito vai ao bar ao lado de sua casa tomar umas vodcas. Senta-se ao balcão e repassa os acontecimentos dos últimos dias. O destino tem aprontado ultimamente.

A advocacia empresarial, sua área de atuação, foi substituída por casos criminais bizarros como o de Helena, ameaças como as sofridas por Anderson, um divórcio conturbado e até um pedido de investigação de paternidade.

O que mais incomoda Vito não são os casos atípicos que aparecem, é a tentativa de corrupção proposta pelo assessor do juiz, retrato de um judiciário degradado. Como a podridão cresceu tanto no judiciário? O que aconteceu para que o sistema judicial perder a credibilidade?

Com umas vodcas na cabeça, começa a filosofar sozinho. Pede mais uma vodca. A escolhida do dia é a Belvedere, polonesa, com quatro destilações, sabor suave e tradição de seiscentos anos. Com a parada do mundial de LoT, as vodcas tornaram-se definitivamente as válvulas de escape para o estresse do dia a dia.

Pensativo, vislumbra que, além da suspensão do LoT, a alegria de tomar suas vodcas no bar também acabará em breve. Vito está levemente embriagado quando Wanderley liga:

— Diga, Wanderley, alguma novidade?

— Não sei, Vito, mas a polícia pediu que eu vá agora para a delegacia. O que você acha que pode ser?

— Não faço ideia. Pode ser qualquer coisa. — Mas Vito pressente que não será algo bom.

— Você me acompanha? Não estou em condições de conversar muito. Estou à base de calmantes e o delegado Pascoal fala muito.

— Claro, quer que te pegue em casa? Não é trabalho algum.

— Não precisa, já estou a caminho da delegacia, o motorista está me levando. Podemos nos encontrar no estacionamento na entrada?

— Tudo bem, Wanderley. Chego em meia hora, no máximo.

— Ok, devo chegar próximo disso. Estou muito preocupado pelo fato dele ter me chamado dessa maneira. Chegue rápido, Vito.

Saindo do bar, Vito derrama em silêncio dolorosas lágrimas pressentindo que o pior aconteceu. Wanderley, entorpecido pelos fortes calmantes que vem tomando, não enxergou a convocação do delegado como um aviso de morte.

13

A caminho da delegacia, o celular de Vito toca várias vezes. Ele não atende, vê que é Teresa Cristina e ela pode esperar para falar amanhã. Só que a insistência é tanta que ele imagina ser algo urgente:
— Diga, Teresa, qual o motivo da insistência?
— Desculpe, Vito, mas o motivo tem nome: Anderson. Puta que o pariu, onde você foi arrumar esse cara?
— O que houve? Precisa me ligar tantas vezes por causa dele? A gente sabe que ele é ansioso, não entra na pilha dele não.
— Olha, eu liguei para avisar que a coisa desandou. Estou avisando porque depois não quero ser responsabilizada pelo resultado. Ele é um cliente daqueles que não segue nenhuma das nossas orientações. Vai fazer merda em pouco tempo.
— O que ele aprontou?
— Bom, no divórcio dele estou em contato com a advogada da ex, negociando um possível acordo. Para não atrapalhar as tratativas, pedi para ele não falar com a ex e deixar que eu conduza as conversações. Isso porque a ex-mulher faz um puta terrorismo, uma pressão psicológica absurda com o objetivo de arrancar o máximo de dinheiro dele.
— E ele não seguiu o conselho?
— Não. Continua tratando diretamente com a ex-mulher. Repito, não quero ser responsabilizada se o resultado disso tudo for uma bosta.

Esse cara não tem freio, caralho. Parece um caminhão desgovernado, puta que o pariu.

— O inconfundível nível teresiano, belo vocabulário. Mas tá entendido, captei vossa mensagem. Assim que tiver tempo falo com ele, agora tenho que desligar. Tchau.

Com alguns minutos até chegar na delegacia, Vito procura por Anderson para eliminar o mal-entendido e reforçar a orientação de Teresa.

Só que em pouco tempo de conversa percebe que tudo saiu de controle por conta do descontrole emocional de Anderson. Não controlando a ansiedade, Anderson acaba cedendo às ameaças e chantagens e conta que chegou a um acordo para o divórcio, tudo negociado diretamente entre ele e a ex. Vai deixar um rio de dinheiro para ela, muito mais que aquilo a que teria direito.

— Bom, Anderson, se você quer rasgar dinheiro o problema é seu. Só não precisava ter me procurado. Se é pra fazer merda sozinho, não precisa tomar tempo do escritório.

— Desculpe, Vito, mil desculpas. Mas eu não quis prolongar a situação porque não quero que as crianças se afetem com esse clima horrível do divórcio.

— Bom, se as tais crianças soubessem o que você está fazendo, certamente impediriam, mas isso não é mais problema meu. Escute, em função do seu atropelo, estou retirando o escritório oficialmente do caso neste momento.

— Puxa, Vito, desculpe, não quis atrapalhar vocês. Vou pagar os honorários, só quis resolver rapidamente.

— Quem negocia com pressa, negocia mal. Mas, se está negociado, acabou. Mandaremos a nota de honorários. Até logo, Anderson. — Vito desliga o telefone sem dar chance a nenhuma réplica.

Em seguida manda um WhatsApp para Teresa:

Vc tem razão, ele já fodeu tudo. Estamos fora, fique tranquila. E obrigado por avisar. Bjs.

Chega na delegacia e encontra Wanderley com expressão desesperada encostado na porta de entrada. Vito busca manter a calma, aparentando ter o controle da situação. Com essa falsa calma, conduz Wanderley para a sala do delegado.

O delegado Pascoal demonstra cansaço com o caso Helena. Vem sendo muito pressionado pela opinião pública e não há nenhuma solução à vista. Passou a ter a sua competência profissional questionada por não evoluir nas investigações. Irritado com a situação, acaba sendo indelicado.

— Senhores, vou direto ao ponto. Temos uma suspeita desagradável. O corpo de uma criança foi encontrado em um pacote abandonado no acostamento da rodovia Dutra, próximo a Taubaté.

— Meus Deus! — grita Wanderley. — É Helena?

— Não sabemos ainda. O corpo tem as mesmas características de Helena, só sabemos disso por enquanto. Vocês devem ir ao IML e fazer o reconhecimento. Torço para que não seja ela, mas não sei não...

A informação é uma pancada no estômago para Vito e Wanderley. Atarantados, partem para o IML torcendo para que o corpo não seja de Helena. Quando somos submetidos a situações de extremo sofrimento, inicialmente nos colocamos em um estado de negação, não aceitamos a realidade, buscamos negá-la até onde for possível.

Mesmo diante das evidências e do longo período de desaparecimento de Helena, Vito e Wanderley não admitem que um final trágico tenha acontecido. Não querem admitir.

Racionalmente, Vito quer um desfecho para o caso, pois não aguenta mais tanto sofrimento para todos, mas ninguém quer admitir a morte de Helena. Só que um final, ainda que infeliz, é menos ruim que não ter um final; não se pode viver em eterno sofrimento, sem saber o que aconteceu.

Ficam em silêncio todo o percurso.

A sensação ao chegar no local de armazenamento de cadáveres é a de ser atingido por um raio que leva embora toda a energia. Há um balcão na entrada da repartição pública, com um funcionário daqueles com cara de quem nunca dorme para atender o público. Vito toma a iniciativa e conta que o delegado Pascoal pediu que fizessem o reconhecimento de um corpo infantil que havia chegado nas últimas horas e que pode ser filha de Wanderley.

Mesmo nessas horas a burocracia se impõe, o funcionário pede a identidade de ambos e preenche lentamente a ficha cadastral e o livro de entradas, pedindo a assinatura de ambos. Em seguida, pede que aguardem até que outro funcionário venha acompanhá-los até a câmara frigorífica onde os cadáveres das últimas vinte e quatro horas estão guardados. Tudo dito com frieza, como se estivéssemos falando de uma visita guiada a um museu ou parque de diversões.

Após alguns minutos, chega o "armazenador", como é chamado o funcionário do IML responsável pela organização e guarda dos cadáveres. Percorrem um longo corredor estreito e silencioso com uma lâmpada fluorescente pendurada por um fio no teto e um cheiro desagradável de esgoto. Ao final chegam a um salão maior. Lá estão as câmaras onde os corpos são mantidos levemente congelados para que não deteriorem.

São cinquenta gavetas, dispostas em duas fileiras, uma sobre a outra e cada uma com seu número e etiqueta. O armazenador diz que eles estão com sorte, pois há somente um corpo de criança nas últimas vinte e quatro horas, o que facilita a checagem. Abre a gaveta de número 1711, onde jaz o corpo mencionado pelo delegado Pascoal. Sobe uma densa fumaça de gelo que se dissipa em segundos até que se aviste o pequeno corpo, envolto em um plástico de cor preta, fechado com um zíper na parte frontal. O funcionário abre o zíper e de imediato surge o rosto de Helena. A busca terminou.

Wanderley desaba, quase desmaiado. O funcionário, demonstrando frieza e prática com essas situações, o ampara para fora da sala, dizendo frases de cunho religioso.

— Pai Santo, Deus eterno e Todo-Poderoso, nós pedimos por esta criança que chamastes deste mundo. Dai-lhe a felicidade, a luz e a paz.

Vito permanece na sala e examina o corpo de Helena. A morte é recente, o corpo não está em estado avançado de decomposição. Abre mais o zíper do plástico que a envolve e leva um choque. Helena não tem os dois braços, está mutilada! A cena é bizarra ao extremo, sorte que Wanderley não chegou a ver o corpo da filha nesse estado, o trauma seria infinito. Vito decide não contar nada a ele, ao menos nesse momento.

Mesmo transtornado, Vito tira dezenas de fotos do cadáver e envia para Mauro. Qual ser demoníaco retira uma criança do berço, a mata e ainda decepa seus braços? Mauro liga na mesma hora:

— Vito, você está no IML? — Mauro também fica chocado.

— Estou com Wanderley e acabamos de reconhecer Helena. O delegado Pascoal que nos mandou para cá. O corpo de Helena está na gaveta 1711 dos corpos das últimas vinte e quatro horas.

— Vou agora para aí. Preciso examinar o corpo em detalhes e buscar sinais que levem ao autor do crime. Vou vasculhar o cadáver. E, por favor, transmita meus sentimentos para Wanderley e Silvia.

Mauro chega quarenta minutos depois. Vito não aguardou e foi embora com Wanderley para casa. Precisam contar tudo para Silvia e providenciar um sepultamento digno para uma filha tão amada e levada de forma tão brusca.

Com seus contatos, Mauro consegue acesso à gaveta de Helena. Tira mais fotos e recolhe material nas unhas dos pés da criança, buscando algum resíduo para posterior exame. Analisa os cortes que deceparam seus braços. Na mesma hora vem à mente aquele filme estranho dos anos 1990, *Encaixotando Helena*. A protagonista tinha o mesmo nome da criança e teve os braços e pernas decepados.

No corpo não há sinal de maus-tratos, nenhum hematoma ou sinal de violência sexual. Talvez tenha sido morta por injeção letal e a amputação dos braços tenha sido para ocultar a picada. De qualquer forma, a amputação foi obra de profissional com conhecimento de músculos e articulações; os cortes foram feitos por alguém com amplos conhecimentos médicos.

Mauro deixa o IML no mesmo momento que Wanderley e Vito chegam na mansão do casal. A imagem de Wanderley destruído foi o suficiente para Silvia entender que tudo terminara. Silvia não esboça reação, fica paralisada como uma estátua, sem nada dizer e sem expressão no rosto. Parece uma pessoa ausente, um ser desabitado de alma. Vito chama o médico da família, que chega em poucos minutos e faz uma sedação no casal para que não entrem em choque.

Depois de algumas horas e de acionar os parentes próximos do casal, Vito vai embora. A caminho de casa, no rádio do carro, a canção diz: "eu não sou senhor do tempo, mas eu sei que vai chover".

» » « «

Profissionais dizem que pessoas que passam pelo trauma de uma perda como a de Helena nunca se recuperam completamente. A sensação de culpa os acompanhará pelo resto da vida.

Culpa por não ter dado segurança para a criança, por não tê-la protegido da melhor forma dos males do mundo. Com o tempo, esse sentimento se mistura com a repugnância pela crueldade cometida e surgirá um sentimento de vingança, que corrói a pessoa para sempre. A vida será preenchida com distrações, mas, quando não for sofrida, será vazia.

Vito conviveu na carreira com casos de homicídio e latrocínio, mas nada se aproximava em termos de crueldade ao crime contra Helena. Bebeu sozinho uma garrafa de Absolut. Depois, sem saber muito bem o que fazer, ligou a TV e colocou o LoT. Não jogaria, mas a música e as imagens do menu têm um efeito relaxante, remetem a uma realidade onde o bem vence o mal.

O jogo faz falta, o ritual de saída momentânea do mundo real é muito mais importante do que ele imaginava.

Mauro liga e conta as primeiras conclusões da equipe de peritos. Helena foi morta na véspera do dia em que foi encontrada, os braços foram cortados com ela viva e anestesiada, ao contrário do que ele pensou de início. Constatou-se a presença de potente analgésico no sangue. Para finalizar a análise, ele aguarda somente o resultado da análise do material colhido das unhas dos pés.

— Vito, assim como a você, esse crime me chocou. Vamos encontrar quem fez essa crueldade, confie em mim. Um crime como esse não ficará impune. Não somos justiceiros, mas um criminoso desses tem que pagar. — Mauro estava com a voz embargada pela primeira vez em muitos anos.

— Obrigado, Mauro, vamos lutar para desvendar essa monstruosidade. Isso não pode ficar impune. Seria um fracasso pessoal não resolver esse mistério.

— Deixe comigo, ou resolvo esse crime ou me aposento. E serei infeliz pelo resto de minha vida.

De repente, ambos estavam como as famílias vítimas de crimes, clamando por justiça! O bizarro nos tira do equilíbrio.

Por não ter ideia do próximo passo na investigação, Vito depende da experiência de Mauro. E sabe que Wanderley, mesmo machucado, não poupará recursos até capturar o assassino da filha. A virtude do perdão dificilmente surge em quem presencia um crime assim.

Mauro desliga o telefone e Vito fica inerte no sofá. A tela de LoT, depois de algum tempo, entra em modo de espera e passa a exibir imagens repetidas. Batalhas se sucedem na tela com músicas épicas típicas do jogo. Vito, em estado catatônico, olha para a tela automaticamente, sonolento.

A cena final da batalha traz um rei impiedoso que toma o reino inimigo, invade o castelo, rende todos os guardas e prepara-se para matar a rainha. Mas antes de eliminá-la, em um momento de extrema crueldade, arranca-lhe os dois braços.

Essa cena, só exibida no modo de espera do jogo, nunca foi notada pela maioria dos players, mas provocará grande impacto em alguns anos e fará com que *League of Titans* seja banido, mas seja cultuado como o melhor jogo de videogame de todos os tempos.

» » « «

Desnecessário dizer que, mesmo após uma garrafa de vodca, Vito não dorme. A noite passa e a claridade dribla as frestas da persiana. Deitado e olhando para o teto, a sensação é de não saber muito bem onde está nem o que fazer.

Vito ainda se recupera do choque de ver Helena mutilada quando o celular vibra com uma ligação de Calabar. De imediato, disfarça a voz dormente e atende:

— Bom dia, Calabar! Necessita de algo? — Para Vito é evidente que a ligação a essa hora indica que algo aconteceu.

— Bom dia, dr. Vitorino! Na realidade, acabo de tomar conhecimento que o Tribunal de Brasília confirmou a decisão do juiz Jobson, ou seja, a decisão contra nós ainda está valendo, está sabendo?

— Sim, Calabar, fiquei sabendo e estou na correria para obter todos os detalhes, ia te ligar em seguida. — Na realidade, Vito não sabia de absolutamente nada.

— Então não vou atrapalhar. Assim que estiver com todos os dados, pode vir até a empresa para discutirmos os próximos passos?

— Claro, Calabar, creio que em meia hora terminamos o levantamento e logo após estarei aí.

— Obrigado. Estarei na sala de reuniões e interrompo quando chegar para falar contigo. Até já, doutor.

De imediato, Vito liga para Teresa. Está nervoso porque foi surpreendido por um fato no processo contado pelo cliente, quando o que deve ocorrer é o contrário. Cobra uma explicação de Teresa, mas ela procede à checagem e verifica que não há nenhuma decisão ainda oficializada no site do Tribunal, local onde as decisões são disponibilizadas.

Calabar certamente está se valendo de algum outro escritório em Brasília para obter informações. Em casos relevantes, esse double check acontece com frequência. Vito determina que todas as informações sejam obtidas em meia hora, tempo que levará para chegar até a TOTEM. Não interessa como, mas Teresa terá que cumprir essa missão.

E assim acontece. No momento em que Vito aguarda na sala de Calabar, chega a mensagem no aplicativo: "o despacho do desembargador do Tribunal não suspende ou revoga neste momento a decisão de Jobson, mas determina uma audiência para ouvir as partes no dia 2 de março, quinta-feira após o Carnaval. Não é, portanto, uma decisão definitiva".

Salvo pela informação em cima da hora, a reunião com Calabar corre bem. Vito demonstra conhecer a decisão e faz uma análise de que o desembargador não quis tomar uma decisão precipitada para nenhum dos lados, quer ouvir as partes pessoalmente. Diante da opinião pública contrária à empresa, a decisão não foi ruim, pois dará a oportunidade de expor com mais profundidade os argumentos da TOTEM. E de iniciar a estratégia combinada para a mídia.

Calabar fica satisfeito com as explicações e informa que novamente Marlon ligou e pediu uma reunião. E, estranhamente, quer conversar sem envolver o dr. Hildebrando.

— Calabar, acho que já passou um tempo desde que ele nos procurou pela primeira vez. Combinamos de aguardar a decisão do Tribunal, mas, como não houve um posicionamento definitivo, acho que devemos ouvir o que ele tem a dizer. Não vejo prejuízo em recebê-lo, concorda?

— Concordo, temos somente que ver se o melhor momento para falar com ele será antes ou depois da audiência que o desembargador marcou. Mas, como sempre, deixo nas mãos do doutor essa definição.

— Calabar, vamos fazer antes do carnaval, alguns dias antes da audiência. Podemos fazer na quinta-feira que antecede o feriado. Com isso, podemos sentir as intenções de Marlon e planejar a estratégia para a audiência pós-carnaval.

— Concordo, vamos fazer assim então. Você dá o retorno para Marlon e organiza o encontro?

— Sim, Calabar, faço isso e recebo Marlon no escritório sozinho. Precisamos preservar a empresa até saber quais são as intenções dele.

— Caro Vitorino, façamos assim, então. A estratégia é você quem determina, você manda.

— Calabar, se me permite, mudando de assunto, posso lhe dar uma notícia sobre o processo de investigação de paternidade?

— Ah, sim, tem alguma novidade?

— Primeiro, queria saber qual será o posicionamento sobre fazer ou não o exame de DNA. Já pensou sobre isso?

— Não sei se fazer o exame pode ser a melhor solução, o que você acha?

— Calabar, a princípio vamos tentar postergar e não realizar o exame. Além do resultado trazer o evidente risco no resultado, a realização pode prejudicar teu relacionamento atual se vazar e pode prejudicá-lo aqui na empresa. Vou tentar evitar ao máximo a realização.

— Acho que esse é o melhor caminho mesmo. O doutor comanda.

— Fechado. Então não haverá DNA. E fique tranquilo que quando você se der conta esse problema estará resolvido.

— Não tenho como agradecer a atenção que vem tendo comigo. Obrigado mesmo, doutor Vitorino.

— Imagina, Calabar. Conte comigo.

Na realidade, não havia nada de relevante para Vito falar sobre o processo de Calabar. O comentário foi para mantê-lo em dívida e blindar-se contra qualquer ato intempestivo da empresa, como trocar de advogado no processo de Marlon. Mantendo Calabar sob seus cuidados, Vito pode atuar com calma e desenhar intrincadas estratégias daqui para a frente sem dar satisfação a ninguém.

14

Véspera de carnaval.

Nesse clima de véspera, na quinta-feira, Vito e Marlon se reúnem. Marlon usa o mesmo moletom surrado que vinha tornando-se uniforme em suas aparições televisivas. Mostrou-se amigável, mas não deixou de logo dizer a que veio:

— Sabe, doutor, eu esperava ser recebido pela empresa, mas já devia imaginar que mais uma vez eles virariam a cara pra mim. Nada contra o senhor me receber, mas ninguém da empresa estar presente mostra o desprezo com que eles sempre me trataram...

— Marlon, não é isso. É véspera de carnaval e as pessoas estão indo viajar, mas estou aqui em nome da empresa — Vito respondeu de maneira firme.

— Entendo o seu papel, doutor. Bom, como o doutor sabe, eu sou um inventor brasileiro. Tenho mais de vinte invenções patenteadas junto ao INPI, nenhuma delas contestada. No caso da CIDA também não houve nenhuma contestação do invento, chegaram até a me consultar sobre ele, mas depois simplesmente começaram a usar minha patente e nunca mais falaram comigo.

— Desculpe interromper, Marlon, mas tudo isso é discutido no processo, não adianta tratarmos disso agora. Nossa conversa aqui não é sobre o processo, já que o seu advogado nem está presente.

— Olha, doutor, eu já estou velho e já vi muita coisa. Não acredito que o processo tenha toda essa boa-fé, mas tenho um grande advogado para impedir jogadas estranhas. Mas gostaria de dizer olhando em seus olhos: eu inventei a CIDA.

— Marlon, não estou aqui para acreditar ou duvidar de você, apenas para atuar no processo e ouvir o que você quer dizer. Você diz que inventou e a empresa diz o contrário.

— Sei disso, mas queria dizer isso pessoalmente a vocês: eu inventei a CIDA e os funcionários antigos que restam na empresa podem comprovar isso. Vim pela minha honra, eu não falaria se não fosse a verdade. Eu inventei. Posso inclusive dizer os nomes de quem me procurou naquela época e ficar cara a cara com eles. Quero ver alguém me desmentir.

— Marlon, respeito tudo o que você diz, mas entenda, esse é o ponto de impasse. Cada um diz uma coisa e por isso cabe ao juiz a última palavra sobre quem tem razão. O único propósito desta reunião é para me dizer isso? Não tem nada mais?

— Veja, doutor, acho que os senhores devem pensar em um acordo para resolvermos a discussão. Eu quero o reconhecimento que me é devido e uma indenização justa para que minha família tenha conforto quando eu morrer. Vocês têm lucros bilionários todos os anos...

— Ah, agora entendi. Você está propondo um acordo. Veja, Marlon, vou levar a mensagem para a empresa e verificar se há alguma chance para isso.

— Seria o melhor para todos. Doutor, eu sei que o processo demora e não sei se estarei vivo para ver o final, mas quero que meus filhos tenham uma vida digna, que possam desfrutar do resultado da minha invenção. Meu objetivo não é fazer barulho, não quero prejudicar a imagem da empresa.

— Entendo a preocupação com a família. Agora, para que eu apresente a sugestão para a empresa, preciso saber qual valor você pensa receber em um acordo.

— Doutor, o processo é bilionário, mas conversei com o dr. Hildebrando, sabemos que temos que ceder e creio que podemos aceitar 750 milhões de reais em um acordo.

— Marlon, levarei a mensagem e prometo que te darei uma resposta, mas esse valor me parece inviável. De qualquer maneira, no dia de nossa audiência após o carnaval te passo a resposta oficial da empresa, pode ser?

— Obrigado, doutor, muito gentil de sua parte. E não me leve a mal, mas acho uma desfeita nunca um representante da TOTEM me receber.

— Está entendido, Marlon. Agora, se me permite uma observação, não adianta sonhar tão alto, abaixe esse valor. Converse com o Hildebrando e venha com algo mais realista.

— Tá certo, doutor. Agradeço a reunião, só que, no meu ponto de vista, o valor que falei não é absurdo. Absurdo é o que a empresa fez comigo. O valor é menor do que os meus direitos. O senhor não sabe o que é ser roubado por tantos anos. Mas vou falar com o dr. Hildebrando.

— Muito bem, eu que agradeço por sua presença. Se após conversar com seu advogado houver redução de valores, me avise. Senão, nos vemos na audiência na próxima semana e te dou uma resposta. Bom carnaval.

— Ok, doutor, bom carnaval pro senhor também, eu passarei dormindo. Só peço que transmita para a empresa que não quero o dinheiro dela, quero o que é meu de direito. Eu sou o inventor da CIDA.

Vito acompanha Marlon até a saída do prédio. Para sua surpresa, muitos repórteres aguardam por Marlon, que concede uma minientrevista coletiva.

Vito percebe que a reunião foi mais uma estratégia de Hildebrando. Às vésperas da audiência no Tribunal, Marlon volta a ocupar espaço em mídia.

E, seguindo o roteiro, Marlon fala de forma indignada nos microfones:

> *Agradeço a todos por estarem aqui, acompanhando minha luta pelo reconhecimento dos brasileiros. É uma luta de todos nós que sofremos no dia a dia e nunca somos reconhecidos. Fui chamado para vir em uma reunião na TOTEM e em cima da hora transferiram para o escritório do advogado da empresa. A empresa se escondeu mais uma vez. Chegando aqui me ofereceram um acordo imoral, que é uma vergonha. Querem me dar migalhas*

> *para que eu desista do processo e entregue a CIDA para eles. Dizem que têm mais recursos financeiros e vão ganhar na Justiça. Mas não vou desistir, vou lutar até o final pelos meus direitos e em nome do orgulho de ser brasileiro, muito obrigado! Acredito na justiça do Brasil. E queria desejar um bom carnaval a todos que são como eu, povo brasileiro. Obrigado.*

Mais uma vez a estratégia de Hildebrando mostra-se eficaz. A reunião foi uma armadilha e cada vez mais para a opinião pública temos uma luta de Davi contra Golias. Marlon seguiu à risca o planejado, ou seja, o velhinho de moletom quase rasgado de tanto uso não é tão inocente como parece.

Por um lance de pura sorte, a TOTEM consegue dar uma resposta à movimentação promovida por Hildebrando nesta véspera de carnaval e da audiência. No final da tarde, Vito é entrevistado por uma emissora de TV, mas por outro assunto.

É um programa policial de grande popularidade e audiência e o assunto é a morte brutal de Helena. O apresentador do programa realiza uma investigação paralela e diz que irá até o final dessa história, até que se descubra quem matou a menina. O apresentador dirige perguntas a Vito:

— Dr. Vitorino, muito obrigado por nos atender. Meu nome é Marcos Neves e entrei em contato com o senhor após descobrir que representa os pais da vítima, Wanderley e Silvia. Pode nos responder algumas perguntas?

— Boa tarde, Marcos, posso responder sim.

— Obrigado, doutor. Esse é um dos casos mais chocantes que acompanhei nesses meus vinte anos de jornalismo. Sequestraram e mataram uma criança indefesa com necessidades especiais. O senhor acompanha o caso desde quando?

— Marcos e telespectadores, o Wanderley é um cliente antigo que se tornou amigo e por conta disso entrou em contato comigo na data do desaparecimento, assim que retornou do aeroporto para casa. Acompanho tudo desde o início.

— Ótimo, doutor. Então eu gostaria de iniciar falando do desaparecimento. Como uma casa tão sofisticada, a luxuosa mansão da família, não possui um sistema interno de câmeras? Achei muito estranho ouvir da polícia que não há nenhuma filmagem.

— Marcos, a casa tem câmeras em todo seu interior e na saída para a rua, mas as filmagens não captaram nenhum movimento estranho. Repetindo o que vocês sabem, a babá trocou a roupa de cama e deixou Helena em seu berço. Foi passar roupa e, quando voltou, a criança havia desaparecido. As câmeras não captaram ninguém entrando no quarto do bebê.

— Mas como isso é possível? Como Helena desapareceu, então?

— Esse é o mistério ainda sem resposta. A polícia investiga o caso com muita atenção e dedicação. Quero inclusive agradecer a dedicação do delegado Pascoal. Esperamos que em breve a família tenha uma resposta sobre quem foi o autor dessa selvageria.

— Mas, doutor Vitorino, a criança foi retirada de casa, do berço e apareceu morta, abandonada em uma rodovia. Não há nenhuma pista sobre quem praticou esse crime? Não me conformo com isso. Como alguém pode simplesmente desaparecer e aparecer morta sem que ninguém tenha notado?

— É realmente um grande mistério. O caso se encerra em relação às buscas por Helena, que infelizmente foi assassinada. Resta agora corrermos atrás do assassino. Não há evidências, mas tenho convicção de que pistas aparecerão e o responsável ou responsáveis vão pagar pelo que fizeram. Achamos que pode ter sido obra de uma quadrilha muito profissional, pois não há vestígios.

A entrevista sobre Helena se prolonga por quase uma hora, entremeada por comerciais e anúncios de venda de vários produtos, feitos pelo próprio apresentador, desde suplementos de vitaminas, cintas modeladoras para eliminar barriga e até implantes dentários. No final da conversa surge a pergunta surpresa:

— Doutor, agradecemos as informações e voltaremos a procurá-lo para falar de Helena, o nosso anjo. Apenas por curiosidade, o senhor não é o advogado que defende a empresa que roubou a invenção de Marlon Pereira?

— Muito boa a sua pergunta, Marcos, porque me dá espaço para dizer que sou advogado do caso que você menciona e não há prova de que a empresa usou a invenção desse senhor. Não se pode falar que a empresa roubou algo de Marlon.

— Como não há prova, doutor? O juiz não constatou isso e determinou inclusive um bloqueio de dinheiro da empresa?

— Temos apenas uma decisão inicial, que pode ser derrubada pelo Tribunal de Justiça. Em casos como esse, não basta a pessoa alegar algo para que isso seja verdadeiro; deve ser feita uma prova técnica por algum perito imparcial. Temos que fazer testes científicos. Precisamos ter cuidado com essas questões, pois não se trata de um lado bonzinho e outro malvado, trata-se de quem tem razão e isso o processo vai esclarecer.

— Obrigado, dr. Vitorino, este não é um tema do programa, apenas aproveitei a ocasião para perguntar porque o reconheci. O senhor é um grande advogado e tenho certeza de que sua dedicação será fundamental para acharmos os bandidos que mataram Helena, que é o caso que nos interessa. Eu, de minha parte, não desistirei até que tenhamos solucionado esse crime bárbaro. Novamente obrigado e até uma próxima oportunidade.

— Marcos, se precisar de algo, estou à disposição do programa. E, se Deus quiser, vamos pegar quem fez essa maldade. Boa noite a você e aos telespectadores.

» » « «

Para cumprir a promessa de resolver o caso Helena, Mauro atua em muitas frentes. Vai ao local onde foi encontrado o corpo de Helena, no acostamento da rodovia Dutra na cidade de Taubaté, interior de São Paulo.

Vasculha todo o acostamento, centímetro por centímetro, em busca de pistas, o que não é muito promissor depois de alguns dias. O alto fluxo de caminhões com seus escapamentos enfumaçados joga muita poeira na rodovia, cria uma fuligem negra de pó que se encarrega de apagar qualquer vestígio.

Mesmo assim, Mauro deita-se no chão e, como um cão farejador, busca alguma pegada ou marca de pneus. Procura também resquícios de qualquer material que possa ter se desprendido do veículo que desovou o corpo. Fica um bom tempo agachado, mas pouca coisa encontra. Acha um pequeno fiapo de tecido enroscado em um arbusto, que não sabe se tem a ver com o caso, além de detritos como tampinhas de garrafa e pregos.

Não há casas próximas ou comércio; o local foi bem escolhido. A rodovia tem vegetação dos dois lados, árvores e plantas de médio e grande porte e o único local de circulação de pessoas nas cercanias é um posto de gasolina do outro lado da rodovia, a uns duzentos metros do local do abandono do corpo de Helena. Nada muito animador.

Mauro caminha até o posto de gasolina. É daqueles postos antigos, as três únicas bombas de gasolina parecem prestes a cair. Além das bombas e de um calibrador de pneus que não deve funcionar, somente dois frentistas estão por lá. Apesar de tanta velharia, existem três câmeras de segurança no posto, uma apontada para filmar uma sala nos fundos usada para descanso e outras duas colocadas na entrada e na saída, para filmar os veículos que entram e saem.

Nota que a câmera da saída do posto, voltada para a estrada, tem um ângulo que pode ter captado alguma imagem na rodovia. Depois de muita conversa, convence os frentistas e vão até a sala nos fundos, onde ficam as imagens filmadas e armazenadas.

É um daqueles aparelhos antigos, um videocassete. O aparelho recebe as imagens das câmeras e as grava em uma fita. A fita tem uma duração determinada e depois de cheia tem que ser trocada.

Acontece que, por falta de dinheiro, o posto não troca as fitas de gravação. Simplesmente quando uma fita fica lotada, ela é rebobinada e colocada para nova gravação, apagando-se a anterior. Só que, por desleixo, a câmera estava com uma fita cheia e que não foi trocada. Com isso, as gravações da semana estavam preservadas.

Mauro examina detalhadamente. Assiste por bastante tempo o movimento dos carros entrando e saindo do posto e um pouco da rodovia. Até que, em uma das imagens, aparece um carro parado no acostamento por alguns minutos que em seguida arranca em velocidade. A filmagem indica o horário, dez e quinze da noite, embora o relógio das câmeras não seja totalmente confiável.

É um carro antigo, fora de circulação, um Monza de cor escura (não é possível detectar a cor exata, pois a filmagem é em preto e branco). Um homem desce do veículo e deixa um pacote no acostamento. Não é possível ver detalhes da pessoa ou mesmo do embrulho.

O Monza foi um carro comercializado no Brasil nos anos 1980 e 1990 e teve sua produção encerrada em 1996. Atualmente é raro vê-los em circulação. Não é ainda um carro tão antigo, a ponto de despertar o desejo de colecionadores, não é icônico ou com design marcante; mesmo assim, foi, naquela década, o carro mais vendido no país. Era chique ter um Monza.

Quando deixou de ser fabricado, com a manutenção cara e dificuldade em conseguir peças de reposição, sumiu rapidamente de circulação. Hoje não se tem um grande número de Monzas nas ruas. Essa será a pista que Mauro seguirá: pesquisar quantos Monzas ainda circulam e quais são seus proprietários.

A partir do momento da descoberta do Monza escuro, Mauro e equipe mergulham de forma incansável na pesquisa. É um trabalho hercúleo.

É feita uma pesquisa em todos os departamentos de trânsito do país, levantando os Monzas licenciados e ainda em uso. No final da busca, encontram 186 Monzas com documentação ativa. Esse será o ponto de partida para a próxima etapa.

Começam a fazer uma filtragem. Examinar um a um quem são os proprietários e a cor dos veículos ativos. O primeiro filtro que usam é o da cor. Como o carro da imagem era de cor escura, vão descartar os veículos que tenham cores claras, basicamente o branco ou bege.

Noventa e dois Monzas são de cores claras, o que os elimina da lista de suspeitos. A busca se torna mais restrita. Sobram agora 94 veículos.

O próximo passo é verificar se o proprietário desses veículos é homem ou mulher. Não há certeza de nada, não se sabe se o proprietário poderia ser um homem ou uma mulher, mas Mauro parte do pressuposto de que quem desovou o corpo usou o próprio veículo e na imagem parecia ser um homem. Só poderia ser veículo próprio, ninguém alugaria um Monza ou pediria um emprestado.

Nova filtragem. Dos 94 Monzas verificados, 40 deles pertencem a mulheres e serão também descartados. Sobram 54 Monzas dentro do perfil. Esses veículos devem ser checados.

Mauro resolve "visitar" cada um desses cinquenta e quatro proprietários, entrevistando-os pessoalmente, mostrando interesse em comprar o carro. Com acesso aos veículos, buscará resquícios, como pedras e areia nos pneus que sejam compatíveis com o material do acostamento da rodovia. Não é muita coisa, mas é o que se tem.

Mãos à obra.

» » « «

Enquanto Mauro planeja as conversas com os proprietários dos Monzas, Wanderley e Silvia sepultam Helena em uma cerimônia somente para familiares e amigos próximos.

O pequeno caixão é um caixote branco. Tão pequeno que chega a chocar. Todos ficam muito emocionados. Wanderley chora copiosamente e Silvia, que está à base de remédios, parece estar ausente. O padre faz uma última oração, encomendando a alma daquela criatura angelical para os braços de Deus.

Vito acompanha tudo calado, também tocado pela forma como a vida de Helena foi tirada. Jura novamente para si mesmo que não descansará enquanto não botar as mãos no assassino da menina. O caixão desce para a sepultura e uma camada de terra é jogada sobre ele para fixá-lo na tumba.

A imprensa sobrevoa o local, aos menos três helicópteros de diferentes emissoras acompanham a cerimônia de despedida. Discursos emocionados e de revolta são feitos pelos apresentadores dos programas policiais.

Helena irá decompor e desintegrar-se, carcomida pelos vermes da Terra.

PARTE DOIS

> "Dito de modo simples, o autoritarismo atrai pessoas que não conseguem tolerar a complexidade: não há nada intrinsecamente de esquerda ou de direita nesse instinto. Ele é antipluralista. É alérgico a debates ferozes. Trata-se de um estado mental, não de um conjunto de ideias."
>
> O crepúsculo da democracia, de Anne Applebaum[2]

---

2 APPLEBAUM, Anne. *O crepúsculo da democracia*. Rio de Janeiro, Editora Record, 2019.

15

Brack acorda às cinco da manhã. O céu escuro de Berlim é prova de que o sol ainda não havia acordado. A cidade sonhava com um renascimento. Depois da derrota na Grande Guerra, Berlim ambicionava ser o símbolo da reconstrução, uma cidade vibrante, uma das metrópoles do mundo.

A Grande Guerra foi muito dolorosa para os alemães e o resultado foi o fim dos Impérios Alemão, Russo e Austro-Húngaro.

Em 1919, a Alemanha instaura a República de Weimar, uma democracia em que o chanceler prestaria contas ao Parlamento (Reichstag) e não mais a um imperador. Esta é a história que Hitler, com a personalidade de ditador, insiste em comentar. "Weimar foi baseada em um crime de alta traição, antes da guerra a Alemanha se orgulhava de seu exército e de seu serviço público admirado pelo mundo. Após a guerra, o país levou uma punhalada nas costas e teve que se curvar à interferência internacional" — a voz de Hitler ressoava.

O dia amanheceu feliz, resplandecente. Geralmente era assim em dias de formatura. A Universidade de Berlim, umas das mais conceituadas da Europa, estava em festa, celebrando a conclusão de um ciclo para cerca de 300 alunos que se diplomariam. Brack estava eufórico, iria se tornar médico, algo valoroso para ele, que nasceu em uma família pobre. Seria um doutor, dedicaria sua vida a cuidar de outros seres humanos, tratando, salvando vidas, enfim, ganhando utilidade como pessoa.

Sentia-se um privilegiado. Em uma cidade de contrastes onde pobres e parte da classe média passavam muitas dificuldades após o término da Grande Guerra, conseguiu com muito suor concluir o curso. A empolgação de Brack e dos demais formandos tinha uma razão especial: Albert Einstein, o ganhador do Prêmio Nobel de 1921, seria o patrono da turma e realizaria o discurso aos formandos.

E, superando todas as expectativas, Einstein fala de forma improvisada e sábia, encerrando o discurso com uma frase que se tornaria antológica: "O estado mental que possibilita a um homem fazer um trabalho desse tipo… é semelhante ao de um religioso ou amante; o esforço diário vem de uma intenção não deliberada ou programada, mas diretamente do coração".

Era isso. Nada definiria melhor o que Brack sentia pela medicina: era paixão. E, a partir de agora, sua vida seria dedicada a salvar vidas, a colaborar para o progresso da medicina e das ciências. Com o coração, jamais deixaria de medicar; sentia que nascera para isso, que realmente sentia empatia pelo outro que estava com problemas de saúde. Ser médico era uma profissão respeitável, uma boa posição social, mas, para Viktor Brack, era uma vocação.

» » « «

Nos primeiros anos como médico, Brack testemunha a decadência econômica alemã. A partir de 1926, há uma piora extrema nas condições econômicas do povo e, na Rússia e na Alemanha, as pessoas se viram obrigadas a ficarem em filas intermináveis para conseguir um pão.

Essa situação caótica alemã se arrasta por anos até o crash de 1929, que tem repercussão econômica mundial.

Hitler se consolida como grande líder populista e passa a ser visto por grande parcela do povo como o salvador da pátria. Ele deve ser o mito que recuperará o orgulho nacional, com a força de um partido sem desvios de conduta e um Estado forte e que se faça respeitar por toda a Europa. Ele continua a peregrinação pelo país, visando as próximas eleições parlamentares.

Enquanto Hitler inicia sua campanha para as próximas eleições, Brack consolida sua carreira de médico no Hospital Charité de Berlim. Especializa-se em problemas respiratórios, cada vez mais procurado e respeitado. Diferente de muitos médicos germânicos, trata cada paciente com muita atenção, de forma carinhosa, quase um médico de família.

» » « «

Em 30 de janeiro de 1933, Hitler é nomeado chanceler da Alemanha. Em seguida à sua posse, Hitler dissolve o gabinete ministerial, o primeiro de seus atos para consolidar seu poder imperial. Esse cartão de visitas dá mostras do que será o regime nazista; a desgraça está só começando.

16

Na invasão da Polônia, Hitler passa a utilizar um método de extermínio em massa, divulgando-o como um programa de saúde. Uma forma de exterminar pessoas vulneráveis (com problemas físicos e mentais) de forma legal. E convida para chefiar o programa o dr. Karl Brandt e seu assessor Viktor Brack, um médico promissor que, apesar de muito jovem, desenvolve pesquisas de excelência.

Brack tem boa fama em Berlim e agora será conhecido em toda a Alemanha, ou ao menos imaginou que seria assim. Como médico de excelente reputação, a presença de Brandt nas iniciativas nazistas traz um tom científico, respeitável, para um programa que na verdade serve para matar pessoas na guerra. Em resumo, Brandt encobre Brack.

O jovem médico Brack comandará o "Aktion T4", o programa de eutanásia nazista, e a fama será de Brandt. O T4 (Tiergartenstrasse-4) seria uma solução humanitária para feridos sem recuperação, a melhor forma de diminuir o sofrimento daqueles que não teriam a mínima qualidade de vida e a força para continuar lutando. Na realidade, o T4 nada mais era do que um programa de extermínio em massa com a prática abominável do eugenismo.

O programa executa milhares de pessoas transmitindo a falsa ideia de medida terapêutica para diminuir o sofrimento de enfermos, ou seja, uma eutanásia para aqueles sem esperança de viver. Brandt comanda o programa, mas não acompanha as mortes; não quer ter contato com o que acontece em campo. Ele se restringe a ser o cientista responsável pelo T4, o comando de pesquisas de cunho humanitário.

A diretiva do governo alemão para eutanásia autoriza a morte de crianças consideradas "débeis mentais ou com outras deficiências". O decreto de Hitler, propositalmente vago, estabelece que: "Os líderes do Reich estão encarregados da responsabilidade de ampliar a competência de certos médicos, designados pelo nome, de modo que os pacientes, baseando-se no julgamento humano (menschlichem Ermessen), que forem considerados incuráveis, podem ser-lhes concedidas a morte de misericórdia (Gnadentod) após diagnóstico".

O T4 nada tem de misericordioso. Funciona como mais um dos mecanismos de higiene racial.

O T4 se aprimora e é acelerado, ampliando o extermínio de prisioneiros e judeus, incluindo crianças. A eutanásia é executada através de injeções letais, um método considerado ineficiente por Hitler, por conta da lentidão, uma vez que as vítimas devem ser exterminadas uma a uma. Além disso, há um grande consumo de medicamentos. O método é custoso demais por conta da grande quantidade de medicação consumida.

Um dos objetivos de Hitler, a aniquilação dos judeus, ganha força logo após a invasão da Polônia. Os semitas são confinados em áreas de onde não podem sair, verdadeiras prisões chamadas de guetos. No maior deles, o gueto de Varsóvia, os alemães confinam 480 mil pessoas que serão obrigadas a trabalhar como escravos. Serão diariamente espancadas, ficarão desnutridas e comendo restos de comida quando conseguirem.

Mesmo com tamanha propaganda, propaga-se pela Europa denúncias de que os alemães promovem extermínio em massa com base no programa T4 de eutanásia. Diante da repercussão negativa, o programa de eutanásia é suspenso formalmente e substituído por fuzilamentos.

Mas o fuzilamento de milhares de pessoas é um método que consome muita munição e mobiliza muitos soldados. Hitler conclui ser necessário encontrar uma "solução final", algum meio capaz de exterminar milhões de judeus com menor exposição perante a opinião pública, com uma redução significativa de custos (tanto com munição quanto com drogas letais).

17

Desde que revogou o programa de eutanásia, Hitler solicitou que outro método fosse criado em substituição. Servidor obediente, Brack faz, sem que Brandt tenha conhecimento, experiências aumentando a letalidade das injeções para que uma menor dosagem da droga seja utilizada. Testa diferentes combinações químicas, analisando o potencial de letalidade de cada droga.

São realizadas bizarras experiências com veneno de rato na comida de crianças aprisionadas, apurando-se o tempo até a morte. A experiência também não é bem-sucedida. A morte por envenenamento demora horas ou até mesmo dias e há ainda um pequeno número de insistentes sobreviventes.

Brack realiza então a experiência de morte por hipotermia. A ideia seria desenvolver câmaras de hipotermia, onde centenas de prisioneiros seriam colocados em baixa temperatura até a morte. O experimento é descartado, pois a reação ao frio também é individual; as mortes não ocorrem ao mesmo tempo.

Após fracassar em várias tentativas, Brack faz um movimento decisivo e opta por aperfeiçoar um invento que foi utilizado em algumas execuções nos Estados Unidos por volta de 1920: a execução através da inalação de gás mortal.

O método de Brack é apresentado a oficiais de várias patentes. Apesar de ter sido assessor do chefe do T4 (dr. Brandt), Brack não tem acesso ao

Führer, mas consegue falar com Eichmann, seu assessor especial, que abre a oportunidade para que ele apresente a "solução final".

Hitler recebe Brack e percebe logo de cara que o método de gaseamento é eficiente e possibilitará uma grande limpeza étnica, eliminando judeus massivamente, em busca da pureza da raça.

O gaseamento é aprovado e Hitler determina a construção imediata das câmaras de gás nos campos de concentração.

Só que, ao conseguir acesso diretamente a Hitler, Brack desrespeita a burocracia nazista. Contraria o núcleo de poder.

Membros do círculo íntimo de Hitler ficam contrariados. Dias depois de estar com o ditador, Brack recebe uma correspondência oficial.

O envelope contém a seguinte mensagem: "*Anruf zum Treffen*" e o timbre do império alemão. É uma convocação para uma reunião com um dos principais líderes do Reich, Heinrich Himmler, para muitos o número dois do regime.

Brack estranha a convocação de uma autoridade desse porte, mas anima-se pensando tratar-se de algum reconhecimento por sua invenção. Não é comum que pessoas da patente de Himmler tratem com inferiores hierárquicos. Por cautela, Brack revisa possíveis falhas e estuda variáveis para estar preparado para questionamentos, com respostas adequadas.

O encontro acontece em uma sala do Reichstag, palácio usado como quartel-general da SS e da Gestapo, na Wilhemstrasse. Himmler inicia a conversa:

— *Heil Hitler!*

— *Heil Hitler!*

— Dr. Brack, pedi para que o trouxessem até aqui para entender o que o levou a desenvolver o gaseamento como método de morte. — Himmler não perde tempo com conversas introdutórias ou cordialidades.

— Comandante, estou às ordens. Como servidor fiel de nosso Reich, me preocupei em como poderia contribuir, desenvolvendo algum método que pudesse contribuir para a solução final.

— E com esse objetivo passou a trabalhar no gaseamento?

— Sim, senhor comandante, quis contribuir com os esforços para a eliminação massiva dos inimigos.

— E por ordem de quem, especificamente, passou a desenvolver o gaseamento?

— Comandante, foi por minha iniciativa, para colaborar com a pátria. E o Führer buscava essa solução.

— Então, dr. Brack, sem o conhecimento de nenhum comandante com poder de decisão, o senhor resolveu gastar seu tempo para desenvolver uma solução às escondidas?

— Comandante, me perdoe e permita uma observação, mas não foi escondido. Eu apenas não consultei outras pessoas no início, pois necessitava realizar primeiro alguns testes e verificar a viabilidade do método. Não poderia apresentar algo que não funcionasse.

— E, após os testes iniciais provarem a viabilidade de desenvolver a invenção, resolveu apresentá-la diretamente ao Führer, sem antes mostrá-la a nenhum outro comandante?

— Não, eu não quis contrariar ninguém. Meu único objetivo é colaborar e lutar pela pátria. Quem me levou ao encontro de Führer foi Eichman. Acredito que fui recebido por ter comandado o T4 anteriormente.

— O discurso foi bem ensaiado, dr. Brack, mas a invenção chegou ao Führer sem ter percorrido o caminho devido, com muitos atropelos hierárquicos, uma grave violação de nossas regras.

— Me perdoe, comandante, jamais tive essa intenção. Sou um cumpridor de regras e prometo que jamais repetirei esse erro. Meu único objetivo foi o de humildemente colaborar com a solução que buscamos.

— Dr. Brack, seu pedido de perdão parece sincero o suficiente para poupar-lhe a vida, mas não para eximi-lo de uma punição. Você irá para o front de batalha soviético lutar contra os bolcheviques. Estará ao lado de nossos soldados, o que deve ser encarado como uma grande honra, certo?

— Sim, meu comandante, como o senhor determinar. — Brack não ousou colocar qualquer objeção ao decidido.

A violação da rigorosa hierarquia, ainda que não intencional, jamais poderia ficar impune. Brack é enviado ao front de batalha, afastado definitivamente de qualquer possibilidade de contato com Hitler. É um exílio que poderá resultar em morte, dada sua inabilidade em lutar como um soldado.

O dr. Brack, desenvolvedor do gaseamento, transforma-se no soldado Brack.

» » « «

As câmaras de gás possibilitarão o envio simultâneo de muitos judeus para a morte. Para facilitar a identificação dos semitas, os judeus devem ser identificados com uma marca especial nos documentos e as fachadas de seus comércios com um cartaz amarelo e preto com os dizeres "loja judaica".

Tais câmaras serão construídas em tempo recorde. Cada uma delas comportando até duas mil pessoas.

18

Em agosto, em Auschwitz, principal sede do genocídio de judeus, o comandante adjunto, capitão Karl Fritsch, testa a câmara de gás e começa a execução massiva de prisioneiros com gaseamento.

O soldado Brack, no campo de batalha, envia correspondência para o comitê responsável pela operação das câmaras de gás com a fórmula que entende definitiva para a efetividade do gaseamento. Sugere a substituição do ácido cianídrico por Zyklon B, que havia testado em suas pesquisas.

Enquanto Brack está na frente de batalha, Himmler assume as glórias da construção das câmaras de gás onde milhões de judeus são assassinados.

A Alemanha está perdendo a guerra. E Hitler, mesmo a contragosto, autoriza recuos. Com as dificuldades climáticas, o *front* de guerra necessita ter mais retaguarda e os nazistas criam sistemas defensivos mobilizando soldados de reserva para ter o contingente militar necessário para reposições.

Brack é enviado a um desses contingentes de apoio para, no suporte de retaguarda, trabalhar na reposição logística de armamentos e suprimentos para as tropas.

Nesse momento, Brack é transferido para a Operação Munique, que tem como objetivo dar apoio ao destacamento aéreo, atacando as bases da resistência soviética. A operação é contra grupos de resistência clandestinos e deve eliminar essas milícias, mas, como não é possível identificar seus integrantes, aniquilam-se aldeias por inteiro, com a deportação da parte mais saudável da população para utilização em campos de trabalho forçado e o envio da parte menos saudável, como idosos, crianças e judeus, para campos de concentração ou execução imediata por fuzilamento.

Como o soldado Brack é o único médico do destacamento, logo é nomeado como encarregado de separar, após a captura de prisioneiros, os indivíduos saudáveis dos idosos e inválidos. Conforme o diagnóstico de Brack, os indivíduos são organizados em grupos, os que serão aproveitados e os que serão mortos.

Mesmo responsável pela seleção, Brack se recusa a assistir às execuções, faz apenas a triagem e retira-se a seguir.

De forma sutil e sem levantar suspeitas dos superiores, busca poupar algumas vidas, atribuindo a condição de saudável a pessoas que certamente não têm utilidade para trabalho físico. No momento da macabra seleção, por vezes ele é confrontado e dá-se algo como:

— Indivíduo saudável. Indivíduo saudável.

— Desculpe, dr. Brack, mas esse cidadão é manco de uma perna, não é saudável.

— Como ousa discordar, soldado? O médico sou eu, quem seleciona sou eu. Ele está apto para o trabalho e não vou admitir insubordinações. Quem é o próximo?

E, com essa atitude, algumas vidas são poupadas. Brack, mesmo desenvolvendo o gaseamento, ferramenta de matança coletiva e massiva, não aprecia assassinatos e não se considera responsável pelas mortes.

No gaseamento, as mortes ocorrem longe dos olhos de todos, numa câmara fechada, tornando-o de certa forma algo abstrato, não vivenciado a olhos nus, o que leva grupos fanáticos até hoje a negarem o Holocausto e a própria existência das câmaras de gás.

Nos fuzilamentos da Operação Munique, os fuzilamentos de crianças, mulheres e idosos são públicos. Brack tem que conviver com os gritos desesperados e agonizantes e com a imagem dos corpos sendo jogados em valas depois que sua seleção determinou quem vive ou morre.

Brack é o selecionador da morte.

19

A função militar de Brack o perturba. Sempre foi um servidor correto e dedicado. Buscou ajudar o Führer trabalhando na solução do gaseamento e o êxito científico não o levou para a glória, enviou-o ao campo de batalha, largado à própria sorte e como selecionador daqueles a serem mortos.

O nazismo, concluiu Brack, não reconhece méritos; apenas privilegia os asseclas de Hitler. Dormindo em uma pequena e surrada barraca junto com outro soldado, em um frio de cortar a alma, Brack sente-se injustiçado e com ódio crescente. Mesmo assim, sabe que é privilegiado por ser médico; a maioria não tem local para dormir, espalhando-se pelo chão das trincheiras cobertas de neve.

Sofre pela injustiça que o enviou ao *front*, mas principalmente por fazer o contrário do que jurou para sua profissão. O juramento de Hipócrates feito pelos médicos diz: "Aplicarei os regimes para o bem do doente segundo meu poder e entendimento, nunca para causar dano ou mal a alguém". Em vez de salvar vidas, ele seleciona e encaminha pessoas para a morte.

Depois de atuar um mês como selecionador da morte, Brack sente-se cada vez mais triste, não se alimenta e não se identifica mais com os ideais de uma nação supremacista. Começa a achar a guerra uma grande alucinação de Hitler.

Enquanto ajudou no programa de eutanásia, Brack se sentia cumprindo uma função "científica", libertava pessoas com problemas mentais propiciando o fim do sofrimento delas e uma depuração racial. Agora, sente-se um matador. A morte de inocentes depende de sua avaliação.

Sabe que tem que manter uma linha dura perante a tropa. Os alemães não têm empatia pelos prisioneiros, ainda que sejam crianças, e condenam a trabalhos forçados ou à morte quem se importe com o sofrimento dos inimigos. O Führer incutiu em seus soldados que toda batalha é baseada em dissimulação e desprezo de sentimentos pelo adversário. Pode-se dizer que transportará pessoas e as matará, pode-se conduzir pessoas para um banho e jogá-las nas câmaras de gás.

A guerra não é a vocação de Brack. É um bom médico, foi um bom burocrata e assessor no T4, mas agora simplesmente encaminha pessoas para execução. Conclui que, se o destino o colocou como selecionador da morte, ao menos tentará salvar vidas, enviando o menor número de pessoas para fuzilamento. E começa a atuar nesse sentido.

Com coragem, escreve uma carta ao comandante do seu pelotão, coronel Muller. Constrói uma narrativa submissa como o nazismo exige, mas faz um pedido que, se atendido, salvará vidas.

Prezado coronel Muller. Meu nome é soldado dr. Brack e agradeço todos os dias por fazer parte do pelotão liderado pelo senhor. Tenho como função, na minha condição de médico, selecionar prisioneiros saudáveis e aptos ao trabalho, separando-os dos enfermos e inválidos. Com essa separação, eliminamos os doentes, as crianças e mulheres que não servem como mão de obra para trabalhar de forma produtiva para o Reich. É uma função importante e muito nobre e estou muito agradecido por exercê-la, pois posso colaborar com o Führer e nossa Alemanha. Escrevo esse agradecimento por servir a Pátria com uma singela sugestão que, em meu humilde ponto de vista, pode melhorar nossa produtividade. Se na seleção para fuzilamentos que procedo diariamente pudermos excluir crianças com menos de oito anos e as mães, a eliminação será mais ágil, pois perdemos tempo com esse perfil de pessoas, que se debatem e resistem até onde podem. Isso provoca atrasos constantes no cronograma diário e por isso rogo à sua sabedoria permitir que eu possa adotar a partir de agora esse novo procedimento, agilizando assim a forma de eliminação. E agradeço uma vez mais a brilhante liderança em nosso pelotão. Heil Hitler!

Sabe os riscos que corre ao escrever essa carta. A reação pode ser uma severa punição e até a condenação em corte marcial à morte por traição, mas corajosamente entrega a missiva ao assessor do coronel Muller.

Quando Muller, depois de dias, lê a mensagem, fica abismado com a ousadia e desfaçatez do soldado. Não cabe a um soldado escrever cartas a seus superiores e muito menos sugerir alteração em procedimentos. O soldado deve executar as ordens que recebe, sem questionamento. É o princípio da obediência.

Na hierarquia militar não há espaço para improvisos ou sugestões. O coronel lê o ousado pedido e não responde. Não irá rebaixar-se e falar com um soldado. Incomodado, pensa em punir Brack, mas sabe que ele é o único selecionador da morte e resolve agir como se a mensagem não existisse.

Sem nenhuma resposta por semanas, Brack conclui que o pedido será ignorado. O exército alemão não permite nenhum tipo de diálogo entre diferentes níveis hierárquicos e não haveria exceção para sua carta. Não há opção a não ser continuar executando mecanicamente sua função, evitando deslizes ou demonstração de insatisfação. Depois da carta, possivelmente está sendo vigiado.

No *front*, a guerra segue o seu curso, com o recuo contínuo dos alemães e o avanço dos Aliados na retomada dos territórios invadidos. Os soviéticos posicionam-se para rumar para Berlim. O jogo se inverteu; não houve o desfile consagrador de Hitler pelas ruas de Moscou, mas os soviéticos é que desfilarão por Berlim. A vitória dos Aliados é apenas questão de tempo.

Como uma das derradeiras tentativas de motivar a tropa alemã, que está sendo derrotada nos campos de batalha, o Ministro da Propaganda de Hitler, Joseph Goebbels, profere um discurso enfático buscando reverter os ânimos:

"Povo alemão. Eu lhes pergunto: vocês querem a guerra total? Vocês a querem, se necessário, mais total e radical do que podemos imaginá-la hoje? Então confiem em nosso Führer, que nos conduzirá para a vitória final, mesmo que por vezes ela pareça distante. A consolidação do império alemão está a caminho, lutemos. Podemos perder batalhas, mas ganharemos a guerra."

Brack ouve o discurso no rádio em seu batalhão, só que não acredita em nenhuma palavra dos nazistas. Como ele, os alemães estão desiludidos com a guerra. A nação está mergulhada em um conflito que parece não ter fim, não sabe como escapar. Parte dos militares não aceita mais Hitler, inclusive atentam contra a sua vida, colocando uma bomba em seu quartel-general, na conhecida Operação Valquíria. Hitler escapa com poucos ferimentos e em represália mata cinco mil alemães que possam ter planejado o atentado.

Hitler tem a saúde cada vez mais fragilizada, com problemas cardíacos, digestivos e mal de Parkinson. Seu médico, Theo Morell, que para muitos militares não passava de um charlatão, o viciou em morfina e outras drogas e ficou conhecido como o "mestre da seringa". Mesmo assim, Hitler não esmoreceu em sua visão da guerra e negava-se a participar de negociações de paz.

20

Era uma manhã de segunda-feira como outra qualquer no acampamento dos nazistas em solo soviético, neve na altura dos joelhos, temperatura de cinco graus negativos e barulhos de bombas e tiros não muito distante. Mas o coronel Muller, por volta do meio-dia, reúne todo o batalhão e comunica a chegada da Juventude Hitlerista, o futuro do nazismo.

Cerca de cem jovens chegam no acampamento. O trabalho de selecionador da morte de Brack teria plateia, assim como os fuzilamentos. E o coronel Muller foi além: permitiu aos jovens empunhar rifles e fuzilar prisioneiros e fez com que eles esmurrassem e torturassem crianças russas ou judias.

Quando o expediente acaba, quase à noite, Brack está exausto e chocado com a crueldade que viu crianças praticarem contra crianças. Achava que mais nada o chocaria na guerra; enganou-se. Resolveu caminhar para colocar os pensamentos em ordem.

A cerca de 2 quilômetros de distância do alojamento, entre taigas e carvalhos resistentes ao frio, encontra na neve um panfleto, provavelmente lançado por um avião britânico. Há uma mensagem escrita em alemão que conta a história do médico e cientista germânico Klaus Fuchs, que foi nazista como todo o povo, se arrependeu e se exilou na Grã-Bretanha, onde desenvolve pesquisas científicas. O recado transmitido é o de que sempre é possível recomeçar e o convite está feito aos alemães que queiram ser livres.

A mensagem mexe com Brack, que, depois de um dia de fuzilamentos cometidos por crianças contra crianças, não aceita mais o nazismo, não quer mais fazer parte do Reich. Como médico, se vê como o dr. Fuchs: não quer mais estar do lado errado, do lado que mata por ódio. Aquela não é a Alemanha que ele e povo alemão idealizaram.

O panfleto traz um aviso no canto direito inferior e um código. O soldado que tiver interesse em exilar-se como o dr. Fuchs na Inglaterra deve colocar seu número de patente de soldado junto ao código e fixá-lo nas árvores da cercania. O material será recolhido e instruções para o resgate serão fornecidas.

Brack sabe dos riscos envolvidos, mas coloca seu nome e número de patente no panfleto e o pendura em uma das árvores. Todas as tardes depois do expediente, passa pelo local, ansioso por alguma resposta. Sabe que aquele pequeno pedaço de papel é sua única esperança para mudar de vida, abandonando o exército em que não mais acredita.

Um mês e meio depois, encontra uma folha amarela pregada no mesmo tronco onde deixou seus dados. Faz uma checagem dos arredores, vê que não há ninguém além dele andando por ali e retira rapidamente o papel, guardando-o no bolso da jaqueta para ler depois.

Recolhe-se na barraca para dormir. Aguarda o soldado ao lado pegar no sono e cuidadosamente desdobra a folha amarela que diz:

> *Rasgue este papel depois de ler. Recebemos a mensagem e você será resgatado. Nos próximos dias permaneça nas atividades rotineiras, não comente com ninguém, essa oportunidade é individual. Esteja em cinco dias neste local às cinco horas da manhã. Use o uniforme com um lenço branco preso perto do bolso da jaqueta. Atenção, não se esqueça do lenço branco em nenhuma hipótese, sem ele será abatido como inimigo.*

O medo toma conta de Brack nos dias seguintes. Se for pego, será morto como traidor, provavelmente enforcado na frente de todo o destacamento para servir de exemplo. Por outro lado, se escapar ileso e conseguir ser resgatado, não sabe o que o aguarda depois da fuga, se será tratado como um médico que abandonou Hitler ou se será tratado como um prisioneiro de guerra e julgado como nazista.

Para não levantar suspeitas, mantém-se impassível como selecionador e envia o máximo de prisioneiros para a morte, o que obviamente agrada aos sádicos fuziladores. Mostra-se rigoroso e impiedoso como um servidor do Reich deve ser. Com todos esses cuidados, pensou que, ainda que alguém o observasse, notaria que ele desempenhava a função com rigor.

No dia da fuga mal dorme; às quatro da manhã diz ao colega de barraca que vai caminhar e fazer as necessidades. Afasta-se lentamente, deixando o alojamento e toda uma vida para trás. Assim que se distancia e se sente em segurança, sai em desenfreada correria pela escuridão, guiando-se por uma bússola que trazia nas trêmulas mãos.

Em pouco menos de uma hora chegou ao local combinado e sentou-se ao pé da árvore. Conseguiu fazer o percurso em um bom tempo, considerando a quantidade de neve no caminho, o que faz com que os pés afundem a cada passada. Está exausto, com o coração quase saindo pela boca, mas não se esquece de verificar se o lenço branco está à vista, não quer ser morto por engano.

Está consciente de que de agora em diante não domina mais o destino. Não sabe o que virá pela frente, mas está feliz por deixar a opressão nazista. Ainda que o achem um espião, a vida em uma prisão britânica certamente terá mais humanidade do que a participação no cruel genocídio.

Quinze minutos depois de sua chegada, quando desconfiava que não seria resgatado, seis soldados britânicos o encontram. É revistado e obrigado a despir-se rapidamente do uniforme alemão, que os soldados enterram sob a neve. Veste o uniforme do exército inglês, e sente um enorme prazer em usar uma roupa limpa, o que não acontecia faz tempo. A partir deste momento, devidamente paramentado, é apenas mais um dos soldados ingleses.

Renovado em seu ânimo, não sente cansaço ao caminhar por mais uma hora, até chegar a um pequeno posto de apoio do Exército Vermelho, onde é interrogado pela primeira vez. A recepção é fria, britânica. O interrogador o cumprimenta com um leve meneio de cabeça.

— Sr. Brack, não temos tempo para apresentações. Vou direto ao assunto, por que resolveu abandonar o exército alemão?

— Senhores, obrigado por me resgatarem. Eu não sou um soldado, sou médico. Infringi uma regra do governo alemão e por isso fui enviado ao campo de batalha, nunca segurei uma arma, mal sei atirar.

— Não entendemos ainda o motivo que o levou ao campo de batalha. Explique melhor como se desenrolou essa situação.

— Vejam, não fiz nada de grave, não matei ninguém ou algo do tipo. Me enviaram ao campo de batalha porque eu fiz sugestões ao governo. Na Alemanha não se pode dar opinião. Fui considerado um violador da hierarquia, e como punição, mandado ao *front*.

— Mas no *front* você não lutou como um soldado alemão?

— Não. Como sou médico, me colocaram em uma função médica, ainda que cruel.

— Então, Brack, você é médico. Imagino que atendeu os feridos de guerra do exército alemão?

— Não, senhor, gostaria de salvar vidas, mas minha função foi outra. Fui encarregado de separar pessoas saudáveis para o trabalho daquelas que devem morrer. Só que fazer isso contraria meus princípios, por isso resolvi abandonar as forças nazistas.

— Mas os seus ideais continuam fiéis ao nazismo?

— De maneira alguma. O nazismo tornou-se apenas uma matança desenfreada de prisioneiros, civis e judeus. Vão destruir a Alemanha e desmoralizar o povo. Hitler é um maníaco obcecado em dominar o mundo a qualquer custo, mesmo que sejam milhões de vidas.

— Bom, se você demorou tanto tempo para ver o que é o nazismo, não tem uma visão muito apurada. E agora, o que pretende, abandonando o exército alemão?

— Pretendo reiniciar a vida trabalhando a favor da humanidade e dos Aliados. Tenho o dr. Fuchs como modelo para a vida que quero. Quero servir ao bem. Hoje não tenho mais dúvidas sobre o mal que o nazismo representa para o mundo e para o povo alemão.

— Juraria fidelidade absoluta aos Aliados e faria depoimentos contra o nazismo?

— Sim, faria isso com o maior prazer.

As respostas de Brack são firmes. Ele olha nos olhos dos interrogadores, transmite credibilidade, causa boa impressão; o processo de extradição seguirá.

Alguns formulários de asilo são preenchidos rapidamente e Brack é conduzido para um terreno descampado onde um avião *Airspeed Envoy* da Força Aérea Britânica o aguarda. Chegou o momento de iniciar uma nova vida. Brack e mais quatro soldados decolam do território soviético e seis horas depois pousarão em Londres.

» » « «

Os britânicos, que combatem a propaganda nazista com uma contrapropaganda eficiente, alardeiam o resgate do médico alemão que relata as barbáries cometidas pelos nazistas, foge e pede abrigo ao império britânico. Heroicamente, o exército inglês conseguiu encontrá-lo na floresta soviética e levá-lo para Londres.

Brack sabe que um dos preços a pagar para ser acolhido no Reino Unido é o de ser usado como garoto-propaganda contra o nazismo. E não vê problema nisso. Vai narrar aos interrogadores, aos jornalistas e a quem mais quiser saber todas as selvagerias que presenciou e como Hitler oprimia inclusive o próprio povo alemão, que de início o apoiou, mas que agora está apavorado por sua doentia obsessão em causar dor e morte.

Os britânicos acreditam que a história detalhada do que Brack presenciou incentivará outros soldados nazistas a fazerem o mesmo, a fugirem de Hitler. Não há propaganda melhor que um depoimento pessoal recheado de detalhes.

— Desculpe, Führer, mas sua participação e seus comentários acabam aqui. No território inglês você não está mais autorizado a abrir a boca. Nenhuma de suas palavras será incluída daqui em diante.

— Quem fala com tanta ousadia? Quem acha que pode me calar?

— Não acho, você está calado. Adeus. E meu nome é Winston Churchill, seu pesadelo. Se você invadir o inferno, eu faço uma aliança com o diabo para derrotá-lo.

» » « «

Depois de uma rigorosa desinfecção, revista íntima e exame médico detalhado, as condições de Brack são consideradas boas, ele está saudável. Não tem ferimentos, cicatrizes, doença ou infecção.

Após a apresentação para a imprensa, passa por seguidos interrogatórios na sede do serviço de espionagem britânico, onde repete inúmeras vezes sua história. É submetido a muitos testes, inclusive de polígrafo, para atestar a coerência das respostas e verificar que não se trata de um espião alemão que pretenda se infiltrar entre os britânicos.

Cinco dias após a chegada a Londres e dez interrogatórios depois, Brack é considerado um dissidente legítimo do nazismo. O relatório final da inteligência britânica conclui que Brack fala a verdade, que tem sólida formação médico-científica, que tem amplo conhecimento do estágio científico dos alemães e que poderia contribuir com o desenvolvimento de tecnologias para uso dos Aliados.

Resolvem atender ao pedido de Brack para trabalhar com o dr. Fuchs, o cientista alemão que mudou de lado e que foi mencionado no panfleto que o inspirou a fugir.

Brack é colocado em um pequeno hotel na Trafalgar St. James, um distrito elegante de Londres. O hotel, apesar de próximo ao imponente e icônico Ritz na Picadilly Street, é bem mais modesto. Um quarto pintado de bege, com a pintura descascando, uma cama e uma mesa de apoio. Na porta do quarto, uma cadeira onde um ex-soldado do exército inglês ficará para vigiá-lo.

Da janela de seu quarto, Brack observou que os ingleses se mantinham elegantes, apesar das limitações impostas pela guerra. O país vivia em racionamento de comida e cada pessoa tinha uma caderneta para controlar a cota de alimentos que comprava. As pessoas eram estimuladas a, dentro do possível, plantarem seus próprios alimentos. Também havia o racionamento de roupas, onde era necessário acumular pontos para ter direito a comprar diferentes peças de vestuário. Mesmo assim, observa Brack, os ingleses viviam muito melhor que os alemães, com expressões que, se registravam a dificuldade da guerra, também retratavam o orgulho britânico com sua liberdade política.

As tentativas de Hitler de atacar e isolar a Inglaterra economicamente através do bombardeio por submarinos de navios que levavam provisões aos ingleses não foram bem-sucedidas. O império britânico sobrevivia e a princesa Elizabeth orgulhava a nação.

Dois dias depois de hospedado, Brack é levado para o primeiro encontro com o dr. Fuchs, em um laboratório na área norte de Londres. É colocado em uma pequena sala, com uma mesa e duas cadeiras, cada uma de um lado. Tudo indica que haverá um novo interrogatório, mas não é isso que acontece.

— Bom dia. Meu nome é Werner Fuchs, sou médico, cientista e estou a serviço do governo britânico. Como você, nasci na Alemanha e abandonei o nazismo quando vi que se tornou uma carnificina. Vamos conversar um pouco sobre suas habilidades. — Fuchs fala em inglês, deixou o idioma alemão de lado, mas é direto na conversa.

— Muito prazer, dr. Fuchs, sua capacidade científica dispensa apresentações. Eu sou Brack, também médico e um modesto cientista. Meu inglês não é tão bom quanto o seu, portanto, me desculpe se cometer muitos erros. Como o senhor deve saber, fui mandado para a frente de batalha e lá me decepcionei de vez com as atitudes do exército alemão. Não preciso contar muito, pois certamente o senhor vivenciou o mesmo que eu. Enfim, o nazismo contraria tudo em que acredito e a minha própria razão de existir, que é salvar vidas e atuar em prol da Ciência.

— Dr. Brack, pulemos a parte sobre o nazismo. Tenho perguntas de cunho técnico a fazer. Quero respostas sinceras e não respostas prontas. — Fuchs permanece frio no tratamento.

— O que mais tenho feito é responder perguntas. Entendo toda a desconfiança pela minha mudança de lado. Pergunte à vontade, dr. Fuchs. E me chame somente de Brack, sem o doutor.

— Veja, Brack, pouca coisa me interessa sobre sua trajetória pessoal, então vou direto ao ponto. Você, como médico e cientista, foi quem desenvolveu o método do gaseamento utilizado pelos nazistas para assassinatos em massa? Essa informação procede?

— Sim, procede. Eu era chefe do setor de eutanásia da Alemanha, até o programa ser suspenso e o Führer pedir o desenvolvimento de um novo método letal. Depois de muitas pesquisas malsucedidas, resolvi me debruçar sobre o gaseamento com elementos químicos letais, um sistema que foi utilizado na década de 1920 pelos americanos e que não vinha sendo utilizado na guerra.

— Claro que, em uma visão humanitária, o gaseamento é uma abominação, mas é inegável que, enquanto experimento científico, ele é de muita valia. Há uma inovação técnica relevante que é a combinação química de gases e do Zyklon B. Como chegou a isso? — As palavras de Fuchs pareciam sinceras, alguém que estava interessado em suas pesquisas e não em fazer juízo moral de seus estudos.

— Não me sinto orgulhoso de ter aprimorado o gaseamento. Minha consciência pesa todos os dias pela forma como o utilizam. O Zyklon B não é minha invenção; como o doutor sabe, é um veneno já existente. Eu apenas o combinei quimicamente para utilização.

— Veja, Brack, eu sei que o Zyklon B é um veneno conhecido, mas você deu a ele um tratamento químico que eliminou o odor, o que garantiu a eficiência do gaseamento. As pessoas entram nas câmaras e não sabem o que vai acontecer, porque não sentem nenhum cheiro de gás ou veneno.

— Como eu disse, Dr. Fuchs, não me orgulho de ter contribuído para que mortes venham a ocorrer em decorrência de minhas descobertas, mas as pesquisas inegavelmente foram bem-sucedidas. Se não fosse tecnicamente perfeito, não seria adotado por Hitler.

— O que está feito, está feito, isso nada mudará. Você foi um "cientista do mal", brilhante tecnicamente, mas do mal. Possui um talento científico inegável e isso é o que me interessa. Além disso, até agora você contribuiu para um genocídio, mas posso te dar uma chance de redenção. Isso interessa?

— Claro que interessa, dr. Fuchs. É tudo que quero — animou-se Brack.

— Então tenho a chance perfeita. Você atuará pelos britânicos e Aliados em um projeto contra o nazismo, para melhorar o mundo derrotando-os. Quer se juntar à minha equipe?

— Nossa, dr. Fuchs, será uma honra. Não sei se é possível alguma redenção, mas aceito o convite. Minha vida é a ciência, se eu for útil, estarei satisfeito. E muito mais se for algo contra o nazismo — Brack fala cabisbaixo, sem encarar Fuchs. Está feliz e intimidado ao mesmo tempo, por ter mudado de lado.

— Você será monitorado de perto até que as desconfianças diminuam, e espero que entenda essas precauções. De resto, pelos conhecimentos científicos demonstrados, está integrado e começa amanhã. Apresente-se neste endereço — e deu um papel com o local.

— Entendo as desconfianças e não me importo. Não tenho nem palavras para agradecer. Estou emocionado e não decepcionarei. O senhor não se arrependerá de me dar essa chance. Muito obrigado!

» » « «

Brack volta a seu hotel para recolher as roupas. Não tem muita coisa, pois desde que abandonou o exército alemão compraram-lhe apenas uma jaqueta para o frio, duas calças pretas, duas camisas brancas e algumas camisetas também brancas para usar por baixo das camisas. A partir de agora, morará no alojamento militar, junto com o restante da equipe do dr. Fuchs. Sente-se muito feliz com o recomeço, com a certeza de que escapou de ser morto nas frentes de batalha e livrou-se da função de selecionador da morte.

Dorme bem à noite. A reunião com o dr. Fuchs havia causado tensão e não foi difícil relaxar e pegar rapidamente no sono. Vinha dormindo muito bem em Londres, depois de muito tempo dividindo uma barraca no *front*. Ao amanhecer, o oficial encarregado de sua vigia o transporta até o alojamento. A partir deste momento, a custódia de Brack passa para as mãos do dr. Fuchs.

É apresentado a todos os cientistas por Fuchs, que ressalta a semelhança entre ambos e a fuga do nazismo. Tímido e constrangido, Brack faz um discurso contando sua trajetória. Omite, neste primeiro momento, sua participação no desenvolvimento do gaseamento e a função de selecionar da morte.

O grupo de cientistas o recebe muito bem, gostam do reforço de alguém qualificado para ajudar no difícil projeto em andamento. São várias forças de trabalho e Brack fica alocado junto a uma equipe de matemáticos, militares e cientistas em geral encarregados de decifrar as camadas ainda restantes do Sistema Enigma. Deixam o laboratório e são instalados em uma mansão na cidade de Bletchley onde poderão se dedicar em tempo integral à tarefa quase impossível de cifragem.

A Enigma é uma máquina eletromecânica de criptografia com rotores, utilizada tanto para criptografar como para descriptografar códigos de guerra. Tem o aspecto de uma máquina de escrever. Boa parte dos códigos foi decifrada pelos cientistas dos Aliados, mas há uma camada não decifrada, utilizada na comunicação do alto escalão das forças armadas com a marinha. São milhões de combinações possíveis para cada caractere transmitido pela Enigma.

Brack sabe do orgulho que os alemães têm desse sistema de mensagens, criado em 1930 e tido como indecifrável por Hitler. Fica surpreso ao saber que várias camadas já foram quebradas ao longo dos anos. O Enigma continua sendo usado em praticamente todas as comunicações feitas pelos nazistas, que não imaginam a violação do sistema. Os ingleses são verdadeiros hackers, que conseguem ler informações de guerra, sobretudo localização de torpedeiros, sem que os nazistas desconfiem disso. Muitas batalhas são vencidas pelos Aliados através do conhecimento da localização dos equipamentos alemães.

Diferente do que acontecia entre os alemães, Brack nota que no grupo do dr. Fuchs não se busca a glória individual: há um espírito de time, trabalha-se para um objetivo comum, sem vaidades. Esse clima colaborativo é uma novidade para quem viveu na mesquinhez de compatriotas que entregavam uns aos outros em busca de serem notados por um líder maníaco.

A equipe Enigma é liderada pelo matemático londrino Alan Turing, um gênio matemático, mas um sujeito esquisito. Bem magro e com quase dois metros de altura, Turing saía para pedalar em sua bicicleta todas as manhãs. E todas as vezes em que pedalava a corrente da bicicleta caía, mas, em vez de consertar o problema, Turing aprendeu a reconhecer o momento em que a corrente cairia e se antecipava para ajustá-la.

Constroem uma réplica em tamanho ampliado do Enigma, uma máquina que apelidam de "a bomba", e buscam, dia após dia, de forma empírica e matemática evoluir em combinações. Depois de seis meses de trabalho, Fuchs, Turing e equipe desvendam a combinação de posição dos rotores do Enigma, cujas combinações numéricas chegavam a seis sextilhões de códigos.

Essa decifragem permite que os Aliados vençam batalhas navais e torna-se um fator decisivo para que os alemães sejam derrotados definitivamente em várias frentes. A frota alemã é danificada em grande escala e, sem o apoio naval, os pelotões em terra, os soldados, não têm a cobertura de que necessitam e são obrigados a recuar cada vez mais.

A equipe Enigma é condecorada pelo governo britânico por sua colaboração "de extrema relevância" aos Aliados. O time do dr. Fuchs ganha fama de genial e imbatível e todos os integrantes são convocados para outra missão. Brack é reconhecido pelo próprio Fuchs como cientista de alto valor técnico e capacidade prática. Ganham uma foto na primeira página do jornal BBC, que também divulga a premiação em seus jornais pelo rádio.

Hitler lê todos os jornais de países ocidentais e vê a matéria que saúda os cientistas britânicos, obviamente sem nenhuma menção ao projeto em que trabalhavam. Depois de olhar detidamente a foto da equipe de cientistas, reconhece seu chefe do programa de eutanásia, Brack. Fica indignado.

Questiona os chefes militares para saber como o médico promissor que desenvolveu o gaseamento pôde desertar. A apuração aponta que Brack foi punido, enviado ao campo de batalha e nunca mais visto.

» » « «

A equipe do dr. Fuchs é incorporada ao projeto Tube Alloys, o programa britânico para o desenvolvimento da bomba atômica. Nesse projeto está a elite de cientistas que criarão uma reação física capaz de provocar uma grande explosão, de proporções jamais vistas.

O Tube Alloys, apesar de sua importância para o desfecho da guerra, sofre com a escassez de recursos. O progresso científico está comprometido pelas limitações.

A penúria dura até o momento em que os britânicos se unem aos americanos para atingir o objetivo da bomba. Nos Estados Unidos há o Projeto Manhattan, que tem a mesma finalidade do Tube Alloys; Roosevelt e Churchill resolvem fundir os programas e as equipes que neles trabalham.

Tube Alloys e Manhattan são fundidos em um único programa, com uma única equipe.

» » « «

Com a fusão dos programas, os cientistas de Fuchs são transferidos aos centros de pesquisa nos Estados Unidos, onde se unem aos colegas americanos. Brack, sem planejar, passa a viver em território americano.

No alojamento americano, Brack repassa a própria vida. O plano de ser médico e tornar-se especialista em terapia intensiva para pacientes em estado crítico não se realizou. Após o início promissor na carreira, virou chefe de um programa de eutanásia que servia para eliminar pessoas, trabalhou para desenvolver uma ferramenta para mortes coletivas em uma câmara e, por fim, tornou-se um selecionador da morte.

Tudo mudou com a oportunidade de fuga para a Inglaterra. E, de fato, sentiu-se bem até que o pesadelo da morte voltou a assombrá-lo, quando atua no projeto para desenvolver uma solução atômica que gerará uma grande destruição.

O Projeto Manhattan tem cerca de cinco mil pessoas trabalhando em diferentes frentes, com orçamento superior a dois bilhões de dólares, valor que, atualizado, chega a mais de 200 bilhões de dólares. Não havia a limitação de recurso do programa britânico.

Brack se adapta facilmente ao *american way of life*. O país, pela entrada tardia e pela distância geográfica de uma guerra travada na Europa, Ásia e África, não vive intensamente o clima do conflito. Os americanos continuam levando uma vida normal, com outras preocupações em seu dia a dia que não incluem uma guerra tão distante.

Convivendo cada vez mais com americanos em Los Alamos, Brack aprende o que é uma mentalidade empreendedora, em que todos lutam para construir o próprio futuro. Todo mundo se vira e muitos se ajudam. Isso parece simples, mas para ele é uma novidade radical; não conviveu com essa forma de pensar na Alemanha.

Los Alamos é um deserto com poucos habitantes, todos movidos pelo "sonho americano" de conquista; todos se veem como desbravadores. Há muita esperança no ar, diferente do sentimento predominante nos países europeus, destruídos pela guerra, com boa parte da população morta e subjugada.

» » « «

Ao longo de três anos e sob a direção do major general Leslie Groves, Brack viu a construção de fábricas para produção de materiais fósseis.

Completamente adaptado aos costumes americanos, Brack não tem do que reclamar. É tratado com respeito, constrói algumas amizades, ganha seu dinheiro e tem liberdade para emitir suas opiniões, mas o lado psicológico pesa.

O Projeto Manhattan caminha para o final e, após os últimos acertos e testes, a bomba estará finalizada e o objetivo atingido. Nesse momento, começa, da mesma forma que havia feito com o gaseamento, a questionar a utilização de seu trabalho.

Alguma força sobrenatural certamente o conduz por caminhos que levam ao de extermínio humano. As formas de suprimir a vida humana massivamente nos últimos anos contam com sua participação.

Poderíamos comparar Brack a Forrest Gump, aquele personagem do filme de mesmo nome, que acidentalmente e sem consciência está presente em todos os acontecimentos históricos da época em que vive.

Forrest enxerga, desde a infância, o mundo diferente das outras pessoas. É considerado idiota por boa parte das pessoas com quem convive, mas se considera esperto, quase genial. Tem um bom coração e participa involuntariamente de vários fatos da história americana. Como Brack, participa das histórias levado pelas circunstâncias.

No filme, enquanto conta suas peripécias, Forrest está sentado em um banco em uma parada de ônibus. A cada pessoa que se senta a seu lado, oferece um bombom, de uma caixa que carrega no colo.

Costuma dizer que "a vida é como uma caixa de bombons, você nunca sabe o que vai encontrar". A vida de Brack também é assim.

21

Depois de anos de trabalho, é programado o primeiro teste campal da bomba atômica. Brack tem sentimentos contraditórios. Fica feliz e orgulhoso pela conclusão do árduo trabalho, mas está apreensivo e temeroso pela destruição que a bomba causará.

Considera-se uma pessoa de bem, não deseja o mal de ninguém, só que, em todos os lugares onde trabalha, a morte é o produto. Gerar mecanismos para acabar com vidas é o destino do qual ele não consegue escapar.

Psicologicamente, chegou a seu limite. E vive um conflito interno; apesar de não se orgulhar por participar da criação de mecanismos para matar, sente-se rejeitado por não ter sua atividade científica reconhecida. A contradição do ser humano: se criar uma arma do mal seria motivo para querer permanecer anônimo, a vaidade, sempre ela, faz com que se queiram holofotes. Talvez quisesse ser reconhecido ainda que como cientista do mal.

Conclui que é um *loser* profissional. E a história não tem lugar para perdedores. Na vida pessoal a sina se repete: não criou laços afetivos duradouros, não constituiu família, não tem amigos, não tem filhos.

O Projeto Manhattan chega a seu final e os louros da vitória serão dos cientistas americanos. Brack resolve questionar Fuchs:

— Dr. Fuchs, me permite uma pergunta?

— Claro, Brack.

— Veja, dr. Fuchs, o senhor não sente que os americanos se apossaram de nosso *know-how* e fomos colocados em segundo plano? Sequer presenciaremos os testes de campo.

— Brack, nossos estudos foram absorvidos pelo projeto deles, isso é motivo de orgulho, estávamos no caminho certo.

— Mas, dr. Fuchs, o que fizemos foi muito importante. Mesmo assim, a equipe inglesa nunca é mencionada. Isso não o incomoda?

— Brack, nós dois somos alemães. Por que você está tão incomodado com o reconhecimento para os ingleses?

— É que nossa equipe, que tanto trabalhou, não será reconhecida.

— Pense de outra forma. A bomba atômica é o instrumento de matança mais cruel já desenvolvido, não me parece algo do que se orgulhar.

— Sei disso, dr. Fuchs. Mas a bomba exigiu muito trabalho.

— Engraçado esse modo de ver as coisas. Você ainda tem resquícios do nazismo, não faz julgamento moral dos próprios atos.

— Mas, dr. Fuchs, nós não seremos sequer mencionados, muito menos lembrados. Não reconhecer o trabalho conjunto de cientistas americanos e ingleses me parece falta de ética.

— Bom, Brack, para quem foi por anos médico e soldado do nazismo, desenvolveu o gaseamento e selecionou pessoas a serem mortas, a questão ética não me parece ser o maior dos problemas... — Com esse argumento, Fuchs encerrou a conversa com Brack.

» » « «

A guerra não começou de forma uniforme e não acabará de forma uniforme. Na Europa, o Eixo se rendeu, mas na frente asiática a situação não está consolidada.

O Japão recusa-se a se render.

Os Estados Unidos esperam alguns meses pela rendição e, como ela não se efetiva, lançam bombas nucleares em Hiroshima e Nagasaki.

Depois das bombas, o imperador Hirohito proclamou: "Não posso ficar assistindo enquanto meu povo inocente continua no sofrimento. Terminar a guerra é a única forma de restaurar a paz no mundo e livrar a nação do terrível tormento".

22

No pós-guerra, imigrantes que chegam aos Estados Unidos sentem-se acolhidos e, depois de muito sofrimento e miséria, incorporam-se rapidamente na sociedade americana, que ao menos um prato de comida e um emprego lhes garante. A sociedade americana está em crescimento, com uma industrialização pujante e muitos postos de trabalho.

Toda mão de obra é bem-vinda e a maior parte dos imigrantes é bem recebida. Somente aqueles que chegam de países inimigos na guerra são vistos com certa desconfiança.

Os empregos industriais são ocupados pelos americanos e boa parte dos imigrantes se torna mão de obra em serviços que os nativos não querem fazer, como limpeza pública, empregos domésticos, construção civil e outras funções com menor remuneração.

Brack, nesses poucos anos, assimilou os valores americanos. Sente-se vivendo em uma terra nova e promissora. A Alemanha era um país antigo que, levado pelo obscurantismo nazista, deixou seu povo sem nenhum direito, nem mesmo o de emitir uma opinião. Na América, a liberdade de expressão é um valor, jornais elogiam ou criticam os governantes, há uma profusão de raças e cores, oriundas de todas as partes do mundo. Ninguém quer saber do passado de ninguém, respeita-se a privacidade.

Por não fazerem muitas perguntas, Brack não tem dificuldade para preservar a identidade de ex-nazista. É conhecido apenas como um dos cientistas do Projeto Manhattan, um médico e cientista a serviço dos Aliados. Mesmo com essa identidade na nova terra, percebe que está na hora de partir para outro lugar.

— Professor Fuchs, creio que cumpri minha missão e dei o melhor para essa equipe maravilhosa. Agora, quero partir para novos desafios. Quero construir algo para mim mesmo.

— Brack, você teve fundamental importância na equipe e no projeto. Seus conhecimentos foram muito importantes. Acho que você deve permanecer conosco, pois certamente novas missões virão no período pós-guerra. A ciência precisa sempre progredir, temos muito a fazer.

— Doutor Fuchs, serei eternamente grato por ter me tirado da frente de batalha, mas agora quero me dedicar a projetos pessoais, o que nunca tive condições de fazer.

— Tem certeza de que não quer ficar conosco?

— Agradeço o convite e estarei em dívida minha vida toda, mas obrigado, dr. Fuchs. Agora quero me dedicar a uma jornada íntima, buscar algumas respostas para minha vida.

Fuchs acha que o pedido de dispensa de Brack decorre da falta de reconhecimento pelos seus feitos, mas acredita que, quando retornarem à Inglaterra, ele o convencerá a mudar de ideia.

O que Fuchs não sabe é que nunca mais verá Brack. E Brack nunca mais pisará em solo britânico.

》 》 《 《

Na leitura de um jornal, Brack ouve pela primeira vez falar no Brasil, uma terra que, segundo a reportagem, é alegre, de clima tropical, população mestiça e onde todos os imigrantes são bem recebidos.

O Brasil tem todas as características que Brack procura para sua nova vida. É um país distante da Europa e da América do Norte, de grande extensão territorial e muitas áreas de mata ainda não exploradas, um lugar perfeito para se esconder. Ninguém procuraria um ex-nazista em um país tropical.

Segundo a reportagem, o Brasil tinha clima agradável, povo hospitaleiro e de bom humor e bonitas mulheres.

Brack sabe que, no pós-guerra, os EUA são o novo centro do mundo. Continuar vivendo por lá não parece seguro. Como a Alemanha perdeu a guerra, os ex-nazistas serão caçados, aprisionados, julgados e mortos. A melhor decisão será fugir e o Brasil parece ser um bom destino.

» » « «

A passagem aérea para o Brasil custou caro. Na época, viajar de avião não era tão popular como é hoje e, para um país distante, o número de voos era restrito.

O voo comercial leva Brack até Buenos Aires, na Argentina. De lá ele embarca em um avião de pequeno porte que o leva até o interior do Brasil. Entra no país sem passar por qualquer controle imigratório, sem registro. Desembarca em Goiânia, capital de Goiás, estado que fica no Centro-Oeste brasileiro.

Com muita dificuldade de comunicação, não sabe para onde ir. Depois de muito procurar, encontra um inglês no pequeno aeroporto de Goiânia que escreve em um pequeno pedaço de papel o nome de uma cidade que estava em fase de construção. Era exatamente o que procurava. Consegue um táxi, mostra o papel e o motorista o leva até Israelândia.

Apesar da piada pronta, um ex-nazista se instala em Israelândia, cidade da zona rural de Goiás. Brack se hospeda em uma pensão para forasteiros de passagem pela cidade.

A primeira descoberta de Brack é que seus dólares valem bastante no Brasil. Tem o suficiente para comprar uma fazenda onde poderá criar gado, plantar e viver. Terá muito trabalho pela frente, mas a vida recomeça.

23

A pequena Israelândia fica no interior de Goiás, região Centro-Oeste do Brasil. Apesar do nome, o local não tem nenhuma relação com Israel ou com a comunidade judaica.

A cidade foi surgindo aos poucos, por pessoas atraídas para a região por histórias entre garimpeiros de que ali havia uma abundância de materiais valiosos, como ouro e diamante.

O povoado cresce com pessoas atraídas pela "corrida do ouro" e se torna uma cidade, ainda sem nome.

O acaso escolhe o nome. Como o homem mais rico da região, aquele que compra o ouro e diamante encontrados pelos garimpeiros, é o senhor Israel de Amorim, ele passa a ser a referência do povoado, e com isso surge Israelândia, a terra do seu Israel.

Israelândia recebe Brack, que muda de identidade poucos dias depois da chegada. Contrata um despachante, daqueles ratos de repartições públicas, e paga uma bela propina para conseguir o registro de identidade no cartório de Iporá, próximo a Israelândia.

Desaparece para sempre o dr. Brack, médico, cientista, integrante do exército nazista, e que auxiliou na criação da bomba atômica. Surge Antônio Pereira, brasileiro, um nome comum e com muitos homônimos, que não chama a atenção de ninguém. Um trabalhador rural, pecuarista, como muitos em Goiás.

Agora tem as suas terras. Inicia as atividades na fazenda com a criação de gado bovino da raça nelore. Compra cinquenta cabeças de gado e um boi garanhão reprodutor. Constrói uma horta próxima da sede da fazenda, onde cria uma plantação com vários tipos de verduras e legumes.

Nesse primeiro ano em Israelândia, Brack permanece a maior parte do tempo na fazenda; não quer circular pela cidade sem antes falar português, vestir-se como os caboclos da região e tornar-se um anônimo.

A casa da fazenda é simples e pequena. Tem três quartos, paredes bege e portas e persianas azuis. É uma casa térrea com telhado de calhas marrons e vegetação a circundando. Já estava lá antes de Brack comprar a fazenda, mas, durante o ano recluso, ele a reforma e pinta, tudo sozinho. Está feliz em fazer trabalhos caseiros, sem tensão.

» » « «

Depois do primeiro ano, começa a integrar-se com o povo da cidade. Age de acordo com a cultura local, mas, mesmo tentando não ser notado, se torna falado na cidade. O povo quer saber quem é o seu Antônio que comprou a Fazenda Mágico Eldorado, que em pouco tempo acumulou centenas de cabeça de gado e produz muito leite, queijo e carne.

Brack estranha o contato físico dos brasileiros. No Brasil, ao aperto de mão somam-se abraços e beijos entre os conhecidos.

O povo, por causa da pele clara e da cor dos cabelos de Antônio, o apelida de polaco.

Entre o povo, todo mundo sabe da vida de todos, dos namoros, brigas, separações, o que espanta Brack. Mas, como Israelândia é uma cidade nova, todos são migrantes de outros lugares, não sabem do passado uns dos outros, somente do que cada um conta de si mesmo.

O polaco logo cai nas graças de todos. Torna-se cada vez mais conhecido, é tido como uma pessoa de bem. E, como o principal criador de gado da cidade, em pouco tempo torna-se o fornecedor de carne dali.

» » « «

A mercearia do seu Toquinho era a "vendinha" de Israelândia. Com um balcão de madeira ao fundo, onde ficava a balança Filizola, o moedor de carne e o cortador de frios.

Além do balcão, a mercearia tinha uma geladeira e era repleta de prateleiras que armazenavam de tudo, latas de óleo de cozinha, detergente, sabão de coco, arroz e feijão plantados em seu próprio sítio, ovos e frangos da granja do seu Raimundo e agora carne do gado nelore do seu Antônio, o polaco.

Antônio aumentou o apetite dos carnívoros da cidade. A carne era macia, suculenta. Todas as semanas ele levava peças inteiras para a mercearia do seu Toquinho e o açougue do Rubens.

O próprio Antônio faz o abate dos animais e os desossa, entregando a peça de carne pronta para o consumo.

Apesar do pouco tempo de existência, Israelândia logo cria a tradição de, uma vez por ano, fazer uma festa em homenagem a São Sebastião, escolhido o santo padroeiro da cidade.

Estamos em 1947, e praticamente toda a população comparece à festa, lotando a praça central.

Antônio dá algumas voltas pela praça, cumprimentando a todos e brindando com um copo de cachaça nas mãos. De repente, avista uma moça que atrai sua atenção. Não consegue tirar os olhos dela; fica hipnotizado, quer conversar com ela. Ele ainda não sabe, mas está prestes a conhecer sua futura esposa, Iracema.

Com grande timidez, a cachaça aumenta a sua coragem. A moça está acompanhada dos pais e para falar com ela é necessário ter a autorização deles. Ele saúda os pais e pede a permissão para cumprimentá-la e conversar um pouco. Os pais de Iracema sabem da boa fama do polaco e concedem a permissão, inclusive para que dancem juntos pela primeira vez.

Congadas e catiras estão sempre presentes nas festas goianas. Na congada dois grupos de homens, vestidos com lenços vermelhos e azuis, simulam uma batalha, enquanto cantam e dançam ao som de viola e percussão. Já na catira, duas fileiras de homens, uma de frente para a outra, saltam, batem palmas e os pés no chão.

O polaco não sabe dançar nenhuma dança, nem de Goiás ou de qualquer parte do mundo, mas, animado pelas cachaças e para impressionar Iracema, entra na folia. Pula e requebra o corpo de forma desengonçada. Apesar da falta de jeito, ela gosta da alegria e espontaneidade de Antônio.

Desde que a avistou, Antônio teve a certeza de que ela seria sua mulher. Amor à primeira vista e para a vida toda. Ao final da festa, ele, em um gesto de ousadia, pede aos pais para passear com Iracema pela praça central nos próximos dias. Novamente a autorização é concedida.

» » « «

Iracema se anima a sair outras vezes com Antônio. Depara-se com um homem atencioso e divertido, apesar da feição sempre séria. Conclui que a sisudez não passa de uma forma de disfarçar a timidez. Depois que ganha intimidade, Antônio se solta, se torna falante e interessante. Não chega a ser alegre como no dia em que se conheceram, pois provavelmente estava bêbado naquela ocasião.

Antônio é mais velho que Iracema, que tem cerca de trinta anos e é uma belíssima morena que faz jus ao nome do romance de José de Alencar. A Iracema de Israelândia também é pura. A virgindade é uma questão de honra nos interiores do Brasil. Os pais de Iracema e a sociedade israelandense esperam que ela, como todas as moças de boa família, perca a virgindade somente após o casamento.

Os passeios pela praça, que não passam de voltas circundando o coreto e de se sentarem para conversar em algum banco de madeira, confirmam para Antônio que Iracema é a mulher de sua vida. A cada encontro, a cada vez que se aproxima dela, o coração acelera, os pelos do braço se arrepiam e o corpo se retesa. Nunca teve muito tempo para mulheres na vida, mas nunca sentiu nada parecido com as poucas garotas que conheceu.

Após algumas semanas, Antônio toma coragem e pede Iracema em namoro e ela prontamente aceita. Ele refaz o pedido de namoro para os pais dela, que concordam. Nos primeiros meses, o namoro será respeitoso, sem intimidades. Por ordem dos pais de Iracema, eles se encontram na frente da casa dela, em um degrau próximo ao portão. Da sala, os pais dela estão sempre vigilantes.

Sentindo a seriedade das intenções de Antônio, o namoro migra para dentro da casa, ainda com o devido acompanhamento. O amor, a amizade e a cumplicidade entre Iracema e Antônio são muito grandes, parecem almas gêmeas. E, depois de três meses de namoro, ficam noivos em uma cerimônia para familiares realizada na fazenda de Antônio.

Depois de seis meses de noivado e de um amor que não para de crescer, eles se casam. A rapidez em casar levanta suspeitas na cidade de que Iracema poderia estar grávida, o que não procedia. A pressa do casal foi por querer passar a viver sob o mesmo teto o mais rápido possível; um não suportava mais a ausência do outro.

A festa de casamento reúne toda a cidade. Antônio não tem família presente, é filho de poloneses mortos em um bombardeamento alemão na Primeira Grande Guerra. Ele foi trazido ao Brasil por um tio ainda criança, essa é a história que ele conta.

Para compensar, toda a família de Iracema está presente.

O casamento tem a benção de todo o povo, é a união de um homem trabalhador e de uma moça de família, um casal perfeito, uma união fadada ao sucesso. E, confirmando as previsões e orações, o casal será muito feliz.

Desde o primeiro dia de casados, Antônio trata Iracema como uma princesa, não se vê como chefe da família, são iguais e compartilham todas as decisões. A ela nada deixa faltar, mas, além de qualquer necessidade para o lar, mostra-se carinhoso, respeitoso e sentimental, apesar da origem polaca.

No dia 5 abril de 1950, nasce o único filho do casal. A gravidez de Iracema é complicada desde o início, com riscos de perder o bebê. Iracema sente muitas dores, tem vários sangramentos. Antônio toma todos os cuidados para que a gravidez se mantenha. Apesar da escassez de remédios em Israelândia, se vira com o que consegue. Como complemento, faz massagens com suavidade para diminuir dores e cólicas e canta para a barriga da esposa grávida, conversando com o bebê.

Além dos cuidados médicos, cuida dos afazeres domésticos para que Iracema fique o maior tempo possível em repouso. Mostra-se um cozinheiro razoável e esforça-se para manter a casa limpa. Sai pela manhã para cuidar do gado e das plantações e volta o mais rápido que consegue para cuidar de Iracema. Ela se sente segura, recebe todo o amor do mundo. Antônio entende todas as variações de humor. Dá carinho quando ela chora, aceita pacientemente as brigas por motivos fúteis como uma batata mal cozida ou um lençol mal dobrado.

Até que chega o dia em que Iracema, logo após o almoço, sente fortes e contrações, uma dor insuportável. Antônio pede a ela que se deite e inicia o trabalho de parto, como um verdadeiro profissional, muito seguro e consciente do que fazia. Iracema não sabia que o marido era médico, espanta-se com a habilidade técnica.

O parto é bem-sucedido e a criança nasce com três quilos e meio, chorando e sorrindo. O menino tem saúde perfeita, cabelos ralos e algumas manchas avermelhadas, típicas em recém-nascidos, mas que sumirão aos poucos. Iracema e Antônio choram de emoção com o filho em seus colos, a maior joia da vida de ambos.

A notícia do nascimento corre a cidade e as pessoas se deslocam até a fazenda do casal para visitar o rebento. Antônio não segura a felicidade, sorri sem parar e distribui abraços e charutos a todos os visitantes. Em sua terra natal, distribuir charutos simbolizava a felicidade pela vinda de um filho. Com o nascimento, sente-se finalmente um homem realizado; a vida agora é repleta de sentido. Tudo se transforma.

》 》 《 《

Com o fim da guerra, as coisas aconteceram para Brack exatamente como ele planejou. Conseguiu mudar de identidade, mudou de país, tornou-se fazendeiro e pecuarista, conheceu Iracema, casou e teve um filho maravilhoso. Nada poderia ter saído mais perfeito; passou a viver em um país tropical, tem uma família modelo, uma fazenda e é querido por todo o povo de Israelândia.

Todos os ingredientes para viver feliz até o fim da vida estavam presentes. Só que a complexidade do ser humano extrapola qualquer planejamento racional. A mente de uma pessoa pode complicar sua vida, expor uma perturbação que jazia escondida, em algum canto remoto da consciência. Apaga-se a vida pregressa, não a mente pregressa.

No caso de Brack, a morte o acompanhou por toda a vida, e agora parece que, de alguma forma, sente falta em lidar com ela. Tem a vida pacata que sempre quis, só que não tem a adrenalina de matar, não tem o poder que representa ter outra vida em suas mãos. Pensamentos instáveis o habitam cada vez mais e de forma cada vez mais perturbadora, da forma como diz o ditado: mente vazia, oficina do diabo.

A morte faz falta. Há uma espécie de abstinência, causada por largar um hábito viciante. Falta em matar, torturar, lidar com a morbidez. Brack, agora Antônio, entra em conflito interno e descobre que a falta de empatia que faltava aos nazistas também faz parte do seu ser. Você pode tirar a pessoa do nazismo, mas não o nazismo da pessoa.

Sem uma guerra para justificar a matança de pessoas, terá que buscar outras formas de atender a esse desejo. E, neste momento, a única possibilidade será com a morte cruel dos animais da fazenda.

Ainda que de forma paliativa, abater animais do gado vendo o sofrimento, para em seguida desossá-los e cortar a carne, o manterá com o poder de ter a vida de outro em suas mãos. Aquele olhar de piedade antes do golpe da morte traz satisfação. Brack fugiu pelo mundo para escapar das atrocidades que participou, virou Antônio, mas não escapou de si mesmo. Matar é que alimenta a sua alma.

PARTE TRÊS

"O direito ao esquecimento é o direito de não ser lembrado
eternamente pelo equívoco pretérito ou por situações
constrangedoras ou vexatórias, ao ponto de a pessoa desejar
que o evento seja esquecido ou que, ao menos, o assunto
não seja reavivado por qualquer membro da sociedade."

"Do direito ao esquecimento ao direito a ser esquecido", de Nelson Rosenvald

"Esquecer é uma necessidade. A vida é uma lousa,
em que o destino, para escrever um novo caso,
precisa de apagar o caso escrito."

Machado de Assis

24

Desde a mais tenra infância, Marlon cuidou do gado da fazenda de sua família. Ordenhou vacas, tocou os bois na pastagem, tratou das plantações e ao final do dia conduziu os dois cavalos ao celeiro. Criar cavalos foi a última decisão do pai. Um casal de manga-largas marchadores com pelagem marrom, crinas quase pretas, porte elegante e extremamente dóceis.

Herdou do pai a habilidade para testar todas as coisas que passassem por suas mãos. Realizou experiências com os animais, abrindo-os, estudando a função de cada órgão e verificando os comportamentos em diferentes situações, como de excesso ou de privação de alimentos, reações a modificações neurológicas e amputações. Experimenta dar as mais diversas drogas aos bichos, buscando aumentar a produção de leite.

Aprendeu com o pai a abater bois no laboratório improvisado nos fundos do celeiro. Na sequência da matança, o animal é lavado, posicionado em um corredor feito com sobras de madeira, sem espaço para movimentação e morto por uma pistola (por um tempo, Antônio utilizou a pistola alemã dos tempos de guerra e assim ensinou a Marlon) com um tiro no crânio. A morte é imediata.

Em seguida, o cadáver é pendurado de cabeça para baixo, içado pelas patas para ficar com o pescoço exposto. Nessa posição começa o desmonte, primeiro escorrendo todo o sangue, depois cortando chifres, patas e rabo e, por fim, retirando o couro e abrindo o abdômen para a separação das vísceras. A carne, mantendo a tradição que começou com o pai, abastece o açougue e o armazém da cidade.

A necessidade de melhorar os métodos do pai gera a primeira invenção. Para realizar as experiências cerebrais nos animais, seria melhor se o tiro do abate não dilacerasse metade do crânio. Resolve aposentar a pistola alemã do pai e desenvolve uma pistola de pressão que atinge a região central do cérebro e faz com que o animal desmaie. O desmaio dura em média cinco minutos, tempo suficiente para içá-lo pelos pés e, com um corte certeiro no pescoço, retirar a vida. O método não necessita de munição e preserva o crânio para as pesquisas.

Os experimentos são feitos em centenas de animais; Marlon começa a se sentir um expert neurológico dos bois. Além disso, faz experiências com tudo que encontra. Nota que não há mais como expandir seus conhecimentos em Israelândia, chegou ao ponto máximo. Hora de conversar com Iracema:

— Mãe, queria pedir tua opinião sobre uma coisa...

— Claro, meu filho, pode falar.

— Ando pensando em ir pra Brasília, para fazer faculdade e desenvolver minhas habilidades. Não vejo muito futuro aqui em Israelândia...

— Meu filho, você leu meus pensamentos. Você tem a vida toda pela frente, é um menino inteligente, tem que buscar novos horizontes, tem que estudar e progredir. Eu já vinha pensando em como te falar isso, mas que bom que você viu as coisas como eu.

— Puxa, mãe, que bom que a senhora pense assim. O que me dói é deixar a senhora aqui, não quero te largar.

— A gente cria o filho para o mundo e não para nós. Vai com Deus, meu filho, e me liga pra contar as coisas, tá bom?

— Claro, mãe, te amo!

Duas semanas depois, Marlon parte para Brasília. Deixou os funcionários preparados para cuidar da fazenda e da mãe. Irá ligar todas as semanas para saber como as coisas estão. Com uma pequena mala de roupas e um pouco de dinheiro, se muda. Adeus, Israelândia.

» » « «

Em Brasília, Marlon recupera o tempo perdido. Trabalha durante o dia como caixa de banco e estuda à noite. Conclui o supletivo, estuda todos os finais de semana em um curso preparatório e consegue ser aprovado na Universidade de Brasília.

Na faculdade de engenharia é o melhor aluno da sala. Os professores o avaliam com inteligência privilegiada e muita dedicação. Ao longo do curso, coleciona notas altas.

Com louvor, Marlon forma-se em 1975. É eleito o melhor aluno da turma e vira orador na festa de recebimento do diploma. No discurso, prega que o verdadeiro engenheiro não é aquele que repete fórmulas pontas, mas aquele que consegue melhorar qualquer coisa, seja mecânica ou eletricamente. Infelizmente, no dia da formatura a mãe teve um grave problema na fazenda, um princípio de incêndio, e não conseguiu comparecer.

Quando conclui a faculdade, Marlon já está contratado pela Telecomunicações de Brasília, empresa que comercializa telefones fixos. Chegou a hora de colocar em prática tudo que aprendeu nos estudos.

Com habilidades para experiências práticas, Marlon se destaca. Suas inovações em engenharia elétrica logo são reconhecidas na empresa e ele é transferido para o laboratório de pesquisa de novas tecnologias, onde atua com dedicação. Durante quase dois anos, o laboratório da empresa é sua moradia. Trabalha além do expediente, vira noites pesquisando, experimentando, explorando ao máximo tudo que tem à disposição.

Com tamanha dedicação, é nomeado gerente da área de pesquisa e desenvolvimento. Tem inúmeras ideias para desenvolver, muitas criações para melhorar a qualidade das ligações telefônicas.

A empolgação não dura muito tempo. Marlon descobre que a empresa, com controle estatal, não tem recursos financeiros para patrocinar muitos experimentos. Logo ele percebe que os limites orçamentários não permitem muitas atividades e, praticamente, impedem a empresa pública de atuar em inovação.

Marlon não se conforma com tantas limitações. Não há dinheiro para pesquisa e desenvolvimento.

Se as empresas eram deficientes, os salários pagos a seus funcionários eram bons. Isso levava a uma cumplicidade pela qual a empresa não investia, mas os funcionários não reclamavam, pois eram bem remunerados.

Como não consegue avançar, aos poucos entra em um processo depressivo. Se isola em casa aos finais de semana, deixa de tomar cerveja com os colegas do trabalho, alimenta-se mal e emagrece a olhos vistos. Os amigos preocupam-se e sugerem que ele faça algum tipo de terapia, mas ele se recusa.

Inácio, o amigo mais próximo, com muito esforço consegue tirar Marlon de casa e levá-lo a um boliche para conhecer Irineu, engenheiro como ele, mas com outras perspectivas.

Filho do dono de uma grande construtora, Irineu está levantando novos prédios em Brasília. É um empreendedor, um filhinho de papai. Inácio acha que colocar Marlon em contato com pessoas bem-sucedidas poderá lhe dar novo ânimo.

Pode-se dizer que Irineu é um playboy ostentador, só que ele é mais do que essa imagem. Acionista e diretor financeiro na construtora do pai, estudou toda a vida no exterior e formou-se no MIT (Massachussets Institute of Technology) em Cambridge, nos Estados Unidos, uma das melhores universidades do mundo, onde conviveu com a excelência da engenharia e com colegas que mais tarde viriam a ganhar até o Nobel de Física e Química.

Foi treinado a ser um empreendedor, uma liderança capaz de gerar riquezas a si mesmo e à família tendo o pai como modelo.

Algumas doses de uísque, entre jogadas desastradas no boliche com muitas canaletas, estimulam uma conversa fluida sobre telecomunicações, e Irineu se impressiona com a inteligência e conhecimento técnico de Marlon.

Da mesma maneira, Marlon, que pensou ser Irineu mais um fútil riquinho, percebe um amplo conhecimento empresarial e financeiro. Irineu ouvia tudo que era dito, prestando muita atenção em cada detalhe. Mesmo com a diferença social, têm afinidade e começam a encontrar-se com frequência. Irineu acha Marlon genial, com concepções científicas avançadas, mas limitado pelo seu mediano emprego, e Marlon acha Irineu alguém que traz conceitos técnicos importantes por ter estudado no exterior.

Certa noite, jantando no Roma, um dos melhores restaurantes de Brasília, entre taças de um bom vinho italiano, de forma despretensiosa conversam:

— Marlon, desculpe a curiosidade, mas há quanto tempo você trabalha nessa empresa de telecomunicações?

— Acho que faz uns dez anos. Não sou muito bom para datas, mas acho que é por aí.

— Dez anos... Muito tempo na mesma empresa, né? Não tem vontade de mudar de trabalho?

— Não entendi. Você acha dez anos muito tempo em um trabalho? Conheço muitas pessoas que passam a vida na mesma empresa. Estabilidade não é necessariamente uma coisa ruim.

— O problema não é o tempo na empresa ou a estabilidade. Acho as telecomunicações uma área promissora, a área do futuro. E você é um dos caras que mais conhece do assunto, me impressionei muito com suas ideias, mas me parece que tem grandes limitações na empresa.

— Tenho limitações, sim, mas a empresa é meu ganha-pão. Ela que garante a sobrevivência e alguns poucos luxos que me permito. E na realidade a Telebrasília é uma boa empresa, uma pena que não consiga ter maiores investimentos. Mas não desvalorize o meu trabalho.

— Jamais desvalorizaria, ao contrário. Tenho certeza de que é uma boa empresa, mas não tem dinheiro para investir, parou no tempo. E sabe por quê? Porque empresa de governo nunca tem dinheiro. O dinheiro do Estado tem outras prioridades como saúde, educação e por aí vai. E o pouco dinheiro que chega nas empresas estatais é roubado pelos políticos que as administram. Qual a verba no laboratório de pesquisas?

— Para falar a verdade, este ano estamos sem verba. Não tenho nem como dar andamento nas pesquisas iniciadas. Mas ainda não entendi onde você quer chegar... — Marlon não sabe se Irineu está sendo irônico fingindo se importar com ele ou se tem alguma outra intenção.

— Eu quero chegar onde você já chegou. O que quero te mostrar você mesmo enxergou.

— Como assim?

— Você sabe das limitações da empresa, sabe que não há recursos para desenvolver nada nem para fazer intercâmbios. Sabe que tem talento para desenvolver novos produtos, mas não tem os insumos necessários. Estou errado?

— Não está errado, mas não vejo alternativa para mim. Dependo do salário para viver e ele não é ruim, tenho estabilidade. Não tenho uma vida como a sua, não nasci em berço de ouro e tenho que me sujeitar a algumas limitações. — Marlon parecia incomodado pela intromissão em sua vida.

— Marlon, vou repetir, não quero ofender ou invadir sua privacidade. Sou seu amigo faz poucas semanas, mas acho um desperdício alguém com sua inteligência e talento ficar em uma zona de conforto, em um emprego que não te realiza e não acrescenta aos seus objetivos. O que você vai criar em um laboratório que não tem recursos?

— Irineu, sei de tudo isso, mas é o que eu tenho para o momento. Temos que saber viver com os limites que a vida nos impõe.

— Sabe por que falo tudo isso? Porque você é um cara genial, com potencial de tornar-se um dos maiores cientistas do Brasil. Eu convivi com muita gente boa e você é melhor do que todos eles. Só que está numa empresa sem futuro, que nunca será como as empresas privadas de pesquisa e tecnologia.

— Irineu, o que não tem solução, solucionado está. Se não tenho alternativa, tenho que continuar na Telebrasília.

— Chegamos onde eu queria. Não quero ser pretensioso, mas você sabe de minha formação e da minha situação financeira. Não falo isso para ostentar, apenas para pontuar o que quero te propor.

— Propor? Como assim?

— Sim, tenho uma proposta pra você. Sou um empreendedor e quero investir em pesquisa e criação de novas tecnologias no Brasil. Algo que, se der certo, pode mudar tua vida e a minha, além de proporcionar um grande desenvolvimento tecnológico para o país.

— Não entendi. O que seu empreendedorismo tem a ver comigo? Se cogita alguma sociedade comigo, esqueça. Não tenho condições para isso. Minha condição é de empregado, não tenho um centavo para investir.

— A proposta que tenho muda essa condição de empregado. Proponho que você saia da Telebrasília, abandone a vida de funcionário público e trabalhe comigo.

— E serei seu empregado?

— Não. Quero investir em você. Me proponho a financiar um laboratório com o que há de melhor no mundo para fazer pesquisas e desenvolver novos produtos. Para criar, inventar, fazer o que quiser. Seria o seu próprio laboratório.

— Que papo é esse de investir em mim? Peraí, você é gay?

— Marlon, não sou gay e ainda que fosse você é muito feio. Estou propondo um negócio. Eu invisto no seu talento, você cria produtos e dividimos o lucro pela venda dessas invenções. Entendeu?

— Mais ou menos. Me explique melhor.

— Eu financio a construção do laboratório e as despesas por dois anos. Em compensação, serei dono de metade do que você inventar ou produzir; metade dos royalties será meu. É um negócio, não é um ato de caridade. A gente vai colocar tudo no papel, em um contrato. Eu como investidor e você o inventor.

— Agora entendi. Você quer ser mecenas. O criador e a criatura.

— Não tem nada de mecenas, eu quero ganhar dinheiro, enxergo a oportunidade de investimento. Sei que em pouco tempo você criará produtos rentáveis e ganharemos juntos. Seremos sócios, o talento e o capital. Eu nem vou aparecer no laboratório, você terá liberdade total de criação, eu apenas vou querer minha metade dos lucros. E, se não houver lucro, fechamos as portas e você não me deve nada.

— Não dá pra negar que a proposta é tentadora. Mas não sei, não... preciso pensar. Teu papo me pegou de surpresa, nunca pensei em deixar a empresa.

No resto do jantar, a proposta foi esmiuçada em detalhes. As conversações duraram semanas, entre cervejas, caipirinhas e uísques, até que construíram um consistente projeto de empreendimento. Marlon se convence de que poderá ter um futuro melhor fora da empresa, com o próprio laboratório e recursos dos mais modernos para desenvolver pesquisas de ponta. Chegou a hora de arriscar.

Desenhado o projeto, fazem um tour pelos principais laboratórios de pesquisa e desenvolvimento de novas tecnologias do país, conferindo o que há de melhor. Não encontram nada que impressione muito e concluem que há espaço para o laboratório que querem construir.

Concluído o *business plan*, o advogado de Irineu faz o contrato com as regras da sociedade e os direitos e deveres de cada um. Quinze dias depois, Marlon desliga-se da Telebrasília sem comentar sobre os planos futuros. Os colegas estranham que ele renuncie à estabilidade do emprego; Marlon sempre foi meio esquisito mesmo. Para Inácio, o amigo que o apresentou a Irineu, comenta sobre a nova empreitada e recebe os votos de sucesso e felicidade.

Tem início a construção do laboratório. Usando a própria construtora, Irineu imprime um ritmo veloz na obra, aloca o melhor mestre de obras para que tudo fique pronto em tempo recorde. Não economiza recursos para que o laboratório conte com as melhores instalações.

Em paralelo, Marlon vai para a Europa visitar empresas de telecomunicações para conhecer os mais modernos equipamentos e o *know-how*. Estamos em 1985 e há uma expansão comercial de novas tecnologias, tais como a eletrônica de estado sólido e os microprocessadores com enorme capacidade de armazenamento e operação. Marlon trará equipamentos para implementar tais tecnologias no país.

Com trinta e cinco anos, é a primeira vez de Marlon na Europa. Ainda que movido pelo trabalho de buscar equipamentos, arruma tempo para conhecer um pouco da Suécia, onde faz um estágio de quinze dias na Ericsson, em Estocolmo. A empresa, fundada em 1876 como uma loja de reparos em telégrafos, cresce enormemente por décadas e é uma gigante no desenvolvimento de novas tecnologias. Está presente no mundo todo, sendo reconhecida por uma tecnologia de excelência.

Meio mês com grandes engenheiros da Ericsson valem anos de progresso para Marlon. Absorve ao máximo tudo o que é ensinado. Mantidas as devidas proporções, quer que seu laboratório tenha a melhor tecnologia do Brasil, que seja a Ericsson dos trópicos. Ao final do estágio, combina de manter contato com os colegas suecos, trocando experiências e progressos.

Quando retorna da Europa, o laboratório está montado com todas as especificações solicitadas, tudo da forma que Marlon pediu. Laboratório de primeira linha, dos mais modernos que existem. Com a chegada dos equipamentos de telecomunicações da Europa, o laboratório estará completo.

》 》 《 《

Aos dois meses de funcionamento, o laboratório começa a decolar. Marlon sente-se cientista novamente, mas com liberdade de fazer as pesquisas que quiser, sem obedecer a ordens ou hierarquia.

O laboratório conta com tecnologia de ponta e cinco promissores auxiliares, alunos de engenharia em Brasília, na mesma UnB onde Marlon estudou. Os meninos de Marlon, como ficam conhecidos na vizinhança, são nerds com promissoras carreiras, muita vontade de trabalhar e que nutrem uma enorme admiração por Marlon, que consideram um gênio e guru.

Além de muitas bancadas de trabalho para experimentos, o laboratório tem uma cozinha com geladeira, fogão e uma mesa para almoço. Ao lado da cozinha, dois banheiros e uma sala nos fundos, que Marlon transforma em escritório pessoal.

É uma estrutura inigualável, mas não há tempo para deslumbre ou contemplação. Irineu quer recuperar rapidamente o investimento, necessita de criações com valor no mercado, quer rapidamente recuperar o que gastou e começar a ter lucro. De forma sutil, começa a pressionar Marlon por resultados.

A necessidade de criar produtos e obter resultados desagrada Marlon, criando um bloqueio criativo. Resolve focar suas pesquisas em telecomunicações. Conhece as deficiências e as necessidades da indústria e em poucas semanas produz a primeira invenção do laboratório.

Desenvolve uma fiação resistente a puxões, torções e trancos que, imagina, fará grande sucesso. O fio "inquebrável" para telefone fixo é uma utilidade mais do que necessária, as pessoas andam pelas casas com o telefone nas mãos e estragam os cabos. Aumentando-se a resistência o problema está solucionado, todos vão querer um cabo telefônico muito mais resistente. Será um estouro de vendas.

Só que a invenção não agrada a indústria. Um fio de alta resistência aumenta a vida útil do telefone, ou seja, as pessoas trocarão de aparelho com menor frequência e as vendas diminuirão. Não adianta vender fios e parar de vender telefones. A indústria rejeita a invenção. O mercado não é tão simples de entender e de atender.

Faz em sequência pequenas invenções que igualmente não geram interesse. Com tantas rejeições, Marlon começa a duvidar de si mesmo; talvez a genialidade teórica não tenha utilidade prática. Ter respeito acadêmico não significa sucesso empresarial. Só que desta vez não há tempo para depressão: ele está fazendo o que sempre quis, com o próprio laboratório e liberdade de criação. Criar algo não depende de ninguém, mas as ideias não surgem, há um bloqueio para imaginar novos produtos.

A tão sonhada invenção surgirá por acaso. É uma quarta-feira de muito calor e ar seco em Brasília, Marlon está na sala privativa nos fundos do laboratório, descansando. Depois de rachar uma feijoada com os auxiliares, está jogado na poltrona sem conseguir se mexer e quase cochilando quando o telefone toca:

— Alô — Marlon atende com um pequeno arroto de feijoada.

— Quem está falando? — pergunta a voz do outro lado.

— Quer falar com quem? — responde Marlon impaciente.

— É o Marlon quem fala?

— Sim, sou eu. Quem fala?

— Marlon, meu amigo. Não se lembra de mim? Não reconhece minha voz? Pense bem...

— A voz não me é estranha, mas não estou reconhecendo, quem é, caralho?

— Marlon, tenho um assunto sério a tratar contigo, algo de seu interesse e que não posso falar pelo telefone. Quero que me encontre no eixo monumental, em frente da Catedral em construção em meia hora.

— Mas quem está falando? Eu não falo com pessoas sem saber quem é, não vou a lugar nenhum sem saber do que se trata! — O tom da voz de Marlon é raivoso, está quase gritando.

— Marlon, me encontre em meia hora na Catedral. Entre e me espere nos bancos do fundo. Trataremos o assunto pessoalmente. Não vou adiantar nada pelo telefone. Se você for prudente, deve ir lá — e a voz misteriosa desliga.

— Eu não vou se não souber... — e a ligação é encerrada sem que Marlon consiga terminar a frase.

Ainda prostrado no sofá, soltando os gases da feijoada e sentindo-se pesado como um hipopótamo, Marlon diz a si mesmo que não vai encontrar alguém que nem sabe quem é. Pode até ser algum bandido atraindo-o para uma armadilha, um assalto ou coisa do tipo. Decididamente, não deve ir.

Mas, à medida que os minutos vão passando, a curiosidade aumenta a ponto de se tornar incontrolável. Tomado pela curiosidade, ainda contrariado, decide ir ao encontro do desconhecido. Não sossegaria se não soubesse do que se tratava.

Contrariado com sua própria fraqueza por não controlar a curiosidade, Marlon pega um táxi e ruma para a catedral. De mau humor, não quer saber de conversa com o taxista e rejeita as tentativas. Não quer falar do calor, do governo, ou seja lá do que for. Não entende essa mania dos taxistas brasileiros de puxar papo. Em cerca de quinze minutos, chega na Catedral, mas não há ninguém por lá.

Dá uma volta pelo entorno da igreja e não vê ninguém. Entra e aguarda sentado no banco dos fundos, sem saber muito bem a quem ou por quê.

A catedral de Brasília é uma obra-prima da arquitetura moderna. Com setenta metros de diâmetro, tem dezesseis colunas de concreto que se elevam num formato hiperboloide. O desenho remete à coroa de Jesus Cristo na Paixão ou a mãos estendidas em formato de súplica.

Depois de admirar a catedral por quase uma hora, Marlon se dá conta de que foi vítima de uma brincadeira de mau gosto. Ninguém apareceu para encontrá-lo. Fica furioso por ter sido tão trouxa, por ser enganado tão facilmente. Pega outro táxi para voltar ao laboratório. Perdeu tempo e dinheiro.

Ao chegar no laboratório, vai direto para sua sala privada, para recompor-se antes de voltar ao trabalho com a equipe. Mal se senta no sofá, o telefone volta a tocar:

— Alô — Marlon atende distraído.

— Marlon, sou eu de novo. Você foi até a igreja?

— Quem é você, seu filho da puta? Fui até a Catedral e não havia ninguém além do pessoal da obra. Tá querendo me fazer de palhaço? Fala logo quem é....

— Mas, Marlon, você entrou na igreja como eu orientei e me procurou? — insistiu em perguntar a voz misteriosa.

— Sim, fiquei lá por uma hora. Olha, vou acabar com você, seu cretino. Acha legal fazer os outros de trouxa?

— Ficar na igreja não lhe trouxe paz. Aquele silêncio, poder sentar-se e pensar, refletir, isso não lhe trouxe paz, você não está mais brando?

— Como assim? Olha, vou desligar, tenho mais o que fazer...

— Não entendeu a piada ainda. Ficar mais calmo, mais brando. Você não é o Marlon Brando? — e a voz solta uma grande gargalhada e desliga.

Tudo não passou de um trote telefônico e Marlon se sente o maior idiota do mundo por ter caído. Nos trotes, alguém liga anonimamente, trola a outra pessoa e desliga. Não se sabendo quem ligou, não há o que fazer a não ser lidar com a raiva por ter caído na brincadeira.

Os trotes eram comuns nessa época, até a polícia era vítima dessas ligações. Engraçadinhos ligavam, relatavam falsos crimes e a polícia ia até o local indicado, não encontrando nada.

Outros alvos dos trotes eram as pessoas que têm nomes engraçados ou que permitem trocadilhos e outras idiotices. Como a vítima não sabe quem ligou, não há o que fazer. Sobrenomes como Pinto, Rego, Virgem, Pureza etc. aprendiam a lidar com esse tipo de trote que acontecia com frequência.

Puto da vida, Marlon percebe que foi apenas mais um otário a cair no trote. Até quando os trotes existiriam? Até quando os engraçadinhos ficariam impunes às suas brincadeiras?

E nesse momento Marlon tem uma iluminação. Um estalo se dá em sua cabeça, e surge a ideia que vai mudar sua vida. A ideia é tão óbvia que ele se culpa por não ter pensado nisso antes. Os trotes existirão enquanto não se souber quem está ligando, mas, se houver uma maneira de saber quem liga, isso acaba.

Ele vislumbra a maior invenção da história das telecomunicações. Um marco que mudará a forma das ligações telefônicas. Uma solução simples: criar um mecanismo que identifique quem está ligando, o número de quem faz a chamada. Será o final do trote, o conforto de atender a ligação sabendo quem está ligando.

Na mesma hora, vai até a bancada principal do laboratório, reúne os auxiliares e compartilha a ideia. Todos ouvem atentamente, refletem e concordam que a ideia é fenomenal, uma mudança para a vida de todos que usam telefones, mas ninguém tem ideia de como desenvolver algo dessa magnitude e em escala industrial. Não sabem nem por onde começar.

Só que Marlon, que entende muito de telecomunicações e do funcionamento das centrais telefônicas, sabe como começar. Explica o projeto que se desenhou sua cabeça. O que precisam inventar é apenas um estágio a mais dentro de uma chamada por telefone.

Explica para os auxiliares o passo a passo de uma ligação telefônica, a complexidade técnica envolvida em uma simples chamada.

Quando se faz uma ligação e se estabelece uma comunicação, a voz de quem fala entra pelo aparelho telefônico, que a transforma em sinais elétricos. Tais sinais elétricos trafegam pelos cabos e por, no mínimo, duas centrais telefônicas de trânsito, até finalmente chegar ao telefone chamado, onde são decodificados e transformados em voz novamente.

Marlon projeta que, se o número chamado tiver um mecanismo capaz de transformar as frequências de sinais em linguagem binária, poderá ter uma solução em que, além da voz, o número que discou será identificado. Só precisa criar um sistema de decodificação de sinais, algo comparável ao que seu pai Antônio (dr. Brack) fez com o sistema Enigma e que Marlon desconhecia.

Não há milagre, nada se cria sem esforço. Depois da inspiração vem a transpiração. São meses com um incessante trabalho, virando noites, realizando pesquisas, simulações e protótipos. Mesmo com todo o esforço, desenvolvem um mecanismo que falha na etapa da codificação, o que impede a identificação do número que efetua a ligação.

Empacado em um grande problema técnico, Marlon liga para os colegas da Ericsson, aqueles que conheceu quando fez o estágio por lá. Por sorte, descobre que a Ericsson também desenvolve um projeto identificador de chamadas e está num estágio mais avançado. Com alguns detalhes técnicos que os suecos repassam até com certa inocência, Marlon obtém a solução procurada.

Poucos dias após a troca de ideias com o pessoal da Ericsson, surge um pequeno aparelho, uma caixinha plástica retangular que Marlon apelida de CIDA (abreviatura de cidadão). É uma caixa plástica, presa com quatro parafusos e lacrada, com um visor na parte frontal, onde será exibido o número chamador. É o primeiro protótipo da CIDA.

O protótipo é testado à exaustão por meses, até que chega ao formato final. A CIDA está pronta para ser produzida em escala industrial, pronta para ser comercializada.

Para garantir seus direitos, Marlon apresenta o pedido de patente da CIDA junto ao INPI, que é atendido.

25

Obcecado em solucionar o enigma de quem matou Helena, Mauro visita os donos dos Monzas pré-selecionados após a triagem, em ritmo frenético. Solucionar o crime não é somente um desafio para um profissional da elite dos investigadores; tornou-se uma questão pessoal. Mauro não descansará até que consiga pôr as mãos no psicopata que matou a menina, e sabe-se lá o que fará depois que chegar a ele.

Sua primeira visita é em Campinas, cidade a 95 quilômetros da Capital, a maior cidade do interior paulista. Mauro conhece bem a cidade, trabalhou para muitas indústrias por lá e não tem dificuldade em encontrar o bairro de Campos Elíseos, onde mora Eliseu Scalamandré, dono de um Monza suspeito. O carro tem características semelhantes àquele que desovou Helena às margens da via Dutra.

Campinas é uma minimetrópole, uma cidade com poluição, congestionamentos e um grande comércio. Eliseu, no entanto, mora em um bairro distante do centro da cidade, em uma rua arborizada e cheia de folhas caídas na rua e calçada. Sua casa é antiga, com pintura descascada na fachada, portão levemente enferrujado, mas é impecavelmente arrumada em seu interior. A sala é espaçosa, com sofá retrátil, pufes, um felpudo tapete cinza e uma televisão com uns dez anos de uso. Na parede, dois quadros desbotados, um abstrato com um borrão preto em uma tela branca e uma natureza morta, uma cesta com tomates, cebolas e alho em cima de uma mesa.

Eliseu é um senhor de cerca de setenta e cinco anos, simpático, com dificuldade auditiva e que está isolado em casa. Fica contente pela visita, pois nem os filhos ele tem visto nos últimos meses. É viúvo e tem uma cuidadora que está em quarentena, se vira sozinho e como pode, mas nota-se pela limpeza impecável da casa que ainda é uma pessoa ativa e determinada.

Os filhos se formaram, casaram-se e moram em outras cidades. Na cozinha projetada, daquelas com todos os móveis encaixados em um espaço planejado, típica dos anos 1970, Eliseu prepara um café com coador de papel e serve Mauro, que puxa assunto:

— Agradeço o senhor por me receber. Muito gentil de sua parte, nestes tempos de coronavírus as pessoas não querem conversar, o senhor se mostrou receptivo e compreensivo — inicia Mauro.

— Imagine, moço, estou sozinho nos últimos meses e conversar me faz bem. E estamos os dois protegidos pelas máscaras, não é?

— É verdade. Parabéns pela casa, muito bonita e muito bem cuidada. Seu Eliseu, para não tomar muito de seu tempo, vou direto ao assunto. O motivo de minha visita é ver se há interesse em vender seu Monza, o senhor ainda tem o carro, não é?

— Ah, este é o motivo, achei que o senhor queria vender algo. Bom, como você sabe do Monza? Não saio com ele da garagem há mais de um ano. Minha visão piorou muito e não me sinto seguro para dirigir. E também não ouço muito bem.

— Eu soube do carro por um conhecido, que mora aqui na vizinhança. Sou colecionador de carros e compro veículos antigos para restaurar. No momento estou atrás de um Monza e o Walter, esse meu amigo, me falou do seu. Para que eu possa restaurar o veículo, ele deve estar em um mínimo estado de boa conservação. Encontro muitos carros que são irrecuperáveis. Por isso, quando soube do seu Monza me interessei.

— Ah, entendi. Bom, o carro é conhecido na vizinhança, sempre andei bastante com ele pelo bairro, na época em que dirigia. Agora faz tempo que ele não sai da garagem, mas antes eu e minha falecida esposa passeávamos muito com ele, até para a praia íamos.

— O senhor está superbem de saúde, parou de dirigir pelo problema de visão? Algo sério ou somente um incômodo? — Mauro se obriga a ser cordial com alguém tão gentil.

— Sabe, meu filho... Mauro, né?... eu sempre enxerguei bem, mas de uns tempos pra cá comecei a ver tudo embaçado e fui ao médico. Ele me disse que tenho catarata nos dois olhos. Terei que operar em breve, estou tomando coragem.

— Ah, conheço muitas pessoas que operaram a catarata. É tranquilo, o senhor não precisa ter nenhum receio. Minha mãe mesmo operou as cataratas, foi muito simples. Internou e saiu no mesmo dia. E em poucos dias a visão estava perfeita.

— E sua mãe ficou bem? Já me disseram que a cirurgia é simples, mas depois de velho a gente fica mais medroso.

— Minha mãe ficou bem da cirurgia, sim. Infelizmente já faleceu, mas não por esse motivo. Mas, sendo indelicado e mudando de assunto, eu poderia ver o Monza?

— Sinto muito pela sua mãe. Pode ver, sim, mas ele não está à venda. Tem grande valor afetivo. Como eu disse, foi o carro que dirigi durante anos, fomos muito felizes, eu e minha esposa, naquele tempo. O Monza me faz reviver esses momentos, fico horas sentado dentro dele ouvindo rádio. Não tenho feito isso ultimamente por causa de minha audição, a velhice é fogo, a gente fica igual carro velho, começa a dar problema em todas as peças, e há quem chame essa fase da vida de melhor idade. Hipocrisia.

Eliseu, a passos lentos, conduz Mauro até a garagem. O Monza está coberto por uma grossa camada de poeira, um contraste com a limpeza rigorosa da casa. A chave está no contato, mas o carro nem dá sinal de vida, totalmente sem bateria. Os pneus estão cobertos de pó, o carro não sai da garagem há muito tempo, provavelmente uns dois anos. Eliseu disse a verdade, é descartado da lista de suspeitos. Aquele não é o Monza do crime.

Um a menos na longa lista. Mauro faz uma cena teatral de que gostaria de comprar o veículo, lamenta que não esteja à venda, agradece a acolhida de Eliseu e despede-se com a promessa de que quando for a Campinas fará uma visita para tomar o delicioso café coado na hora.

A busca pelo Monza do crime continua e Mauro traça um itinerário lógico, para evitar idas e vindas pelas estradas e conversar com o máximo de proprietários ao longo da rota. Viajará pelo país em praticamente todas as regiões.

O próximo destino é Uberaba, em Minas Gerais, cidade do Triângulo Mineiro. Lá, encontra-se com Abdias Machado, rapidamente descartado do rol de suspeitos. Mal consegue andar por causa de um reumatismo e fala com dificuldade por ter sequela de um acidente vascular. Seu Monza está semidesmontado, não tem os dois pneus traseiros, a lataria está enferrujada, com falha de pintura em vários pontos. O motor está sem o carburador, velas e outras peças. O Monza, como no caso de Eliseu e outros proprietários, é mantido por razões afetivas, para lembrar bons momentos do passado.

As visitas se sucedem em ritmo acelerado. A faixa etária dos donos de Monza é avançada, o que é uma vantagem, pois idosos gostam de conversar. Mauro continua inabalável, com o objetivo de não parar até encontrar o Monza que pode estar envolvido no crime. É a única pista que surgiu até agora e não há outra maneira de agir, a não ser falar com todos os proprietários, um a um.

A busca continua. A pandemia espalhou-se pelo país e temos cerca de oitocentos mortos diários pela covid-19 e debates inflamados na mídia e redes sociais. Muitas pessoas emitem opiniões sem conhecimento técnico ou científico, são os especialistas do Twitter, Instagram e Facebook. Espalha-se que alguns remédios previnem contra a doença e aumentam a imunidade contra o vírus, mesmo sem nenhuma comprovação.

As visitas de Mauro ficam mais difíceis, as pessoas estão inseguras em conversar, Mauro não consegue falar com alguns possíveis suspeitos. Mesmo assim não desiste, vai falando com todos que o recebem.

Na vigésima terceira visita, Mauro vai até o interior de Goiás, para a pequena cidade de Israelândia. Chega em um sábado à tarde e o pequeno comércio que rodeia a praça da matriz está fechado, àquela hora somente o bar continua aberto. Diferente das cidades maiores, em Israelândia a vida para aos finais de semana, tudo fecha e as pessoas ficam em casa vendo televisão. O domingo é de Silvio Santos faz muitos anos.

Se só o bar continua aberto, não resta alternativa a não ser ir até lá. Assim que entra, Mauro é encarado pela meia dúzia de frequentadores; não é todo dia que um forasteiro chega na cidade. Tentando ser comunicativo, abre um sorriso e apresenta-se como um paulista de passagem. Toma cerveja e encara uma cachaça feita no pequeno alambique nos fundos do bar.

Desacostumado a tomar pinga, fica bêbado rapidinho e se torna íntimo de todos, contando piadas e ouvindo "causos" do povo de Israelândia. No meio da prosa, conta que é um colecionador de veículos antigos e que ouviu boatos sobre um Monza que fica guardado em uma fazenda nas redondezas.

Os recentes amigos contam sobre o Monza do polaco e até rabiscam um mapa em um pedaço de papel, de como chegar até as terras onde ele está. Mauro agradece a gentileza e deixa o recinto, quer chegar até o Monza antes que escureça, mas promete aos botequeiros que volta para tomarem mais algumas ainda hoje ou na segunda-feira. Sai cambaleando do bar, trançando as pernas até o carro.

O caminho até a fazenda é através de uma via secundária bem esburacada, daquelas estradinhas que sequer deveriam ser chamadas de rodovia, está mais para um atalho no meio da mata. O percurso de 10 quilômetros é demorado, na estrada quase não há asfalto, o que se tem são enormes buracos que mais parecem valas; além disso, Mauro está bêbado e por prudência dirige devagar.

Depois de quarenta minutos, quando acaba a sofrida estrada, Mauro vê um portal, parece a entrada de uma fazenda. Antes de entrar, resolve tirar uma rápida soneca para melhorar da bebedeira.

» » « «

Quando, depois de uma hora, acorda, vê um Monza parado ao lado de uma casa de tijolos, embaixo de um ipê-amarelo. Tem as características do veículo gravado pela câmera de segurança do posto de gasolina. É um carro de cor vinho-escuro, bem conservado e em condições de rodagem.

Na porta da casa um rapaz de uns dezesseis anos observa-o, curioso pela presença de alguém que não conhece e com uma aparência diferente da que está habituado a ver.

— Olá, eu sou o Mauro, e você?

— Eu sou o Lucas, senhor. — O adolescente parece com um pouco receoso ao falar com um desconhecido.

— Lucas, como vai? Como disse, sou o Mauro e venho de São Paulo. Eu compro carros para reformar e vender e o pessoal do bar da matriz me indicou vir até aqui. Vi o Monza embaixo da árvore, você é o dono dele?

— Não, senhor. Aquele carro era do seu Antônio, que já morreu. Depois passou pra dona Iracema, a esposa dele.

— Ah... e a dona Iracema está em casa?

— Não, senhor. A dona Iracema também morreu. Daí o carro passou pro filho dela.

— Bom, espero que o filho esteja vivo — falou tentando ser engraçado.

— O filho do seu Antônio Pereira, conhecido como polaco, tá vivo, sim.

— Tá bom, Lucas. O filho do seu Antônio e da Dona Iracema está em casa?

— Não, senhor. O filho do seu Antônio não mora por aqui faz tempo. A dona Iracema ainda era viva quando ele se mudou para Brasília. Que Deus a tenha.

— E você toma conta da casa sozinho?

— Não, senhor. Eu e meus pais moramos aqui, a terra é nossa, não é invasão, não. Meu pai comprou as terras da dona Iracema um pouco antes de ela morrer. Ele trabalhou pra ela muitos anos, eram muito amigos, ela era uma pessoa muito boa. Que Deus a tenha.

— Tenho certeza disso tudo. Tô te enchendo de pergunta, né, Lucas? Prometo que é a última, o Monza ali na entrada é de vocês ou do filho do seu Antônio?

— Meu pai usa o Monza pra levar verduras pro armazém e pra quitanda na cidade. Mas o carro é do seu Marlon, que também anda com ele de vez em quando.

— Seu Marlon?

— Sim, o seu Marlon, filho de seu Antônio e dona Iracema. Que Deus a tenha.

— O nome dele é Marlon Pereira?

— Acho que sim, senhor. Mas não tenho certeza. Ele também parece boa pessoa, mas a gente não tem muito contato.

— Ouça, Lucas, vou te pedir uma última coisa, é importante eu falar ao menos um pouco com seu pai, ele está em casa?

— Ele está cuidando do gado, mas o senhor pode entrar aqui e esperar na sala que eu toco o sino do almoço e ele aparece em poucos minutos.

》 》 《 《

Vito divide suas prioridades entre o caso Helena e o processo da TOTEM. Como previsto, a audiência no Tribunal de Justiça de Brasília acontece depois do Carnaval e depois daquela reunião prévia com Marlon que não deu em nada. Da mesma forma, na audiência, não se chega a nenhum acordo, há uma distância insuperável entre os bilhões que Marlon ambiciona e o que a empresa oferece para encerrar a demanda, sem reconhecer que ele seja o inventor do identificador de chamadas telefônicas.

Sem acordo, a viagem foi perdida e desnecessária. O processo vai continuar em andamento com a liminar do juiz Jobson valendo por enquanto. Por conta disso, a pressão de Calabar sobre Vito para gerar algum resultado positivo aumenta.

Como forma de garantir a própria sobrevivência na empresa, a solução de Calabar é colocar a responsabilidade pelas derrotas até este momento no escritório de Vito. Diante desse cenário tão ruim, os acionistas da TOTEM se deslocam da Itália ao Brasil especialmente para analisar o tema e fazer as correções de rumo necessárias, inclusive trocando o escritório se for necessário.

Convocado por Calabar para reunir-se com os acionistas, Vito sabe que a conversa não será fácil. Haverá uma pesada cobrança com relação aos atos praticados pelo escritório e que não reverteram os resultados negativos para a empresa. A reunião demonstra que os italianos começam a dar importância ao tema. Vito encara o encontro como uma oportunidade de mostrar que o trabalho está impecável e será vitorioso, mais cedo ou mais tarde.

Nos dois dias que antecedem o encontro, Vito relê todo o processo e repassa com Teresa detalhe por detalhe. Prepara também um dossiê mostrando a trajetória do juiz Jobson e suas polêmicas decisões. Calabar não se mostra companheiro, não dá nenhuma dica e não combina nenhuma estratégia para a conversa, deixando Vito à própria sorte.

Quando chega o dia e hora da reunião, Vito chega na TOTEM vestido de forma despojada. Deixou de lado o terno e gravata tão necessários para a formalidade de uma conversa com Calabar, usa uma camisa branca com um blazer azul e uma calça bege de sarja com um sapato marrom-escuro. Aposta que os acionistas preferirão alguém que se vista como eles e não um advogado almofadinha.

Vito chega e depara-se com a sala de reunião lotada. Cumprimenta a todos com um sorriso social e toma seu assento.

— Dr. Vitorino, gostaria de lhe apresentar o sr. Enzo Capaldi, o vice-presidente mundial da empresa e nosso chefe jurídico na matriz italiana. A seu lado está o secretário jurídico adjunto, dr. Santino — inicia Calabar com a voz trêmula, que indica certo nervosismo.

— Senhores, muito prazer. Uma satisfação poder falar pessoalmente com os senhores, sei do importante papel do jurídico da matriz no dia a dia da TOTEM. — Vito é o mais simpático possível.

— Infelizmente, eles não falam português — explica Calabar. — Mas se quiser pode falar em inglês que todos entendem. E dirija-se diretamente ao dr. Enzo, por favor.

— *Buongiorno. Come vanno le cose? Desidero ringraziarvi per la visita*[3] — diz Vito em italiano perfeito, o que desperta a imediata simpatia de Enzo Capaldierno, um milanês com cerca de 1,80 metro, magro e de rosto fino e nariz adunco.

— Havia me esquecido de sua origem italiana — diz Calabar a Vito. — Como temos essa facilidade, peço que reporte ao dr. Enzo o que vem acontecendo no processo. Ele está muito interessado.

---

3 Bom dia. Como vai? Gostaria de te agradecer pela visita.

— Pode deixar, Calabar, serei claro e breve. Enzo, *è un processo complicato con um giudice cattivo. Questo è il miglior riassunto*⁴ — Vito resumiu sem delongas, apresentando logo o diagnóstico.

— *E come possiamo cambiare questo scenario? Non possiamo perdere questo caso*⁵ — Enzo responde de forma polida, porém severa.

— *Signor Enzo, vinceremo. Il tribunal annulleranno questa assurda decisione del giudice Jobson.*⁶ — Vito transborda segurança, convence qualquer pessoa com sua postura firme.

A partir do resumo do caso, Vito explica passo a passo a estratégia planejada e garante que a empresa sairá vitoriosa ao final. Transmite profundo conhecimento técnico e dos bastidores do judiciário, mostra que tem todas as variáveis muito bem mapeadas, sabe o que está fazendo. Sai da reunião com a convicção de que Enzo ficou satisfeito com o que ouviu.

E a convicção se confirma. Em uma hora recebe a ligação de Calabar, que, contrariando os hábitos, dessa vez fala ao telefone:

— Dr. Vitorino, agradeço a reunião e a exposição realizada. Na realidade, pensavam em destituí-lo do processo e ao final saíram seguros de que estão em boas mãos.

— Obrigado, Calabar, fico contente.

— Mesmo assim, nos deram o prazo de um mês para alterar a situação em que estamos. Não admitem que fiquemos acuados, como um boxeador nas cordas, por mais tempo. — O tom da fala de Calabar é duro, o que indica que ele provavelmente está na presença dos acionistas.

— Ok, Calabar. Mensagem entendida, me dedicarei dia e noite para reverter o quadro. Aproveitando a ligação, quando puder quero falar sobre seu caso pessoal, temos novidades. — Vito aproveita que os outros ouvem a ligação para dar o troco em Calabar, deixando-o constrangido.

— Dr. Vitorino, falamos em breve. Aguardo novidades — Calabar corta a conversa rapidamente.

---

4 É um processo complicado, com um juiz ruim. Esse é o melhor resumo.
5 E como podemos mudar esse cenário? Não podemos perder este caso.
6 Sr. Enzo, vamos vencer. O tribunal irá anular esta decisão absurda do juiz Jobson.

26

Na fazenda que foi de Antônio e Iracema, os Pereira, agora vivem os Santos. O pai de Lucas, Ademar Ribamar Santos, ouve o sino do almoço tocar e chega na casa em minutos, suado, com a pele avermelhada rachada pelo sol e a enxada na mão direita. Como todo homem do campo, tem mãos calejadas, corpo curvado e uma energia incansável para o trabalho. Usa camisa surrada de mangas curtas de um branco bastante amarelado e calça jeans puída e suja pela poeira.

Cumprimenta Mauro com timidez e, ainda estranhando a presença, se apresenta. Mauro nota a falta de jeito do dono da casa e toma a iniciativa da conversa.

— Seu Ademar, desculpe atrapalhar o andamento do seu dia e tirá-lo do trabalho, não era minha intenção. Me chamo Mauro, sou de São Paulo e estou aqui de passagem. O Lucas me atendeu, contou algumas coisas e queria falar contigo sobre uns detalhes que ele não soube explicar, o senhor tem um tempinho para falarmos? Prometo que é rápido.

— Pois não, doutor. A gente estranha um pouco quando tem gente de fora, não tá muito acostumado, mas o doutor não atrapalha não, estou sempre perto de casa a essa hora, cuidando do gado. E, acabando aqui, volto pra lá, ainda vou levar os meninos pra pastar e depois trancar todos no curral. Em que posso ajudar? — Ademar fala de cabeça baixa, ainda meio tímido.

— Antes de tratar do assunto que me trouxe aqui, queria dar os parabéns ao senhor. Lucas é um rapaz muito educado, me atendeu muito bem e foi de uma gentileza sem igual, mostra uma criação muito boa de sua parte. Mas o motivo de eu estar aqui é o Monza embaixo da árvore. Eu coleciono veículos, compro carros antigos ou que já saíram de linha e os reformo. Na estrada vi o Monza estacionado, muito bem conservado, e me interessei.

— Doutor, obrigado pelos elogios a meu filho, assim o senhor desmonta o coração de um pai. Sou muito orgulhoso do Luquinha, é um ótimo menino, meu companheiro. Falando do carro, o Lucas deve ter explicado que o Monza não é meu. Depois da morte do seu Antônio, ele passou para a dona Iracema. Foi quando ela me contratou como ajudante geral para cuidar de tudo, das plantações, do gado e até ajudar nas coisas da casa.

— E, se me permite, vejo que o senhor faz muito bem essas tarefas. As plantações estão bonitas, embora eu não entenda muito, o gado está saudável e feliz. Mas continue, pois vi que interrompi. — Mauro sente a bondade exalar de Ademar e tenta ser amável em retribuição.

— Fiquei como ajudante geral até a dona Iracema adoecer, era uma doença sem cura e as altas despesas com médicos e o monte de remédio que ela tinha que tomar a obrigou a vender tudo que tinha aos poucos. Primeiro foi a mobília da casa e depois a própria fazenda. Foi um período muito difícil para todos nós, de muita dor e sofrimento. Ela era muito querida.

— Lamento muito o falecimento. E sinto que ela tenha vendido tudo para sobreviver. O carro também foi vendido?

— Vou chegar lá! Calma, doutor, aqui a gente não tem tanta pressa. A gente proseia sem aflição.

— Me desculpe, seu Ademar. A gente de São Paulo é aflito mesmo, vive na correria e não consegue conversar com calma, atropelamos as coisas, sempre ansiosos.

— Eu sei. Um pouco antes de a dona Iracema falecer, ela me pediu para comprar a fazenda, não queria gente desconhecida na terra dela, queria que tudo ficasse nas mãos de alguém que ela considerasse como quase da família. Eu não tinha dinheiro suficiente para comprar, então fiz um empréstimo no Banco do Brasil, que aliás ainda não paguei. Ela ajudou e fez um preço bem baixo. A única coisa que ela me pediu foi que eu cuidasse para ela ter um enterro digno, que seu corpo descansasse nas terras da fazenda e que o filho único recebesse o dinheiro da venda.

— Que história bonita, Ademar. Com certeza você mereceu esta terra, cuidou de dona Iracema até seus últimos dias. Fico muito tocado quando vejo uma história bonita como essa.

— Quando ela morreu, velamos o corpo na praça da Matriz, no coreto central. A praça ficou cheia, toda cidade gostava muito dela e quis se despedir. Muitas histórias foram contadas lembrando dela e do polaco, depois fizemos o enterro e a coloquei para descansar em um jazigo que construí nos fundos da fazenda, depois dos pés de milho. Atendi ao pedido dela. Depois do enterro, avisei o seu Marlon dos últimos desejos da mãe e do carro que ela deixou pra ele.

— Como assim? O filho não tinha contato com a mãe? Ele não acompanhou a doença dela, não quis cuidar da mãe?

— Marlon não soube de nada, doutor, a dona Iracema não deixou contar. Não queria atrapalhar a vida dele, dizia que a doença era fatal e ele ter conhecimento não mudaria o final. Ele ligava para ela, mas ela não falava nada. E nós respeitamos a vontade dela, embora com muita vontade de contar as coisas pra ele.

— Esse tipo de doença longa é muito sofrido, tortura a pessoa todo o tempo e todo mundo que está em volta. E como Marlon reagiu ao saber de tudo só após a morte e enterro da mãe?

— Ele ficou muito sentido no começo, bravo com todos na fazenda. Daí entreguei a ele a carta que dona Iracema deixou, explicando por que não quis contar sobre a doença e comunicando a ele que me vendeu a fazenda. Dona Iracema foi forte até o final, uma lutadora.

— Mas, seu Ademar, o senhor comprou a fazenda dela, mas para que a terra fique registrada em seu nome o Marlon precisa assinar a escritura. Ele já assinou ou o senhor não sabia disso?

— Doutor, aqui a gente não liga muito pra essas coisas de papel, não. A terra é minha, eu paguei dona Iracema e ainda pago prestações pro banco. Estou trabalhando para manter tudo como ela queria. Essa coisa de formalidade aqui não vale muito, todo mundo sabe que a terra é minha e respeita.

— Entendi. É que em São Paulo a gente é chato com essas coisas. Usamos até um ditado que diz que quem não registra não é dono. Mas o senhor comentou do carro, ele o senhor não comprou?

— Dona Iracema não quis vender. Disse para deixar o carro pra Marlon porque era uma recordação do pai. Eu vou usando o Monza no dia a dia quando preciso, mas ele é do seu Marlon. Quando ele quer o carro, eu levo o Monza até Brasília, deixo com ele e volto de ônibus.

— Então o carro ainda está no nome do seu Antônio, só que na verdade é do Marlon. Me diz uma coisa, conhecendo o Marlon, o senhor acha que se eu fizer uma boa oferta ele vende o Monza ou vai recusar?

— O seu Marlon usa pouco o carro, uma ou duas vezes por mês no máximo. Acho que por isso ele não compra um carro em Brasília. Mas não sei se ele vende o Monza, é uma forma de lembrar do pai. Só ele mesmo pode dizer, o senhor tem que falar com ele.

— Então não vou tomar mais o seu tempo e vou falar direto com ele. Por favor, me passa o endereço que vou até Brasília e não incomodo mais o senhor.

— Imagina, doutor, não incomoda não. Peraí que vou pegar o cartão com o endereço. O seu Marlon agora é importante, um cientista famoso que tem um laboratório luxuoso, coisa de rico. Ele abandonou Israelândia e se deu bem na vida.

— Fico contente com isso, mas deve ter sido doloroso para ele saber da morte da mãe e das condições.

— Israelândia toda tem orgulho do Marlon, nossa celebridade. É um filho da cidade que faz sucesso na capital do país, tomara que Israelândia fique conhecida no mundo todo.

— Obrigado pela gentileza, seu Ademar. Vou até Brasília falar com Marlon sobre o Monza. Tudo de bom para vocês.

A esta altura, Mauro não tem mais dúvidas de que o Marlon do Monza é o mesmo Marlon Pereira do processo da TOTEM. E Mauro já o investigou, revirou sua vida um tempo atrás a pedido de Vito, logo no início do processo contra a empresa multinacional. O inventor que se achava gênio e injustiçado era filho do polaco e de Iracema.

Mauro parte para Brasília bastante cismado. Não sabe se tudo isso era uma coincidência ou não, mas mantém o foco na investigação da morte de Helena. Vai procurar Marlon para analisar se há alguma possibilidade de que o Monza estacionado na fazenda esteja relacionado, de alguma maneira, com o assassinato de Helena.

A princípio não vê motivo para que um inventor de certo renome e em uma batalha judicial bilionária se envolva em um assassinato. Além disso, o corpo foi desovado na via Dutra já em São Paulo, a quase 1.000 quilômetros de Brasília.

» » « «

O juiz Jobson começa a dar mostras de que pegará cada vez mais pesado com a TOTEM. Vito tenta neutralizar essa postura parcial; pensa em alegar a suspeição do juiz, mostrar que ele tem interesses escusos. Só que não há provas disso. Como demonstrar uma extorsão sem gravá-la?

Não há elementos para uma denúncia contra o juiz, seria palavra contra palavra e Vito poderia ser acusado de atuar com má-fé. Pareceria mais uma chicana jurídica da multinacional poderosa e que só pensa em seus lucros, não seria bom para a imagem da TOTEM.

Além do juiz com toda a má vontade contra ele, Vito tem que lidar com a estratégia de Hildebrando, que divulga no tempo certo, de forma muito bem planejada, a luta do humilde inventor brasileiro contra a insensível empresa gigante. Essa narrativa tem sido bem-sucedida e foi fundamental para que a opinião pública pressionasse o Tribunal de Justiça para manter a decisão do juiz Jobson contra a empresa.

A reviravolta no processo está demorando mais do que o imaginado e o prazo que os acionistas estipularam para a virada no jogo está se esgotando.

Outra preocupação de Vito é a de que o processo fique parado, que nada aconteça no processo de Marlon durante algum tempo, o que é péssimo, pois ele poderá ser destituído pelos acionistas e trocado por outro escritório.

Só que, contrariando todas as expectativas, o juiz Jobson mantém o processo em andamento e ainda marca nova audiência para o dia quinze de maio. E convoca todos para uma audiência com a presença das partes e não de forma virtual, como os demais juízes fazem durante a pandemia.

» » « «

Calabar e Vito analisam a marcação da audiência e tentam descobrir qual o motivo da exigência da presença física das partes. Por que não realizar a audiência por videoconferência? Novamente pensam em recorrer contra a marcação da audiência e novamente resolvem não fazer isso para não prejudicar a imagem da empresa.

Definem que ambos comparecerão na audiência para mostrar a importância que a empresa dá para esse processo. Calabar, como um dos principais executivos, falará pela multinacional e mostrará os prejuízos que a retenção de valores causa para o fluxo de caixa da TOTEM, mostrando ao juiz o estrago que a injusta decisão já causou.

Como não acreditam que o juiz se convença sem ser através da corrupção, estudam os piores cenários que podem surgir na audiência.

E ainda têm que pensar nas medidas higiênicas e sanitárias para a viagem de avião em plena pandemia. Na bagagem de mão, junto com os papéis do processo e anotações estão as máscaras e frascos de álcool em gel.

No dia onze de maio o voo para Brasília está semivazio; somente aqueles que necessitam viajam a negócios. As pessoas evitam sair sem necessidade, com exceção de uns poucos negacionistas que se recusam a aceitar que existe uma pandemia e acham que as mortes anunciadas são de outras causas, além de ter os números inventados.

O voo é tranquilo e na chegada Calabar e Vito notam que o movimento em Brasília também está menor que o habitual: poucos carros circulam, muitas lojas estão fechadas, inclusive no aeroporto.

Vão direto do aeroporto para o Fórum e após uns quarenta minutos de espera são chamados para a audiência, o único ato que parece ocorrer naquele dia. O prédio está vazio e a maioria das varas e cartórios está fechada. Tudo funciona apenas remotamente.

Ao entrar na sala de audiência, Vito cumprimenta cordialmente Hildebrando e Marlon. Um pouco antes do início da audiência, com todos sentados em seus lugares aguardando a chegada do juiz, entra na sala o assessor Eurico, que chama Vito, retirando-o da sala.

— Dr. Vitorino, um prazer revê-lo. Como não temos muito tempo, vou direto ao assunto. Temos possibilidade de algum acordo com o Marlon nesse momento em que o processo está em estágio mais avançado ou a empresa permanece inflexível?

— Prezado Eurico, você sabe que um acordo para a TOTEM depende de uma série de formalidades e aprovações de órgãos internos e isso ainda não temos. A empresa é uma sociedade anônima, tem regras de transparência, não é fácil aprovar algo nesse sentido.

— Essa é a posição definitiva da empresa? Veja, doutor, sei que entende as consequências para a TOTEM de um processo como esse. E estamos dando a oportunidade para que danos maiores não aconteçam. Mas pode ser a última chance; faz meses que tratei do tema contigo e o assunto teima em não avançar.

— Perdão, dr. Eurico, não estou entendendo suas palavras. Vocês estão nos ameaçando?

— De forma alguma, dr. Vitorino, estou tentando construir uma solução que possa ser satisfatória para todas as partes envolvidas, mas entendi o posicionamento da empresa e transmitirei ao magistrado. Uma pena que não possamos evoluir. Obrigado.

— Por enquanto esse é o posicionamento da empresa, não quer dizer que seja definitivo, mas é o que temos agora. Me entende?

— Entendido, doutor, boa sorte então! Boa audiência!

— Obrigado!

Vito volta para a sala de audiência e retoma seu assento. Conta o ocorrido a Calabar. Perdem a esperança de algo justo e percebem que estão em um jogo de cartas marcadas, mas não imaginam o que está por vir. O que conseguem imaginar será o juiz escolher um perito tendencioso, para um trabalho sob encomenda para prejudicar a empresa.

Iniciada a audiência o juiz Jobson, com cara de poucos amigos, assume o comando:

— Prezados senhores, marquei esta audiência pois sou um juiz que busca ser o mais justo possível, tento sempre conciliar as partes e acho que mantê-los em contato pode facilitar isso. Como juiz zeloso, não me eximo da responsabilidade de julgar, mas, como cidadão, sou ciente da demora que um processo tem e por isso busco sempre uma solução para agilizar, obviamente desde que exista a vontade dos senhores nesse sentido. Para ver se temos condição de evoluir, gostaria de ouvi-los. O dr. Hildebrando pode falar em nome de Marlon Pereira.

— Muito obrigado, Excelência. Saúdo respeitosamente meus colegas de São Paulo que representam a TOTEM. Lembro sempre que somos partes oponentes, mas não somos inimigos, apenas adversários, e que lutaremos com a máxima lealdade. Reafirmo que, da parte do sr. Marlon, que já luta há tantos anos pelo reconhecimento como inventor da CIDA, estamos totalmente abertos a qualquer proposta de acordo que a empresa faça. Queremos encerrar a demanda o quanto antes.

— Obrigado, doutor — retomou o juiz. — Passo agora a palavra ao advogado da TOTEM.

— Boa tarde a todos. A quem não me conhece, sou Vitorino, advogado da TOTEM. Antes de dizer algumas palavras, gostaria de ceder a palavra ao dr. Calabar, vice-presidente da empresa e responsável maior da área jurídica, caso Vossa Excelência permita...

— Permitido, doutor. Seja bem-vindo, dr. Calabar, fique à vontade. Peço apenas que seja sucinto.

— Obrigado, Excelência. Boa tarde a todos, como mencionado pelo dr. Vitorino, sou advogado e atuo como executivo na TOTEM há várias décadas. A mensagem que gostaria de trazer a todos é a de que estou convicto de que trabalho em uma empresa correta, transparente, fiscalizada por auditores externos independentes e pela Agência Nacional de Telecomunicações. Nunca sofremos nenhuma acusação como esta, mas respeitamos o pleito e queremos contribuir em qualquer prova técnica que queiram fazer. Gostaria de falar dos prejuízos que estamos tendo...

— Muito obrigado, sr. Calabar — interrompeu o juiz Jobson. — Não necessitamos de outros detalhes agora. O senhor não mencionou a possibilidade de acordo e, se me permite, dr. Vitorino, entendo não ser necessário seu pronunciamento, já que a empresa adiantou o posicionamento na fala do dr. Calabar. Então, doutores, ouvidos e respeitados todos os entendimentos e dada a impossibilidade de qualquer acordo, vou fazer as minhas considerações.

— Se me permite, Excelência — interrompeu Vito —, quero apenas esclarecer que o posicionamento quanto à possibilidade de composição amigável não é definitiva nem intransigente, apenas reflete que neste momento não temos como levar valores para aprovação dos acionistas da empresa, por não existir prova concreta sobre as alegações do Marlon. Esse posicionamento poderá ser alterado, caso a perícia demonstre que Marlon tenha razão ao menos parcial no que pede. Repetimos que a intenção da empresa é a busca da verdade e tudo faremos para colaborar nesse sentido.

— Está entendido, doutor — retomou a palavra o juiz Jobson. — Mas, diferente do vosso entendimento, quem julga sou eu. Não cabe ao senhor ou a TOTEM querer ditar os rumos do processo; discordo de sua avaliação. E, depois de me aprofundar ao máximo nos autos, entendo que tenho os requisitos que me permitem sentenciar o processo. Para mim, o que foi alegado pelo autor está mais do que provado e não vejo a necessidade de outras provas.

— Como assim? Vossa Excelência não entende necessária a realização da prova pericial? Com todo o respeito, somente uma prova técnica pode dizer quem está com a razão neste caso — questionou, surpreso, Vito.

— Doutor, peço que me respeite. A palavra está comigo e não tolerarei ser interrompido novamente. Não estamos em debate, estou comunicando a minha decisão e proferindo a sentença nesta audiência, o que faço neste momento. Cada um dos senhores está recebendo uma cópia da decisão e todos já saem daqui cientes de seu teor, tornando desnecessária qualquer outra intimação. Agradeço a presença de todos e, não havendo nada mais a deliberar, está encerrada a audiência. Aguardem para assinar o termo de presença e demais documentos. — E o juiz se retira.

Todos os presentes, incluindo os serventuários, ficam perplexos. Com exceção de Hildebrando, que permanece impassível, como se soubesse o que aconteceria, os demais foram pegos de surpresa com a decisão tão rápida em uma demanda tão complexa. O juiz Jobson simplesmente finaliza o processo sem realizar provas, e mais, chama todos a Brasília apenas para que saibam da decisão pessoalmente e já saiam cientes da audiência.

A sentença tem oitenta e cinco páginas, quase um tratado escrito contra a TOTEM. No meio jurídico há o entendimento de que decisões muito longas, com dezenas e dezenas de páginas de justificativas, são decisões frágeis, sem muitos fundamentos. Falam demais por não ter nada a dizer, como diz a música.

Vários trechos da decisão chamam a atenção logo de cara. O juiz tendencioso extrapola o que foi pedido por Marlon, entrega mais do que poderia, concede por iniciativa própria um bônus de milhões de reais para o inventor. A sentença tem uma narrativa raivosa, o julgador se mostra contrariado com a empresa e sem disfarces. Ao que tudo indica, a decisão foi escrita em um momento de impulsividade colérica pela negativa da empresa em se acertar com ele, os termos usados são incomuns e pesados.

Jobson nega o pedido de fazer uma perícia para apurar quem tem razão; para ele não há dúvida de que Marlon está certo e a empresa, errada.

Fica evidente que, após a negativa da TOTEM em colaborar com a extorsão e negar-se a fazer um acordo nos termos pretendidos por Marlon, o juiz vingou-se em alto estilo, escreveu um manifesto contra a TOTEM, transformando-a em umas das piores empresas do planeta. Os trechos que mais se destacam pela parcialidade raivosa dizem:

> *MARLON PEREIRA ajuizou ação de procedimento ordinário contra a prestadora de serviço de telecomunicações TOTEM DO BRASIL S/A visando condená-la ao pagamento de indenização pela suposta infringência e uso sem autorização de seu invento conhecido como "CIDA". Argumenta que inventou a tecnologia e requereu o registro devido no INPI (Instituto Nacional de Propriedade Industrial), o que lhe dá o direito de, com exclusividade,*

explorar os direitos da propriedade e do uso exclusivo do privilégio sobre o sistema patenteado por vinte anos.

A Ré manteve negociações com o Autor por várias vezes, visando adquirir o direito de exploração do invento, mas ao final desistiu do negócio. Coincidentemente, depois de ter acesso ao projeto técnico da CIDA, a mesma Ré lançou serviço semelhante para seus clientes e desde então vem crescentemente comercializando-o em larga escala. Marlon Pereira, desde então, busca o reconhecimento da violação da qual foi vítima e por diversas vezes tentou resolver esta questão com a empresa, mas, como não logrou êxito, recorreu à prestação jurisdicional. Chama a atenção que ano após ano a empresa tenha iniciado conversações com o autor do invento e depois suspendido as negociações. Nitidamente é conduta protelatória visando impedir que o Autor buscasse socorrer-se do poder judiciário para pleitear o que lhe é de direito.

A TOTEM não apresentou argumentos capazes de desconstituir o direito do autor, aliás, sequer apresentou fatos que desmintam o colocado na petição inicial. Limitou-se em todas as suas manifestações a insistentemente pedir a produção de prova pericial, a fim de demonstrar suas alegações, ou seja, não consegue produzir provas porque não as tem e quer que um perito construa um conjunto probatório a seu favor.

As repetidas tentativas nada mais mostram do que um intento predominantemente protelatório, com a alegada necessidade de examinar-se inúmeras patentes, muitas delas não mais disponíveis, de pedir testes em sistemas de telecomunicações antigos e outras diligências de difícil execução. Não pode e não deve o poder judiciário compactuar, de forma alguma, com essa tentativa de arrastar o processo por longos anos, deixando autor e a sociedade sem uma resposta por tempo indefinido. A postura da empresa ré, de apenas alongar a demanda e distorcer a verdade dos fatos, demonstra má-fé e como tanto será tratada e punida.

> *O autor fez prova do invento através da patente apresentada e contra a qual não houve nenhuma oposição seja administrativa (perante o INPI) ou judicial. Além da patente, juntou inúmeros documentos e notícias que comprovam o reconhecimento como inventor de que desfruta, inclusive em outros países. Juntou desde os primeiros estudos preliminares até o desenvolvimento final da CIDA.*

E nessa linha raivosa o juiz por dezenas de páginas fala sobre o roubo da invenção, a utilização comercial e a deliberada intenção de fraudar da TOTEM. Ao final fecha com chave de ouro, com uma bilionária condenação:

> *Por todo o exposto e colocado nestes autos, julgo a presente demanda totalmente procedente, para condenar a TOTEM a pagar ao Autor Marlon Pereira, pela utilização indevida da CIDA o valor de R$ 60.000.000,00 (sessenta milhões de reais) por ano, desde a data em que se iniciou a utilização. Como o uso pela TOTEM é indubitavelmente comprovado por pelo menos 16 anos, o valor indenizatório neste tópico será de R$ 960.000.000,00 (novecentos e sessenta milhões de reais). Essa indenização regulariza o pagamento pelo uso passado do invento. Fica estabelecido que, desta data em diante, a empresa deverá pagar, à guisa de royalties, o valor anual correspondente a 5% de seu faturamento líquido caso continue a utilizar a CIDA. Deverá ainda a empresa ré pagar a título de honorários advocatícios o valor de 20% calculados sobre o valor total da condenação, além de multa que fixo em R$ 500.000,00 (quinhentos mil reais) pela litigância de má-fé, por buscar protelar indevidamente o feito. Decisão publicada em audiência com as partes presentes e cientes.*

O impacto psicológico da decisão é imediato sobre Vito e Calabar. A sensação de ambos é a de um levar um soco de um lutador de boxe no estômago. Leem, perplexos, as folhas da decisão por minutos sem qualquer reação. Ambos são experientes, mas acabam de ter uma desagradável surpresa e o maior revés de suas carreiras jurídicas.

Fica a sensação de que foram surrupiados e de que o juiz e Hildebrando se acertaram, já que a TOTEM não o fez. Eurico sorri sarcasticamente na porta da sala, aguardando a saída de todos com cínicos cumprimentos de despedida.

O juiz Jobson exagerou. Somando-se os valores de todos os itens da condenação, ultrapassa-se facilmente a quantia do bilhão de reais. Vito e Calabar sabem que o preço de um acerto escuso com o juiz seria muito menor, a decisão é uma derrota acachapante, daquelas que mancham a trajetória de qualquer um. E, por mais que se tenha vivência, é sempre um choque saber que esses vermes infestam o poder judiciário e dificilmente são apanhados em flagrante.

Contrapondo-se a esse choque, Marlon e Hildebrando não disfarçam a euforia e ainda na porta do Fórum concedem entrevistas a jornalistas previamente convocados. As falas são carregadas de emoção. Não cansam de repetir que a justiça chegou para um brasileiro trabalhador que nunca cedeu a pressões e lutou por seus ideais, um representante dos milhões de pessoas que trabalham muito e nunca são reconhecidas.

Marlon reforça as juras de amor ao Brasil e anuncia que doará parte da condenação a centros de pesquisa para o desenvolvimento de novos cientistas. Hildebrando diz que é uma vitória contra um inimigo externo poderoso, que tem capacidade de contratar os melhores e mais caros escritórios de advocacia, que se armou para uma longa batalha sabendo que Marlon não seria capaz de se sustentar financeiramente por muito tempo e que forçava um acordo em valores insignificantes, mas que essa maldosa estratégia foi percebida e inibida pelo juiz.

A bordo do avião para São Paulo, o silêncio constrangedor é rompido por Calabar. Ele questiona Vito sobre os próximos passos, se é que existem, depois dessa derrota trágica. Em seus pensamentos íntimos, sabe que seu cargo na TOTEM está mais ameaçado do que nunca, que cresce o risco de ser dispensado depois de duas décadas de trabalho e dedicação, algo impensável até então. Vito, ainda aturdido, mas como astuto advogado, já improvisa uma estratégia:

— Calabar, diante do que aconteceu não tem mais jeito. Temos que negociar com Marlon e convencê-lo a pedir junto conosco a suspensão do processo por trinta dias.

— Com qual objetivo? A empresa não aceitará negociar nos patamares de valores estipulados pelo juiz ou no patamar dos valores que Marlon pede.

— O objetivo é o de suspender o processo, ganharmos tempo para respirar. E, Marlon só concordará em suspender o andamento se estiver em negociação conosco, se tiver uma perspectiva de fechar negócio em um acordo vantajoso — Vito fala sem muita convicção depois de tudo que aconteceu, mas não vislumbra outra saída.

— Veja se entendi bem, doutor: nós começamos a negociar e com isso se paralisa o processo? Se for isso, me parece boa ideia, mas como convenço os acionistas a autorizarem a negociação com Marlon, se eles acham que ele não tem direito a nada?

— Se me permitir, podemos ligar juntos para eles e eu explico em italiano a estratégia. E, por mais que achemos Marlon um picareta, agora temos uma sentença, há um fato objetivo colocado contra nós.

— Os acionistas perguntarão o objetivo da negociação.

— Vamos negociar com o objetivo de suspender o andamento do processo, esse é o primeiro objetivo. Creio que, com a situação atual, o sr. Enzo aceitará. Até porque, se isso não for feito, temos o risco de confisco de valores nas contas da empresa. Hildebrando já mostrou que tem força e está afinado com o juiz.

— Parece convincente e acho que a explicação em italiano facilita a compreensão. Na falta de uma alternativa, vamos tentar. Não será fácil, mas conto com sua habilidade.

— Nas grandes dificuldades, meu caro Calabar, é que separamos os homens dos meninos. — Embora não fosse a melhor hora, Vito lançou uma de suas frases de efeito que sempre funcionam com Calabar.

Alinhados os próximos passos, Vito acha importante fidelizar Calabar para não haver risco de ser apunhalado pelas costas. Resolve falar sobre a investigação de paternidade:

— Calabar, sei que hoje o dia está estragado por conta dessa trágica sentença, mas tenho uma notícia boa, quer ouvir?

— Duvido muito que algo me anime hoje, doutor. Não esperava essa sentença e muito menos nos termos ofensivos que o juiz colocou. Vamos ver se temos algo que me anima, me diga qual a novidade.

— Algo para atenuar o sofrimento do dia. Temos uma grande vitória no seu processo de investigação de paternidade. Você não terá que fazer o teste de DNA.

— Como assim? O teste não é obrigatório nesse tipo de processo? Não acredito... realmente uma excelente notícia.

— Bom, o teste não é obrigatório. Existem casos em que há a recusa em se fazer o teste e então o juiz dá a decisão com base nas outras provas. Só que no seu caso temos uma grande decisão. A ação judicial será extinta por falhas processuais.

— Como assim, extinto? O processo não está na fase inicial?

— Sim, mas há erros processuais não passíveis de serem arrumados. O juiz deve encerrar o processo e, para reiniciar a discussão, a moça terá que propor nova ação. Do mesmo jeito que Hildebrando conseguiu a surpreendente decisão contra a TOTEM, também conseguimos esse inesperado resultado.

— Excelente notícia. Ainda estou arrasado pela TOTEM, mas ao menos aliviado pessoalmente.

— Ela não desistirá da luta. Vai propor nova demanda. Então aconselho negociar com ela e chegar a um acordo antes do novo processo.

— Dr. Vitorino, estou em suas mãos e nesse caso não me arrependo. Parabéns! Mas confesso que, com o revés que sofremos de Marlon, a minha alegria não é muito grande.

— Calabar, nós vamos reverter a sentença, te dou minha palavra. Eu não sou advogado de perder desse jeito. Diz o velho ditado, não quero ganhar roubado, mas não admito perder roubado. Agora a forma como lidarei com Marlon e Hildebrando mudou, chega de fair play, deixe comigo. Agora não estou mais sendo comedido, estou te dando a certeza de que vou reverter.

— Confio no trabalho, mas, se não revertermos, este deve ser o final de sua trajetória como advogado da empresa e talvez até meu fim como VP jurídico. Será catastrófico para ambos.

— Isso não acontecerá, não acontecerá, entendeu? Não vou abrir pra você o que farei, mas teremos outro modus operandi. Daqui pra frente, chega de civilidade, chega de ser bonzinho e ser enganado por um juiz escroque. Sofremos ataques pesados e desonestos, agora é nossa vez. — Vito dizia tudo com muita convicção, embora ainda não soubesse como inverter o quadro.

— Ok, doutor. Vou confiar. E, muito obrigado pelo que conseguiu na questão da paternidade. Isso me preocupava muito, era um dos flancos que poderia me prejudicar na empresa. Me sinto aliviado.

— Bom, meu amigo, agora temos tempo suficiente para negociar com a moça, inclusive colocando sigilo sobre tudo que acertarmos com ela. Deixa comigo isso também. Vou buscar um acordo que resguarde teu filho, digo, a criança, e evite sua exposição.

Discretamente Calabar suspira de alívio. Um grande peso acaba de sair de suas costas.

27

Mauro viaja horas de carro de Israelândia até Brasília, cerca de 400 quilômetros no clima árido do cerrado. Ao chegar no Distrito Federal o Waze o leva ao laboratório de Marlon.

O plano de Mauro é simples. Tratar com Marlon apenas do interesse em comprar o Monza, nada relacionado a Helena. O foco é saber o máximo possível sobre o veículo na fazenda dos Santos.

A entrada do laboratório é por uma pequena porta lateral que fica sempre aberta. Ao atravessar a portinhola, vê-se um portão preto trancado e uma câmera filmando o que está lá. Mauro toca a campainha e um funcionário uniformizado o atende e permite sua entrada.

A primeira impressão do laboratório é muito boa. A estrutura impressiona, montada em um enorme galpão de fábrica reformado, impecavelmente limpo e com equipamentos novos e modernos. Sem dúvida, Marlon criou um centro de pesquisa de excelência, lá devem estar os melhores recursos técnicos existentes no mundo. Conversa com um dos funcionários:

— Eu não estou aqui para tratar de nada do laboratório, tenho um outro assunto a tratar com Marlon Pereira. Ele está?

— Xi, acho que o senhor perdeu a viagem, ele saiu.

— Você sabe se ele vai demorar ou se volta rápido? — Mauro procura disfarçar a decepção.

— Olha, moço, ele foi numa audiência no Fórum. Não sei quanto tempo demora, então não tem como dizer se volta ou não. Essas coisas são imprevisíveis, eu mesmo já fui em algumas que levou a tarde toda.

— Sou tão mal-educado que nem me apresentei. Eu sou Mauro e vim de São Paulo especialmente para falar com ele sobre o Monza dele. Sou colecionador de carros e estou atrás de um carro igual ao que ele tem. Como vim de longe, não me importo de esperar um pouco pra ver se ele volta, pra não perder a viagem. Você se importa se eu aguardar por ele em algum canto?

— De jeito nenhum, o senhor pode aguardar, não tem problema. Só aviso que o chefe não gosta de ser incomodado, se você é um jornalista disfarçado querendo saber do processo ou da vida dele, a coisa pode engrossar. Mas se não é, daí ele conversa com você. Ele tem aversão a jornalistas e curiosos.

— Fique tranquilo, não sou jornalista e não quero saber nada da vida dele, só quero comprar o Monza dele. Vi o carro lá na fazenda, você já viu?

— Já vi, sim, de vez em quando o carro está por aqui. É bonito e bem conservado, só que tem valor afetivo pra ele, foi dos pais dele, é a grande recordação que ele conserva. Sinceramente, não sei se vai querer vender. Eu aposto que não.

— Se for só essa afeição pelo carro, você está certo. Mas vou fazer uma proposta de excelente valor, pago o dobro do que o carro vale. Gostei muito da cor vinho e o estofamento é original, coisa rara. Um carro ideal pra quem coleciona. Vai que uma oferta alta mude a opinião dele...

— Eu acho que mesmo pagando bem ele não vende, ele é teimoso. Mas, se você quiser tentar, fique à vontade. — Sutilmente, o funcionário tenta fazer Mauro desistir e ir embora.

— Bom, vou aguardar um pouco, não custa nada. Tem algum lugar onde eu possa sentar e não atrapalhar o trabalho de vocês?

— Claro, pode sentar-se naquela cadeira na entrada. Quer um copo de água?

— Não, obrigado. Por favor, não se importem comigo, fico quietinho na cadeira até ele chegar. Obrigado pela gentileza.

A cadeira na entrada tem visão panorâmica do laboratório. Ele filma e fotografa todo o galpão. O espaço é dividido em várias bancadas de trabalho que formam diferentes ambientes, como se fossem especialidades (elétrica, mecânica, robótica), sem divisórias para ressaltar a amplitude do local. No fundo do galpão vislumbra um espaço privativo, uma sala fechada até o teto, o único espaço fechado no galpão.

Depois de mapear a localização das câmeras de segurança e do alarme do portão de entrada, Mauro procura novamente o atendente para tirar uma dúvida:

— Meu amigo, desculpe atrapalhar de novo, mas fiquei curioso com uma coisa que observei. O laboratório é todo aberto, mas tem uma sala fechada lá no fundo. É o almoxarifado? Algum depósito?

— Não é, não. Ali é a sala do seu Marlon. Ninguém entra lá nem tem a chave, ali é o local das experiências que ele diz fazer sozinho, não conta nada pra ninguém. Chamamos de sala misteriosa.

— Nossa, e vocês não ficam curiosos com o que ele cria por lá? Nunca entraram lá quando ele não está? Eu entraria...

— Claro que a gente fica muito curioso, mas a última pessoa que chegou perto da sala e deu uma olhada pela porta foi demitido na hora pelo Marlon. Depois disso ele colocou uma câmera na porta, tá vendo?

— Ah, agora vi. Nossa, mas demitiu o funcionário só por isso? Não tem nada demais dar uma olhadinha.

— Pois é, nunca vi o seu Marlon tão nervoso. Ficou fora de si, espumava pela boca. Gritou muito com o menino, queria partir pra cima dele, uma coisa muito louca.

— E o rapaz demitido era seu amigo? O que ele contou? Ele viu algo especial?

— O Jorge? Não era meu amigo, não, mal conhecia ele. Mas nesse dia ele também ficou abalado, chamou Marlon de louco, saiu gritando que ele fazia coisas monstruosas na sala e que ia processar ele. Bom, o seu Marlon é um gênio, né? e dizem que todo gênio tem um pouco de louco.

— Posso perguntar só mais uma coisa? Daí prometo ficar sentado no meu canto e deixar vocês trabalharem em paz. — Mauro tenta arrancar o máximo de informação.

— Claro, pergunte. O senhor não está incomodando, não.

— Você acha que o Monza da fazenda, que eu já vi que está em bom estado, aguenta uma viagem para São Paulo?

— Aguenta tranquilamente. Aliás, o próprio Marlon viaja com ele direto. E, já foi para São Paulo, ele mesmo dirigindo, faz um ou dois meses. Como sempre, ele não contou para onde foi, mas pediu para lavar o carro na volta e daí achei recibos de pedágio no porta-luvas. Fique tranquilo que, se ele te vender o carro, ele vai até São Paulo facilmente.

— Ufa, fico mais tranquilo. Obrigado, meu amigo.

Mauro aguarda mais uma hora e meia e, quando já está entediado, nota todo mundo assistindo à TV. É um pequeno aparelho suspenso e preso na parede por um suporte improvisado que parece que vai cair a qualquer momento.

A imagem é de Marlon em close cercado por microfones, uma entrevista com muitos repórteres, contando a vitória no processo contra a TOTEM. Ao final manda um abraço a todos os brasilienses e diz que vai para casa comemorar com a família que sempre acreditou nele e deu o apoio fundamental para encarar a luta contra uma empresa gigante. Diante do que vê, não há alternativa:

— Bom, agradeço a gentileza de vocês — diz Mauro. — Mas, como Marlon não volta mais hoje, vou me retirar. Para não perder a viagem, não vou voltar a São Paulo. Vou achar um hotel pra ficar até amanhã. E, amanhã procuro por ele novamente, pode ser?

— Ok, senhor, fique à vontade. Amanhã com certeza ele estará aqui. E, ele não tem nada agendado.

— Qual o horário de funcionamento?

— Aqui iniciamos às dez horas e vamos até as sete da noite. Paramos pro almoço à uma da tarde. Fora isso, o senhor pode vir a qualquer hora.

— Obrigado, volto amanhã pela manhã. Agradeço a atenção, muita gentileza de todos. Bom descanso para vocês.

» » « «

Mauro se hospeda numa pocilga ironicamente chamada Majestic. Um antro impossível de ser chamado de hotel, com letreiro em neon vermelho e azul na fachada. É o lugar mais próximo do laboratório e Mauro não precisa de conforto, sequer pensa em deitar-se na cama forrada com lençóis que não são lavados faz tempo.

O Majestic tem um cheiro que mistura mofo, sexo barato e perfume vagabundo de patchouli. O tipo de muquifo em que nem ficha de entrada se preenche. Pega-se a chave na recepção e pronto. O quarto tem carpete bege manchado de porra e embolorado e no banheiro minúsculo há apenas um vaso sanitário, sem assento. Um hotel em Brasília que nem ar-condicionado tem.

A compatibilidade do Monza de Marlon com o veículo filmado o torna imediatamente um suspeito. E, a viagem que o funcionário do laboratório diz que foi feita para São Paulo coincide com o período em que o corpo foi desovado na rodovia.

O *feeling* de detetive de Mauro pede uma providência. Tem que invadir o laboratório durante a noite e checar a sala privada de Marlon. O que pode ter deixado o funcionário que deu uma olhada na sala tão abismado a ponto de chamar Marlon de monstro? A resposta só pode estar dentro da sala.

Com as fotos que tirou enquanto esperava, sabe onde estão as câmeras do laboratório e o alarme. Pega um papel amassado sobre a mesinha ao lado da cama e esboça uma planta do local, com base em suas observações. Consegue identificar um ponto cego das câmeras. A entrada terá que ser pelo telhado, exatamente naquele ponto.

Por volta da meia-noite, deixa o Majestic e vai ao laboratório. Primeiro desliga a energia do imóvel no poste, para evitar que o alarme dispare se houver invasão. Viu que o gerador ligado ao alarme demora cerca de três minutos para carregar e esse será o tempo para entrar e desarmá-lo.

Depois de escalar a parede do imóvel vizinho, chega ao telhado do galpão. Retira algumas telhas e, amarrado por uma corda, faz uma pequena fenda no teto e desliza corda abaixo até o laboratório. Rasteja até o alarme para desarmá-lo e desativa o gerador de energia. Caminho livre para revirar tudo.

A lanterna presa na cabeça ilumina as bancadas e a câmera no bolso da camisa filma tudo. Não encontra nada de anormal na área comum do laboratório, resta somente vasculhar a sala privada.

A sala está trancada, mas não há alarme ou grande dificuldade para entrar. Usa uma chave micha, abre a porta e assim que ilumina o local fica paralisado, quase em estado de choque. O cômodo com cerca de vinte metros quadrados é um museu de bizarrices.

Há uma prateleira repleta de recipientes de vidro e com forte cheiro de formol, aparentemente com órgãos humanos. Todos os recipientes estão numerados com uma etiqueta impressa e uma data. Mauro sente ânsia de vômito e náuseas à medida que vai iluminando os potes, filmando e reconhecendo membros de corpos mutilados.

Cérebros, arcadas dentárias e esqueletos se juntam a pedaços de pernas, braços, vários olhos e mãos. Nesse momento, Mauro une os pontos. Em algum dos potes os braços de Helena estarão conservados. Verifica que, além da prateleira com os potes, há uma maca e instrumentos cirúrgicos jogados sobre uma pequena bancada. O local é usado para experiências com humanos.

No fundo há uma escrivaninha. Revirando as gavetas, Mauro encontra um caderno de anotações. Tudo escrito à mão, com a letra que deve ser de Marlon. Lê trechos das anotações como "os órgãos avaliados — rins, baço, coração e fígado — revelam alterações inespecíficas. O interesse está na necrose encontrada em ambos os pulmões. Fiz um corte onde se nota desaparecimento da estrutura dos pulmões e lesão nodular."

Nas páginas do caderno os relatos se sucedem, como se fossem relatórios de autópsias, até que surgem escritos sobre seres vivos. São experiências para provocar a morte de corpos para o treinamento de técnicas de dissecação de cadáveres e experiências neurológicas. Marlon recebe seres vivos e os mata para experiências! O inventor é, na realidade, um psicopata!

Revirando as gavetas, encontra o mapa da mina. Em folhas soltas de papel, os potes numerados estão descritos um a um, com a data da experiência e o fragmento de corpo conservado em formol. Mauro fotografa todo o material e colhe amostras do material dos potes para exame, especialmente dos que entende que possam ser de órgãos de Helena: dois potes com braços infantis.

Depois de registrar tudo, coloca as coisas no lugar, tranca a sala e faz o caminho de volta, religando alarme e gerador, saindo pela fenda do teto, repondo as telhas e reestabelecendo a energia do imóvel.

Volta ao Majestic por volta de duas da manhã e passa a madrugada analisando o material. Ainda que quisesse dormir, não se sentiu encorajado a deitar-se sobre aqueles lençóis. Os pontos soltos se ligam e pela manhã Mauro tem um quadro completo do que aconteceu com Helena. Resta pressionar Marlon e obter a confissão dos crimes. O mistério de Helena se aproxima do fim.

» » « «

Amanhece um dia cinzento em Brasília. Um prenúncio do que está por vir. Antes de chegar ao laboratório para falar com Marlon, Mauro toma um calmante para não correr o risco de arrebentar a cara do sujeito, que, pelos restos humanos armazenados, tirou mais de dez vidas. A caminho do laboratório, liga para Vito:

— Bom dia, Vito, tudo bem? Vi na TV as notícias sobre o caso da TOTEM, uma sacanagem daquele fulano, né? Imagino que esteja chateado...

— Olá, Mauro, por onde anda? Sim, foi uma sacanagem dele e do juiz, com a colaboração daquele assessor Eurico, mas depois te conto pessoalmente. Alguma novidade nas investigações?

— Sim, se não fosse muito importante não te ligaria agora, mas tenho um grande avanço e confirmarei suspeitas daqui a pouco. Também te contarei os detalhes pessoalmente.

— Agora fiquei curioso. Não pode adiantar nada?

— Veja bem, Vito, não quero falar por aqui e ainda vou confirmar as suspeitas. Só te peço para que, em confiança ao meu trabalho, siga minhas orientações, ok? Primeiro me responda, qual a consequência imediata da derrota para a TOTEM?

— Mauro, a consequência imediata é que vamos abrir negociações com Marlon. Precisamos ganhar um tempo. Se não segurarmos o andamento do processo, teremos que pagar mais de um bilhão de indenização. Hoje mesmo ligarei para Hildebrando para iniciarmos as conversas.

— Entendo. Quero te pedir um favor: não negocie antes de falar comigo, ganhe um dia ao menos. Você sabe que eu não pediria algo assim se não fosse fundamental, não ligue hoje para Marlon ou o advogado. Pode ser assim?

— Mauro, confio muito em você, mas preciso saber o motivo. O processo da TOTEM tem uma condenação bilionária, não posso colocar a empresa em risco. Ao menos me adiante por qual motivo tenho que paralisar as tratativas.

— Não posso ainda, por isso te peço o voto de confiança. O motivo te direi amanhã pessoalmente, até lá quero que você não fale com ninguém sobre a TOTEM. Faz isso por mim?

— Mauro, estou confuso. Você está investigando o assassinato da Helena, certo? Agora me faz uma série de perguntas sobre a TOTEM. De que caso estamos tratando?

— Não tenho como cravar ainda, mas ao que tudo indica há somente um caso e não dois.

— Como assim? Tá maluco?

— Bom, tenho que desligar, necessito de mais um dia. Amanhã às nove horas estarei contigo e explico tudo. Confie em mim e faça o que estou pedindo.

— Sempre confiei e mais uma vez vou confiar, você tem crédito. Mas não posso segurar mais do que um dia, a cada hora, o risco aumenta. Te aguardo amanhã no escritório.

Vito não imagina o que relaciona Helena com a TOTEM. Não pensa em nada que faça sentido. Enquanto Vito pensa, Mauro dá o passo decisivo para desvendar o caso Helena e o TOTEM.

Às nove e quarenta e cinco está no moderno laboratório. A portinhola está aberta e, vendo-o no portão, o funcionário autoriza a entrada. Mauro o presenteia com uma garrafa de vinho vagabundo comprado no hotel. Marlon está sozinho em uma bancada no fundo do galpão. Chegou a hora.

— Sr. Marlon, meu nome é Mauro e eu....

— Eu sei quem você é — disse Marlon de forma ríspida. — Me falaram. Já aviso que não tenho interesse em vender o carro, portanto, para poupar o seu tempo e o meu, acho que podemos encerrar essa conversa aqui. Se manda.

— Então eu posso ir até a delegacia de polícia e denunciar os órgãos humanos que o senhor conserva na sua sala trancada, seu filho da puta? — Mauro falou baixo para que ninguém mais ouvisse, mas partiu para o ataque com um golpe certeiro.

— Do que você está falando? E não vem xingando que eu te arrebento.

— Você sabe do que estou falando. Ou vai conversar comigo ou tornarei públicas as fotos que tenho da sua sala privada. Haverá muitos problemas pra você e tua família, seu assassino psicopata.

— Que ameaça é essa? Não coloque minha família no meio de nenhum assunto, nunca faça isso, família é sagrada. Não tenho nada pra conversar com você. — Marlon estava inseguro, embora tentasse passar coragem ao falar agressivamente.

— Vou repetir — disse Mauro quase sussurrando no ouvido de Marlon. — Tenho fotos dos potes com os membros humanos que você conserva, tenho suas anotações das experiências descritas em detalhes, tenho tudo que fode a sua vida pra sempre. Mas, se não quer falar comigo, tá ótimo. Entrego o material para a polícia e deixo o serviço com os tiras. E, a história do grande inventor desmorona na hora.

— Não me ameace, e repito, jamais coloque minha família no meio. Se tua bronca é comigo, tá bem. Vou ouvir as suas baboseiras.

— Você é marrento, velho assassino. Vá no Majestic, o muquifo no final da quadra. Aqui está o número do quarto. Se não chegar em meia hora, já sabe. — Mauro estava louco para espancar o velho, mesmo com os calmantes.

Assim que Mauro sai, Marlon desmorona. A valentia e arrogância transformam-se em aflição e terror; ele foi flagrado e tudo que construiu pode desmoronar. O corpo segue a transformação do espírito, curva-se aos poucos como após um murro no abdômen.

No Majestic, Mauro espalha microescutas e câmeras pelo quarto.

Marlon chega com a feição alterada, testa enrugada, visivelmente abalado. Não disfarça que está acuado, desnorteado.

— Vejo que é maluco, mas não rasga dinheiro. Quer uma bebida, velhote? O papo será reto e desgastante, uma dose ajuda a suportar.

— Ainda é cedo para beber, mas tomo um uísque. E, adianto, Mauro, não sei o que você quer ou quem é, mas deve ter me confundido com outra pessoa. — O tom de voz era ameno, quase covarde.

— Marlon, chega de enrolação, seu lixo! Você foi pego em flagrante, os seus segredos acabaram. Sua fratura está exposta ou, sendo mais claro: tá fodido. Quer que te mostre as provas ou nem precisa?

— O senhor é policial? Isso é alguma investigação?

— Não sou policial, só que as provas serão levadas para a polícia se não nos entendermos. Sempre quis dizer isso: sou seu pior pesadelo, tua vida tá indo pro ralo. Já sentiu o cheiro do ralo?

— Quem você pensa que é? Você não tem nada contra mim! Quer só me chantagear. Não vou dar dinheiro. Eu sou um cidadão honesto, um patriota honrado, você não sabe com quem está se metendo.

— Como toda escória, quer dar uma carteirada. Sei muito bem com quem falo. Marlon Pereira, filho de Antônio Pereira e Iracema, nascido em Israelândia e que veio fazer faculdade em Brasília. Se formou engenheiro, trabalhou na Telebrasília e depois no laboratório, onde, além de invenções de telecomunicações, realiza experiências bizarras. Resumi bem a sua vida?

— Está me seguindo faz tempo? De onde tirou tudo isso? É uma extorsão a mando de quem?

— Sou investigador particular. Cheguei em você em uma investigação que nada tinha a ver contigo, mas agora sua vida acabou, seu farsante. Sei mais de você do que você mesmo, e isso não é um clichê, sei mesmo. Há quanto tempo você faz experiências com seres vivos?

— Doutor Mauro, não sou obrigado a responder isso. Já fiz experiências com seres vivos, sim, com alguns animais. Sou um cientista, um inventor que faz pesquisas para o bem da humanidade. Busco descobrir coisas que melhorem a vida das pessoas. — Marlon começa a falar baixo, está cada vez mais destruído.

— Marlon, você sabe que, quando falo em seres vivos, não falo de animais. Você faz experiência com seres humanos, mata e mutila pessoas. Não é melhor admitir isso e passarmos para o próximo ponto?

— Já posso ter feito. Veja, como eu disse, muitas vezes estamos buscando uma vacina nova, ou a cura de alguma doença, e lidamos com cobaias humanas. Nas experiências posso utilizar animais vivos e eventualmente algum cadáver cedido pelo IML. Tudo que faço é dentro da lei.

— Bom, como você ainda reluta em admitir, vamos às provas. O que me diz dessas fotos? — Mauro coloca na mesa dezenas de fotos.

— Como conseguiu isso? — Marlon não mantém mais o disfarce. — De onde vêm as fotos? Algum dos funcionários te vendeu? Isso é ilegal. É invasão de propriedade privada.

— Marlon, não há mais como lutar. As provas estão aí e não interessa como consegui. Como você explica as coisas que acontecem em sua sala?

— Como eu disse, senhor Mauro, são fotos de cadáveres e alguns conservados para experiências. Foram cedidos para experiências. Agora mesmo o mundo busca uma vacina contra o coronavírus, o senhor não está acompanhando?

— Não seja cínico nem tente desviar o foco do assunto. Desde quando você é médico?

— Não sou médico, sou cientista, mas realizo experimentos.

— Os cadáveres da sua sala não foram cedidos pelo IML. Nunca houve cessão para seu laboratório. Tenho um palpite, você compra os corpos de uma quadrilha que sequestra pessoas e as entrega vivas. Estou certo?

— Doutor Mauro, o que tem de mais fazer experiências com cadáveres? O objetivo final é salvar vidas.

— Você é metido a esperto. Você não faz experiências com cadáveres, faz experiências com seres vivos e os mata, amputa seus membros e desova os corpos. Você é um *serial killer* que assassinou dezenas de pessoas e que, se nada for feito, vai continuar matando. Quer ver as anotações que são confissões? — E Mauro exibe o caderno onde as experiências estão descritas em detalhes.

— Eu não entendo a obsessão em querer acabar com minha vida. Se você quer dinheiro, me diga quanto quer e eu digo se tenho ou não. Senão, por favor, me deixe em paz, eu trabalho para a ciência! — Era quase uma súplica, um pedido de clemência.

— Podemos encerrar a conversa aqui. Eu já sei das experiências bizarras com crianças. Com crianças vivas! Você é o pior ser humano que encontrei em toda minha vida. Acho que não tenho que tratar nada contigo, vou deixar o caso para a polícia. Chega!

— Não fale assim, por favor — Marlon não tinha mais como resistir diante das provas exibidas.

— Marlon, você compra crianças de uma quadrilha de tráfico de crianças, certo? Faz experimentos e as executa, cada uma de uma forma, anotando tudo em seu caderno, um verdadeiro diário da morte. Fala que faz isso em nome da ciência, mas faz pelo prazer de matar. Quer dominar as vítimas e ver o pavor no olhar de cada vítima.

— O senhor está enganado. São experiências para encontrar a cura de várias doenças neurológicas...

— Deixa de ser hipócrita, você sequer é médico. A casa caiu. Acha que alguém acreditará na sua história depois de ver estas provas? E sabe o que mais eu sei?

— O que, doutor?

— Coloquei os investigadores da minha equipe no seu encalço nos últimos dias. Reviramos sua vida. Falamos com gente em Israelândia e a família Santos que hoje toca a fazenda contou sobre objetos que encontrou no galpão que seu pai usava para experimentos. Você aprendeu a fazer experiências bizarras com ele, não foi? Herdou dele o prazer de sentir a vida de um ser humano em suas mãos. Uma família de assassinos, a maldade está no sangue.

— Para que falar de meu pai, que é falecido? Onde quer chegar com tudo isso?

— Pai e filho começaram abatendo gado, primeiro os bois adultos e depois filhotes recém-nascidos. Seu pai morreu e você continuou com o ofício até mudar para Brasília. Seria uma nova vida, livre de matança de animais, sem crueldades, apenas voltada para a ciência. E, durante um tempo, tudo correu bem.

— Você investigou a minha vida toda?

— Investigamos. A Telebrasília e o laboratório serviram a seus interesses durante um bom tempo. Mas, como quem é do mal nunca consegue abandonar o mal, você passou a sentir falta daqueles experimentos da fazenda, e mais: agora, já adulto e com poder aquisitivo, sentiu que poderia ir além.

— Onde o senhor quer chegar?

— Partiu para experimentos com seres humanos. Primeiro roubando cadáveres nos cemitérios, o que não era satisfatório. Daí veio o pulo do gato. Migrou dos cadáveres para os seres vivos, mas não sabia de onde viriam as vítimas. Estou indo bem, Marlon?

— Não quero responder.

— Nem precisa. Na verdade, só um ponto me causa dúvida: por que experimentos com crianças? E por que crianças com necessidades especiais? Acho melhor você responder por que perdi a paciência. Chega de conversa. Vou dar um tiro na sua cara se você não me responder isso... — Mauro saca a pistola automática de nove milímetros e coloca na testa de Marlon.

— Tá bom, tá bom — responde chorando. — Você está certo, eu fiz tudo isso, sim, mas tenho explicação para tudo. Não sou esse monstro, não.

— Não é isso que perguntei, quero saber por que as crianças.

— Doutor Mauro, eu usei crianças porque faço experiências neurológicas, busco a cura de doenças para crianças que nasceram com alguma síndrome.

— Seu filho da puta! — Mauro desfere um soco que acerta o nariz de Marlon, que começa a sangrar imediatamente. — Eu vou te matar...

— Pelo amor de Deus, doutor, perdeu o controle? Calma, por favor.

— E para atender sua necessidade por crianças você passou a encomendá-las a uma quadrilha de tráfico de crianças, especializada em sequestrá-las e vendê-las. Você alimenta a rede de pedofilia do país, esse é seu patriotismo?

Marlon está calado. A verdade veio à tona de forma tão direta que não há como negá-la. Pecados desmascarados de forma contundente. Não há mais argumentos contra o que está demonstrado, o jeito é buscar reduzir os prejuízos.

— Mauro, eu sempre quis fazer o bem, foi isso o que aprendi com meu pai. As experiências sempre foram para descobrir a cura de várias doenças neurológicas. Agi em nome da ciência e reconheço meus erros. Por favor, não me entregue.

— As provas que tenho vão muito além das que apresentei. A crueldade de seus atos deixa claro que você não buscava a cura, buscava satisfação para seu instinto animal de matar. Agora ouça bem, vamos encerrar a conversa por aqui e continuar o papo amanhã em São Paulo.

— Por que em São Paulo, dr. Mauro?

— Não sou obrigado a te dar satisfações. Será em São Paulo. Se você quer ter chance de se salvar, não fale nada com ninguém hoje, pegue suas coisas e vá amanhã a São Paulo. Nem pense em sumir com o que está na sala, tenho amostras comigo, seria inútil e te comprometeria mais ainda por destruir provas.

— Não me entregue para a polícia, pelo amor de Deus! Minha família não merece passar por isso. Maria não merece isso, nem meus filhos e netos. Tenha o mínimo de piedade. Sou uma pessoa conhecida e isso me destruiria e acabaria com a família toda.

— Ora, agora você invoca o nome de Deus e envolve a família? Está pedindo a mesma piedade que teve com as crianças que matou? Repito, para que tenha chance de se safar, siga minhas instruções. Minha vontade era te eliminar aqui mesmo, mas não posso. Então vamos continuar amanhã.

— Farei o que você mandar. Juro que não falarei com ninguém e amanhã estarei onde mandar e no horário que quiser.

— Como se você tivesse alguma outra opção...

28

Para encerrar a investigação de paternidade contra Calabar, Vito se encontra com Gisele Maria, a mãe do menino Guilherme, fruto de um rápido relacionamento com Calabar.

Gisele tem cerca de 1,65 metro de altura, magra, se veste de forma simples e elegante, é bastante falante, simpática e de fácil trato. Vito diz que o objetivo é resolver todas as pendências rapidamente, pensando no bem-estar da criança, antes de levar em conta os interesses dela ou de Calabar.

Ela conta em detalhes o relacionamento com Calabar, as vezes em que saíram, onde jantaram e quantas vezes dormiram juntos. Sabe até onde Guilherme foi concebido. Segundo ela, Calabar disse que ficariam juntos, que vivia uma crise no casamento e iria se separar. Ela guarda cartas de amor com poemas de Calabar. Depois que ela contou para Calabar sobre a gravidez tudo mudou, ele começou a evitá-la até cortar o contato.

Vito ouve sem muito interesse, percebe que contar a própria história é importante para Gisele. Ela é uma pessoa do bem e Vito deixa ela falar quase uma hora, por empatia. Age como um terapeuta que faz intervenções pontuais.

Conhecendo os detalhes do relacionamento, fica claro que Calabar foi escroto e sacana, ou seja, foi ele mesmo. Gisele fala com muito amor sobre Guilherme, os olhos cheios de lágrimas. Conta a vida do filho desde o nascimento e as graças que ele trouxe. Ele foi uma benção de Deus, o anjo na vida dela. É realmente uma pessoa de bem.

Depois do desabafo, Vito direciona a negociação para o encerramento das pendências, tentando não ser indelicado:

— Gisele, te agradeço muito compartilhar esses momentos bonitos do Guilherme e torço para que vocês sejam muito felizes. Apesar das pedras no caminho, você é excelente mãe, parabéns!

— Muito obrigada, Vitorino. Amo esse menino mais que tudo na vida. Dou minha vida por ele. Acho que poderíamos ter constituído uma família muito legal, eu, Calabar e Guilherme.

— Poderiam, mas infelizmente não aconteceu. Veja, Gisele, o meu papel aqui é tentar que todos fiquem satisfeitos com o acordo, o que nunca é fácil. Só que neste caso, o que decidirmos mexe diretamente com a vida do Guilherme, com a estabilidade emocional e material dele. Por isso vamos pensar nele, depois que tudo estiver ótimo para ele, olhamos para você e Calabar.

— Fico grata pela preocupação, doutor. Eu quero o Guilherme feliz. Ele feliz, estarei feliz também.

— Como sou muito sincero, vou te dizer uma coisa: o Calabar não tem problema em pagar pelo sustento da criança. Vai pagar uma pensão e dar um valor inicial para vocês se estabelecerem em um bom lugar. E, assume o compromisso com os estudos do Guilherme até completar a faculdade. Mas ele não quer assumir publicamente o menino, não quer exposição.

— Eu imaginei isso, doutor. E, pensei muito sobre essa rejeição. Não há como forçar alguém a ser pai se ele não quer. Não há como obrigar alguém a amar uma criança.

— Por mais frio e triste que pareça, é isso, Gisele. Ele não quer se afeiçoar ao Guilherme, não quer ter relação de pai. Eu, particularmente, acho uma burrice e acho que futuramente ele se arrependerá, mas não posso fazer nada.

— Essa dificuldade enfrentarei quando Guilherme crescer e me perguntar quem é o pai. Mas, enfim, dificuldades acontecem com todo mundo e são superadas. Vou superar também. Então, doutor, vamos tratar de dar uma boa vida ao Guilherme.

— Tenho certeza de que você vai dar todo o suporte emocional que ele precisa, você é uma pessoa forte, batalhadora. E, Gisele, concordo com você, vamos fazer um acordo financeiro que garanta a tranquilidade de vocês, para não perdermos um tempo importante para o Guilherme. Vamos botar isso no papel?

— Calabar me decepciona, mas não sei se poderia esperar outra postura. Sempre foi frio, dissimulado e agora não quer assumir o papel de pai, algo que tantos querem e não conseguem. Ele acha que pagar resolve tudo e não é assim. Mas, se esse é o caminho que ele quer seguir, que cumpra as obrigações de me ajudar no sustento do Guilherme. Quero virar a página e seguir a vida. O Guilherme vai estudar nos melhores colégios.

— Você é muito inteligente, Gisele, e está tomando a melhor decisão. Deixe-me explicar a proposta e quero que tudo com que você não concorde me avise e mudamos. — Vito quer um bom acordo para ela, acha que Calabar foi muito sacana e que o mínimo que tem que fazer agora é pagar as despesas sem reclamar.

Passam duas horas fechando os valores do acordo. Gisele não é muito objetiva, sempre interrompe o debate para contar alguma peraltice do filhote, mas ao final chegam ao acordo que garante uma excelente condição material a Guilherme, já que ele não contará com o amor paterno.

A pensão será de vinte mil reais mensais, com reajustes anuais. Vito cumpre a meta e encerra o assunto de Calabar, sem exame de DNA e sem escândalo ou exposição. Compromete-se a pagar a primeira parcela do acordo imediatamente, já que Gisele está em dificuldades. Como tantos, ela perdeu o emprego durante a pandemia e não consegue se recolocar, não há vagas. São milhões de desempregados.

Estamos em maio, o coronavírus mata centenas de pessoas por dia. Uma tragédia para o país e para a humanidade, mortos acumulados e aumentando a cada dia. Dizem os cientistas que o "novo normal", a nova forma de viver, será conviver com muitos vírus, que aparecerão cada vez mais.

No "novo normal", o uso de máscara faz parte do figurino, não cumprimentamos as pessoas com aperto de mão ou beijos, mas distância ou com um soquinho para os mais ousados. Vivemos em estado de vigilância até que vacinas sejam aplicadas na população. A humanidade fica paranoica.

Vito finaliza o acerto com Gisele, mas com um sentimento de tristeza.

» » « «

Mauro retorna de Brasília e corre para o apartamento de Vito. A ansiedade e urgência das descobertas não permitem esperar o encontro do dia seguinte. Precisa compartilhar o conteúdo escabroso e planejar como será o próximo encontro com Marlon.

Vito lê, concentrado, na sala em casa. Está relendo O Processo de Kafka e mantendo-se em isolamento social. Ultimamente só sai de casa para ir ao escritório. O vírus se mostra tão mortal que aqueles que podem permanecem em suas casas e os que necessitam trabalhar saem às ruas protegidos pelas máscaras, mas correndo um risco maior.

Interrompido pelo interfone, Vito estranha a visita, mas autoriza a entrada e abre a porta:

— Mauro, você agora? Algo tão importante que não possa aguardar até amanhã? Até me assustou...

— Vito, desculpe. Mas, o que tenho é uma bomba! Algo que não conseguiria segurar até amanhã. E, você sabe que não sou de exagerar ou valorizar as coisas além do que elas realmente são.

— Então me conte logo, pode começar...

— Difícil até saber por onde começar, mas vamos lá. Vou tentar na ordem cronológica. Estava investigando o assassinato de Helena, sem muitos indícios. Como te falei, a única pista é a imagem da câmera do posto de gasolina na via Dutra.

— Ah, tá — interrompeu Vito — Então vamos falar do caso Helena. Me confundi, achei que seria da TOTEM.

— Calma, pode me ouvir e não interromper? — Mauro mostra-se contrariado e irritado. Não dorme há quarenta e oito horas.

— Desculpe. Pode continuar. Só fiz uma observação...

— Na imagem do posto de gasolina, identifiquei o carro que abandona o corpo de Helena. É um Monza de cor escura. Uma pessoa desce do veículo e deixa um embrulho, aparentemente um cobertor amarrotado com o corpo de Helena. Parece ser um homem.

— Um Monza... cobertor embrulhado... o que mais?

— Com esses detalhes, comecei filtrando proprietários de Monza em todo o país. Como o carro está fora de circulação, identifiquei os proprietários dos veículos ainda em circulação, um pouco mais de uma centena.

— Peraí, você fez um levantamento em todos os departamentos de trânsito do país sobre esses Monzas? Estado por Estado?

— Sim, fiz isso. Obtida a documentação, implementei filtros. Primeiro, eliminei da lista todos os veículos em nome de mulheres, já que a imagem na rodovia era de homem. Depois eliminei os veículos de cores claras, já que o veículo da imagem era escuro. Uma depuração trabalhosa.

— Caramba, Mauro, você sempre surpreende, que trabalheira maluca. Imagino a logística necessária e o tempo gasto. Mas, continue que estou curioso...

— Fomos reduzindo a listagem com os filtros. Ao final tínhamos a lista dos Monzas escuros e com homens como donos. Daí fui a campo "entrevistar" cada um deles ao longo do país à procura de alguma evidência.

— Peraí, que loucura! Você contatou todos os donos de Monzas de cor escura pelo país? Entendi bem? — Vito ainda se impressiona com os métodos de Mauro.

— Eu disse que faria de tudo para descobrir o assassino de Helena, questão de honra. Segui a única pista que tinha, a imagem do posto. Nem sabia se isso daria em algo. Entrevistei dezenas de proprietários em várias cidades, com o pretexto de que sou um colecionador que se interessou pelo carro e quer comprá-lo. Foram muitas viagens, cafezinhos, chá de cadeira, portas na cara, até chegar em Goiás, em uma cidade chamada Israelândia.

— Nunca ouvi falar. E, o que tinha por lá?

— Uma simpática cidade onde havia um Monza com características semelhantes ao que buscamos. E, o veículo está em nome de um tal de Antônio Pereira, faz ideia de quem seja?

— Não. Um nome supercomum. Nenhuma ideia de quem se trata.

— O senhor Antônio Pereira viveu em Goiás com a esposa Iracema Pereira. Ambos já faleceram, mas deixaram um filho, Marlon Pereira. O Marlon que você conhece tão bem, o inventor que tem o processo contra a TOTEM.

— Puta que o pariu! O nosso Marlon? Você achou um Monza que é do pai dele? Isso significa algo ou é mera coincidência?

— No início achei que poderia ser coincidência. Mas, por instinto, aprofundei a investigação sobre Marlon.

— Quer dizer, você investigando Helena chega até Marlon. O Monza que poderia ter desovado a menina está no nome do pai de Marlon, que faleceu. Algo mais?

— Claro, se fosse só isso eu nem viria na sua casa. Bom, fui até a fazenda atrás do Monza. Lá fui atendido por pessoas da família Santos, que hoje são os donos das terras. Como eu disse, Antônio e Iracema morreram e Marlon vive em Brasília, onde tem o laboratório. O Monza estava na fazenda.

— Nossa, que confusão...

— Porra, Vito! Me deixa completar o raciocínio! O Monza fica na fazenda, mas é usado de vez em quando por Marlon, então fui a Brasília falar com ele.

— Você esteve com o Marlon?

— Fui ao laboratório e ele não estava. Esperei por ele e vi uma sala nos fundos fechada. Os funcionários disseram que era a sala de Marlon. Só ele entra. É uma sala proibida para todos.

— Que história é essa?

— Se parar de interromper eu explico. Tive o pressentimento de que havia algo errado com a sala fechada. E, a única forma de saber se eu estava certo era acessar aquele espaço de qualquer maneira.

— E daí? Conta logo...

— Para resumir, depois de estudar todo o sistema de segurança do local, invadi a sala no meio da noite.

— O quê? Você invadiu o laboratório dele no meio da noite? Você tá louco? Deve ter sido filmado e vai ser preso.

— Vito, não sou amador. Depois te conto, mas cortei energia, desliguei alarme e entrei por um ponto cego de câmeras, fique tranquilo. Mas, o que encontrei na sala esclarece muita coisa...

— Esclarece o quê? A sala de um inventor tem maquetes e projetos.

— Não na dele. Encontrei a sala de um criminoso, outro psicopata em nosso caminho. Sabe o que encontrei? Várias prateleiras com membros de corpos humanos conservados em formol e um livro descrevendo cada morte.

— Como é que é?!

— Isso mesmo, uma sala de experimentos macabros. Melhor do que eu falar, é você ver. — Mauro mostra as fotos no celular.

Depois de olhar com atenção cada uma das fotos, Vito se joga no sofá pensativo. Leva um tempo para absorver o que vê e depois começa a concatenar pensamentos.

— Se estou acompanhando seu raciocínio, você acha que Helena pode estar entre as vítimas desses experimentos? É nisso que você quer chegar?

— Olhe detalhadamente para o pote 36. Como se fosse um pote de conservas, estão boiando pedaços de braços e mãos. Consegue ver?

— Sim, puta perversidade desse maluco. Mas, por que você acha que podem ser os membros de Helena? Podem ser de qualquer criança.

— No livro de anotações o pote 36 é descrito como experiência com criança do sexo feminino com síndrome de Down e cerca de dois anos de idade. Acompanhe comigo as evidências: Helena deixada na rodovia por um Monza escuro; Marlon tem um Monza escuro, faz experiências com crianças e tem um pote com membros que coincidem com os amputados da menina.

— Sim, tudo fecha. Evidências fortes, mas não são ainda provas definitivas.

— Vamos por partes. Sobre as experiências bizarras e os assassinatos, já tenho a confissão de Marlon, ou seja, ele é um psicopata matador. Acho que isso já pode te ajudar de alguma maneira no caso TOTEM.

— Quais confissões?

— Depois você assiste a este vídeo onde está a descrição dos crimes. — Mauro entrega um pen drive com uma cópia da gravação feita no quarto do Majestic.

— Você o torturou pra confessar?

— Não, Vito, apenas esfreguei as provas na cara dele. Minha vontade era matá-lo, mas me contive. Então, sabemos que ele é um assassino, agora só falta saber se ele matou Helena. Saberemos nas próximas horas através da comparação do material do pote 36 com o de Helena. O exame está em andamento. O que sabemos é que Marlon faz experimentos com seres vivos e compra crianças de uma rede de tráfico infantil.

— Não é possível...

— As experiências com crianças ele confessou e tudo está no vídeo do pen drive. Ele é um perigoso criminoso sem nenhum sinal de arrependimento. Só resta saber se Helena foi uma de suas vítimas.

— Vou ver o vídeo e analisar detalhadamente todas essas fotos e documentos, você me acompanha? — Vito estava pilhado para aprofundar-se nas provas.

— Não, estou muito cansado e já vi o material diversas vezes. Vou para casa e amanhã nos reunimos. Estarei com os resultados do exame e, ao que tudo indica, teremos mais este caso encerrado. E, Marlon irá ao seu escritório para continuar a conversa. Pensa e me diz o que devemos fazer.

— Deixa eu absorver tudo, analisar o material e decidimos. Tudo é muito bizarro, aliás ultimamente só aparecem bizarrices pra gente, puta que o pariu.

— Pois é, Vito. As pessoas enlouqueceram, matam como se estivessem indo ao cinema.

— Mauro, não tenho palavras, excelente trabalho. Mais uma vez você resolve o que ninguém consegue. — O tom de voz de Vito mostra sua emoção, tanto pelo trabalho de Mauro quanto pelo que foi encontrado.

— Obrigado, Vito. E, acho que, infelizmente, tenho razão. Vamos aguardar até amanhã para confirmar.

» » « «

Vito passa a noite analisando as fotos e o vídeo com Marlon. E, logo às sete da manhã Mauro liga para contar que, como esperado, os membros humanos do pote 36 são de Helena.

Marlon matou Helena depois de tê-la comprado de uma rede de tráfico de crianças. Causou sabe-se lá quantas mortes. Na realidade, o único fato ainda não esclarecido era como a menina foi retirada de casa, do berço.

Por seus instintos primitivos, Mauro quer matar Marlon de forma cruel para vingar os crimes que ele cometeu. Quer uma morte demorada, dolorosa, impiedosa. Só que Vito, depois de muito pensar durante a noite, tem outra estratégia em mente.

Para começar a colocá-la em prática, liga para Hildebrando e o convida, juntamente com Marlon, a iniciar as negociações imediatamente. Com isso, pedirão a suspensão do processo por trinta dias.

Chegou a hora de Vito ser brilhante. Mais do que se deixar levar por impulsos ou vingança, agora é o momento de ganhar o jogo e arrasar os adversários. Hora do advogado e do *Bitterman* do LoT agirem conjuntamente. Que comecem os jogos.

» » « «

Que estranho, Mauro não entrou em contato, pensou Marlon. Pode ser que tenha desistido da extorsão. E, negociar rapidamente com a TOTEM, pegar o dinheiro e sumir com a família para o exterior passa a ser seu plano. O que parecia perdido, agora parece promissor. Encontra Hildebrando no aeroporto e partem ambos animados para São Paulo.

» » « «

Marlon e Hildebrando chegam a São Paulo. Vito e Calabar os recebem no escritório. Hildebrando agradece a Calabar por iniciar as negociações, elogia o fato de cumprirem a palavra de buscar um acordo após a sentença. Para quebrar o gelo, conta histórias sobre suas passagens por São Paulo. Falador, logo cria um clima de cordialidade entre todos.

Marlon e Hildebrando permanecerão em São Paulo por dois dias, para que as conversas ocorram sem pressa. Hildebrando aproveita para dizer que espera a companhia de todos em uma noitada na cidade, de preferência em alguma boate cheia de garotas. Como havia as restrições por conta da pandemia, a maioria dos lugares está fechada, mas algumas boates continuam funcionando clandestinamente.

Calabar, acostumado a conversas introdutórias, interrompe quando o assunto descamba para a baixaria, sobre noitadas de putaria.

— Muito bem, senhores, a conversa está ótima, mas vamos ao motivo de nossa reunião. Agradeço a presença dos senhores e os parabenizo pelo êxito alcançado na demanda até agora. Estamos prontos a iniciar a negociação.

— Prezado Calabar — tomou a palavra Hildebrando —, nós que agradecemos a acolhida. Queria parabenizá-los por lutar uma boa batalha nesse processo, com muita lealdade e fidalguia. De nossa parte, viemos aqui dispostos a tentar encerrar a demanda, estamos aqui para ouvi-los e para nos fazermos ouvidos.

— Se me permitem — Vito toma a palavra —, ressalto que lutamos a primeira das batalhas, mas a guerra ainda está longe de terminar. Temos que ter isso em mente para não acharmos que estamos aqui em um negócio com valores estipulados. Estamos bem longe disso, mas dispostos a chegar a uma solução que, ainda que não seja perfeita para todos, seja aceitável. — Vito fechou o semblante e deixou claro que não seria uma negociação com valores estratosféricos.

— Doutor — interrompeu Hildebrando —, não viemos aqui discutir quem tem razão. Deixemos isso para a Justiça. Estamos aqui dispostos a ouvir a proposta da TOTEM. Dos demais assuntos, nos abstemos de qualquer comentário.

— Pois bem, então, antes de apresentarmos uma proposta, gostaria de tirar uma dúvida, pode ser? — questionou Calabar.

— Claro, Calabar, qual é? — Hildebrando permanecia atencioso.

— Há um aspecto que não entendi. Eu gostaria de saber do sr. Marlon se ele vendeu metade dos direitos da CIDA para uma pessoa de nome Irineu. Precisamos saber se vamos negociar a totalidade do acordo ou se teremos que conversar com essa terceira pessoa também. Pode esclarecer, Marlon?

Nesse momento, Calabar e Vito percebem que Hildebrando olha espantado para Marlon. Está claro que ele não conhece essa parte do negócio de Marlon. O desconforto é evidente e Marlon se apressa em responder:

— Isso aí — começa Marlon — é coisa minha e do Irineu. Não tem nada a ver com a TOTEM. Eu não tinha dinheiro pra montar o laboratório e ele montou, pagou tudo. Não tem relação com a negociação.

— Mas — continuou Calabar — ele colocou o dinheiro sem esperar nenhum retorno? Ele deu o dinheiro a troco de nada?

— Não. Já falei que é coisa nossa, eu me acerto com ele — teimou Marlon.

— Marlon, não queremos nos intrometer em sua vida. Mas, eu não posso fazer nenhum acordo sem saber se os direitos da CIDA pertencem totalmente a você e recebi um documento em que você concede metade dos direitos para Irineu.

— Como assim? — Nesse momento, nem Hildebrando consegue disfarçar a surpresa.

— Doutores! — gritou Marlon. — Eu assinei esse documento faz tempo. Ele ajudou a montar o laboratório e me comprometi a depois repartir com ele o lucro com as invenções. Então acho que vocês têm que se acertar comigo e depois eu me acerto com o Irineu.

— Não é isso que diz o documento. Ele deve participar da negociação, ou ainda nós podemos acertar a parte dele com ele. Ele é dono da metade da CIDA, para simplificar. O contrato entre vocês é claro, não há o que discutir.

Nesse momento, Hildebrando pede a suspensão da reunião. Com toda a honestidade, afirma que tomou conhecimento de Irineu e do documento naquele momento e não se sente confortável em continuar a conversa sem antes proceder à sua análise.

Vito e Calabar dão uma cópia do contrato para Hildebrando e concordam com a interrupção.

A reunião será retomada às nove horas no dia seguinte. Até lá, Marlon terá que explicar ao seu advogado o que escondeu. Hildebrando, pela primeira vez, parece irritado.

Ao final da reunião, recomposto da desagradável surpresa, Hildebrando fica batendo papo com Calabar. Vito e Marlon saem da sala de reunião. Vito se despede:

— Até amanhã, Marlon. Quem te mandou um abraço foi o Mauro, o investigador. Estamos trabalhando juntos. — E se retira, vendo o terror se instalar imediatamente no inventor.

» » « «

Chega a noite; Calabar fica em casa e Marlon, no hotel. Vito leva Hildebrando a uma das boates abertas durante a pandemia. Como diz a música, é uma boate na zona sul, onde se bebe demais e se esquece de tudo. A boate tem taxa de consumação de dois mil reais por pessoa, além das despesas que o cliente tem com as garotas.

A boate Splendida fica em um bairro residencial. Tem entrada discreta, uma pequena porta. Do lado de fora se vê apenas um belo jardim florido. Após o jardim está o acesso à casa, tudo muito bem planejado. Os manobristas rapidamente recolhem os carros na rua, para que clientes não sejam vistos chegando ou indo embora.

Ao acessar a boate, o cliente recebe um cartão numerado onde as despesas são lançadas para serem pagas na saída; não há necessidade de fornecer nome ou apresentar documento. O primeiro ambiente da casa é um restaurante com mesas dispostas com bom espaçamento entre elas. Um buffet de pratos quentes fica exposto, consumido basicamente pelas garotas, enquanto os clientes preferem pedir garrafas de uísque, vodca e gim nas mesas.

No ambiente ao lado, bandas tocam ao vivo, revezando-se no palco, com uma pista de dança e sofás dispostos ao longo do salão. É um ambiente mais descontraído e dançante. Ao fundo desse ambiente de shows há um sushi bar, um ambiente silencioso para negócios e onde as garotas não entram.

Como a casa é frequentada por empresários, magistrados, políticos e pessoas que necessitam de discrição, há uma sala totalmente isolada de qualquer som que é utilizada para telefonemas. Na Splendida todos gastam além do valor da consumação. Muitos têm garrafas de bebidas personalizadas, enfileiradas em uma estante no bar da casa.

As meninas são discretas e educadas, não abordam clientes, aguardam um sinal para se aproximarem. Hildebrando rapidamente se ambienta, sente-se à vontade na Splendida, aparentando ser um assíduo frequentador de boates.

Vito vai à sala privada dar alguns telefonemas e meia hora depois, quando retorna ao salão dançante, Hildebrando está cercado por quatro garotas espalhadas pelo sofá em L. Na mesa de centro há uma garrafa de uísque irlandês e muitas bebidas para as acompanhantes, além de petiscos como queijo provolone, salame e azeitonas. Hildebrando parece uma criança em um parque de diversões.

Fingindo beber, Vito segura um copo de vodca, mas está bem contido, pois não quer perder o foco no que planejou. Seu objetivo não é falar com as garotas, mas sim encaminhar os negócios com Hildebrando. Depois de uma hora, Hildebrando vai até o bar e Vito pergunta:

— Gostou da boate, Hildebrando? Aconchegante, não?

— Adorei, Vito. Em Brasília não tem lugar desse nível, não, os lugares são mais rústicos e a bebida não tem essa qualidade. Aqui todo mundo se diverte, conversa à vontade, tem todo um clima legal. Não é aquela coisa de já chega, leva a menina pro quarto e meia hora depois vai embora.

— Fico feliz que tenha gostado. Você é meu convidado, pode escolher o que quiser, despesas por minha conta.

— Muita gentileza, Vito, você é um grande sujeito. — A voz está embaralhada pela bebida.

Avançam noite adentro. Na madrugada, Hildebrando está cansado e, curando-se da ressaca com uma garrafa de água, encosta no balcão próximo ao palco. Vito aproveita a ocasião:

— Hildebrando, falo em meu nome e da TOTEM: gostamos muito da tua atuação e, caso façamos acordo, queremos que você trabalhe conosco nos próximos anos. Queremos que você seja nosso parceiro em Brasília e integre o time. Senti uma afinidade contigo logo de cara.

— Agradeço muito os elogios, Vito, mas temos que aguardar. Neste momento, estamos em lados opostos. Vamos ver como evolui a negociação e depois conversamos.

— Hildebrando, eu não queria tocar nesse assunto, mas, como você mencionou, qual é a expectativa de valor que vocês trazem para a negociação? Não quero antecipar nossa reunião, mas muitas vezes os advogados se entendem melhor do que as partes. Negociam racionalmente.

— Minha expectativa é garantir o melhor acordo possível para o Marlon, até porque meus honorários são um percentual do que ele receber. Quero um bom acordo.

— Todos queremos um bom acordo, meu amigo, mas em termos de valores, de ordem de grandeza, você deve ter um número mágico que entenda como aceitável. — Vito sonda o tamanho do apetite de Hildebrando.

— Sei onde você quer chegar, e como colega vou dizer. Imagino que, no mínimo, meus honorários sejam de 20 milhões em caso de acordo, o que projeta um valor global de ao menos R$ 200 milhões.

— Desculpe minha abordagem direta, não quero ser deselegante. Mas, tua expectativa não é muito distante do que a empresa imagina para você. Veja, dentro dos mais estreitos limites éticos, tenho uma proposta não oficial para compartilhar contigo, toparia ouvir?

— Fique à vontade, Vito. Não sendo nada que prejudique o cliente, estou disposto a ouvir e confesso que gostaria de encerrar a demanda rapidamente.

— Como te disse, atuamos com ética sempre. Apesar de adversários no processo, gostamos muito do trabalho que desenvolveu e queremos que trabalhe conosco nas próximas demandas. Após o encerramento do litígio com Marlon, queremos te propor um contrato de cinco anos com a empresa.

— Fico envaidecido, Vito. Qualquer advogado gostaria de trabalhar para a TOTEM, é uma grande empresa. Uma empresa muito cobiçada e com boa reputação.

— Veja, Hildebrando, o contrato que te propomos terá um faturamento médio de dois milhões de reais por ano e queremos propor assiná-lo com prazo de cinco anos, um rendimento de dez milhões. E, para que você tenha a certeza da seriedade da proposta, assinaríamos contigo logo após o acordo com Marlon. E, no acordo propomos te pagar outros dez milhões de reais como honorários. O almejado valor de vinte milhões se realizaria e mais, seus serviços para a TOTEM poderão se ampliar e render além disso.

— Me parece um valor passível de ser estudado. Mas, tudo depende de Marlon. Não forçarei ele a aceitar valores que não considere justos. Não posso trair a confiança do cliente.

— Hildebrando, respeitaremos as vontades do seu cliente. Mas, quero desvincular a sua remuneração da dele, porque podemos também fazer outros negócios com ele. Quero apenas que você nos autorize a negociar separadamente com ele, deixarmos estabelecido aqui por nossa palavra mútua que, mesmo que o valor acordado com Marlon ao final seja menor que duzentos milhões, os seus honorários serão de dez milhões de reais e contrato de cinco anos com a empresa, rendendo outros dez milhões.

— Veja, Vito, o Marlon não é bobo. Ele conhece os números e tem a expectativa dele, mas de minha parte tudo bem, ele é o dono do negócio. Você garante os meus dez milhões e o contrato de cinco anos e, se conseguir convencer ele, tem o meu compromisso. Não me oporei.

— Fechado, Hildebrando, espero que tudo dê certo, pois será um prazer trabalhar contigo. Formaremos um grande time, você é um excelente profissional, executa as estratégias de forma perfeita. Estamos muito impressionados.

E a conversa segue, descambando para a putaria novamente. Por volta das quatro da manhã, quando Vito está levando Hildebrando para o hotel, ouvem no rádio:

> *Atenção, ouvintes: não se esqueçam que o governador determinou o lockdown na cidade. Com isso, somente serviços essenciais podem funcionar; todo o comércio, escritórios e demais serviços devem fechar.*

A notícia interrompe a negociação. Os escritórios devem fechar e sabe-se lá quando reabrirão.

29

Em São Paulo, enquanto Vito e Hildebrando estavam na Splendida, o governo anunciou um *lockdown* imediato. As pessoas devem permanecer em casa e o comércio e demais serviços, fechados. Os voos nacionais são suspensos, inclusive o que levaria Marlon e Hildebrando de volta a Brasília.

Após ouvirem a notícia, Vito e Hildebrando sabem que a reunião será adiada, ao menos até que arrumem um local privado. Como Hildebrando arrumou uma namoradinha na boate, o lockdown é o álibi perfeito para ele ficar uns dias a mais em São Paulo.

Marlon pretende voltar a Brasília e aguardar por lá até a nova reunião, quer fugir de Mauro e Vito. Como não há voos, irá de ônibus, uma viagem de mais de dez horas. Ao saber disso, Vito oferece seu motorista particular para levá-lo a Brasília. Hildebrando pede a Marlon para aguardar o motorista na frente do escritório de Vito.

Uma hora depois Marlon chega cabisbaixo e aguarda no térreo pelo motorista, mas Vito já está por lá.

— Bom dia, Marlon, dormiu bem?

— Bom dia, doutor. Mais ou menos. Obrigado por me arrumar o motorista, qual o custo?

— Não tem custo, Marlon, fica como um favor entre adversários, porém que podem ser amigos ou não.

— Obrigado, doutor, de minha parte, agradeço o tratamento. Muito gentil.

— Marlon, vamos tomar um café rápido na minha sala enquanto o motorista não chega. O escritório está fechado, mas dá pra tomarmos um café.

Relutante, Marlon aceita.

Ao se acomodar na poltrona da antessala de Vito, começa defensivamente:

— O doutor sabe que não posso falar nada sobre o processo sem o meu advogado. Sou muito correto com ele.

— Marlon, não vamos falar do processo, vamos falar de você. Você é um assassino, um maníaco e pode apodrecer na cadeia até o fim da vida. Minha vontade é de arrebentar sua cara.

— Não estou entendendo... — Marlon já havia entendido, mas resiste até onde pode.

— Você sabe que o Mauro trabalha comigo. Tenho todo o material da sua sala de experiências mortais. Não preciso repetir tudo que ele falou, não vamos gastar tempo à toa.

— Doutor, eu não sequestro ninguém e acho que vou me retirar...

— Retire-se e vou com Mauro direto para a polícia — a voz de Vito é forte e ameaçadora. Marlon permanece imóvel.

— Calma, doutor. Não é preciso ameaçar.

— Marlon — continua Vito —, não quero discutir o que você faz, mas quero entender o porquê. Você não se satisfaz sendo um inventor? Qual a necessidade de ser um assassino também? É o desejo de humilhar outro ser humano?

— Não sou assassino, doutor, nunca tive a intenção de matar ninguém. Realizo experiências científicas e isso pode envolver seres vivos que acabam morrendo nas experiências. Nunca matei ninguém a sangue frio.

— Você sabe que mata, sim. Como você explica o que fez com as crianças em seu laboratório? Como justificar tamanha atrocidade com seres indefesos e sedados?

Cansado do desgaste e visivelmente angustiado, Marlon cede:

— Foram acidentes de percurso, doutor. Desenvolvi uma técnica capaz de curar uma série de problemas neurológicos em crianças. Com uma cirurgia cerebral, creio que posso reverter danos neurológicos tidos como definitivos. Quero melhorar a vida dessas crianças e dessas famílias, mas efeitos colaterais existem.

— Você chama as mortes das pessoas de efeito colateral? Sequestrar crianças, abrir a cabeça delas e deixá-las agonizar até a morte é apenas um efeito colateral qualquer? Como uma dor de cabeça?

— Doutor, o progresso da ciência acontece através de experiências. E mortes acontecem, não estamos isentos disso. A minha intenção era boa, assim que os experimentos tivessem resultados eu disponibilizaria os dados científicos para a Universidade de Brasília. E, tudo gratuitamente.

— Muito bondoso, estou comovido com tamanha bondade, filho da puta. E, além da crueldade dos experimentos você usa uma rede de pedofilia para sequestrar crianças.

— Eu compro, doutor. Existe um pessoal que traz as crianças com as características que eu preciso, não sei de quadrilha nenhuma e não tenho nada a ver com pedofilia. Eu encomendo o que preciso e eles me trazem. Pago dez mil reais por cada criança.

— Você usa uma rede de pedófilos, Marlon, mas não tem nada a ver com pedofilia? Você se associou ao que existe de pior, a escória humana. Você consegue ser igual ou pior do que eles. Que tipo de criança você encomenda? Abusa delas?

— De jeito nenhum. Não sou maníaco sexual nem pedófilo, realizo experiências em crianças com problemas de desenvolvimento mental. São crianças com síndrome de Down, com autismo, com outros problemas neurológicos.

— Você que tem problema mental! Todas as crianças especiais têm uma vida normal, crescem com amor e dedicação da família. Você, por egoísmo e crueldade, destrói crianças e famílias. Não consegue enxergar isso?

— Desculpe, doutor, nunca foi minha intenção. A atuação é para desenvolvimento científico apenas. Para dar soluções neurológicas a uma série de distúrbios.

— Sinceramente, você tem que ir pra cadeia porque certamente cometerá esses crimes novamente. E, sabe como Mauro descobriu a monstruosidade que você faz?

— Não sei, doutor.

— Uma menina com síndrome de Down sumiu. E, viu-se a imagem do seu Monza desovando-a na rodovia. A partir daí foi só te procurar e achar a sala secreta do laboratório. Helena, a menina que procuramos, está no pote 36.

— Doutor, repito que minha intenção não é matar. Quero o progresso da ciência. E, não sei nada de Helena, não sei o nome das crianças ou outros detalhes delas.

— Marlon, o corpo da criança foi encontrado no acostamento da rodovia Dutra, sem os braços. E, os braços dela estão conservados no pote que falei. Você que levou e abandonou o corpo dela? E por que veio até São Paulo?

— Doutor, respondo as perguntas, mas quero uma solução sem que eu seja preso. A menina tinha síndrome de Down, uma doença causada pela presença de três cromossomos 21 em todas ou na maior parte das células. Pessoas com síndrome de Down têm 47 cromossomos nas células, enquanto pessoas normais têm 46. Eu entendo que, se conseguir retirar o cromossomo a mais de uma célula e neurologicamente incentivar o corpo a multiplicar células pelo corpo, posso gradualmente reduzir a síndrome e curar a pessoa.

— Curar? Essas crianças não são doentes, são especiais, mas se desenvolvem. E, por que amputou os braços dela?

— Ela morreu acidentalmente e preservei os órgãos para futuras experiências. Não tem por que ficar com todo o corpo, dois membros são suficientes.

— E por que trouxe o cadáver até São Paulo?

— Para não levantar suspeitas. Sempre levo o corpo para o estado de origem, para parecer um crime local. Doutor, o senhor vê que estou colaborando e disposto a contar tudo que queira saber. Não vai me entregar, né?

— Por enquanto não, Marlon, mas vai depender do que acertarmos. Agora você voltará ao hotel, não irá mais para Brasília. Diga para a família que a negociação continua em um local fechado e estamos evoluindo. À tarde te aviso onde voltaremos a falar. E, vamos falar da TOTEM.

— Mas por conta da morte acidental o senhor vai me ferrar na negociação da CIDA? Ela é fruto de meu trabalho.

— Marlon, você é uma única pessoa, um monstro criminoso. Tudo se mistura, se interliga. Se quer alívio em um lado, vai ter que ceder no outro.

— Está entendido. Aguardarei no hotel. Não sairei do quarto.

— Ah, e não comente nada com ninguém e muito menos com Hildebrando. Vamos continuar falando somente entre nós por enquanto, não estamos falando do processo, e sim dos seus crimes. Não é preciso envolver o advogado.

— Combinado, doutor. Ficarei quieto no quarto. Imploro novamente para que não me entregue, minha vida está em suas mãos.

» » « «

Próximo ao meio-dia, Vito vai até Wanderley e conta a história definitiva sobre o assassinato de Helena. O casal está bastante deprimido, mas ao menos conseguiu dar uma despedida digna para Helena.

Vito abranda a história para não aumentar o sofrimento. Conta que Helena foi retirada do berço em um sequestro e haveria pedido de resgate. Mas, durante o percurso aconteceu um grave acidente de trânsito e todos morreram, inclusive os criminosos. Apesar da tristeza, os pais se confortam pela partida sem sofrimento da filha querida. Foi um acidente e a morte foi instantânea.

Wanderley e Silvia não perguntam sobre a autoria do sequestro, isso não trará Helena de volta. Estão de luto e orando muito. O quarto da menina será transformado em um memorial, repleto de fotos, de brinquedos e demais recordações. E, vão montar um instituto para homenagear a filha e auxiliar outras famílias de crianças com síndrome de Down.

Ao retirar-se, Wanderley o acompanha até o carro e pede:

— Vito, me ajude. Se Helena não era minha filha, mas sim do Dr. Ricardo, quero ficar frente a frente com ele. Entender a motivação que o levou a praticar o crime. Quero encontrar esse cidadão.

— Wanderley, posso te dizer que se trata de dupla motivação. Os crimes dão satisfação a um abusador serial, o criminoso não tem sentimento ou empatia pelos outros, quer demonstrar poder. Além disso, o médico é tomado pela vaidade, queria os melhores resultados em reprodução a qualquer preço. Ele está preso e deve ficar preso até o fim de seus dias, esqueça essa ideia, não acrescentará nada.

— Vito, eu te peço. Preciso falar com esse cidadão. Entendi a explicação, mas não basta. Quero olhar na cara dele. Quero que ele perceba o que fez comigo e sofra com isso.

— Wanderley, ele não vai sofrer ou se arrepender, mas, se é tão importante pra você, verei o que posso fazer. Mas, fique em paz, não perca tempo com pensamentos sobre esse monstro. Deixe Helena descansar em paz.

30

O Ibirapuera está fechado. Nem os jatos de água que normalmente caem sobre os lagos estão funcionando. Perto do ginásio foi montado um hospital de campanha para atender pacientes de covid-19 que não estejam em estado grave. Há um intenso movimento de ambulâncias.

O planeta vive em função da doença. Só se fala de pandemia. Locais públicos e comércios estão fechados, restaurantes atendendo somente em delivery, bares fechados e com limites de pessoas, peças de teatro canceladas e cinemas fechados.

A covid-19 causa enormes prejuízos e mata milhares de pessoas. Causa a internação de outras milhares e alimenta uma prática antiga no país, a corrupção. Surgem denúncias de obras superfaturadas e compra de insumos (equipamentos de proteção, luvas, seringas) com valores muito acima dos praticados no mercado. Políticos e funcionários públicos corruptos não se contêm nem em situações extremas; a corrupção é como uma doença. O desvio de dinheiro público para bolsos privados.

Eventos negativos se acumulam. A pandemia aumenta o número de agressões a mulheres e de feminicídio, mostrando a incivilidade de muitos homens para conviver sob um mesmo teto. Vemos cenas de racismo em jogos de futebol e negros sendo espancados e mortos por policiais.

Depois de falar com Marlon, Vito pede a Teresa Cristina para ir ao escritório e preparar documentos para um eventual acordo. Explica a linha geral que deverá prevalecer e pede a ela que deixe em branco apenas os valores a serem pagos. Convoca Marlon para retomar a conversa às duas da tarde.

Ao chegar para a continuação da conversa, Marlon está esperando, balançando incessantemente as pernas, sem conter a ansiedade.

— Vito, esse Marlon está completamente perturbado, fragilizado. Nem parece que ganhou mais de um bilhão no processo judicial. O que está acontecendo, ele é maluco? Tenho medo desse tipo estranho — diz Teresa, preocupada em ficar sozinha com ele.

— Por que você acha isso? Ele fez alguma gracinha ou foi inconveniente? Não acho ele perigoso, não. — Vito não abre o que descobriu para Teresa.

— Nada disso, não é assediador. Mas, veio desabafar, dizer que não sabe quanto tempo aguenta uma batalha como essa. Que achava que tinha condições de suportar a pressão, mas que o corpo dele não suporta tanto desgaste. Está quase chorando. Esse não é o comportamento de quem teve uma grande vitória. Tem coisa errada aí...

— Teresa, não viaje. Não há nada de errado, converso com ele para tentar costurar um acordo, não tenho nada a ver com problemas pessoais que ele possa ter. Você e suas teorias conspiratórias...

— Não esperava outra resposta. A ogrice de sempre. Bom, deixa eu trabalhar, pois alguém tem de fazer as coisas por aqui. Para que a estrela brilhe, a constelação tem que se mexer.

— A filosofia de botequim... O que se leva dessa vida é a vida que se leva.

Marlon está acabado. Olheiras profundas, respiração ofegante, mãos trêmulas, corpo curvado e quase tendo um ataque de pânico, mas era assim que Vito o queria. Hora de retomar:

— Marlon, conseguiu almoçar no hotel? — Vito não tem interesse nenhum na resposta.

— Não, doutor, estou sem apetite. Tomei um café apenas.

— Quer que eu peça um lanche pra você?

— Não quero. Não tenho vontade de comer nada. Quero resolver tudo logo, doutor. Estou me sentindo cada dia mais doente e com dores pelo corpo. — O tom de voz é de uma súplica.

— Bom, antes de retomar, quero te tranquilizar. Meu objetivo não é te denunciar ou punir pelos atos criminosos. Isso é problema da polícia e se tivermos uma boa solução não farei nada nesse sentido. Mas, você tem que entender a seriedade da situação e fazer grandes concessões. Tudo tem seu preço.

— Agradeço, doutor. Se houver a garantia de que não serei preso nem a honra da minha família manchada, estou disposto a ceder.

— Você aprendeu a fazer as experiências com seres vivos com seu pai em Israelândia, não foi?

— Foi, sim, senhor. Ele criava animais para vender a carne. Comecei assistindo o abate dos bois e depois as experiências no galpão da fazenda. Cresci assistindo e lá mesmo comecei a praticar.

— Marlon, me conte o que você sabe do seu pai. No final te explico o que você ainda precisa saber.

— Não sei por que torturar mais ainda, doutor, com esses assuntos de família. Não podemos discutir logo os termos do acordo do processo e encerrar tudo isso?

— Acredite, é importante falar sobre seu pai, tudo tem uma ligação. Não pretendo tocar em outros assuntos, mas esse é necessário, você entenderá.

— Está bem. Meu pai, Antônio Pereira, era um homem do campo, da vida rural. Cuidava da fazenda, do gado, das plantações e da horta. Era um homem tranquilo, carinhoso comigo e com a mamãe. Era benquisto em toda a cidade, um homem de família.

— Ele alguma vez comentou sobre a infância e juventude dele? Te contou o que ele fazia?

— Não, ele era muito fechado, típico descendente de poloneses. Não falava do passado, apenas que foi uma vida com dificuldades pelos horrores da guerra. Mas, deve ter sido cientista ou algo assim. Foi ele quem me ensinou o amor pela ciência e por inventar coisas.

— Marlon, sinto decepcionar, mas você conhece apenas uma parte da vida do seu pai. Ele nunca contou do passado para escondê-lo. Ele não era brasileiro como você pensa nem descendente de poloneses. O seu pai nasceu na Alemanha e serviu ao nazismo. Veio para cá para se esconder e não ser julgado por crimes de guerra.

— Não, doutor, o senhor está se confundindo. Meu pai era brasileiro, eu tenho os documentos dele até hoje. Se o senhor quiser, eu mostro a certidão de nascimento do papai.

— Marlon, esses documentos que você tem são falsos. Conversamos com o cartorário aposentado que fez essa certidão e hoje ele tem mais de oitenta anos. Ele lembrou-se do caso, confessou a falsificação e até a propina que recebeu, uma grande quantia na época.

— Não é possível...

— Veja aqui comigo as fotos dele mais jovem e de uniforme do exército nazista. O verdadeiro nome dele era Brack, ele foi médico do exército de Hitler.

— Parece ele... Tem certeza? — Marlon olhava as fotos com espanto.

— Vou contar um pouco mais sobre ele. No meio da Segunda Grande Guerra, quando lutava pelo nazismo, ele desertou e se refugiou na Inglaterra por alguns anos e depois nos Estados Unidos. Quando a guerra se aproximava do final, ele fugiu para o Brasil para não ser reconhecido, preso e julgado. No Brasil se transformou em Antônio Pereira. E, ninguém procuraria um nazista em Israelândia. Esconderijo perfeito. Ele realizava experiências com animais vivos, antes de matá-los. Queria gerar sofrimento, dor física e submissão. Depois ele se casou com Iracema, sua mãe, e o casamento ia às mil maravilhas. Então você nasceu para coroar a harmonia do casal.

A expressão de Marlon é de choque. Ele achava que conhecia bem o pai e descobre que nem a origem sabia. O pai era médico nazista...

— Doutor, nunca desconfiei de meu pai... o senhor tem certeza do que está afirmando? Tem certeza de que é ele nessas fotos?

— Tenho absoluta certeza e ao final te darei cópia dos documentos que comprovam isso para você. Mauro fez um trabalho impecável. Sabe mais sobre os seus pais do que você mesmo.

— Desculpe, não sei o que dizer, doutor. Nunca imaginei isso, meu pai, um nazista. Abomino esse tipo de coisa, mas isso é relevante para nossa negociação? Meu pai teve uma vida pacata no campo, até morrer de infarto fulminante enquanto calçava suas botas, em 1968.

— Assim como você, seu pai cometeu uma série de crimes durante a Segunda Guerra Mundial. Sempre foi inteligente para negociar saídas, debandar para outros países. Conseguiu até apagar o passado e nunca sofrer punição. Viveu feliz e em paz com a família que constituiu. O que eu quero te propor é algo parecido, consegue perceber?

— Sim, e isso é tudo o que mais quero. Agradeço e serei eternamente grato se conseguirmos.

— Assim como seu pai, a proposta é apagarmos o passado de crimes e experiências bárbaras. Só que, para avançar, você tem que diminuir seu pedido de valores. Pensou em qual o valor final que você aceita receber da TOTEM em um acordo?

— Doutor, os cálculos feitos pelos peritos independentes que contratamos apontam o valor de um bilhão e meio de reais, mas nós pensamos em ceder e podemos fechar um acordo por cerca de 750 milhões, metade do valor devido, abrindo mão de 50%.

— Uma negociação nesses termos ocorreria antes de sabermos dos crimes que você cometeu, Marlon. Agora que temos um arsenal de provas capazes de prendê-lo pelo resto da vida e também sabemos dos crimes do seu pai, temos que diminuir esse valor. Quanto você aceita nas novas circunstâncias?

— Doutor, concordo em abaixar o valor para 500 milhões. Retiro 250 milhões, uma quantia bastante significativa. Creio que cair de um bilhão e meio para 500 milhões, uma economia de um bilhão, será um grande resultado para a empresa.

— Você está de brincadeira, seu filho da puta! Se é assim que quer negociar, vou foder você. Vou te entregar. Na cadeia, quando estiver sendo estuprado pelos vinte companheiros de cela, você se lembrará da proposta ridícula que me fez. Você sabe que aqueles que cometem crimes com crianças viram mulher no presídio, né?

— Calma, doutor, estamos negociando. Não fique ofendido. Quanto o senhor quer que eu ceda?

— Cheguei no limite, a paciência acabou. Não quero mais perder tempo com conversas inúteis. Vou te fazer uma proposta que não admite negociação. Ou você aceita ou a conversa está encerrada e você será desmascarado e preso por seus crimes. Sua família terá o nome manchado para sempre.

— Doutor, não se exalte assim. Tá bom, me fale a proposta. Tenho toda a boa vontade em ouvir.

— Como eu disse, é aceitar ou arcar com as consequências. A empresa pagará 5 milhões a você para encerrar o processo e ter autorização para usar a CIDA por tempo indeterminado. E, você não será punido pelos crimes bárbaros que cometeu.

— É muito pouco. Como explico para o dr. Hildebrando se eu aceitar receber só isso? Ele não aceitaria um acordo de 5 milhões, os honorários dele são calculados sobre o valor que eu receber.

— Marlon, justificar o valor não é uma grande dificuldade. O resultado do processo poderia mudar nos tribunais e você preferiu ter o certo a continuar lutando pelo duvidoso. Isso é uma grande justificativa. Além disso, o acordo será sigiloso, não será juntado no processo, que será extinto. E, em relação ao Hildebrando, não se preocupe, eu me acerto pessoalmente com ele.

— Acho difícil. Dr. Hildebrando não vai abrir mão de honorários.

— Chega de discussão, já falei que me acerto com Hildebrando. Quero apenas sua resposta e essa é a proposta final. Você tem até meia-noite para chegar a uma decisão e me comunicar. Depois desse prazo denunciarei os crimes para as autoridades policiais e o dinheiro não fará diferença, pois você ficará preso pelo resto de sua vida.

— Mas, doutor, melhore um pouco esse valor. O senhor está me tirando praticamente tudo.

— A reunião está encerrada. Me mande uma mensagem com sua decisão, dizendo apenas sim ou não. Se aceitar, assinamos os documentos e encerramos. Caso contrário, já sabe...

Marlon sai perturbado do escritório de Vito. Achava que haveria uma redução de valores, que seria chantageado, mas não imaginava que seria tanto. A proposta retira quase tudo que ele ganhou no processo em troca de não ir para a prisão. Não se conforma que um vacilo tenha representado a perda de um dinheiro que levou a vida para ganhar. Há meses pensava em dar fim ao material armazenado em sua sala e não o fez, agora essas provas destruíram sua vida.

» » « «

Com o *network* de Mauro no sistema penitenciário, Wanderley consegue ficar frente a frente com Dr. Ricardo em uma sala do presídio de Tremembé. O médico usa uniforme de detento, calça cáqui, camiseta branca e anda de chinelos. Barba por fazer, aparenta estar abatido, mas mantém o ar arrogante.

— Minha vontade — começa Wanderley — é espancá-lo até a morte. Mas, isso não resolve os problemas, só suja minhas mãos. Quero entender o porquê de seus atos, por que submeter mulheres a tanta crueldade e enganar casais que buscavam conceber um filho?

— Quem é você mesmo? Seu rosto não me é estranho. Acho que já o vi antes, sei lá. — Ricardo realmente não lembra de Wanderley.

— Sou um dos milhares de pacientes da tua clínica. Daqueles que foram buscar a felicidade de ter um filho e descobriram que sequer são pais da criança que nasceu. Porque você, seu monstro, gerou crianças com seu material, inseminou minha esposa com seu esperma. Que nojo. — Wanderley estava em seu limite, continha-se para não agredir Ricardo.

— Ah, você era paciente. E, como conseguiu entrar aqui e falar comigo? Imagina se tudo quanto é paciente começa a entrar aqui, vira uma bagunça. Vou falar com o diretor do presídio. Bom, se eu fiz isso, se inseminei sua esposa com meu esperma, resolvi teu problema. Você teve o filho que tanto queria e que não conseguiria sem a minha ajuda. Devia me agradecer. O resultado foi obtido. — A prisão não diminuiu a arrogância de Ricardo.

— Eu deveria é te matar, seu desgraçado, mas o melhor é você sofrer muito na cadeia, até o fim dos dias. Vou gastar o que for preciso para que isso aconteça. Por que você fez isso com os pacientes?

— Eu não acho que prejudiquei. Busquei o resultado que as pessoas me pediam. Você desejava um filho e eu lhe dei um filho. Fiz você se sentir um vencedor e não um perdedor, o que realmente você parece ser. Em sua impotência, certamente você não conseguiria sem minha ajuda.

— Quer dizer que você justifica seus crimes com o argumento de que ajudava as pessoas? Eu nunca quis um filho com seu material genético. Como você imaginou isso? Você tem realmente uma mente doentia.

— Não seja mal-agradecido. Aposto que você ama seu filho ou filha, que nasceu somente porque eu encontrei a solução. Eu ajudei pessoas como você, caso contrário a frustração continuaria, a paternidade jamais seria realizada. Tudo que você sente só é possível graças a mim.

— Impressionante, você realmente acha que ajudava as pessoas. Ajudou também as mulheres que assediou ou estuprou, aquelas que você sedava para abusar?

— Não sei do que você está falando. E, o que isso tem a ver contigo? Você é investigador? Está me gravando?

A partir desse momento, Ricardo mantém-se em silêncio e a conversa se encerra. Mas, foi o suficiente para Wanderley perceber que uma mente doentia como a de Ricardo nunca se arrependerá pelos crimes que cometeu. E, faria de novo.

Como psicopata, Ricardo é desprovido de sentimentos, de valores morais e de qualquer humanidade. Só se interessa pelo próprio sucesso, a vaidade da melhor clínica, dos melhores resultados, sem preocupação com princípios éticos.

Wanderley tem certeza de que Ricardo é sociopata e fez a mesma inseminação em vários casos, não foi algo pessoal, foi doentio. Movido pela vaidade e ambição, o médico utilizava-se de qualquer solução para manter o prestígio. Era uma forma de manter o destaque social e o poder. E, o prazer de submeter as vítimas a suas vontades, dos assédios aos estupros.

Depois de pensar, Wanderley resolve manter em sigilo a história. Nada traria Helena de volta e a divulgação de que ele não era o pai da menina mancharia a memória da filha. Sem contar que prejudicaria até suas empresas; qualquer notícia sobre ele envolveria o grupo WBS. Por incrível que pareça, após tornar-se vítima pela morte da filha, as vendas cresceram por volta de vinte por cento. Ah, a solidariedade cidadã.

Uma semana depois da visita de Wanderley, com base em dois laudos médicos que apontaram doença cardíaca com risco de morte a qualquer momento, Ricardo consegue o benefício da prisão domiciliar para realizar o tratamento. Os laudos são um engodo, uma simulação assinada por médicos comprados por uma fortuna para atestar uma doença inexistente.

E, na prisão domiciliar, Ricardo faz uma fuga espetacular para outro país. Retira a tornozeleira eletrônica em casa, para que a localização permaneça fixa. Contrata um voo clandestino até a Bolívia e de lá vai de carro até a Venezuela. A fuga provoca uma verdadeira caçada por parte das vítimas, jornalistas e polícia. Depois de muitas investigações e divulgação de fotos em redes sociais, Ricardo acaba recapturado e volta para Tremembé.

O médico, valendo-se de excelentes advogados, ingressará com todos os tipos de recurso, e por vezes conseguirá retornar para a prisão domiciliar, um vai e vem entre a prisão e a cobertura de um luxuoso prédio em área nobre da cidade. Marmitas entremeadas com períodos de caviar e champanhe.

» » « «

No hotel, Marlon segue inconformado. Sua vida virou um inferno. Há poucos dias se falava sobre a vitória do inventor brasileiro. Ficou famoso como inventor, reconhecido por construir soluções para a sociedade, e agora, se não ceder, será notícia como um criminoso cruel.

Tentando enxergar onde errou, o telefone do quarto toca. Deve ser Maria.

— Quem fala é Marlon?

— Sim, sou eu. Quem é?

— O fornecedor. Sabe do que estou falando, né, velhote...

— Sim, sei — Marlon identifica a voz do entregador de crianças para as experiências.

— Quero te dar um recado. Se você abrir a boca em qualquer conversa ou para qualquer autoridade sobre os negócios, tua família sofrerá muito. Tá avisado — e desliga.

Marlon fica aterrorizado. Júlio Vingador, codinome de Júlio da Paz, é o maior bandido de Brasília. Ele arrumava as crianças para as experiências. O Vingador está de olho nele e qualquer passo em falso será fatal para sua família. A história dos crimes não pode vir à tona, o acordo significa salvar a família de retaliações.

Ele nunca quis saber como as crianças eram obtidas. Eram uma mercadoria. Ele encomendava, pagava e recebia. Algumas vinham com um breve histórico médico e poucos dados pessoais, outras sem nada. Ele nunca quis saber de mais nada.

Tinha a mesma forma de pensar do pai. O dr. Brack, que desenvolveu o gaseamento nas câmaras de gás, nunca se sentiu responsável pelos milhões de mortes que causou. Marlon usou crianças sequestradas, mas não se sente alimentando uma rede de tráfico de crianças.

Agora está em um beco sem saída. Ou se acerta com Vito, ou será denunciado e preso, com risco de ser morto. Ou faz o acordo ou terá que lidar com a fúria de Júlio Vingador. Não há mais saída.

31

Elaine Aguiar era babá de Helena. Tem 31 anos e curso superior incompleto em enfermagem. É uma moça que muitos acham bonita, de cerca de 1,70 metro, nem magra nem gorda, cabelos longos e negros quase na cintura, por conta da religião evangélica a que se devota desde a infância.

Sempre esforçada e estudiosa, quando não conseguiu manter a faculdade por dificuldades financeiras, tornou-se babá. A função, apesar do preconceito por ser um tipo de trabalho doméstico, paga muito melhor do que trabalho em escritório ou comércio. Além disso, ela sempre teve muito jeito com crianças.

Elaine fez vários cursos de babá. Com os certificados, entrou em uma agência de empregos e logo começou a trabalhar. Em pouco tempo tomou gosto pela profissão, fez cursos de aperfeiçoamento e de língua inglesa. Especializou-se em famílias de classe alta, como babá bilíngue e conhecedora das regras de etiqueta social e de cuidados médicos.

Ao contrário do que se imagina, a classe mais abastada não paga mais que a classe média para as babás. Elaine não se queixa, pois nas famílias mais ricas o conforto e as comodidades compensam muito. E, nenhuma remuneração substitui o carinho que as crianças oferecem, a troca afetuosa e sincera nas relações.

No primeiro trabalho, Elaine cuida de dois meninos, gêmeos de sete anos de idade. Rapidamente pega intimidade com os pais e grande amor pelas crianças. É uma segunda mãe, muitas vezes até a primeira, já que a mãe viaja muito e não tem tempo para as crianças. Ela supre a ausência da mãe, com todo suporte emocional aos gêmeos e um tratamento impecável.

Trabalha por quase dois anos quando ocorre o evento que a traz de volta para a realidade. Elaine usufrui do conforto da casa e da boa alimentação que tem e sempre foi bem tratada, a ponto de se sentir quase um membro da família, mas essa sensação rui num único golpe.

Em um dia de frio fora de época, sem ter uma blusa para aquecê-la, Elaine pega emprestada uma blusa no guarda-roupa da patroa, para usar por apenas algumas horas. Após o uso a coloca de volta no armário, dobrando-a com muito cuidado.

No dia seguinte, levanta-se e a caminho da cozinha ouve uma discussão entre a patroa e o marido:

— Eu vi pela gravação da câmera que essa menina insolente usou minha roupa e sabe-se lá se não vem fazendo isso com frequência — berra a mulher.

— Quem usou? Elaine? E o que isso tem de importante? Se ela não roubou, deixa pra lá, ela é ótima e as crianças a adoram. É isso que importa — responde o marido.

— Não tem nada de deixar pra lá. Ela usa as coisas sem autorização. Agora vou ter que jogar fora todas as roupas, pois não sei quais ela usou. Você sabe que tenho um nojo dessas pessoas...

— Deixa de bobagem. Isso é besteira. Esquece isso. As crianças a adoram, não vá criar estresse por conta de uma bobagem.

— Não é bobagem. Ela usa roupas sem autorização, não vou suportar isso. E, vou botar fogo em tudo e comprar tudo de novo.

— Se você está pensando em botar fogo, por que não faz uma boa ação e doa essas roupas para Elaine?

— Não me irrite, estou enojada até agora e você com gracinhas.

Elaine ouve e sente uma facada no peito. Descobre que por trás da gentileza de tratamento se esconde uma forte discriminação social. Ela não é da família ou algo assim, tem que se colocar em seu lugar de inferioridade.

Descobrir que a patroa tem um nojo tão grande dela que pretende queimar todas as roupas por ela ter usado provoca um sentimento indescritível. Que tipo de gente pode ser tão amável e educada quando está na sua frente e ter nojo de você? Uma discriminação estrutural que a patroa nunca abandonará.

Sempre deu graças a Deus por não ter que lidar com pessoas que se julgam superiores e não cumprimentam porteiros e outros trabalhadores. Agora sente na própria pele o que é ser vítima de um ato de preconceito.

Arruma suas roupas e, com uma dor indescritível, pede demissão para a patroa. Inventa que a mãe está doente e que cuidará dela em Ribeirão Preto. Agradece a acolhida e atenção, diz que sentirá muita falta dos gêmeos e retira-se.

Larga o emprego sem ter nenhuma alternativa de sustento. E, sentindo uma humilhação infinita.

Um mês depois, através da agência de babás, recebe o convite para uma entrevista com Wanderley e Silvia. O casal acabou de ganhar bebê, uma menina com síndrome de Down. Buscam uma pessoa jeitosa para lidar com a menina, que necessita de cuidados especiais. Há uma simpatia mútua, o casal gostou muito de Elaine e ela, deles. Ela se torna a babá de Helena.

Elaine dorme no trabalho todos os dias. Vai uma vez por semana até sua casa na periferia da cidade para lavar e passar as roupas, pegar as contas e assistir um pouco de televisão.

Na mansão, ela ganha um confortável quarto na área de serviço com televisão, boa iluminação e até ar-condicionado. Há ainda um guarda-roupa com espaço suficiente para acomodar as roupas e outros pertences. O carpete torna o ambiente aconchegante. Além disso, pode trancar o quarto quando quiser, o que garante privacidade. Fica contente: agora tem seu espaço, é bem tratada e acha Helena uma criança adorável.

Os primeiros meses de Helena são muito difíceis. Ela chora todas as noites por cólica abdominal. Não responde muito a estímulos, mas tem um olhar contagiante, se comunica através dele e transmite muito amor. Mas, continua chorando até completar um ano.

Nesse ano, Elaine mal dorme. Como Silvia tem compromissos sociais noturnos, cabe a Elaine ficar com a criança, contando historinhas, brincando e cantando músicas de ninar, tudo com muito amor. Helena dorme pouco, pega no sono quase na hora que Elaine se levanta.

Quando Helena acorda, Elaine limpa o quarto, lava e esteriliza as mamadeiras e passa as roupas. Mantém tudo muito limpo, um hábito que carrega desde a infância.

Uma vez por semana, as roupas de cama da casa são enviadas para uma lavanderia que as higieniza com uma substância antibactericida. Elaine acha isso frescura, mas se habitua. Cada família tem suas manias e cabe a ela adaptar-se.

Toda segunda-feira Elaine tira os lençóis, colchas, edredons e leva tudo para a área de serviço. Por volta das dez da manhã, uma van da tal lavanderia antibactericida retira tudo. Uma pessoa paramentada com luvas e equipamento de proteção manipula as roupas de cama como se fossem lixo hospitalar.

O rapaz paramentado é Rafael, com a estranha profissão de recolhedor de roupas de cama. Por carência ou afinidade, Elaine se atrai por ele logo de cara. Rafael é um rapaz bonito, tem uns trinta anos, estatura mediana (cerca de 1,70 metro), superextrovertido, daquele tipo falador. Simpático, puxa conversa com Elaine todas as vezes que vai fazer o recolhimento. Descobrem logo uma coisa em comum, ambos não completaram a faculdade por falta de dinheiro. Como ela, Rafael sonha voltar para a faculdade.

Depois de semanas de conversas, Rafael convida Elaine para um encontro. Ela fica entusiasmada e receosa; hoje em dia, não se sabe quem é confiável ou quem é lobo em pele de cordeiro. Prevalece a carência emocional e Elaine aceita o convite, sente aquele frio na espinha quando vê Rafael, as tais borboletas no estômago.

Uns quinze dias depois, em um sábado em que ambos estão de folga, combinam de jantar. Rafael coloca a calça jeans mais nova que tem, uma camisa quadriculada de flanela azul e a bota de cowboy que o deixa alguns centímetros mais alto. Elaine coloca um vestido vermelho solto que é discreto, mas realça as curvas de seu corpo. Sexy sem ser vulgar.

Vão a uma cantina italiana do Bixiga, bairro boêmio tradicional da cidade, famoso desde que Adoniram Barbosa criou o samba paulistano exaltando imigrantes e pobres em versos únicos. Atualmente, o Bixiga está decadente e malconservado, não tem o glamour das décadas passadas. Elaine não conhece quase nada da cidade, pra ela tudo é novidade. Adora o ambiente alegre, com música italiana ao vivo e pessoas cantando e batendo nas mesas.

No jantar racham um prato, um delicioso ravióli recheado com muçarela de búfala. Elaine, que tem poucas oportunidades de falar de si mesma, conta toda sua vida para Rafael, que ouve com atenção. Até que, a certo momento, ele muda o rumo da conversa:

— Mas, Elaine, trabalhando como babá, como você acha que poderá retomar os estudos? Como melhorar de vida se você trabalha dia e noite e não tem tempo pra si mesma?

— Acho difícil mudar, né, Rafael? Não dá tempo nem sobra muito dinheiro. Mas, o salário paga o aluguel da minha casa e as contas e ainda consigo mandar a sobra para ajudar a família no interior.

— Ou seja, você trabalha dia e noite para pagar o aluguel e as contas de uma casa onde você praticamente não mora. Isso não é nada justo. Os patrões são sacanas com você, eles pagam horas extras pelo tempo que você fica com a criança além da jornada normal de trabalho?

— Não entendo nada disso, Rafael. Não acho que meu salário seja ruim. Não vou muito na minha casinha, mas moro numa casa confortável, com boa comida e um quarto só meu que tem até ar-condicionado. Adoro a bebê Helena e os patrões me tratam muito bem.

— Você já teve outros empregos antes, né, Elaine? Nunca teve problemas com chefes?

— Sim, tive um problema terrível. Nem gosto de falar sobre isso, até hoje me causa mal-estar e muito sofrimento. Me tratavam tão bem e um dia peguei minha antiga patroa falando mal de mim pelas costas, dizendo ter nojo de gente como eu, falando que tinha que queimar uma roupa só porque eu a vesti. Acredita nisso? Ainda existe esse tipo de gente.

— Existe e muito, se liga, Elaine. É assim, você acha que estão te tratando bem, mas falam mal de você pelas costas, até que um dia te mandam embora sem motivo e nunca mais querem ouvir falar de você. Esquecem que você existiu. Esse pessoal é tudo igual, não se iluda. Pra eles a gente é um objeto que eles trocam quando precisam.

— Nossa Rafael, não me assusta. Não dá pra generalizar. Você acha que todos os patrões são assim?

— Não acho, tenho certeza. Vivi situações iguais ou piores do que a sua. Eles nos discriminam e zombam de nós quando não estamos presentes.

Recordar o trauma do antigo emprego estraga a noite de Elaine. Traz de volta uma revolta varrida pra debaixo do tapete nos últimos meses. Mesmo assim, ela adora sair com Rafael. Ele a leva em casa num Fiat Uno vermelho, e ela gosta do conforto. Quando chegam, não sabe se deve convidá-lo para entrar ou não. Não convida, acha que não pega bem logo no primeiro encontro. Ele nada fala.

Em poucos dias, Elaine se apaixona. Durante a semana sente falta de Rafael, mesmo ocupada com Helena. E, jantar aos sábados vai se tornando um hábito.

Depois do quarto jantar e não aguentando mais a excitação que sente, Elaine convida Rafael para sua casa e passam a noite juntos. Ela tem pouca experiência, transou com dois ou três namorados. Rafael, para ela, é uma máquina de sexo, nunca viu nada igual. Passa a noite trepando nas mais variadas posições e goza várias vezes.

Só que Elaine estranha os pedidos de Rafael. Os outros namorados tinham sido diferentes. Rafael a penetra frontalmente até a primeira gozada. Depois só quer colocar atrás, falando coisas que a inibem, como dizer que ela nasceu para ser a rainha do anal. E, a come de quatro por horas ou de pé com ela de costas e apoiada na parede.

Além do sexo, Rafael é muito carinhoso, faz de tudo para melhorar a autoestima de Elaine, nunca acostumada a receber elogios. Esse comportamento faz com que ela se envolva completamente.

A admiração por Rafael beira a idolatria. Elaine assiste todas as séries que ele comenta, lê os livros que ele cita e ouve as músicas das playlists dele. São namorados, mas ele também se torna ídolo dela.

Em um domingo de sol, passeando pelo Parque do Carmo, Rafael volta ao assunto do primeiro jantar:

— Lili, você assistiu àquele filme que ganhou o Oscar, *O Parasita*? — Rafael só chama Elaine de Lili.

— Aquele filme chinês? Assisti na casa dos patrões um dia no meu quarto. Passa sempre no Telecine, né?

— O filme não é chinês, é coreano, mas isso não importa. Você viu que os patrões não enxergam os empregados, mal sabem da existência deles e quando se dirigem a eles é só pra reclamar?

— Sim, eles vão trocando os empregados da casa. Só que no filme uma hora eles se revoltam, né? E vira um banho de sangue. Não gostei muito, não, muito violento.

— O filme é uma ficção, mas mostra que os patrões nos veem como parasitas e não como da família. Sempre desconfiam de nós, embora não digam nada. Como no filme, uma hora temos que mudar isso, sem matar ninguém, mas não podemos ficar parados. Eu acho que temos uma oportunidade de dar uma guinada no destino, se você me ajudar, claro.

— Como assim, mudar nosso destino? Ai, meu Deus, o que você tem em mente? Eu não quero fazer mal pra ninguém nem algo criminoso, não nasci pra isso, não. — Elaine enruga a testa de preocupação.

— Lili, podemos mudar de vida e ganhar dinheiro sem fazer mal pra ninguém. Eu também não cometeria um crime, apenas enxerguei a oportunidade de prosperar e acho que a gente não deve deixar passar, pode ser a única chance na vida. Só que sozinho não consigo, preciso que você me ajude.

— Não estou entendendo, Rafa. O que você enxergou? Por que precisa de minha ajuda?

— Eu tenho um plano simples, fácil de fazer. Um plano para ganhar dinheiro, voltar para a faculdade e garantir um futuro melhor. E, acho que nosso futuro é ficarmos juntos, ter filhos e uma família. A gente poderia se casar, você aceita?

— Que lindo, Rafa. Você quer casar comigo?

— Claro que quero, mas precisamos ter condições. Por isso bolei um plano que nos garanta um bom dinheiro sem fazer mal a ninguém.

— Fiquei até emocionada, quero casar contigo e ter nossa família, esse é meu sonho desde que o conheci. Não sei o que você está planejando. O que precisamos fazer?

— O plano é simples, Lili. Basta você pegar Helena, embrulhar em um lençol e levar para fora da área de serviço, longe das câmeras. Colocá-la no meio da roupa de cama a ser enviada para a lavanderia. Daí eu a retiro embrulhada na van.

— Que horror, por que fazer uma coisa dessas? Você quer fazer mal pra Helena? Não concordo, eu amo essa menina.

— Não vamos fazer mal pra Helena. A gente a tira de casa pela manhã, daí eu ligo e peço um resgate. Com certeza eles pagam rapidamente e antes do meio-dia Helena está de volta. Eles têm muito dinheiro. E, nada será feito contra a criança.

— É muito arriscado, Rafa. Ai, meu Deus... Você me dá a sua palavra de que nada acontecerá a Helena? Se houver algum risco pra ela, por menor que seja, eu não topo. Você jura que não tem risco?

— Nada acontecerá com a Helena. Te dou minha palavra de honra, Lili. Ela será devolvida no mesmo dia e com todo cuidado. Vamos pedir quinhentos mil de resgate. Será metade pra cada um. Um dinheiro desse não muda a sua vida?

— Quinhentos mil! Lógico que muda, mas não é certo. A gente vai mexer com a Helena, não sei se é boa ideia. Você entende toda a afeição que eu tenho, né?

— Eu sei que você a adora e jamais proporia algo com risco. Esse plano é nossa chance, pensa nisso, meu amor. Nosso casamento, nosso futuro, nossos filhos. Não quero pressionar, mas a oportunidade está escancarada na nossa frente. Não podemos deixar passar.

— Tá, Rafa, vou pensar. Deixa-me absorver tudo que você falou. Te amo.

Elaine fica dias com o valor que Rafa prometeu martelando na cabeça. É um dinheiro que nunca ganhará na vida. Aos poucos a resistência diminui; afinal, se nenhum mal acontecerá a Helena e o dinheiro não fará falta pros patrões, pode ser um bom plano, a chance de mudar a vida realmente.

Depois de uma semana, Elaine concorda com o plano. Jantando num daqueles restaurantes japoneses em que uma esteira no balcão vai desfilando os pratos e cada um escolhe o seu, entre sashimis e sushis, planejam o casamento. Rafa não para de falar no que farão com os quinhentos mil, a felicidade será total no resto de suas vidas.

Na segunda-feira seguinte, no dia do envio das roupas para a lavanderia, Elaine embrulha Helena nos lençóis como planejado e a leva até a área de serviço. Rafa entra, estaciona a van e coloca o embrulho das roupas de cama na caçamba fechada. Desse jeito, Helena é retirada de casa.

Quando Wanderley e Silvia retornam do aeroporto, Elaine está chorando desesperada com o sumiço de Helena. Desespero geral e em poucos minutos viaturas de polícia na porta e o delegado Pascoal a interrogando. Como tudo estava perfeitamente ensaiado, Elaine respondeu a tudo de modo a não levantar suspeitas. Sabia que em pouco tempo haveria o pedido do resgate.

Ao mesmo tempo que chora preocupada, não deixa de imaginar se os quinhentos mil de resgate sairão do cofre que o casal mantém escondido no guarda-roupa do quarto ou se um malote chegará em um carro-forte. O tempo vai passando e a ligação de Rafa anunciando o sequestro não acontece.

Não se trata de um sequestro. As horas passam e nada acontece. E, com a casa cheia de policiais, não há como ligar ou mandar mensagem para Rafa. Algo aconteceu.

Elaine ainda não sabe, mas Helena não foi sequestrada, foi capturada e jamais será devolvida.

Rafael estaciona a van no estacionamento subterrâneo de um shopping center movimentado. Sua parte no negócio está feita. Um Honda Civic com vidros escuros recebe o embrulho com Helena. Ela é sedada e levada para Brasília, onde será entregue como uma mercadoria encomendada a quem pagou antecipadamente pelo produto.

Ela será objeto das experiências neurológicas do "cientista inventor" que a levarão à morte.

Na casa de Wanderley, o ambiente é de caos, as horas passam e nenhum contato acontece. Elaine aos poucos desconfia de que algo está errado. Preocupada com a saúde de Helena, vai ao banheiro e manda uma mensagem para Rafa. A mensagem não é entregue, o destinatário não está conectado. Tenta ligar e ouve a mensagem de que aquele número telefônico foi desativado.

Rafael desaparece da lavanderia e da vida de Elaine. Os dias seguintes ao sumiço são um tormento para ela. Por vezes, pensa em contar tudo aos policiais, mas sabe que se fizer isso ficará presa pelo resto da vida. Todos aceitaram seu álibi de que estava passando a roupa de Helena, o único que a olha com certa desconfiança é o investigador Mauro, contratado pelo casal.

Elaine não dorme e mal se alimenta, mas o grande baque acontece quando o corpo de Helena é reconhecido no IML, depois de ser abandonado às margens da Via Dutra. Elaine enlouquece, amava a menina e foi responsável pela morte dela. Além de tudo, sem Helena, não há emprego, e Elaine é dispensada. Como último ato de bondade de uma alma machucada, Silvia ainda paga uma boa indenização para que ela possa procurar um novo trabalho com tranquilidade. A pessoa de quem ela tirou a filha ainda pensa no bem-estar dela. Vai embora da casa sentindo-se um lixo.

Fez tudo que sempre condenou na vida. Não há como lidar com a dor que a consciência causará. Após sair do emprego, perde o rumo. Perdeu Helena, que tanto amava, perdeu Rafa, que era o grande amor de sua vida, e perdeu o trabalho. E, tudo por culpa exclusiva dela mesma.

Sai do emprego e não volta para casa. Completamente fora de si, vaga atordoada pela cidade, acaba nas drogas. O dinheiro recebido na demissão é gasto com crack. Elaine afunda-se rapidamente no crack, gasta todo o dinheiro que tem, dorme na rua e se prostitui para conseguir mais droga.

A Cracolândia é um reduto formado por ruas no centro velho da cidade onde usuários de droga circulam livremente. Uma área onde os usuários sem controle sobre a própria vida são confinados, um gueto. Governo após governo, não há solução para a Cracolândia e, mesmo durante a pandemia, as ruas do gueto permanecem cheias de usuários zumbis vagando em busca da droga. Como em uma feira, barracas são montadas para vender drogas, usuários jogados pelo chão misturam-se com meninas menores de idade se prostituindo e roubando carros nas redondezas para sustentar o vício.

Diversos programas sociais foram tentados na Cracolândia, todos sem êxito. Muitos pedem a internação compulsória dos dependentes químicos após avaliação médica. O Ministério Público e entidades assistenciais são contra essa medida e assim o problema não se resolve. Tenta-se convencer os usuários a internarem-se voluntariamente, mas a adesão é insignificante.

Elaine se mistura a essa massa de gente drogada e perdida. Vira um dos zumbis que não dorme e fica dias consumindo crack. Quando cansada ou noiada, cai em qualquer canto. Transa com vários homens sem preservativo, sem nenhum tipo de cuidado. E, circulando sem proteção, contrai a covid-19. O vírus circula livremente na Cracolândia.

Difícil reconhecer no meio de tanta gente alucinada e doente quem realmente está contaminado. Elaine tem febre alta, se enrola em um dos velhos cobertores jogados no chão e deita em um muro de terreno baldio. Sem tratamento, se arrasta por dias. Morre deitada na calçada, como uma indigente. Nesse dia, os programas policiais da TV noticiam a morte de mais um usuário na Cracolândia e cobram as autoridades para fazerem algo para resolver a situação.

Com a morte de Elaine, nunca será esclarecida a forma como Helena foi retirada do berço.

》 》 《 《

Marlon recebeu a encomendada de Helena em uma rua deserta perto do setor das embaixadas em Brasília. Ele a deixou dormindo no carro, sedada para que ninguém a visse.

À noite, após os funcionários irem embora, Marlon leva Helena para o laboratório. A menina dá sinais de que em breve acordará. Novamente é anestesiada para a experiência ser iniciada.

Marlon faz um corte retirando a tampa cerebral. Em suas anotações, descreve que "em análise de corte cerebral constata-se estenose da artéria cerebral anterior e média; rede vascular anormal e comprometimento bilateral. Busquei alterar a hemodinâmica cerebral com alterações do fluxo, objetivando manter a função com o mínimo de deficiência neurológica".

E essa "cirurgia" cerebral causa a morte de Helena. Uma suposta experiência "médica" realizada por alguém não habilitado. No seu íntimo, nem Marlon sabia se estava fazendo um experimento ou apenas usando essa desculpa para saciar o desejo de matar.

O corpo é conservado em formol até Marlon transportá-lo a São Paulo e abandoná-lo na via Dutra. Os membros amputados são armazenados e servirão para experiências futuras com células-tronco.

32

Desesperado pela situação, Marlon cogita se atirar pela sacada do décimo quinto andar do hotel. Acabaria com a angústia e sofrimento. Depois de tantos anos lutando para ficar rico, lutando pelo reconhecimento ainda que tardio pela invenção da CIDA, tudo mudou bruscamente. Além de não conseguir o dinheiro sonhado, agora ainda há o risco de parar atrás das grades, amargar a prisão até o final da vida, manchando o nome da família e condenando até seus netos a serem reconhecidos pelo sobrenome de um assassino cruel.

O nome da família acaba sendo um fator decisivo para que o suicídio não se efetive. A morte traria todos os crimes à tona, o laboratório com restos mortais de dezenas de crianças seria exibido em todos os programas de televisão. Ele seria chamado de monstro e provavelmente até o passado nazista de seu pai poderia aparecer. Marlon não quer que seus filhos e netos sejam marcados como descendentes de bárbaros criminosos. Não pode permitir isso.

Basta a frustração que ele sente em relação ao pai. O seu Antônio, o polaco de Israelândia, querido por todos. Um homem bondoso, trabalhador, excelente pai de família, um exemplo. E, esse pai carinhoso e sempre disposto a ensinar todas as coisas era na realidade o dr. Brack, médico e cientista a serviço dos nazistas, o criador da câmara de gás que tantos milhões de mortes causou.

O pai foi discípulo de Hitler, uma das maiores, senão a maior personalidade maligna de toda a história, um genocida. Mas, apesar de ter sido nazista, Brack foi um pai maravilhoso. A descoberta da verdadeira identidade do pai mexeu bastante com Marlon, mas não conseguiu anular o amor de Marlon pelo seu Antônio de Israelândia.

Marlon acreditou por toda sua vida ter herdado do pai o amor pela ciência, a vontade de criar coisas úteis para melhorar a vida de toda a comunidade. Agora sabe que, além dessa curiosidade "científica", herdou também a morbidez e o prazer em matar. Certamente, o sangue nazista ainda corre, em maior ou menor grau, por suas veias.

Agora pelo menos já tem a explicação para sua índole, para a vontade de fazer o bem e ao mesmo tempo ter a necessidade de matar. Vito trouxe para a superfície o conflito interno que Marlon tentava esconder. Mas, uma vez desmascarado, tem a chance de redenção; se não é possível consertar o que foi feito, tem a chance de recomeçar e daqui para a frente levar uma vida honesta e honrada. Não será bilionário, mas não será preso e terá tempo para realmente fazer algo benéfico para a sociedade.

Se o passado está perdido, resta não perder o futuro. Bem ou mal, a vida está lhe dando uma segunda chance, uma chance que a maioria não tem.

Hora de encerrar o martírio, resolver de uma vez por todas o que não pode mais esperar. Liga para Vito e pede um encontro no bar do hotel, bar que, apesar do *lockdown*, continua funcionando normalmente, como ambiente restrito aos hóspedes. Um local certamente livre de fiscalização.

Muita gente, mesmo durante a pandemia, irresponsavelmente frequenta bares e restaurantes. Não se acham imprudentes apesar do extremo egoísmo. Sabem que estão fazendo a coisa errada e por isso temem ser flagrados e ter a imagem exposta. Jovens vão a festas clandestinas, com direito a área VIP e tudo mais; multidões aglomeram-se nas praias; celebridades que servem de exemplo para muitos são flagradas em cassinos, baladas, bares de narguilé e até *raves*. Tais personalidades, quando flagradas, pedem desculpas e juram arrependimento, mas na próxima oportunidade repetirão o comportamento. Você não consegue incutir na mente de quem foi criado em uma sociedade individualista o senso do coletivo.

Vito chega às oito da noite no bar do hotel e Marlon está levemente embriagado e desinibido para falar. Adianta que vai se render, restando somente negociar os termos da rendição. Enquanto Vito aguarda um Beluga, Marlon inicia:

— Doutor, pensei muito. Vou ser sincero como nunca fui com ninguém: vivi uma ilusão. Procurei ser bom e sempre achei que fazia o bem, mas isso tudo era para que eu mesmo me enganasse. Não queria admitir que agia com as forças do mal, comportamento que agora sei que herdei do meu pai. Enquanto não soube que meu pai foi nazista, não imaginava de onde vinha a morbidez que habita meu espírito. Depois do que o senhor me mostrou, desmoronei e entendi.

— Marlon, também vou ser sincero, não tenho o mínimo interesse em ouvir seu desabafo. Não tenho vocação para psicólogo, quero saber apenas se vamos encerrar tudo. Depois você pega o dinheiro e paga uma terapia, pra evitar sair matando de novo.

— Doutor, me dê apenas cinco minutos. Eu nunca soube de nenhum dr. Brack. Depois que pesquisei, me vi nele. A herança do bom caratismo se foi, tenho traços da monstruosidade que vi nele. Percebi que ele sempre fez coisas monstruosas sem se sentir culpado e que faço o mesmo.

— Eu não tenho dúvidas disso, Marlon. Você tem uma natureza má e busca dissimular o que é, através de pretensas boas ações. Na realidade, você é bem doente, precisa de tratamento ou de cadeia. E, estou te dando a chance de decidir o que quer.

— Pode ser que para o doutor essa natureza tenha ficado evidente desde o primeiro momento, mas eu não me via assim. E, sinceramente, nunca pensei em matar alguém ou ser cruel com alguém; sempre achei que me movia pelo interesse da ciência. Era meu lado inconsciente tentando justificar as mortes. Enganei a mim mesmo antes de enganar os outros.

— Marlon, não use jogo de palavras ou tente dourar a pílula. Não há bondade em seus atos, há vaidade e egocentrismo. Isso te levou a matar, mutilar e abandonar corpos, como o de Helena, em uma rodovia.

— Pode ser, doutor; sempre fui vaidoso e isso ajudou a me enganar. Sempre me achei capacitado para as invenções e busquei atingir as metas que me impus. Nesse bloqueio que construí, não enxergava que matava pessoas, achava que promovia a ciência. Agora sei tudo o que fui. Mas, se vale um último apelo, acredite que nunca quis prejudicar ninguém.

— Vai se foder, Marlon, o inferno está cheio de pessoas com boas intenções e você não é uma delas. Vamos parar de punheta, aceita a proposta ou não? — Vito fica cada vez mais irritado com Marlon.

— Ok, quero preservar minha família. Não quero que ela sofra, não quero que nada disso venha à tona. E, quero deixar um testemunho, ainda que fique somente entre nós: posso ter sido um "assassino" com meus experimentos, mas quero que saiba que fui eu quem inventou a CIDA. Eu sou o inventor. Eu não roubei a invenção de ninguém, a roubaram de mim.

— Você nunca pensou na sua família, pensou apenas na própria glória, em ser aclamado como o grande inventor nacional, um herói. Vou repetir, pois não sei se fui suficientemente claro: o acordo não afeta a sua família, nada será colocado contra você ou contra ela. Desde que você concorde, todos os seus crimes desaparecerão. E, se você inventou ou não a CIDA não é mais importante, pois o processo vai acabar.

— Entendi, doutor, e sei que o senhor está fazendo uma chantagem, que me pegou em meus crimes. Me deixou sem outra saída…

— Chame como quiser, mas eu não matei ninguém. Estamos em uma negociação e cada um traz para a mesa os seus melhores argumentos. Você e Hildebrando nunca agiram com lealdade, plantaram notícias, compraram o juiz, contrataram *influencer* nas mídias sociais etc. Mas, se aceitar o acordo, destruiremos as provas que tenho. E, você receberá cinco milhões de indenização.

— Doutor Vito, o processo é de bilhões, propus setecentos e cinquenta milhões e depois abaixei para quinhentos. Hildebrando conhece os cálculos, o senhor acha que ele concordará com uma redução de valores desse porte? Não quero ser chato, mas ele vai reclamar e o assunto pode vir a público, não pensou nisso?

— Não vamos voltar a discutir valores, essa fase está superada. Com o dr. Hildebrando já disse que me acerto. Sua parte é concordar em receber os cinco milhões, o que, convenhamos, é um grande valor para um criminoso que vai se livrar de responder por crimes bárbaros.

— Mas como justificar um valor tão baixo? O juiz, a mídia e a sociedade questionarão algo nessa ordem de grandeza.

— Marlon, haverá um documento técnico assinado entre você e a TOTEM. O documento explica que a CIDA utiliza uma tecnologia preexistente e não é sua invenção. E, se você não é o responsável pela invenção, mas fez apenas o desenvolvimento de parte da tecnologia, está justificada a mudança de patamar dos valores em discussão.

— O doutor é realmente um grande advogado. Pensou em tudo, fechou todas as brechas.

— Esse é meu papel, Marlon, talvez se você tivesse me contratado como advogado o desfecho poderia ser outro, mas agora o que temos é isso. Você aceita os cinco milhões, não é denunciado, assina o documento de mero desenvolvedor da CIDA e encerramos tudo.

— Posso fazer uma ligação e falar um pouco com minha esposa? Queria ao menos ouvir a voz dela antes de dar a resposta definitiva.

— Infelizmente estou sem tempo, Marlon, tenho um compromisso em poucos minutos e preciso partir. O que tínhamos para falar já foi dito e você me enrolou bastante. Quero uma resposta agora.

— Doutor, o senhor não consegue subir esse valor ao menos para dez milhões? Porque, do que eu receber, tenho que dar metade para o Irineu, o financiador. Para que eu tenha ao menos cinco milhões para minha família, preciso receber dez milhões.

— Veja só, agora Irineu convenientemente aparece como argumento. Me lembro de ter ouvido que ele era problema só seu, que você se acertaria com ele. Então, nada feito. A proposta final é de cinco milhões e você tem que me responder agora, pois tenho que sair. — Vito ameaça levantar.

— Está bem, doutor, eu aceito. — Marlon chora e ao mesmo tempo sente um alívio por não ser incriminado.

— Muito bem, Marlon, negócio fechado. Esteja às oito horas da manhã no escritório para assinarmos os papéis. E, aproveite a chance que está tendo, vá se tratar e procure ser melhor. Se não matar ninguém, você já estará fazendo um grande bem para a humanidade.

— Vou me tratar. No final das contas, acabei conhecendo mais sobre mim mesmo e minhas origens. Sempre fui um merda.

— Cuide-se, Marlon. Te espero para assinarmos. Boa noite. — Vito levanta-se com expressão contida, mas assim que sai do bar vibra muito.

» » « «

O acordo está fechado com Marlon. Hora de Vito fechar os honorários com Hildebrando. Ele ainda está em São Paulo com a namorada da boate. Procura-o no hotel e, não encontrando, vai direto para a Splendida. Hildebrando está jogado no mesmo sofá em que se refestelou da outra vez. Virou lugar cativo.

A boate está deserta, poucos funcionários e garotas. Hildebrando trata os garçons com intimidade, chama todos pelo nome, distribui generosas gorjetas, está completamente integrado ao ambiente. Pela primeira vez Vito o vê usando roupa esporte, uma camiseta polo azul-marinho, calça jeans e tênis branco. A barriga saliente destaca-se e a "namorada" está quase deitada sobre ela, como se acomodada em um confortável e grande colchão d'água ou de cerveja.

Quando se avistam, se cumprimentam como em um reencontro de velhos amigos. Hildebrando fica feliz com a aparição de Vito, uma boa companhia para uns drinques, boas histórias e risadas. Mas, rever Vito o traz de volta à realidade, que ele havia deixado de lado desde que começou o "namoro".

Vito age como se encontrasse Hildebrando por acaso. Diz que foi encontrar um cliente importante, um político do interior que está aguardando nas salas privadas da boate. A mentira é convincente. Políticos sempre usam salas privadas para não correr o risco de serem reconhecidos, fotografados ou filmados. Afinal, têm que realizar o discurso pela família e os bons costumes.

No reencontro "acidental", Vito diz que terá que ir rapidamente ao encontro do político, mas quer ouvir as novidades. Hildebrando conta que está tomando cuidados com a pandemia, que ou fica com a namorada no hotel ou vai à Splendida, onde, segundo ele, as garotas são testadas diariamente com o exame de PCR para covid-19 antes do expediente.

Conta que a reserva do hotel vai vencer e deve definir se renova ou volta para Brasília. Aproveitando-se da involuntária deixa, Vito conta do acordo com Marlon. Justifica o valor dizendo que foram encontrados documentos que provam que a CIDA na realidade era uma cópia de um invento da Ericsson. Hildebrando ouve em silêncio.

Questiona Hildebrando se aquela proposta fechada entre eles está de pé. Se estiver, podem assinar tudo de imediato e Hildebrando pode voltar à Brasília.

— Caro Vito, os meus dez milhões de honorários estão confirmados? O meu contrato de cinco anos com a TOTEM também está certo?

— Confirmei com a direção da TOTEM no Brasil e com os acionistas italianos e está tudo certo. Queremos tê-lo em nosso time. Seremos grandes parceiros, meu amigo.

— Fico envaidecido, meu amigo. Bom, se temos os dez milhões acertados e o contrato também, vamos assinar. Entendo que você acertou com Marlon que os honorários seriam tratados diretamente comigo, certo?

— Sim, tudo certo com Marlon. Estou crente de que estamos fazendo um excelente acordo para todos. Aliás, como somos parceiros, quanto custou o juiz?

— Meu amigo, depois que Jobson procurou sua empresa, através do assessor Eurico, e não conseguiu nada, nos abordou. Comunicamos a ele que Marlon não tinha condições financeiras para nenhum acerto, mas ele se contentou com a promessa de receber 1% da indenização. O que seria um valor significativo se o valor de um bilhão e meio prevalecesse. Agora, se houver acordo confidencial entre nós, ele nada terá a receber, não precisa nem saber dos valores.

Ambos gargalham. Se há algo que os une é a falta de apreço pelo juiz Jobson e pela banda podre do judiciário.

— Vito, se assinamos o acordo rápido, não renovo a reserva do hotel. Faço *check-out* e vou para casa. E, chego em Brasília com o álibi perfeito para ter passado esses dias fora. Volto triunfante com o acordo feito, deixando a esposa muito feliz pelos dez milhões de honorários que consegui.

— Então vá assim que puder ao hotel e faça o *check-out*. Nos encontramos no escritório cedinho. Reservarei o voo para você e meu motorista o levará ao aeroporto. Aliás, pode ir. Deixe a conta aqui comigo.

— Não tenho como te agradecer, Vito. E, quero te dizer uma coisa também: quando eu ganho, os amigos ganham junto. Dos dez milhões que receberei, um milhão será seu. Pode contar com esse dinheiro na sua conta.

— Nada disso, Hildebrando, não quero isso. A empresa me remunera bem, o dinheiro é seu. Não quero nada em troca, você fez por merecer.

—Vito, não estou discutindo, estou comunicando o que farei. Meus amigos ganham junto comigo. Sempre.

Hildebrando leva quase meia hora despedindo-se da namorada. Promete que a visitará sempre que estiver em São Paulo e que mandará passagens para ela passar fins de semana em Brasília. Eles se beijam demoradamente, ele faz um aceno a Vito e se retira. Vito fica mais uma meia hora na boate, tempo suficiente para ver a namorada de Hildebrando no colo de um coreano com cara de poucos amigos. Ah, a fluidez do amor *je n'ai d'yeux que pour toi*[7].

» » « «

Vito sai da Splendida e vai para o escritório. No caminho para na Starbucks e compra um frappuccino, uma bomba calórica que dá pique para o dia todo. Ao chegar, Teresa Cristina o aguarda com os acordos de Marlon e Hildebrando prontos, um trabalho impecável. Teresa passou a noite finalizando os documentos, ainda sem entender alguns detalhes:

— Vito, tem caroço nesse angu. Como que Marlon que lutou a vida toda pra ser reconhecido como inventor da CIDA, agora que tem uma sentença favorável desiste do processo? E ainda reconhece que se utilizou de invenção de outrem? Tá na cara que isso foi só para justificar que mesmo com uma decisão favorável de mais de um bilhão e meio, ele acaba aceitando um acordo de cinco milhões. Não vai me meter em encrenca, hein...

---

7 Eu só tenho olhos para você.

— Teresa, para de viajar. Tem horas que parece que você torce contra. Não tem nada de errado: eu obtive provas que destroem tudo que ele vinha alegando, o desmascarei e ele não teve alternativa a não ser reduzir a pretensão.

— Ah, tá, e posso ver essas provas? Até agora você não me mostrou nada, por isso tenho razão em desconfiar. Te conheço. — Teresa permanece desconfiada da história de Vito.

— Teresa, depois que encerrarmos eu te mostro. Agora nosso foco está em colher as assinaturas. Veja, eu quero que o momento da assinatura seja filmado, não quero futuras alegações de coação ou algo do tipo. Providencie isso.

— Sim, senhor, mestre. Outra coisa, o Marlon recebe cinco milhões e o advogado dele recebe dez milhões? Você não trocou os números, não? Eu falo que tem coisa estranha, e onde tem pólvora tem munição. O advogado recebe o dobro do cliente, isso que é valorizar a profissão, hein...

— Teresa, obrigado pelas minutas. Agora vá providenciar a filmagem que pedi. Depois teremos tempo para falar sobre suas elucubrações.

— Cada macaco no seu galho, né, Vito? O que me resta é obedecer. Bom, para bom entendedor, meia palavra basta. Deixe-me trabalhar para atender o último pedido do guru.

— Como você que adora ditados deve saber: a César o que é de César, ou ainda: quem pode, pode; quem não pode, se sacode.

Hildebrando chega um pouco antes das sete da manhã. Cansado e inchado pelo álcool, mas visivelmente animado. Faz elogios profissionais para Teresa Cristina e na sala de Vito lê com a atenção o acordo e o contrato de cinco anos com a TOTEM. Tudo certo, tudo do jeito que combinou, assina os documentos. Sabe que nos próximos dias os valores estarão em sua conta. A TOTEM é excelente pagadora, não atrasa.

Despede-se com um abraço emocionado em Vito. Faz um pequeno discurso sobre a honra que será trabalhar nos próximos anos em uma equipe tão qualificada e sobre a afinidade que sentiu com Vito desde o primeiro contato.

O retorno de Hildebrando para casa será um evento, com dinheiro no bolso e um longo contrato com uma das maiores empresas do mundo.

A esposa ficará orgulhosa. Além disso, como a TOTEM fica em São Paulo, motivos não faltarão para vir aqui com frequência e ver a namorada. Nem se tivesse planejado o resultado seria tão perfeito.

Minutos após a saída de Hildebrando para o aeroporto, Marlon chega. Ao contrário do advogado, tem feição abatida, anda lentamente.

— Olá, Marlon, dormiu bem? — Vito sabe a resposta, mas faz a pergunta.

— Bom dia, doutor, não durmo faz algum tempo. Vamos ver se, depois que esse pesadelo acabar, consigo descansar. — O desejo parece sincero.

— Todos descansaremos agora e você está livre para voltar para a família.

— Sim, doutor. —A expressão de Marlon é de alívio ao lembrar disso.

— Então, por favor, assine nestes locais marcados. Caso queira, pode dar uma lida nos documentos, mas é aquilo que combinamos.

Marlon não lê nenhuma das páginas do acordo. Assina o acordo e encerra a demanda contra a TOTEM.

O motorista de Vito, que antes levou Hildebrando ao aeroporto, já retornou e agora leva Marlon. Cuidadosamente, ele e Hildebrando foram colocados em voos diferentes; não terão contato nesse momento. A caminho do aeroporto, sentado no banco de trás, Marlon se recorda do sonho que teve antes do Natal, a forte explosão no aeroporto de Brasília, a família soterrada e ele olhando do alto, como se estivesse em um helicóptero. O sonho foi uma premonição, mas ele conseguiu tirar a família dos escombros depois da explosão.

» » « «

Sentado na sala de estar, à mesa do café, Calabar conversa com a esposa, ouvindo ao fundo o som da televisão e dando umas olhadas no *Bom Dia SP*. De repente, reconhece a voz de Vito em uma entrevista coletiva. Rapidamente levanta-se e aumenta o volume:

Obrigado por estarem aqui. Quero comunicar a todos o encerramento do processo de Marlon Pereira contra a TOTEM. Ele desistiu do processo reconhecendo que a CIDA não foi por ele inventada e que a TOTEM não a utilizou indevidamente. Graças ao dr. Calabar, vice-presidente jurídico da TOTEM, foi feita uma incansável busca nos arquivos da empresa e encontradas provas irrefutáveis de que a TOTEM desenvolveu o próprio identificador de chamadas, de especificações técnicas distintas das do invento de Marlon. Invento que, aliás, não funcionaria de forma satisfatória em nenhuma das centrais telefônicas existentes. Confrontado com essas provas, Marlon reconheceu a deficiência técnica da CIDA e está desistindo do processo. A TOTEM fica satisfeita que a verdade tenha vindo à tona e reafirma o seu compromisso com as normas de transparência e ética e com a sociedade brasileira. Obrigado a todos. Não responderei a perguntas. A justiça foi feita.

Nesse mesmo instante, chegam pelo celular de Calabar fotos dos acordos de Marlon e de Hildebrando. Ele não entende como Vito conseguiu em tão pouco tempo acordos dessa magnitude, mas fica muito envaidecido por Vito dar-lhe as glórias da vitória.

Ao longo do dia, os acionistas italianos e brasileiros parabenizam Calabar e as ações da TOTEM se valorizam 22% na Bolsa de Valores. Calabar tem o contrato na empresa renovado por mais cinco anos, o dinossauro sobreviverá no mundo digital.

Mas a história não acaba, ainda não é o final.

33

O contrato de Vito com a TOTEM prevê honorários de êxito que são devidos se for atingido o objetivo estabelecido no momento da contratação; são os chamados honorários de resultado.

O advogado que trabalha pelo êxito transmite confiança, segurança e conhecimento técnico. Quando foram combinados os honorários de Vito, a empresa fez a seguinte avaliação: Marlon pediu no processo cerca de R$ 1,5 bilhões de indenização e avaliou-se que poderia ganhar no máximo R$ 300 milhões.

Estabeleceu-se que os honorários de Vito seriam de 10% sobre o que a empresa economizasse em relação aos R$ 300 milhões.

A TOTEM gastou R$ 15 milhões e fez uma economia de 285 milhões, logo, os honorários de Vito são de R$ 28,5 milhões.

Para que a máquina de obter grandes vitórias funcione bem, todas as engrenagens devem estar em perfeito funcionamento. E, tudo funciona melhor quando todos estão satisfeitos. Com essa filosofia, Vito dá um milhão de reais para Teresa Cristina, um milhão para Mauro e distribui dois milhões entre todos os advogados do escritório. Todos remunerados, satisfeitos e prontos para o próximo caso.

Hora de celebrar a vitória com o trabalho de toda a equipe do escritório. Para advogados, celebrar significa chapar de tanto beber com os colegas, dar umas boas risadas e estar pronto para a próxima no dia seguinte.

» » « «

Com os bares ainda fechados por conta da pandemia, Vito recorre a um amigo, dono de um pequeno pub que fica na mesma rua do escritório. O pub é aberto apenas para os advogados da VCA celebrarem a portas fechadas. Comemoração privada.

O pub é pequeno e aconchegante. Além dos bancos no balcão, existem apenas duas mesas. Um pub sempre é um lugar para se beber de pé. Apenas com a equipe do escritório o pub fica lotado. Os banquinhos são rapidamente ocupados e as duas mesas servem de apoio aos copos. Não é lugar para ficar sentado, deve-se ficar de pé e beber até bambear. Os alto-falantes tocam rock and roll dos anos 1970 em volume alto, o que obriga todos a berrarem para falar.

Uma hora depois de começar, o happy hour se transforma em uma festa, com quase todo mundo dançando no espaço que encontra e cantando juntos clássicos como "It's only rock'n'roll (but I like it)". Nada mais clichê.

Enquanto o pessoal do escritório pula e bebe, Vito encontra um canto calmo e apoia-se na parede pensativo. Teresa o observa, dançando com o pessoal, e o chama para o meio da pista. Mas, Vito está pensativo, afinal Marlon livrou-se de pagar pelos crimes e Helena foi morta de forma selvagem.

O desfecho garantiu grandes honorários, mas a verdade sobre a CIDA permanecerá desconhecida para sempre. A invenção seguirá sem dono, o assassino de Helena seguirá impune e o filho de Calabar crescerá sem um pai. E, para coroar esse mundo caótico, o médico Ricardo era o pai biológico de Helena. Os casos se encerraram, mas não se resolveram.

A família Brack transformou-se em família Pereira. Teve participação no desenvolvimento das câmaras de gás que mataram de forma desumana milhões de judeus. Tempos estranhos em que vivemos. Existem pessoas que negam a ocorrência do holocausto. O termo "genocida" tornou-se lugar-comum, não choca mais tanto.

Para a epidemia de covid, ao menos surge um alento para estancar a propagação do vírus. Vacinas são testadas, aprovadas e imunizam a população mundial. Como o tempo é de caos, também surgem negacionistas da eficácia das vacinas que defendem tratamentos curandeiros.

O caos remete a um apocalipse bíblico, um tempo de discórdias, de ódio e destruição. Onde os argumentos perderão para a força. Onde a política enquanto diálogo deixa de existir. Um mundo em que os governantes são recompensados por mentir e os governados podem ser punidos por falar a verdade.

Envolto nesses pensamentos, quando Vito se dá conta, Calabar está no pub, parabenizando toda a equipe pelo excelente trabalho.

Calabar abraça a todos, cumprimenta um por um (sem saber o nome de nenhum), e deixa o bar somente depois de dar um forte abraço em Vito. A jogada de mestre, até agora não conhecida, gerou um resultado maior do que o esperado. Tudo resolvido de forma mais rápida do que se imaginava e com baixo custo.

O abraço é longo, caloroso e sincero. Aproveitando-se do efusivo momento, Vito coloca no bolso do blazer de Calabar um cheque de cinco milhões de reais, um presente de amigo.

Esta obra foi composta em Minion Pro 11,5 pt e impressa em
papel Pólen soft 80 g/m² pela gráfica Meta.